다시 일어서는 가족 네팔·인도편

길을 찾아 나선 가족 · **2**

다시 일어서는 가족 네팔·인도편

이해준 지음

초판 1쇄 발행 2016년 11월 10일

펴낸이 오일주
펴낸곳 도서출판 혜안

등록번호 제22-471호
등록일자 1993년 7월 30일

주소 ㉾ 04052 서울시 마포구 와우산로 35길 3(서교동) 102호
전화 3141-3711~2
팩스 3141-3710
이메일 hyeanpub@hanmail.net

ISBN 978-89-8494-562-3 04810
      978-89-8494-560-9 [전 4권]

값 15,000 원

길을 찾아 나선 가족 · 2

다시 일어서는 가족

네팔·인도편

이해준 지음

혜안

온 가족이 장기간 여행을 함께한다는 것은 평소에 잘 알지 못했던 가족의
속살을 하나하나 알아나가는 과정이다. 부모로서는 아이들의 꿈이나 어려
움을 이해할 수 있는 소중한 기회이며, 아이들에게도 부모의 일상과 속마음
을 보다 가까이에서 접할 수 있는 기회다. 하지만 아무리 친밀한 가족이라
해도 다른 사람의 속살을 들여다보는 일이, 그리고 자신의 속살을 드러내
는 일이 결코 즐겁고 행복한 일만은 아니다. 불편하고, 때로는 힘겨운 일이
기도 하다. 아침에 일어나면서 시작해 하루 24시간 내내 함께 먹고, 움직이
고, 똑같은 사람과 매일 비슷한 대화를 반복하고, 같은 방에서 잠까지 자는
일을 몇 개월 지속하다 보면 여행이 자유가 아니라 새로운 속박을 만들고
있음을 느끼게 되고, 거기서 벗어나고 싶어지기도 한다.

　가족여행을 지속하려면 그 불편함과 힘겨움을 넘어서야 한다. 그 불편함
을 넘어서지 못하면 여행은 그 순간 끝나버리기 때문이다. 가족들의 장점과
단점을 있는 그대로 받아들이고, 개인 생활에 대한 다른 사람의 '침범'을 가
볍게 여길 줄 알아야 한다. 여행의 즐거움과 이러한 불편함을 반복적으로
겪는 과정에서 개개인은 많은 심리적 변화를 경험하게 되며, 그것이 한 켜 한
켜 쌓이면서 서로의 사랑과 신뢰가 형성되는 것이다. 이것이 결코 쉬운 일이
아니고, 말로 설명하기도 어렵지만, 그 변화를 서로 빤히 들여다보면서 함

께 같은 길을 가는 것, 그럼으로써 이해와 공감의 폭을 넓히는 것이 바로 가족여행의 본질이요 목적인 것이다.

우리 가족도 똑같은 경험을 했다. 중국 상하이에서 필자와 가족이 만나 베이징을 거쳐 뤄양과 시안, 시닝, 그리고 티베트와 히말라야 고원을 넘어 광활한 중국 대륙을 이리저리 누비고 다닐 때에만 해도 새로운 여행지를 찾아가는 즐거움이 지배했다. 물론 함께 여행을 시작한 지 며칠이 지나면서부터 하루 종일 붙어 다녀야 하는 데 따른 피로감이 힘겨움을 주기도 했지만, 새로운 여행지를 찾아가면서 그러한 피로감을 비교적 쉽게 털어낼 수 있었다. 하지만 네팔을 거쳐 인도를 여행할 때에는 이러한 불편함과 힘겨움이 무겁게 몰려오기 시작했다. 여행 기간이 1개월에서 2개월, 3개월로 접어들면서 참기 어려울 정도가 되었다.

다행히 네팔과 인도에서는 다양한 현지 프로그램에의 참여가 계획되어 있었다. 당초 우리는 여행을 계획할 때 관광지 위주가 아니라 지역의 자원봉사 프로그램에 참여하거나 사회단체 같은 곳을 방문하는 계획을 갖고 있었다. 그래야 '세계와 소통하면서 자신과 사회의 희망을 찾아본다'는 여행 목적을 달성할 수 있을 것으로 생각했기 때문이다. 중국에서는 그러한 프로그램을 찾기가 만만치 않아 주로 관광지와 문화·역사 유적지 중심으로 여행했지만, 네팔과 인도에는 아주 유익한 참여형 프로그램이 많아 여행 중에 다양한 활동을 할 수 있었다.

네팔에서는 한국국제협력단(KOICA)을 방문해 현지 봉사활동 현장을 돌아보고 우리 가족도 봉사활동에 참여하는 기회를 가질 수 있었고, 네팔 농민과 여성의 생활개선 지원활동을 펼치고 있는 시민단체인 '비욘드-네팔'에서 일주일이 넘는 기간 동안 직접 농촌을 방문하고 봉사활동을 벌였다. 인도에서는 세계 자원봉사자들의 천국인 콜카타의 테레사 센터에서 다국적 여행자들과 어울려 봉사활동을 펼쳤고, 씨앗은행을 운영하며 제3세계 농업의 새로운 활로를 모색하는 단체인 나브단야의 시범 농장에서 일주일 동안 '행복한' 체험활동을 했다.

봉사활동 참여나 사회단체 방문은 단순한 활동 이상의 의미를 주었다. 세계일주 여행을 하는 도중에 보람 있는 일을 하는 것, 그 이상이었다. 그것은 우리가 지금까지 살아온 삶을 송두리째 돌아보게 하는 계기가 되었고, 어떻게 살아가는 것이 진정으로 가치 있고 행복한 삶인지 생각하게 하는 계기가 되었다. 사춘기에 접어든 아이들에게도 아주 값진 체험이 아닐 수 없었다. 봉사활동이 단순히 내가 가진 능력이나 재산을 나누는 것이 아니라, 나누고 비움으로써 더욱 행복해지고 자신을 살찌우는 역설적인 과정이었던 것이다.

인도 남부 케랄라와의 만남도 이번 여정의 큰 수확 중 하나였다. 한국에는 많이 소개되지 않았지만, 케랄라는 인도에서도 제3의 지대였다. 가는 곳마다 가난과 빈곤이 넘치고, 조상 대대로 이어져 내려온 카스트 제도의 굴레에서 벗어나지 못하고 아이들까지 힘든 노동을 해야 하는 인도에서 케랄라는 교육과 인권, 경제적 평등 등 참여형 민주주의에 입각한 사회개발을 이룩하고, 그것도 대자본에 의존하지 않고 이루었다는 점에서 '제3세계 개발의 모범 사례'로 꼽힌다. 이를 탐험하는 여정이 모두 경이의 연속이었다.

이러한 참여형 여정은 가족이 24시간을 같이 붙어 다녀야 하는 장기 가족여행의 피로감을 덜어주는 역할을 했다. 네팔과 인도 사회에 좀 더 가까이 다가가고, 다양한 현지 사람들, 다양한 다국적 여행자들과 어울리면서 우리 가족의 울타리에서 벗어날 수 있었다. 그 여유가 가족에 대한 이해와 공감을 위한 마음의 공간을 만들어주었다.

인도 여정의 마지막에는 무모하게 보일 수도 있는 모험을 시도했다. 아이들이 30시간 넘게 걸리는 먼 지역을 일주일 가까이 홀로 여행하는 것이었다. 아이들이 따로 떨어져 여행을 한다는 것은 이번 여행을 시작할 때에만 해도 상상하기 힘들었지만, 어느샌가 그런 모험에 나설 정도로 우리 가족은 바뀌어 있었다. 그만큼 아이들이 독립적인 주체가 되었고, 아이들에 대한 나와 아내의 믿음도 확고해져 있었다.

때문에 1권 중국의 여정이 광활한 지역에 무수하게 박혀 있는 유적지를 돌아다니며 가족 배낭여행의 맛을 알아가는 과정이었다면, 2권 네팔과 인도 여정은 역사 유적지와 함께 다양한 봉사활동을 통해 내면을 키워가는 과정이라고 할 수 있다. 네팔과 인도의 정신 세계를 지배하는 독특한 힌두교 문화도 끊임없는 내면의 성찰을 요구했다. 이 여정은 외면적으로 봉사활동에 참여하지만 실질적으로는 내적인 성찰이 이루어지고, 가장 가난하고 낙후되어 있지만 오히려 거기서 희망을 발견하는 역설적인 상황이 반복적으로 이루어진 과정이기도 하다.

때로는 장기여행의 매너리즘에 빠지거나 가족과 매일 붙어 다녀야 하는 데 따른 피로에 나가떨어지기도 하지만, 독특한 정신 세계와 역사·문화적 전통에 호기심을 번득이고, 짧은 봉사활동의 희열에 빠지기도 하고, 새로운 사람과 문화를 만나는 희열에 빠지기도 하고, 때로는 과도한 여행 욕심에 야간 열차를 밥 먹듯이 타고 다녔던 파란만장한 네팔과 인도 여정에 독자들을 초대한다. 여행의 즐거움과 힘겨움을 함께 나누면서 새로운 희망을 발견하길 기대한다.

2016년 9월
서울 마포구 성미산 자락에서
이 해 준

차·례 · · · · · · · · ·

11

도쿄

샌프란시스코
라스베이거스
그랜드캐니언
캔자스시티
시카고
보스턴
뉴욕
워싱턴
라훈타
로스앤젤레스
플래그스태프
앨버커키
미 국
포트로더데일

페루
리마
쿠스코
라파스
볼리비아
포토시
브 라 질
아타까마
살타
파라과이
상파울루
리우데자네이루
칠레
이과수
쿠리치바
아르헨티나
산티아고
멘도사
로사리오
우루과이
부에노스아이레스
바릴로체

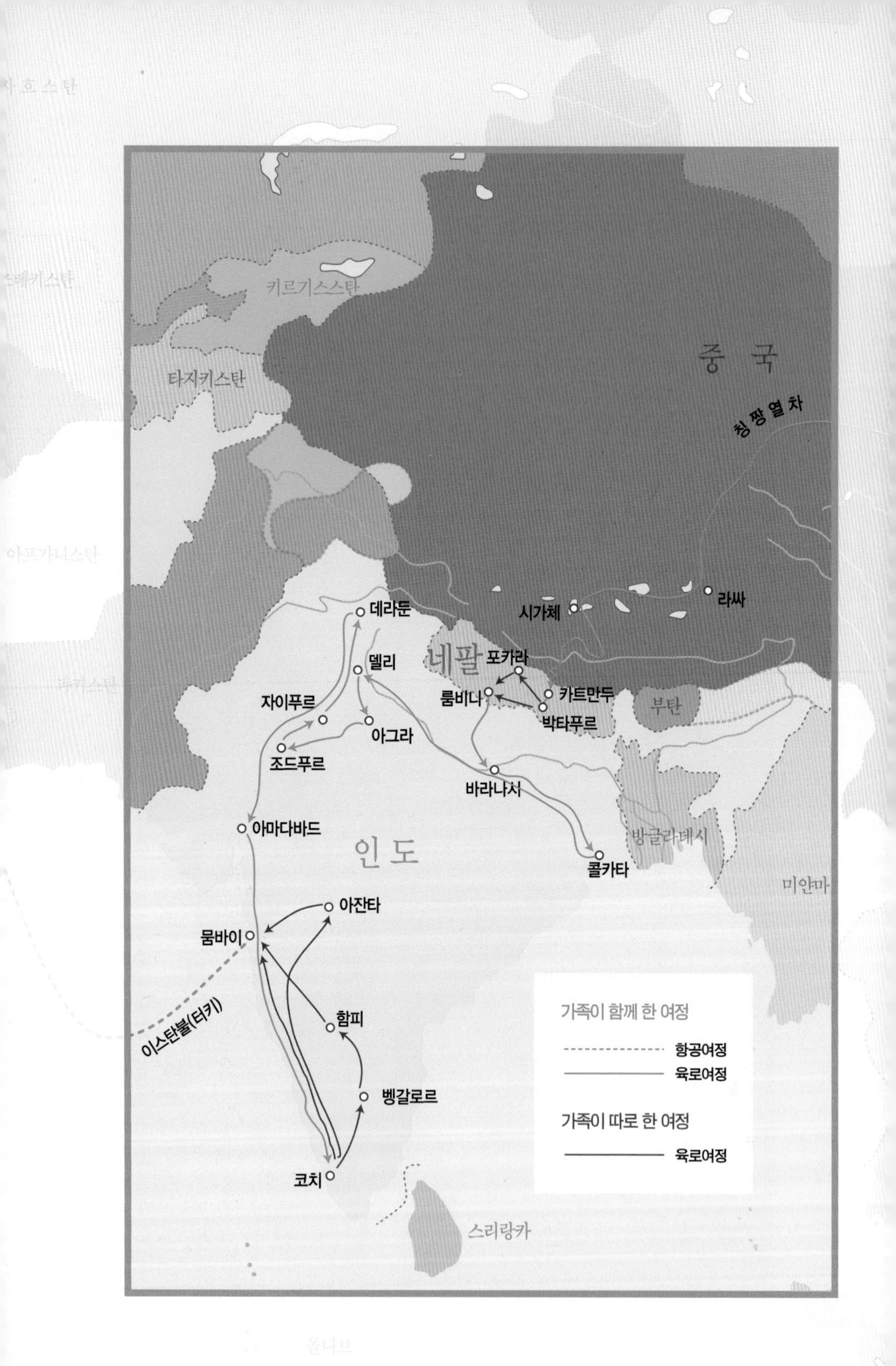

타히스탄

키르기스스탄

타지키스탄

중국

청짱열차

아프가니스탄

파키스탄

데라둔

시가체   라싸

네팔 포카라

델리

자이푸르   룸비나   카트만두

아그라   박타푸르

조드푸르   부탄

바라나시

아마다바드

인도   방글라데시

미얀마

콜카타

아잔타

뭄바이

함피

이스탄불(터키)

벵갈로르

코치

스리랑카

가족이 함께 한 여정

- - - - - - - - 항공여정

————— 육로여정

가족이 따로 한 여정

————— 육로여정

몰디브

1부

저개발의 희망, 역설의 땅_
네팔

Kathmandu
Bhaktapur
Pokhara
Lumbini
Sonauli

카트만두

최빈국의 맨얼굴과 느림의 미학

신(神)과 먼지, 혼돈의 도시

세계의 지붕을 넘는 최고의 험로인 히말라야를 거쳐 네팔로 넘어왔을 때 우리 가족은 모두 지쳐 있었다. 중국에 볼거리가 워낙 많아 여행에 강행군을 한데다 마지막 티베트 고원과 히말라야를 넘어오는 동안 피로가 누적되었기 때문이다. 당장 휴식이 필요했다.

카트만두(Kathmandu)는 티베트에서 우리를 집요하게 쫓아다니던 고산증에서 벗어날 수 있었다. 티베트에 비해 햇살도 좋고 날씨도 따뜻해 편하게 쉬기에도 안성맞춤이었다. 서양 여행자들로 거의 만원인 스파클링 터틀 백패커스 호스텔(Sparkling Turtle Backpacker's Hostel)엔 자유롭고 평화로운 분위기가 넘쳐흘렀다. 우리는 이 숙소에서 일주일 머물렀다. 때로 베테랑 장기 배낭여행자처럼 숙소와 주변을 빈둥거리며 차를 마시고, 책도 보고, 여행기를 정리하는 여유도 부렸다.

여행의 피로는 오래 가지 않았다. 원래 여행의 피로란 일상 생활에서 얻는 피로와는 성격이 다르다. 일상의 업무나 공부에 대한 압박감은 지속성이 있지만, 여행의 피로는 그냥 하루나 이틀 쉬고 나면 말끔히 사라진다. 일정을 약간 여유 있게 잡고 마음 끌리는 대로 새로운 곳을 돌아다니다 보면 여행자 본연의 호기심과 흥분이 다시금 발동한다. 그것이 일상의 속박에서 벗어

카트만두 더르바르 광장에 있는 왕궁과 사원 중세 유적지가 주민의 생활 속에서 살아 숨쉬는 세계에서 몇 안 되는 곳이다.

난 여행자의 특권이며 자유의 참맛이다.

카트만두에 머무는 동안 여러 가지를 경험했다. 인도 비자를 신청해 발급받고, 중국을 여행하며 늘어난 짐 가운데 불필요한 것들을 한국으로 부치고, 여행자 거리인 타멜(Thamel)에서 쇼핑도 하고, 옛 왕궁과 사원들도 돌아보고, 코이카(KOICA, 한국국제협력단)의 봉사활동에도 참여했다. 이 모든 것들을 한마디로 정리하기는 힘들지만, 요약한다면 세계에서 가장 가난하지만 희망을 잃지 않고 살아가는 사람들을 만나면서 급박하게 돌아가는 우리의 삶을 되돌아보는 시간이었다고 할 수 있다. 세계 최고의 역사유적과 문화유산에 감탄하고 그것을 알아가는 지적 쾌감과는 차원이 다른, 내면으로의 여행이었다. 여행자로서의 자유와 늘어짐이 있었기에 가능했는지도 모른다. 카트만두의 속살을 알아가는 과정은 네팔의 현재를 알아가는 과정이기도 했다.

네팔의 수도 카트만두는 한마디로 형용하기 어려운 '혼돈의 도시'다. 혹자는 도심은 물론 주택가나 상가 어느 곳에서나 볼 수 있는 사원과 무수한 힌두의 신들을 빗대어 '신들의 도시' 또는 '사원의 도시'라고도 하고, 혹자는 인구가 급격하게 팽창하고 있으나 도시 기반 시설이 이를 쫓아가지 못해 도시화의 문제가 집약된 '문제의 도시'라고도 하고, 혹자는 만성적인 빈곤에 허덕이는 '가난의 도시'라고도 하고, 혹자는 그럼에도 낙천적으로 살아가는 '느림의 도시'라고도 하고, 혹자는 히말라야 등정의 출발점이 되는 '트레킹의 도시'라고도 하고, 이 모든 역설적인 현상들이 어우러져 있지만 그 실체를 분명히 파악하기 어려운 '신비의 도시'라고 부르기도 한다. 모두 맞는 말이다. 하지만 이 모든 것이 복잡하게 얽혀서, 때로는 복잡하게 꼬인 네팔의 정국처럼 무질서하게 돌아가는 '혼돈의 도시'라는 말보다 더 적합한 표현이 있을까.

카트만두의 실체를 분명하게 확인할 수 있었던 것은 인도 대사관을 방문해 비자를 신청한 날이었다. 우리는 비자를 신청한 다음, 카트만두 시내를 관통해 걸어서 숙소로 돌아왔다. 큰 아들 창군과 조카 멜론이 앞장서 뚜벅뚜벅 걸어갔고, 둘째 아들 동군과 아내 올리브가 그 뒤를 따랐으며, 나는 맨 뒤였다. 길이 복잡하고 표지판도 보이지 않는데 아이들은 택시를 타고 왔던 길을 귀신같이 찾아갔다. 아침에 택시를 타고 쌩~ 달려왔던 길을 하나도 헷갈리지 않고 되돌아가는 게 놀라웠다. 장기 여행의 효과일까?

하지만 카트만두 시내를 걷는 것은 먼지와 매연, 소음, 쓰레기, 오물, 무질서, 위험한 차량과 오토바이, 엄청난 행인과 상인과의 싸움이었다. 제대로 걸을 수가 없었다. 1인당 국민소득 500달러의 가난한 나라라고는 해도 수도가 이렇게까지 낙후되어 있으리라고는 상상하지 못했다. 최소한 지난 10~20년 사이에 도로나 하수도, 쓰레기 처리 등 공공 부문에 대한 투자가 전혀 이루어지지 않은 듯했다. 낡음과 낙후함의 극치였다. 숨이 막힐 것 같았다.

도로는 차가 지나다니는 가운데만 겨우 포장되어 있었다. 그나마도 너무 오래 방치되어 곳곳이 파이고 아스팔트와 시멘트가 떨어져 나가 포장이라고 말하기도 어려운 상태였다. 중앙선도 없어 차량과 오토바이, 자전거가 뒤엉켜 있었고, 차량들은 연신 클랙슨을 울려댔다. 처참할 정도로 망가진 카트만두 시내의 모습에 우리 모두 입을 다물지 못했다.

낡은 차량들은 엑셀을 밟을 때마다 시커먼 매연을 울컥울컥 쏟아냈다. 차가 인도 쪽으로 움직이기만 하면 가루처럼 곱게 부서져 길가에 쌓여 있던 흙먼지가 짙은 안개처럼 도로에 확 퍼졌다. 그럴 때마다 숨이 컥컥 막혔다. 마스크를 쓴 주민들도 많았다. 카트만두를 여행하려는 사람은 반드시 성능 좋은 마스크를 휴대하라고 권하고 싶다. 인도라고 할 수도 없는 도로변에는 돌과 쓰레기들이 넘쳐났다. 소와 개들의 배설물도 여기저기 널려 있어 자칫하면 '낭패'를 당하기 십상이다. 그야말로 먼지와 소음의 도시다.

카트만두를 가로질러 흐르는 강은 하수구 그 자체였다. 정화 시설이 제대로 갖추어지지 않아 모든 하수와 화장실 오물이 강으로 흘러들어가고 있었다. 주민들은 쓰레기를 강에다 버렸다. 강변의 둑은 물론 강물에도 쓰레기가 넘쳤다. 세계 최고봉 히말라야에서 발원해 흐르던 맑은 물은 오물투성이가 되어 악취를 토해냈다. 도로변의 집들은 금방이라도 허물어질 것 같았다. 새로 지은 집은 물론 페인트를 새로 칠한 집이나 건물을 거의 찾아볼 수 없었다. 도로변엔 누더기가 된 판자들로 벽과 지붕을 얼기설기 엮어 놓은 채 과일과 야채를 파는 상점들이 많았다. 인간이 만든 가장 열악하고 지저분한 환경에서 생존을 위해 가장 치열한 전쟁을 벌이고 있는 곳 같았다.

카트만두는 1990년대 초반까지만 해도 인구 30만의 작은 도시였다. 하지만 내전이 격화하고 경제가 어려워지면서 인근 농촌과 산악 지방에서 살던 주민들이 수도 카트만두와 그 외곽으로 몰려들면서 2011년엔 인구가 300만 명으로 늘어났다. 20년도 채 안 되는 사이에 열 배가 된 것이다. 하지만 물밀듯이 밀려오는 인구를 감당할 사회기반시설, 말하자면 주택이나 상하수도, 도로, 교육, 의료 등의 시설은 그에 따라가지 못해 도시화 문제가 폭발 직전

카트만두 거리의 학원 간판 해외에서 일자리를 찾는 젊은 이들을 위한 학원 간판으로, 한국도 인기 있는 지역이다.

의 상황이다. 워낙 가난한 나라여서 예산도 부족한데 단기간에 인구가 급증해 손을 쓸 수가 없었다. 다른 나라도 이렇게 단기간에 인구가 급증한다면 제대로 대처하기 어려울 것이다. 네팔에선 정치적 불안에다 경제 시스템도 제대로 작동하지 않아 문제가 더 심화되었고, 취약한 경제력으로 이런 문제에 대처할 여력이 없는 상태다. 당장 먹고 사는 문제도 해결하지 못하고 있다.

어렵게 길을 걸어가는데 곳곳에 한국어를 가르치는 학원들이 눈에 띄었다. 한국, 일본, 중국, 영국 등에 취업을 원하는 젊은이들을 위한 학원이었다. 네팔에서는 취직할 만한 기업이 마땅치 않아 외국에 취업하는 게 하나의 꿈처럼 되어 있다. 그 가운데 일본이 가장 인기가 있고, 한국이 두 번째라고 한다. 특히 한류 바람을 타고 한국의 인기가 빠르게 높아지고 있다. 실제로 네팔을 여행하면서 한국어를 공부하고 있다고 자랑하는 네팔 젊은이들을 여러 차례 만났다. 자신의 조국에서 희망을 찾지 못하고, 해외로 떠날 꿈을 꾸는 젊은이들이 많은 네팔이 참으로 안타까웠다.

숙소 근처로 접어들자 먼지나 소음이 한결 줄어들어 그나마 숨을 쉴 수 있었다. 우리가 묵고 있던 호스텔은 카트만두 시내에서 조금 떨어진 서북쪽 언덕 위의 고급 주택가에 자리 잡고 있었기 때문이다. 처음 카트만두에 도착해 체크인을 할 때는 몰랐는데, 혼잡한 카트만두 시내를 통과해 돌아오니 비로소 그 모습이 눈에 들어왔다. 인근 주택들은 부지도 비교적 널찍널찍하고 일부는 정원이 잘 가꾸어져 있고, 수영장이 딸린 집도 있었다. 호스텔 주인은 독일 사람이었는데, 네팔인과 합작해 여행사도 운영하고 있었다.

나는 카트만두에 머물면서 거의 매일 아침 숙소 옥상으로 올라가 아침 해를 맞았다. 카트만두는 히말라야 산맥 남쪽의 분지에 자리 잡고 있는데, 이곳을 '카트만두 밸리(Kathmandu Valley)'라고 한다. 호스텔 옥상에서 카트만두 분지를 내려다볼 수 있었고, 그 분지 위로 해가 뜨는 것도 잘 보였다. 옥상의 공기는 상큼했지만, 그 아래 카트만두 시내엔 거무칙칙한 매연과 먼지가 낮게 깔려 있었다. 검고 긴 띠가 밤새 분지로 내려온 하강기류를 따라 카트만두 시내와 그 너머 산 중턱을 휘감아 흐르고 있었다. 아침 햇살을 받아 환하게 빛나는 호스텔 부근의 고급 주택들과, 멀리 긴 매연 띠에 휘감긴 카트만두가 극적으로 대비되었다.

카트만두에서 인도 비자 받기

카트만두에 도착해 가장 먼저 해결해야 할 것이 인도 비자였다. 인도 비자는 발급받는 데 일주일 정도가 걸리고 신청하고 며칠 후 다시 대사관을 방문해야 하는 등 절차가 복잡하기로 유명했다. 게다가 예전보다 비자 발급이 더 까다로워졌다는 말을 들어서 빨리 해결해야 마음이 편안해질 것 같았다. 그래서 일단 비자를 신청한 다음, 인도 대사관이 발급 절차를 진행하는 동안 카트만두를 돌아보기로 했다. 네팔에서 인도로 넘어가는 대부분의 외국 여행자들도 그렇게 한다.

인도 대사관의 앞마당은 비자를 신청하러 온 전 세계 여행자들로 만원이었다. 예상대로 비자를 발급받는 데 일주일이 걸린다고 했다. 방문 첫날은 '텔렉스 폼(Telex Form)'이라는 신청서를 작성해 1인당 300루피(약 4800원)의 수수료와 함께 제출하면 끝이다. 그러면 인도 대사관이 이것을 카트만두 주재 한국 대사관에 보내 신원 확인 절차를 진행한다. 신청자가 일주일 후 방문하면 인도 대사관이 한국 정부의 회신을 바탕으로 비자를 발급해준다. 이때 1인당 3500루피(약 9만 원)의 발급비와 수수료를 더 내야 한다. 따라서 비자 신청자는 무조건 일주일을 기다려야 한다. 이 기간에 카트만두를 여행한다.

오전 10시 정도에 인도 대사관에 도착해 번호표를 뽑았는데, A60번 전후(처음 방문하는 사람은 A번호표를 받는다)였다. 대사관의 업무 진행은 아주 느려 낮 12시가 다 되도록 A20번 대에 머물러 60번 대인 우리는 오후 늦은 시간에나 차례가 올 것 같았다. A번호표를 받은 사람과 두 번째 방문자인 C번호표를 받은 사람의 업무를 번갈아 가면서 처리하는데다, 중년의 인도인 경비 말에 따르면, 대사관 직원이 새로 와서 시간이 무척 많이 걸린다고 했다.

점심때도 되고 해서 대사관 바로 앞의 KFC라는 작은 식당으로 갔다. '이런 곳에도 KFC가 있나?' 하면서 가까이 가 보니 미국의 패스트푸드점이 아니라 '카트만두 패스트푸드 카페(Kathmandu Fastfood Cafe)'였다. 카레와 네팔식 만두인 모모(Momo) 등을 파는 네팔 로컬 음식점이었다.

카트만두의 인도 대사관은 세계 장기 배낭여행자들의 집합소다. 네팔을 여행할 때 장기 배낭여행자들의 분위기를 느끼고 싶다면 인도 대사관으로 가면 된다. 여기를 찾는 여행자는 모두 네팔에 이어 인도를 여행하려는 사람들로 거의가 장기 배낭여행자다. 단기 여행자라면 본국에서 인도 비자를 받아 여행하지 군이 아까운 시간을 내 대사관에 올 이유가 없기 때문이다. 우리처럼 중국이나 방글라데시 같은 인근 국가를 여행하고 네팔로 넘어온 사람들이 대부분이다.

행색만 봐도 장기 여행자의 냄새가 물씬 풍긴다. 색 바래고 후줄근한 티셔

츠에 청바지를 입고 알록달록한 천 가방이나 목걸이, 팔찌 또는 숄이나 목도리를 두른 사람들이 많다. 남자들은 수염을 덥수룩하게 기르고, 여성들은 네팔 현지인들처럼 치렁치렁한 치마 차림이다. 신발도 오랜 여행에 색이 바래거나 네팔인들이 애용하는 슬리퍼나 쪼리를 신고 있다. 여기서는 이런 차림이 아주 자연스럽다. 이들은 대사관 마당의 의자에 앉아 낯선 사람들과 대화를 나누기도 하고, 가이드북이나 책을 보면서 무료한 시간을 달랜다.

여기에서 한국인 여행자도 만났다. 포카라(Pokhara)에서 안나푸르나(Annapurna) 트레킹을 비롯해 20여 일 동안 네팔 일주를 마치고 이제 인도 일주를 준비하고 있는 청년이었는데, 안나푸르나 트레킹이 환상적이었다면서 꼭 가보라고 권유했다. 그 옆에는 앳된 얼굴을 한 20대 초반의 독일인 자매가 앉아 있었는데, 다른 사람들과는 달리 다소 긴장된 표정이었다.

오후가 되자 대사관의 업무 처리 속도가 갑자기 빨라졌다. 비자 신청은 오전에만 받고 오후에 그것만 처리하면 업무가 마무리되기 때문에 서두르는 것 같았다. 오전에는 여유를 부리던 경비도 비자 신청의 보조원이 되어 바삐 움직였다. 대기자들 번호표를 확인하고, 신청서 작성이 제대로 되었는지 점검한 다음 창구 앞의 줄에 미리 서 있으라고 안내했다. 모두가 외국인이고 거의 초행인 입장이라 무어라도 하나 준비가 되어 있지 않으면 질문하고 답변하는 데 시간이 하염없이 흘러간다. 비자 신청에 밝은 경비원이 보조 역할을 하니 일이 신속히 진행되었다. 줄도 빠르게 줄어들어 오후 3시 가까이 되자 우리 차례가 왔다. 대사관 직원이 신청서와 여권을 확인하고 수수료를 받은 다음 도장을 '쾅!' 찍어주는 것으로 끝이었다. 1분도 안 걸렸다.

일주일 후 비자를 발급받기 위해 다시 인도 대사관을 찾았다. 일찌감치 도착했는데도 벌써 많은 외국인들이 줄을 서서 문이 열리기를 기다리고 있었다. 문이 열리자 바로 들어가 번호표를 뽑았다. C20번대였다. 2시간 후인 11시가 넘어서야 우리 차례가 왔다. 그런데 대사관 직원이 '한국 정부에서 연락이 없다'며 우리가 신청한 6개월 복수비자는 발급이 안 되고, 3개월 싱글비자를 받아가든 일주일을 더 기다리라고 했다. 극히 합법적인 여권을 갖고 있는 합법적 신분의 대한민국 국민이 적법하게 신청한 6개월 복수비자가 거부된다는 건 이해가 되지 않았다.

"왜 연락이 없죠?" 내가 의아해하며 대사관 직원에게 물었다.

"그것은 대한민국 정부의 일입니다. 우리는 모릅니다." 직원은 사무적인 태도로 답변했다. 가족에게 상황을 설명하니 모두 일주일을 어떻게 더 기다리느냐는 반응이었다. 어차피 앞으로 2개월 후 터키로 넘어갈 것이니 기간은 문제될 것 없지만, 인도에서 스리랑카를 여행하려고 계획했던 것이 걸렸다. 그렇지만 지금은 그것까지 고려할 여유가 없었다. 대사관 직원이 어찌나 사무적이던지 시간을 끌면 '3개월 싱글비자'마저 사라질 것 같았다. 결국 6개월 복수비자와 똑같은 1인당 3500루피를 납부하고 3개월 싱글비자를 받았다.

나중에 인도를 여행하면서 한국인들의 이야기를 들어보니, 인도 대사관의 그런 태도가 상습적이라고 했다. 신청자가 제출한 텔렉스 폼을 한국 대사관에 제대로 보내지도 않고 나중에 연락이 없었다고 잡아떼는 것 같다고도 했다. 그것이 사실이라면, 참으로 한심한 일이 아닐 수 없다. 이런 일이 다반사로 벌어지는데도 한국 정부는 무엇을 하는지 답답한 일이었다. 이래저래 네팔과 인도에 대한 첫 인상이 좋을 수 없었다.

네팔이 세계 최고 여행지인 이유

카트만두가 여러 면에서 취약하다 하더라도 타멜 거리는 빼놓을 수가 없다. 서울의 명동 같은 카트만두의 대표적인 관광명소다. 우리는 인도 대사관에 비자를 신청한 다음 날 타멜로 나갔다. 타멜은 옛 카트만두 왕국이 자리 잡았던 구시가지로, 왕궁과 사원, 각종 사탑 등이 옛 모습 그대로 보존되어 있다. 사실 카트만두에서 신시가지라고는 찾아보기 어렵고, 모두가 구시가지라고 할 수 있지만, 타멜은 그 가운데서도 옛 도시의 모습이 가장 잘 보존되어 있는 구시가지 중의 구시가지라 할 수 있다.

타멜은 좁은 골목 주변으로 4~5층 높이의 옛 건물들이 가득 들어차 있었다. 중앙의 더르바르 광장(Durbar Square)을 중심으로 미로처럼 이어져 있는 좁은 골목에는 의류와 숄, 스카프, 모자, 이불, 모포 등 섬유 제품에서부터 불교와 힌두교 및 티베트 불교와 관련된 종교용품, 그림, 기념품, 등산용품, 전자 제품 등을 파는 작은 상점들, 여행자들을 위한 환전소, 카페, 식당, 요가 학원, 게스트하우스, 문신이나 헤라 및 마사지 업소 등이 끝없이 들어서 있었다. 어마어마한 상업의 거리였다. 옛 건물과 미로 같은 골목, 작은 상점의 다양한 상품들을 보는 것만으로도 흥미로운 곳이었다. 우리도 타멜 거리를 돌면서 본가와 처가의 부모님, 마침 이날 결혼한 청주의 조카—그러니까 멜론의 누나—를 위해 작은 기념품을 사면서 떨어져 있는 가족에 대한 그리움과 미안함을 달랬다.

타멜 거리엔 전반적으로 궁핍의 냄새가 풍겼지만, 나름의 활력이 느껴졌다. 다닥다닥 붙은 상점들과 사람들은 생존을 위해, 말하자면 '돈'을 벌기 위해 치열한 경쟁을 벌이고 있었다. 네팔에는 취직할 만한 기업이 별로 없기 때문에 상업이 주요 직업 중 하나가 되었고, 몰려드는 외국인 관광객을 대상으로 한 사업은 짭짤한 수익을 기대할 수 있는 유망 비즈니스였다.

타멜에서 특히 여행자들의 관심을 끈 것은 골목 구비마다 놓인 각종 신상과 제단이었다. 카트만두가 '신들의 도시', '사원의 도시'라는 말은 허언이 아니었다. 주민들 수보다 신이 많다는 말도, 구체적으로 셀 수는 없지만, 맞을 것 같았다. 신들의 이름은 너무나 많고, 거기에 얽힌 에피소드도 어마어마해서 이루 열거하기조차 힘들다. 창조의 신 브라마에서부터 파괴의 신인 시바,

타멜 지역 카트만두의 대표적 여행자 거리로, 여행자를 위한 크고 작은 숙소와 상점들이 거리와 골목을 메우고 있다.

시바의 부인인 파르바티, 미남의 신 크리슈나, 코끼리 형상의 가네쉬, 원숭이 형상의 하누마트, 우주의 수호신 비누스 등등 이름만 열거해도 책 몇 권은 필요할 정도다. 힌두교의 신 이외에도 다양한 불상에 전통 신앙까지 결합해 네팔의 종교 세계는 너무나 복잡하다.

　네팔은 약 85%가 힌두교도로 압도적이고, 약 10%가 불교도, 4~5%가 이슬람교도라고 한다. 특히 힌두교는 모든 사물이나 현상에는 신이 있다는 범신론(汎神論)에 기반하고 있어서 불교의 부처나 이슬람의 마호메트까지 무수한 신들의 하나로 흡수해 버리는 게 특징이다. 그러다 보니 신이 넘치고, 그 신에게 건강과 행운을 기원하는 게 일상이다.

　'신의 거리' 타멜은 골목마다 크고 작은 신상(神像)과 제단이 설치되어 있고, 식당이나 상점에도 어김없이 신상이나 신의 모습을 그린 그림이 걸려 있다. 주민들은 그 신상과 제단에 향을 피우고, 꽃을 뿌리고, 손으로 만지면서 행

카트만두의 길거리 사원 골목을 돌아갈 때마다 신상과 사원이 있으며, 주민들이 꽃과 촛불을 바치고 향을 피우며 행운과 영생을 기원한다.

운과 영생을 기원했다.

타멜의 중심 더르바르 광장에 들어서자 다시 입이 벌어졌다. 옛 중세 시대의 왕궁과 사원이 고색창연한 모습으로 주민과 관광객들을 맞고 있었다. 광장 한가운데에는 소들이 길에 배를 깔고 누워 휴식을 취하고, 그 주변엔 비둘기들이 새카맣게 내려앉아 있었다. 사람들이 그 너머 왕궁과 쿠마리 사원의 계단을 자유롭게 오르내리며 건축물을 구경하고, 신상 앞에서 열심히 기도를 드렸다. 악기를 연주하는 사람도 있었다. 귀중한 유산을 이렇게 '방치'해도 되는가 싶을 정도였다. 하지만 전통 문화가 네팔 사람들의 생활 속에서 숨 쉬고 있는 것은 분명해 보였다. 그렇게 생각하는 순간, 무언가 둔기로 한 대 얻어맞은 것처럼 정신이 퍼뜩 들었다.

카트만두 여행의 참맛은 바로 여기에 있었다. 카트만두에서는 전통 문화와 종교, 삶이 하나로 통합되어 있었던 것이다. 다른 곳에서 보기 어려운 현상이었다. 보통 유명한 관광지의 종교 시설물들은 관광객이나 여행자들을 위해 새로 단장하고, 철책을 치고, 입장료를 받고, 주민들과 격리하는 게 대부분인데, 네팔에서는 그런 모든 것이 생활 속에 존재하고 있었다. 입장료도 따로 없고, 유적에 대한 접근 제한도 거의 없다. 가장 가난한 나라, 문명의 혜택을 가장 적게 받고 있는 주민들이기에 신에 대한 기원은 이들의 고단한 삶에 위안과 힘을 주고 있다. 신은 이들의 삶에 깊숙이 들어와 있었고, 이들의 삶 그 자체였다.

그러다 보니 귀중한 문화유산이 제대로 관리되지 않는다는 단점—아주 큰 단점—이 있었다. 많은 외국 여행자들이 카트만두를 찾고 있지만 영어 안내문은 고사하고, 유적 이름을 알리는 팻말조차 제대로 갖추어져 있지 않았다. 그래서 문화유산을 일일이 확인하지 못해 가이드북에 의존해야 했지만, 이 고색창연하고 아름다우며 신비감을 자아내는 유적들이 바로 지금, 이곳 네팔 사람들의 생활 속에 살아 숨 쉬고 있다는 것이 놀라울 따름이었다.

이런 모습은 카트만두의 유서 깊은 불교 사원으로, 세계 문화유산에 등재된 소얌부나트(Sowyambunath)에서도 확인할 수 있었다. 우리가 머문 호스텔이 소얌부나트와 바로 인접해 있었으나 그곳을 돌아볼 생각은 별로 하지 않고 일주일을 보냈다. 그동안 중국에서 수많은 명찰(名刹)들을 돌아본 터라 관심이 가지 않은 탓도 있지만, 카트만두에 온 이후 게을러진 탓이 컸다. 카트만두에서 박타푸르(Bhaktapur)로 떠나는 날 아침, 마지막으로 소얌부나트를 둘러보았다. 잠이 더 필요하다는 멜론을 빼고 모두 숙소를 나섰다.

소얌부나트는 타멜과 마찬가지로 경이의 장소였다. 소얌부나트의 정확한 건축 시기는 알 수 없지만, 네팔에서 가장 오래된 불교 사찰 중의 하나다. 전설에 의하면 아주 먼 옛날 카트만두 밸리에 큰 호수가 있었다. 그 호수에는 사람들을 괴롭히는 괴물 뱀이 살고 있었다. 중국의 문수보살이 티베트를 넘어 인도로 여행하려다 이 호수의 연꽃에서 대일여래(大日如來)가 탄생했다는 이야기를 듣고 경배차 들렀다. 그때 이곳 사람들이 괴물 뱀 때문에 어렵게 살고 있다는 안타까운 이야기를 듣고, 이를 가엽게 여겨 서북쪽의 산을 칼로 베었다. 그러자 호수의 물이 빠지고 뱀이 사라지면서 살기 좋은 분지가 만들어졌다. 이때 만들어진 분지가 바로 카트만두 밸리고, 물이 빠지면서 산 위에 나타난 절이 바로 소얌부나트라고 한다.

소얌부나트 꼭대기까지 올라가려면 300여 개의 계단을 올라야 한다. 아침에 운동 삼아 올라갔다 내려오기에 적당한 거리다. 이른 아침인데도 소얌부나트로 올라가는 길과 공터엔 산책하고, 운동하고, 참배하기 위해 나온 주민들과 원숭이들로 붐비고 있었다. 한쪽 공터에서는 전문가의 지도 아래 요가로 몸을 푸는 주민들도 보였다.

특히 길과 계단 주변, 나무나 지붕, 담장 위엔 장난꾸러기 원숭이들이 바글거렸다. 원숭이가 워낙 많아 이 절을 '몽키 템플(Monkey Temple)', 즉 '원숭이 절'이라고도 부른다. 그런데 이 원숭이들이 공포의 대상이다. 사람들이 먹을 것을 들고 가면 가차 없이 달려들어 휙 낚아채서 산으로, 지붕으로 도망간다. 특히 물건을 살 때 받은 검은 비닐봉지는 이들이 노리는 주요 타깃이다. 때문에 이런 봉투를 포함해 자신의 소지품을 잘 간수해야 한다. 카트만두 주민들은 원숭이들을 신성시하여 전혀 해치지 않으며, 원숭이들 역시 사람들이 접근해도 달아나거나 긴장하지 않는다. 사람과 원숭이가 공존하는 것이다.

산 정상으로 올라가자 절이 나타났다. 아래로는 안개와 매연에 휩싸인 카트만두 밸리가 펼쳐져 있고, 그 너머로 고개를 내민 태양이 대지를 서서히 덥히기 시작했다. 정상에는 각종 신들을 조각해 올려놓은 탑과 함께, 크고 밝은 눈으로 세상을 살피는 커다란 눈이 우리 시선을 사로잡았다. 소얌부나트의 명물인 '지혜의 눈', '응시하는 눈'이다. 이 눈은 집착과 번뇌에 시달리는 자신의 내면을 돌아보라는 부처의 가르침을 담고 있다. 사람은 두 눈으로 다른 사물을 얼마든지 바라볼 수 있지만, 정작 자신의 얼굴은 보지 못하는

소얌부나트 사원 꼭대기에 있는 '지혜의 눈' 집착과 번뇌에 시달리는 중생들의 속마음을 꿰뚫어보는 듯하다.

존재 아닌가. 사물의 외면만 보려 하지 말고 그 내면을 보려는 노력이 필요하며, 특히 자신을 제대로 알려면 내면의 눈을 키우라는 것이다. 탑에 그려진 커다란 눈을 바라보고 있자니 그 눈동자가 사소한 욕망의 포로가 되어 자신의 본래 모습을 잃어가는 우리의 모습, 그 속에서 번민하는 우리의 내면을 빤히 들여다보는 것 같았다.

불교 사원이지만 힌두의 신들도 모셔져 있어 이곳이 힌두 사원인지 불교 사원인지 분간하기 어렵다. 주민들은 탑을 돌면서 열심히 기도하고 기원을 올렸다. 향을 피우고, 촛불을 밝혀 탑 주변에 조심스럽게 올려놓았다. 살림살이가 충분하지 않지만, 그리고 그들이 올려놓는 향이나 촛불이 비싼 것은 아니지만, 그들의 정성은 다른 어떤 것보다 크고 풍성했다. 카트만두의 중심인 타멜이 생활 속의 문화유적이듯이 이곳 역시 주민들의 생활과 함께하는 절이었다. 우리도 한 개당 2루피 하는 작은 촛불을 하나씩 사서 탑에 올려놓았다. 순박하고, 평화를 사랑하고, 친절한 이곳 사람들이 진정으로 행복하기를 기원했다.

소얌부나트를 한 바퀴 돌아 내려오다 올리브와 창군, 동군이 작은 스케치북과 노트를 꺼냈다. 그리고 주변에 있는 나무나 탑, 신상 등 마음에 드는 것을 깊이 응시하면서 그림을 그렸다. 소얌부나트의 '응시하는 눈'이 가르치듯이, 그림을 그리면 사물에 대해 훨씬 더 깊게 생각하게 되며, 동시에 그 과정 속에서 온갖 잡생각으로 똘똘 뭉쳐 본질을 깨닫지 못하는 자신을 되돌아볼 수 있다. 평소 세밀화 작업을 하며 깊은 명상에 빠지는 올리브의 권유에 아이들도 동참한 것이다. 그림을 그리는 올리브와 아이들의 모습은 아주 진지해 보였고, 그 모습이 주변 풍경과 잘 어울렸다. 그렇게 소얌부나트는 우리 마음 속으로 다시 들어왔다.

카트만두, 특히 타멜 거리엔 외국인이 들끓었다. 대부분이 서양 여행자들로, 거리를 지나는 사람의 절반 이상이 서양 여행자처럼 느껴질 정도다. 중국에서도 이렇게 많은 서양 여행자들은 보지 못했다. 이토록 남루한 네팔에 왜 이렇게 많은 서양 여행자들이 모여드는 것일까. 낡고 매연과 먼지에 소음 가득한 도시 카트만두는 세계 최고의 관광지로서 최소한 다섯 가지의 매력을 갖추고 있기 때문이다.

첫째는 옛날 모습이 잘 보존되어 있고, 특히 동양의 종교적 신비감이 넘친다. 문화재가 주민들의 삶 속에 녹아들어 있어 다른 어느 곳에서도 볼 수 없는 이국적인 정취를 느낄 수 있다. 둘째는 사람들이 순박하고 친절하며, 그렇기 때문에 여행지 중심으로 다니면 대체로 안전하다. 누구에게나 손을 내밀면 여행자를 도와주려는 우호적인 분위기가 넘친다. 셋째는 여행지에선 웬만큼 영어가 통해 의사 소통에 어려움이 없다. 중국만 해도 영어가 통하지 않는 곳이 많았지만, 카트만두에선 웬만한 의사 소통이 가능하다. 넷째는 가격이 놀랄 만큼 저렴하다. '가격'이야말로 장기 배낭여행자에게 가장 중요한 고려 사항인데, 네팔의 물가는 세계 최저라 해도 과언이 아니다. 다섯째로 카트만두에서 조금만 나가면 북쪽으로는 히말라야의 영봉들이, 남쪽으로는 원시의 밀림이 자리 잡고 있다. 이런 풍부한 자연 경관 역시 세계적으로 경쟁력이 있다. 여기에 하나를 더한다면, 화려하고 현란한 외적 자극이 최소화되는 반면 내면이 오히려 더 풍부해지는 여행지다. 자신의 본래 모습을 되돌아보게 하는 여행지인 것이다.

이런 많은 장점들에도 불구하고 네팔이 이를 효과적으로 활용하지 못하는 것은 안타까운 현실이다. 그래도 가능성은 있으며, 오히려 다른 어느 곳보다 크다. 특히 네팔 현지인들의 생활 속에서 숨 쉬는 귀중한 문화유산들을 대자본이 들어와 '현대화된' 여행지로 '박제화'시킬 것이 아니라, 주민들이 중심이 되어 소규모 방식으로 새롭게 정비하고 관리―'근대적 개발'이 아니라―함으로써 그 혜택이 네팔 현지인들에게 돌아가도록 하면 좋을 것이다.

역설적이고 다소 엉뚱한 얘기가 될지 모르지만, 지금까지 네팔이 경제적으로 '성장'하지 않고, '개발'되지 않은 것이 오히려 '축복'이 될 수 있지 않을까. 최빈국 네팔에 숨겨져 있는 그 가능성을 진정한 '행복'으로 만들기 위한 새로운 개발의 '대안'이 필요한 것이다. 과연 어디에서 그것을 찾을 수 있을까.

가슴이 따뜻해지는 소포 보내기

타멜에서 구입한 기념품과, 중국을 여행하며 크게 늘어난 짐을 덜어내 한국으로 부치는 것도 카트만두에서 할 일이었다. 처음에는 네팔 우체국보다 다국적 배송회사인 미국의 Fedex나 DHL이 안전할 것이라 생각하여 그곳을 먼저 찾았다. 하지만 비용이 생각보다 비쌌다. 박스 하나 부치는 데 미화 150~200달러였다. 한화로 20만 원 안팎이니 배보다 배꼽이 더 크다. 물건이 한국에 늦게 도착하더라도 상대적으로 저렴한 배를 통한 배송을 원했는데, 네팔에는 항공 배송밖에 없었다. 택배회사를 방문하면서 네팔이 바다가 없는 내륙 국가라는 사실이 새삼스럽게 다가왔다.

그래서 네팔 중앙우체국 국제물류센터를 찾았다가 뜻하지 않은 행운을 얻었다. 중앙우체국은 한국의 지방 작은 마을의 우체국 창구처럼 아주 소박해서 국제물류센터라고 하기엔 초라할 정도였다. 모든 우편물 처리도 수작업으로 이루어지고 있었다. 컴퓨터 같은 근대적 기계는 무게를 측정하는 저울 말고는 없었다. 전산 시스템은 아예 없었다. 전통적인 방식이 그대로 유지되고 있었다. 매우 흥미로웠다. 신청서를 작성하고, 배송할 짐에 금지품목이 없는지 검색한 다음, 박스에 넣는 과정은 비슷했지만, 그 다음부터가 '느림의 미학'의 압권이었다. 이것이야말로

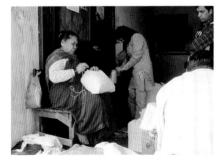

카트만두 중앙우체국 국제물류센터 소포를 천으로 감싼 다음 일일이 손으로 바느질을 해 포장한다.

최빈국 네팔에서 발견한 새로운 가치, 우리가 잊고 있었던 소중한 가치였다.

우체국에선 박스로 포장된 짐을 미색이 감도는 누런 무명천으로 감싼 다음, 손으로 일일이 바느질을 해서 다시 포장을 했다. 초로의 할머니와 중년의 아저씨가 솜씨 좋게 처리했다. 먼저 아저씨가 박스 크기에 맞추어 무명천을 손으로 쭈~욱 찢어 건네주면, 그 옆의 할머니는 그것을 즉석 바느질로 꿰맸다. 무명실을 바늘에 꿰어 길게 뽑아낸 다음 이빨로 실을 자르고, 박음질하듯이 천을 완벽하게 꿰맸다. 오랫동안 일해 온 베테랑의 솜씨로, 손발이 척척 맞았다. 그 다음에는 다른 중년의 아저씨가 바느질한 자리를 뜯지 못하도록 일일이 봉인 처리했다. 막대 초콜릿처럼 생긴 특수 플라스틱을 촛불에 살짝 녹인 다음, 그것을 바느질한 자리에 대고 꾸~욱 눌러서 봉인했다. 그 도장 같은 표식이 '포장 완료'를 입증하는 관인인 셈이다. 그 다음에 매직으로 주소를 기입했다.

이 모든 과정을 처리하는 데 대략 1시간 30분이 걸렸다. 한국이라면 자동 포장기계에 넣어 1분도 안 되어 끝냈을 것이다. 일이 급한 사람이라면 기다리기 힘들 것이나 나와 올리브, 창군은 신기해하며 사진도 찍고 과정 하나하나를 흥미롭게 지켜보았다. 소포 부치는 비용은 의외로 많이 들었다. 역시 항공으로 운송해야 한다는 것이 금액에 영향을 미치는 듯했다. 하지만 모든 작업

을 손으로 정성스럽게 하는 것을 보면서 금액 계산은 뒷전으로 밀렸다. 기계로 신속하게 처리하는 것보다, 짐을 더 소중하게 다루는 것 같아 마음이 오히려 따뜻해졌다. 정성이 깃든 소포는 약 1개월 후 한국에 배달될 것이다. 네팔 할머니와 아저씨의 손때가 묻은 무명천과 바느질, 봉인 처리한 짐이 잘 배달되길 기원했다.

짐 속에는 우리가 시간을 들여 구입한 네팔의 '명품'인 각종 수공예 제품도 들어 있었다. 네팔 사람들이 정성들여 짠 털모자와 장갑은 결혼한 조카를 위한 것이고, 양털로 된 숄과 얇은 담요, 면으로 된 침대보 등은 본가와 처가의 부모님을 위한 것이었다. 비록 가격은 비싸지 않지만, 타멜 거리의 친절하고 마음씨 좋은 가게 주인이 한참 동안 우리의 설명을 듣고 대화를 나눈 다음 신중하게 골라준 선물이니 거기엔 가격보다 더 소중한 우리의 마음이 들어 있었다.

또 다른 박스 하나엔 중국을 여행하면서 늘어난 짐을 줄이기 위해 솎아낸 책과 자료들이 수북이 들어 있었다. 올리브의 캐리어 한편에 돌덩이처럼 무겁게 자리를 차지하고 있던 자료도 솎아냈다. 짐이 가벼워져야 마음도 가벼워지고, 여행의 맛도 더 강하게 느낄 수 있다. 우리의 삶도 마찬가지다. 네팔 중앙우체국에서의 소포 발송은 바로 그 비움과 채움, 느림과 빠름의 미학을 경험한 뜻 깊은 여정이었다.

나중에 귀국해서 확인해 보니 네팔 중앙우체국에서 부친 짐이 한국에 완벽하게 배달되어 있었다. 누런 무명천도, 네팔 할머니의 바느질도, 거기에 찍은 플라스틱 봉인도, 어느 것 하나 훼손된 것이 없었다. 매직으로 쓴 주소의 글씨도 선명했다. 소포를 받은 부모님은 이것을 어떻게 열어야 할지 고민할 정도로 포장 상태가 완벽하여 혀를 내둘렀다고 하셨다. 그래서 그 천도 우리가 귀국할 때까지 그대로 보관해 두고 계셨다.

갈수록 속도가 빨라지는 시대, 기계가 노동력을 대체하면서 대량생산과 대량소비가 당연한 것으로 받아들여지는 시대, 모든 정보가 광속(光速)으로 유통되고 그 정보가 돈이 되는 시대. 이런 시대에 네팔 우체국의 '느린' 일처리는 국제경쟁에 뒤떨어진 상징적인 모습으로 해석될 수 있다. 네팔이 가난한 이유로 이를 제시할 수도 있다. 규격화된 박스에 물건을 집어넣고 기계가 포장을 하도록 한다면 일처리 속도는 몇 배 빨라지고 거기에 들어가는 노동력도 대폭 줄일 수 있을 것이다. 효율성과 경제성이 높아져 그만큼 경쟁력을 높일 수 있다. 그 방향으로 가고 있는 것이 오늘날의 세계다. 그걸 노리고 다국적 택배회사들이 네팔 시장을 잠식해 들어가고 있는 것이다.

하지만, 그렇게 된다고 사람들이 그만큼 더 행복해질까? 효율성이 높아진 만큼 사람들 사이의 정서적 유대도 튼튼해질까? 서비스에 대한 만족도도 높아질까? '느린' 네팔 중앙우체국과 '빠른' 다국적 택배회사라는 양 극단의 사례를 놓고 어떤 것이 더 바람직한 것인지 비교하기는 어렵다. 양자택일의 문제도 아니다. 하지만 네팔 중앙우체국이 자동화되어 있었다면, 그토록 신선하고 가슴 따뜻해지는 경험은 하지 못했을 것이다. 아름다운 추억을 되살려주는 누런 무명 포장도 남아 있지 않을 것이다. 확실한 것은 속도와 경쟁에 치중하면서 소중한 것들을 잃고 있다는 것이며, 네팔에서의 경험이 그것을 다시금 일깨워주었다는 것이다.

네팔과 그 다음에 여행한 인도는 '천천히 살아가는 데' 익숙해져야 하는 곳이었는데, '느림의 미학'은 그 첫 여행지인 네팔 카트만두가 준 잊을 수 없는 값진 선물이었다. 비록 카트만두는 지저분하고 무질서하고 가난에 찌든 모습이었지만, 그것 이상으로 우리가 잃어 버렸던 소중한 것을 간직한 곳이었다. 네팔, 특히 카트만두를 찾는 사람이 많은 것은 바로 그것 때문이며, 이것은 네팔과 인도가 준 예기치 않은 선물의 시작이었다.

카트만두

행복을 배가시키는 봉사활동

오지에서 묵묵히 봉사하는 사람들

우리는 이번 세계일주 여행을 계획할 때 단순한 관광지 중심의 여행이 아니라, 현지 주민을 만나고 봉사활동이나 현지 교육 프로그램에도 참여하고 현지의 시민단체도 방문하는 등 '참여형' 여행을 하겠다고 마음먹었다. '관광'이 아니라 세계와 소통함으로써 새로운 '나(자아)'를 발견하고 꿈을 키우는 여행을 하고자 했던 것이다. 이를 통해 감수성이 예민하고 외부 정보에 대한 흡입력이 왕성한 청소년기의 아이들에게는 다양한 경험의 기회를 제공하고, 자신의 꿈을 키워나갈 계기를 만들어주고 싶었다. 언론 현장에서 20여 년을 누빈나와 대학에서 역사를 가르치면서 생활협동조합 등 다양한 사회활동을 해온 올리브는 현대인들의 삶을 위기에 빠뜨리고 있는 글로벌 자본주의의 덫에서 벗어나 사람이 중심이 되는 대안의 단초를 찾아보고자 했다. 한국의 공적 대외원조 기관인 코이카 네팔 사무소를 방문한 것도 그 일환이었고, 그것은 이런 참여형 여행의 시작이었다.

코이카 사무소는 카트만두 서남부 지역에 있는 한국 대사관과 같은 건물을 쓰고 있었다. 지도를 보니 대사관까지는 걸어서 40~50분 정도면 닿을 것같았다. 하지만 초행길이라 물어물어 찾아가는 바람에 생각보다 시간이 많이 걸렸다.

코이카로 가는 길 역시 지저분하고 정돈되어 있지 않기는 마찬가지였다. 길 곳곳에 사람의 것인지, 개의 것인지 제대로 분간하기 어려운 동물의 배설물들이 소똥과 함께 널려 있었다. 발 아래를 내려다보며 조심스럽게 걸었음에도 나는 두 번이나 '물컹' 하고 밟고 말았다. 코이카 사무소에서 소장님과 단원들을 만나야 하는데 '이상한' 냄새가 나면 큰일이었다. 길옆의 모래와 풀섶에 신발을 박박 문지르고 작은 돌멩이와 나뭇가지로 신발 바닥의 홈까지 싹싹 닦아 흔적과 냄새를 제거했지만 기분이 영 찜찜했다.

코이카 사무소에 도착하니 도영아 소장과 직원들이 우리를 반갑게 맞아주었다. 미리 전화와 이메일을 통해 방문 약속을 잡고 봉사활동에도 참여하고 싶다는 뜻을 전했는데 아주 반가워했다. 멀리 이곳 오지까지 와 봉사활동을 펴면서 한국의 위상을 높이는 사람들을 만난다는 것에 흥분도 밀려왔다. 우리는 이 사무소를 세 차례 방문했는데, 첫째 날에는 코이카 활동 전반에 대한 소개를 받았고, 둘째 날에는 단원들의 활동 현장을 직접 방문하고 봉사활동에도 참가했다. 마지막으로 카트만두에서 포카라로 떠나기 직전 인사를 나누기 위해 방문했다.

네팔에 대한 코이카의 지원 활동은 우리가 예상한 것보다 아주 왕성했다. 총 70명의 단원이 카트만두를 비롯해 각 지역에서 보건의료, 정보기술(IT), 직업훈련 등 다양한 활동을 펼치고 있었다. 일부 봉사단원들은 대중교통이 잘 닿지 않는 오지에까지 가서 봉사활동을 묵묵히 펼치며 한국에 대한 좋은 이미지를 심고 있었다. 며칠 동안 네팔 카트만두와 인근 박타푸르를 다니면서 길거리나 식당, 상점에서 만난 네팔인들이 우리가 한국인임을 확인하고는 반갑게 인사를 건넨 것도 이런 노력들 때문이 아닐까 싶었다.

구체적으로 코이카는 카트만두 외곽의 작은 도시에 한국-네팔 친선병원을 짓고, 의사를 파견해 지역 주민들을 진료하고 있었다. 또 네팔 정부의 중요 데이터를 통합적으로 관리하는 정부통합데이터센터(GIDC)를 구축하고, 네팔 공무원들을 대상으로 IT 교육을 실시하는 등 정부 전산화를 지원하고 있었다. 네팔의 대표 대학인 트리부반 대학에선 IT 교육을 체계적으로 실시할 수 있는 ICT(정보통신기술) 센터를 건설 중이었다. 이외에도 부처 탄생지인 룸비니(Lumbini)를 평화도시로 조성하기 위한 사업, 네팔 서부의 오지 마을인 띠까폴에서 주민을 대상으로 보건교육을 실시하면서 의료시설 개선과 지속가능한 의료 시스템을 구축하는 사업, 관세행정 현대화 지원 사업, 룸비니 근처 부트왈의 직업훈련원 건설 사업 등 열거하기 어려울 정도로 다양한 사업을 벌이고 있었다. 우리가 방문하기 며칠 전에는 의료진이 오지마을로 자체적인 의료봉사 활동을 다녀왔고, 이번 주에는 장애우 교육시설 개선활동을 계획하는 등 단원들의 자체 활동도 활발히 진행 중이었다.

단원들의 활동 전반을 소개하는 영상과 다큐멘터리는 네팔에 대한 이해를 높이는 데 도움이 되었다. 한국이 한국전쟁 직후에만 해도 네팔보다 가난한 나라였고 원조를 받는 처지였으나, 그 극심한 가난과 전쟁의 참화를 딛고 이제 원조를 주는 나라로 바뀌었다는 대목에서는 감동이 일기도 했다. 특히 아이들은 한국이 원조 수혜국에서 공여국으로 입장이 바뀐 지구상 유일한 나라라는 사실에 잔뜩 고무된 표정이었다. 한국에서 이런 설명을 듣거나 영상을 보았다면 십중팔구 졸거나 딴 짓을 했을 텐데, 모두 눈을 동그랗게 뜨고 진중하게 경청했다.

'히말라야의 슈바이처'가 꺼낸 도시락

그 이틀 후 두 번째로 코이카 사무소를 방문했다. 그 사이 하루는 특별한 일정을 잡지 않고 휴식을 취하며 밀린 일들을 처리했다. 빨래도 했는데, 부피가 큰 것은 따로 숙소에 맡겨 1kg당 10루피를 지불했다. 또 티베트의 열악한 인터넷 사정 등으로 미뤄두었던 여행기도 정리했다.

두 번째 코이카 방문 길에는 헷갈리지 않고 우왕좌왕하지도 않았다. 코이카에 도착하니, 하루 일정을 아주 빡빡하게 잡아놓았다. 오전 9시부터 시간대별로 방문할 곳과 연락처 등을 정리해 놓았는데, 마지막으로 오후 4시에는 네팔 특수학교 환경개선을 위한 단원들의 봉사활동 현장에 가서 일손을 돕는 일정이었다. 여유로운 카트만두의 일정 가운데 가장 빡빡한 하루였다. 하지만 코이카에서 차량을 준비해 일정을 소화하는 데 무리가 없었고 현장 설명도 흥미진진했다. 우리를 위해 신경을 써 주는 것이 그저 고마웠다.

코이카를 나서 먼저 네팔의 최고 국립대학인 트리부반 대학의 ICT 센터 건설 현장으로 갔다. ICT 센터는 네팔에서 취약한 IT 분야의 인력을 양성하기 위해 500만 달러를 투입해 건설하고 있는 정보통신 종합센터다. ICT 센터는 지상 5층 규모로, 건물 완공 후에

카트만두 트리부반 대학의 ICT 센터 공사 현장 정보기술 분야의 인재를 양성하는 역할을 하게 된다.

는 실습용 IT 기자재를 지원하고, 전문가 파견과 연수생 초청 등을 통해 네팔 대학생과 관련 종사자들의 정보처리 능력을 향상시키는 역할을 하게 된다. 공사를 맡고 있는 삼부토건의 현장 책임자와 한국전력에서 근무하다 은퇴한 시니어 봉사단원의 설명을 듣고, 트리부반 대학까지 이리저리 돌아보았다. 카트만두 시내의 지저분하고 소란스러운 분위기와 달리, 대학 캠퍼스는 조용하고 평화로웠다.

정부 전산화를 위한 GIDC는 경비가 삼엄한 네팔 정부청사 안에 있었다. GIDC는 정부의 주요 데이터를 통합적으로 관리하는 정부통합데이터센터로, 3층 건물에 현대식 IT 시설들이 잘 갖추어져 있었다. 전자정부(e-Government)

구축을 위한 기초 인프라다. 2009년에 건물이 준공되고, 장비들이 지원되어 가동 중이었고, 네팔 공무원들의 활용도를 높이기 위한 교육장도 있었다. 이들을 한국으로 초청해 교육을 시키기도 한다. 장비만 지원하고 손을 떼는 것이 아니라, 현장에서 제대로 활용되

네팔 정부의 통합데이터센터(GIDC) 코이카 지원으로 건설되었지만 네팔에 전산망이 보급되지 않아 활용도는 떨어진다.

도록 지원을 계속하고 있다고 했다.

건물과 시설은 현대적이었지만, 네팔의 IT 기반이 극도로 취약해 얼마나 효과적으로 사용될지 의문이 들었다. 우리가 본 것만 해도 그랬다. 접경 지역에서 출입국자를 관리하는 것이나 중앙우체국의 업무 처리 과정에서도 전산화는 전혀 이루어지지 않았다. 무엇보다도 현장에 컴퓨터가 보급되어야 하는데 아직 갈 길이 멀어 보였다. 트리부반 대학의 ICT 센터가 완공되어 여기서 우수한 인력들이 양성되고, 사회적으로도 인프라가 확충되면 활용도가 높아지겠지만, 또 그것을 내다보고 지원하는 것이지만, 현실이 얼마나 뒷받침될지 막막했다.

GIDC에 이어 네팔 정부청사를 돌아보았다. 총리를 비롯한 주요 부처 장관들과 중앙부처 공무원들이 업무를 보는 곳으로, 일반 여행자는 보기 어려운 장소다. 우리는 시니어 봉사단원의 안내로 자연스럽게 청사를 둘러볼 수 있었다. 단체관광이 아닌, 현지 참여형 여행의 장점이 바로 이런 것이었다. 아이들은 "이런 곳까지 볼 수 있다니…" 하면서 잔뜩 상기된 표정이었다.

청사 본관은 과거 왕궁을 개조한 곳으로, 총리와 국방장관 등 주요 부처 장관들의 집무실이 있다. 특히 네팔 최고 통수권자인 총리의 전용 계단과 문이 눈길을 끌었다. 정부청사에는 본관 외에 별도의 건물들이 죽 들어서 일종

카트만두의 네팔 정부청사 왕궁을 개조해 만든 것으로, 네팔은 2008년 왕정에서 공화정으로 바뀌면서 총리가 내각을 총괄하고 있다.

의 행정타운을 형성하고 있었는데, 재무부와 내무부 등 일부 부처는 별도의 건물을 쓰고 있었다. 정문으로 들어오면 중앙에 분수대가 있는데, 외국 정상의 방문 등 주요 행사가 있을 때만 가동한다고 했다.

청사를 돌아보면서 새로운 공화국으로의 출범을 위해 진통을 거듭하고 있는 네팔 정부가 조속히 안정을 찾아 네팔 국민들을 위한 정책을 펼쳐나가길 바라는 마음이 간절했다. 그럼으로써 한국이 지원하는 IT 시설이 효과적으로 사용되길 바라는 마음도 간절했다.

전통적인 왕정 국가였던 네팔은 한국의 해방 정국과 비슷한 진통을 겪고 있었다. 북부 산악지역을 중심으로 활동하던 마오이스트(중국 공산혁명 지도자 마오쩌둥毛澤東의 혁명 전략을 따르는 마오주의자)들이 1990년대 중반 정부군과의 내전에 돌입하고, 주요 도시를 중심으로 대규모 민주화 시위가 벌어지면서 네팔은 새로운 정치체제로의 변화를 위한 거대한 용트림을 시작했다. 2006년 정부군과 마오이스트들이 10년에 걸친 내전에 종지부를 찍는 평화협정을 체결하여 역사적인 전환점을 마련했고, 2008년 4월 선거를 통해 의회를 구성하고 같은 해 6월 갸넨드라 국왕이 물러나면서 왕정에서 공화정 체제로 전환했다. 하지만 새로운 국가를 어떻게 건설할지에 대해선 합의가 이루어지지 않아 혼미를 거듭하면서 안개 정국에 빠져 있다.

마오이스트들은 제1당으로 부상하면서 향후 네팔 정국의 키를 쥔 핵심 정치세력이 되어 있다. 이들은 선거 직후 좌익을 비롯한 진보진영 연합정부를 구성해 국가를 이끌었으나, 이후 헌법 제정을 비롯한 새로운 국가 체제 및 정국 운영에 대한 입장이 갈리면서 연합정부가 와해되는 우여곡절을 겪었다. 특히 기존 마오이스트 반군과 정부군의 통합 문제가 주요 쟁점으로 부상하면서 정국은 여전히 불안 양상을 보이고 있다. 우리가 네팔에 머물 때 32개 정파가 6개월 이내에 헌법을 제정해 새 정부를 출범시키기로 하는 역사적인 합의가 이루어졌다는 현지 언론의 보도가 있었지만, 주민들은 여전히 회의적인 시각을 보내고 있었다. 정치에 대한 불신도 높았다. 진정한 네팔의 봄은 언제 올 것인지….

정부청사를 구경한 다음 카트만두 남동쪽으로 약 8km 떨어진 티미(Thimi) 시의 한국-네팔 친선병원을 찾았다. 병원이 세워진 지역은 1990년대 후반 마오이스트와 정부군 사이에 내전이 발생했을 때 불안을 느낀 지방 주민들이 대거 모여든 곳이다. 특히 당시 의료기관을 비롯한 사회기반시설이 제대로 갖추어지지 않은 상태에서 인구가 급증하면서 콜레라 등 전염병까지 만연해 긴급 의료지원의 필요성이 높아졌다. 그래서 한국의 지원으로 이곳에 병원을 설립하게 되었다. 33개 병상을 갖춘 이 병원은 2009년 4월 본격적인 진료를 시작했다. 내과와 외과를 비롯해 이비인후과, 치과, 안과 등의 진료시설을 갖추고 있는데, 우리가 방문할 당시에도 많은 네팔인들이 진료를 받기 위해 기다리고 있었다.

이 병원에는 코이카에서 파견한
의사와 의료 봉사단원 등 7명과,
자원봉사 단체인 장미회에 소속
된 의료인력 2명 등 한국 의료진 9
명이 진료를 하고 있었다. 우리는
이들을 일일이 만나 대화하는 귀
중한 시간을 가졌다. 오지 중의
오지에서 봉사활동을 하는 분들

한국-네팔 친선병원 한국의 지원으로 2009년 완공되
었고, 한국인 의료진이 자원봉사를 펼치고 있다.

과의 만남은 편안한 것만 추구하고, 그게 힘들다고 해외여행에 나선 우리를
다시 한번 되돌아보게 만들었다.

76세로 가장 원로인 외과의사 강원희 선생님은 1982년 이후 지금까지 30년
이상 스리랑카와 방글라데시 등 오지로만 의료봉사를 다니신 분이었다. '히
말라야의 슈바이처'라는 별명도 갖고 계신다는데, 말씀도 너무 겸손하게 하
셔서 우리가 더 당혹스러울 정도였다. 네팔에는 의료 혜택을 받지 못하는 곳
이 너무 많아 내년에는 더 오지로 들어가 진료를 할 계획이라고 하셨다.

65세의 내과의사 이용만 선생님도 오지로만 봉사활동을 다니시는 분으로,
네팔에는 1997년부터 파견되어 2011년 12월 말에 기간이 만료된다고 하셨다.
기간 만료 후의 계획에 대해 질문하니, 다른 봉사단체로 소속을 바꾸어서라
도 봉사활동을 계속할 것이라고 했다. 이분 역시 말씀하시는 게 너무 조심스
럽고 겸손해서 자꾸 질문하는 우리가 더 미안할 정도였다.

돈과 사회적 지위, 명예가 보장되는 의사로서 한국에서의 안락한 생활을
마다하고 20~30년 동안 의료지원이 절실한 오지를 돌면서 인술을 펼치고 있
는 이 선배들을 따라 봉사 현장에서 땀을 흘리는 젊은 봉사단원들도 만났
다. 역시 모두 겸손이 몸에 배어 있었고 봉사활동에 대한 자부심도 컸다.

의료진과 일일이 만나 대화를 나눈 우리는 병원 구내식당에서 야채와 카레

로 식사를 함께했다. 소박한 식당이었다. 그런데 의사들은 모두 도시락을 갖고 왔다. 백발이 성성한 강원희 선생님도 도시락을 들고 우리와 같은 자리에 앉았다. 도시락은 밥과 간단한 반찬 한두 가지가 전부였다. 참으로 간소한 도시락이었다. 한국에서라면 상상하기 어려운 '의사의 도시락'이었다. 좀 과장된 표현일지 모르지만, 아무도 관심을 갖지 않는 곳에서 자신의 능력을 다른 사람을 위해 쓰고 있는 이들이 성자(聖者)의 모습이 아닐까 하는 생각마저 들었다. 도시락은 이들의 생활과 생각을 단적으로 보여주는 상징적인 것이었다. 함께 식사하는 아이들도 밥알 한 톨 남지 않도록 그릇을 싹싹 비웠다.

한-네 친선병원에 이어 트리부반 대학의 풀촉 캠퍼스를 찾았았다. 이곳에선 이기정 단원이 늪을 이용한 하수 정화 시스템과 음식물 쓰레기 퇴비화를 위한 시설 등을 만들어 대학의 환경 관련 연구를 지원하고 있었다. 네팔의 오물 및 오수 정화는 시급하고도 중요한 사안으로, 코이카의 지원으로 구축된 이 시설들이 젊은 학도들의 관련 분야 연구를 촉진시켜 네팔의 실정에 맞는 '적정한' 환경기술을 도출해 적용하길 바라는 마음이 간절했다.

스스로 실천하는 만큼 성장한다

마지막으로 코이카 단원들이 별도로 봉사활동을 펼치는 자치 교육캠프 현장을 찾았다. 카트만두 키르티푸르(Kirtipur)의 한 낙후한 마을, 말하자면 달동네에 있는 장애우 교육시설을 개선해주는 봉사활동 현장이었다. 이곳에는 차도 올라올 수 없어 걸어서 20분 정도를 올라가야 했고, 전기도 수도 시설도 없었다. 봉사단원들이 해충 박멸과 카펫 청소, 화장실 및 주방시설 보수, 페인트칠 등 환경개선과 위생교육을 실시한다고 했다. 우리가 방문했을 때는 오후 4시 정도였는데, 단원들이 장애우 시설의 집기를 밖으로 꺼내 청소하고, 페인트칠하고, 각종 교재의 먼지를 털어내고 닦아내는 등 바쁘게 움직이고 있었다.

봉사단원들은 우리가 할 일을 미리 배정해 놓고 있었다. 장애우들이 사용하는 교재교구를 깨끗하게 닦는 일이었다. 교재교구는 언뜻 보기에도 열악했다. 나무와 플라스틱으로 만든 각종 블록 종류와 숫자·글자를 익히기 위한 그림과 판 등 오래된 것들이었다. 하지만 이 낡고 보잘것없어 보이는 놀이와 교육 기구들이 이곳에선 소중하게 쓰이고 있어 하나라도 손상이 가지 않도록 조심해야 했다. 우리는 팔을 걷어붙이고 나섰다.

창군과 동군, 멜론도 할 일을 스스로 찾아 나섰다. 걸레를 빨고, 소독제를 뿌리고, 교재교구의 먼지와 때를 정성껏 닦아 햇볕에 말렸다. 귀찮아하거나 싫어하는 기색은 전혀 없었고 자신이 어떤 도움을 주어야 할지 스스로 생각하는 모습이었다. 오늘 하루 종일 봉사 현장을 방문해서 그런지 마음가짐이나 행동, 눈빛까지도 평소와 달라 보였다.

여기서도 창군과 동군, 멜론은 인기 최고였다. 우리가 막 일을 시작할 때 마침 장애우 교실과 붙어 있는 중학교의 수업이 끝났는데, 학생들이 우리 근처에 와서 관심을 보였다. 남학생들은 흘끗흘끗 쳐다보기만 했지만, 몇몇 여학생들은 자신들의 오빠쯤으로 보이는 멜론이나 동군, 창군에게 말을 붙여볼까 하는 모습이었다. 모두들 쭈뼛쭈뼛하다가 적극적인 성격의 여학생 한 명이 걸레를 들고 우리 일에 참여하자, 다른 여학생들도 달려들었다. 모두 쑥스러워서 말도 꺼내지 못한 채 교재를 닦고 걸레를 빨아오고, 소독제를 뿌리고, 마른 교재를 정리했다. 아이들의 가슴 뛰는 봉사활동이었다.

아주 짧은 봉사활동이었지만, 아이들에게 살아있는 교육이었다. 아이들은 특히 마지막 맛보기 봉사활동에 아주 진지하게 임했다. 더 이상 설명이 필요 없었다. 아이들 스스로 생각하고 도움될 만한 일을 찾아서 실천하고 있는데, 여기에다 봉사가 어떻고, 이곳 시설이 어떻고, 설명을 해봐야 사족(蛇足)이 될

게 분명했다. 그들의 느낌, 그들의 생각, 그들의 실천이 곧 살아있는 교육이 아니고 무엇이랴. 자신이 느끼고 생각하는 만큼 성장하는 것이다. 그것으로 충분했다.

'똥팔학번' 동갑내기 봉사단장

박타푸르에서 포카라로 떠나기 전 마지막으로 코이카 사무소를 방문했다. 내가 도영아 코이카 소장을 인터뷰할 예정이라고 했더니 창군과 멜론도 흔쾌히 따라나섰다. 소장이 회의 중이어서 코이카 사무실에 앉아 잠시 기다리는데, 책상에 네팔 현지 신문이 놓여 있었다. 한국 관련 기사가 크게 실려 있었다. 한국의 한 엔지니어링 회사가 카트만두의 메트로 건설을 위한 타당성 조사업체로 선정되었다는 기사가 1면 머릿기사를 장식했고, 2면에는 한국 정부가 전문가를 파견해 룸비니를 세계 평화도시로 조성하기 위한 연구사업을 지원한다는 내용이 실려 있었다. 창군과 멜론에게 그 내용을 상세히 알려주었다. 한국에 대한 네팔 사람들의 호감을 몸소 체험했던 아이들도 무척 고무된 듯했다.

도 소장은 1982년에 대학에 입학한 소위 '똥팔학번'으로, 나는 물론 올리브와도 동갑이어서 더 반가웠다. 도 소장의 남편은 한국에, 딸은 캐나다의 대학에, 자신은 네팔의 봉사 현장에 나와 있는 '이산가족'이었다. 네팔을 효과적이고 생산적으로 지원하기 위해 발로 뛰어다니는 활동적인 소장이었다. 나는 카트만두를 떠나기에 앞서 네팔의 상황과 코이카의 활동 방향에 대해 듣고 싶었다.

"카트만두, 박타푸르, 네팔을 돌아보니까 어떠세요? 어떤 게 가장 인상적이세요?"

지난 2년여 동안 네팔 사무소장으로 있으면서 펼쳐 온 지원활동에 대한 종합평가를 요구하는 나에게 도 소장이 대뜸 되물었다.

"글쎄요, 무엇보다 카트만두가 이토록 낙후되어 있다는 데 놀랐고, 반면 개발되지 않고 과거 유적들이 잘 보존되어 있다는 데 역설적으로 희망을 느꼈어요. 대자본에 의존하는 것이 아니라 주민들이 스스로 자신의 삶을 개선하는 데 활용할 수 있는 '적정 기술'이 필요하다는 생각도 들었구요…."

"그렇죠. 정말 낙후되어 있죠. 더구나 카트만두는 이 나라의 수도인데…. 저도 처음 여기에 왔을 때, 솔직히 말씀드려 좀 우울했어요."

그가 네팔에 부임한 때는 2년 전 겨울이 막 시작될 때로 날은 춥고, 전기는 20시간 가까이 들어오지 않는 등 경제·사회적 기반이 정말 취약했다. 지난 50년간 국제 사회의 원조가 계속되었음에도 어떤 변화가 있었는지 확인하기 힘들었다. 더욱이 10년에 걸친 내전으로 사회는 어수선했고, 새로 들어선 정부는 갈피를 잡지 못하고 있었다. 그런 상황에서 한국의 네팔 원조 책임자로 부임한 자신이 무엇을 할 수 있을지 막막하기만 했단다.

"그래서 지방을 원조하고 봉사활동을 하는 현장을 많이 돌아다녔어요. 지방에 가 보니 잘 살고 싶어 하는 국민들의 열망이 얼마나 크고, 우리에 대한 그들의 기대가 얼마나 큰지 확인할 수 있었지요. 제가 무엇을 해야 할지 눈에 들어오기 시작하더라구요. 주민들의 열망 속에는 변화에 대한 갈망이 있었고, 우리의 도움이 한 사람의 변화라도 가져온다면 거기서 보람을 찾을 수 있을 것이란 생각이 들었어요." 깊은 눈빛으로 이야기를 풀어나간 도 소장은 당장의 가시적인 성과를 확인하긴 어렵지만 낙관적인 입장을 보였다.

"습관을 바꾸는 게 쉽지 않기 때문에 코이카의 지원에 따른 변화를 눈으로 확인하기 쉽지 않아요. 하지만 네팔인들이 한국에 대해 더 많이 알고, 단원들을 통해 꿈과 희망을 조금이라도 갖게 된다면 언젠간 변화가 나타날 겁니다. 카트만두 인근은 그래도 나은 편이에요. 그래서 단원들을 지방으로 많이 파견하고 있어요. 지방으로 지원을 확대해 나가고 있죠."

국제 사회의 지원이 건물 설립 등 눈에 보이는 일회성 사업으로 그치는 경우가 많다고 지적하자, 도 소장은 민간단체와의 협력을 통한 지속 가능성(Sustainability) 확보를 그 대안으로 제시했다.

"현지 정부는 주로 공공시설의 건립처럼 많은 돈이 들어가는 사업을 지원해주길 원해요. 하지만 이런 사업은 일정한 한계를 지니지요. 우리는 이런 한계를 극복하기 위해 현지 주민들과 밀접한 관계 속에서 활동하는 비정부기구(NGO)와 협력을 확대해 나가고 있어요."

실제로 한-네 친선병원의 경우 병원 건립이나 설비는 정부 차원에서 지원했지만, 운영은 장미회 등 민간 봉사단체와 협력해 의료진 파견 등의 지원을 지속하고 있다. 하드웨어 지원에 그치지 않고, 네팔 스스로 병원을 운영할 수 있을 때까지 지원할 계획이란다. 네팔 사무소는 현지 NGO들과 정기적인 모임을 통해 각 지역의 지원 수요를 파악하고, 이를 코이카 활동에 반영하고 있다고 했다.

앞으로의 지원 방향에 대해서는 네팔 젊은이들의 능력개발을 위한 직업훈련 지원, 기초보건 지원, '좋은 정부(Good Governance)' 구축을 위한 기반 지원 등을 들었다. 한국의 성공 경험을 바탕으로 네팔이 자립할 수 있는 기반을 구축하는 데 힘을 보탠다는 것이다.

"각국이 유엔에서 설정한 밀레니엄 목표(MDGs)에 매달리다 보니 지원의 불균형이 나타나고 있어요. 우리는 지역에 필요한 수요를 먼저 파악하고 필요한 지원을 제공함으로써 변화가 나타나도록 지역사회(Community)와 협력을 강화해 나갈 겁니다." 자신의 업무에 대한 확신을 바탕으로 일을 추진하는 도 소장이 믿음직스러워 보였다.

인터뷰 중에 창군과 멜론을 가끔 돌아보니 딱딱한 이야기에 간간이 지루해하면서도 생각보다 흥미진진하게 듣고 있었다. 창군은 이따금 질문을 던지며 인터뷰에 참여했고, 멜론도 고개를 끄덕이며 열심히 들었다.

그런 아이들이 인터뷰를 마치고 사무소를 나오자 바로 눈빛이 달라졌다. 관심이 온통 카트만두의 한국 식당에 가 있었다. 한국 식당에 들어서니 현지의 한국인들로 보이는 손님 몇 명이 갈비를 구워 맛있게 먹고 있었다. 쇠고기나 돼지고기를 거의 먹지 않는 힌두와 불교의 나라에서 2주 동안 강제 채식주의자로 지내다 보니 우리는 '매운 맛'과 '고기 맛'에 굶주려 있었다.

어찌된 일인지 네팔 음식은 먹어도 먹어도 배가 고팠다. 결국 생각보다 '비싼' 갈비와 삼겹살은 포기하고 맵고 얼큰한 한국의 맛을 느끼기 위해 김치찌개와 된장찌개를 주문하고 멜론이 원하는 비빔냉면까지 주문했다. 아이들은 세상에서 가장 행복한 표정을 지었다. 음식 하나만으로도 이런 큰 행복을 느낄 수 있다는 게 오히려 더 행복했다.

음식 값은 2000루피(약 3만 2000원)로, 평소의 세 배가 넘었지만 하나도 아깝지 않았다. 어떤 의미나 가치를 찾더라도 잘 먹고 다니는 것이 여행의 기본인 것만은 분명하다.

카트만두에서의 코이카 봉사활동 탐방과 맛보기 체험이 막을 내렸다. 짧았지만 소중한 일정이었고, 진정한 행복이 무엇인지 많은 생각을 하게 한 일정이었다. 코이카의 봉사단원들은 척박한 곳에서 소박하게 살면서도 나눔을 실천함으로써 더욱 행복한 삶을 가꾸는 사람들이었다. 물질적 욕망의 충족이 아니라, 그 소박함과 나눔이 행복에 이르는 길이다. 물질적으로 더 풍요로워질수록 오히려 정신적 빈곤, 만족의 결핍에 빠지는 우리의 삶을 되돌아보게 되었다. 단순하고 소박하게 살아가는 것, 작더라도 나눔을 실천하는 삶이 곧 행복의 길이다.

카트만두∼박타푸르

가난하지만 순수한 네팔 사람들

저개발의 역설, 저개발의 희망

"박타풀∼ 박타풀∼"

카트만두에서 동쪽으로 15km 정도 떨어진 박타푸르로 향하는 작은 승합차의 차장이 길가에 선 채 목이 터져라 힘껏 외쳤다. 도로엔 어디가 버스 정류장인지 아무런 표시도 없었다. 버스나 승합차의 문에 매달린 차장이 큰 소리로 행선지를 외치면 도로의 손님들이 손을 들고 뛰어가 버스에 올라타는 시스템이다. 사람들도 길 중간에 어정쩡하게 서서 버스를 기다리다 목적지로 가는 버스가 오면 뛰어가 올라탔다. 그들 나름대로는 질서를 갖고 있지만, 이방인의 눈엔 무질서하기 짝이 없었다. 한 나라의 수도, 그것도 중심도로에서 벌어지는 이 일은 네팔인들의 생활을 체험하는 출발이었다.

박타푸르는 네팔의 수도권이라 할 카트만두 밸리에 등장했던 3개 왕국 가운데 하나가 자리 잡았던 유서 깊은 곳이다. 특히 옛 유적이 잘 보존되어 있는 곳으로 유명하다. 카트만두 분지에는 예로부터 3개 왕국이 각각 독립적인 형태를 유지해 왔는데, 그 하나가 카트만두고, 다른 두 곳이 카트만두 동쪽의 박타푸르와, 남부의 파탄(Patan)이다. 지금도 세 곳으로 행정구역이 나누어져 있지만, 1990년대 이후 카트만두가 급속도로 팽창하면서 하나의 생활권으로 통합되고 있다. 우리는 한 NGO에서 펼치고 있는 봉사활동을 위해 박타푸르로 가는 길이었다.

대부분의 여행자들은 네팔의 대중교통 시스템이 아주 취약한데다 택시비를 비롯한 물가가 상대적으로 저렴하기 때문에, 웬만한 지역을 이동할 때 택시를 이용한다. 우리가 머문 호스텔에서도 그곳이 어디든 거의 예외 없이 택시를 타라고 추천했다. 하지만 우리는 특별한 경우가 아니면 택시를 이용하지 않고, 집요할 정도로 대중교통을 이용했다. 카트만두에서 박타푸르로 갈때에도 시외버스를 이용했다.

생각대로 버스로 이동하는 게 쉽지 않았다. 호스텔에서 일하는 네팔인의 도움을 받아 시내버스와 시외버스 노선을 확인하고 숙소를 나섰지만, 어디가 버스 정류장인지, 어떤 버스가 어디로 가는지 도저히 종잡을 수가 없었다. 행선지를 표시하는 팻말을 차량 앞에 얹어 놓았지만, 네팔어를 모르는 우리에겐 무용지물이었다. 어렵게 버스를 탄 후 차장이 시외버스 터미널이라고 해서 내렸지만, 터미널 표시는 보이지 않았다. 주민들에게 물어 물어 겨우 터미널을 찾아갔는데, 우리가 머릿속에 그리던 터미널이 아니었다. 터미널임을 알리는 어떠한 표시, 최소한의 영문 표시도 찾을 수 없었고, 대합실이나 매표소도 보이지 않았다. 그냥 좀 넓은 부지에 각 지역으로 출발하는 차량들이 모여 있는 곳이었다. 출발 시간도 확인하기 어려웠다. 또다시 한참 헤맨 끝에 박타푸르 행 버스를 탈 수 있었다. 버스는 다른 버스들과 마찬가지로 만원이었다. 모든 차량에는 차장이 있고, 그 차장이 승객들로부터 버스비를 직접 받았는데 차장이 웬만큼 영어를 할 줄 알아 그나마 다행이었다.

박타푸르까지는 거의 1시간 가까이 걸렸다. 버스는 정류장마다 멈춰 서서 승객들을 내려주고 태우기를 반복했고, 그럴 때마다 차장이 달리는 차에 매달려 '박타풀~ 박타풀~' 하고 큰 소리로 승객들을 모았다. 거리에 서 있던 사람이 타려고 손을 흔들면 차장이 손바닥으로 차 문을 '탁! 탁!' 쳤다. 그러면 운전수가 차를 세우고, 승객이 차에 올라서면 '휘익~' 하고 휘파람을 멋지게 불어 출발 신호를 보냈다. 그 휘파람 솜씨가 기가 막혔다. 운전수와 차장은 호흡이 척척 맞았는데, 한국에서 20~30년 전 '오라이~' 하고 외치던 차장이나 안내양의 모습 그대로였다. 하지만 차장이 달리는 차의 문을 활짝 열어 놓고 차에 슬쩍 걸치다시피 한 상태에서 일하는 것은 아주 위험해 보였다.

그래도 카트만두와 박타푸르를 잇는 길은 포장이 잘 되어 있었다. 중앙 분리대가 있고, 인도와 차도를 구분하는 분리대도 설치되어 있었다. 이는 일본의 지원으로 건설된 도로로, 이름도 '네팔-일본 우정의 고속도로'였다. 나중에 들으니 이 도로를 건설해주는 대가로 일본은 네팔의 자동차 시장을 얻었다고 한다. 카트만두를 비롯한 주요 도시에선 일본 자동차인 '스즈키 (SUZUKI)'가 영업용 택시—모두 스즈키 마크를 달고 있다—였으며, 도로를 점령하고 있는 것도 도요타 등 일본 자동차였다. 주민들은 택시를 스즈키라고 불렀다. 역시 지원에도 공짜는 없었다.

박타푸르는 여러 모로 흥미로웠다. 무엇보다 박타푸르로 들어가기 위해선 문화재 보호기금 명목의 입장료를 내야 했다. 박타푸르가 유네스코 세계 문화유산으로 지정되어 있기 때문이다. 인도나 파키스탄, 방글라데시, 스리랑카, 부탄, 아프가니스탄, 몰디브 등 SAARC(남아시아지역협력연합) 국가들과 중국인들은 100루피(약 1600원)지만, 그 외의 나라 사람들은 그 11배인 1100루피(15달러, 약 1만 7000원)를 내야 한다. 특정한 역사유적이 아니라 주민이 사는 마을에 이렇게 비싼 입장료를 내야 하는 것은 세계적으로도 희귀하다. 마을, 그것도 NGO의 자원봉사 활동 때문에 들어가는데, 아까운 생각도 들었지만 기꺼이 지불했다.

마을로 들어서자 갑자기 눈이 휘둥그레졌다. 무엇보다 카트만두보다 훨씬 깨끗하고 정비도 잘 되어 있었다. 골목에 들어서서는 눈이 더 휘둥그레졌다. 마치 타임머신을 타고 중세의 마을로 날아온 듯한 느낌이었다. 마을의 옛 모습이 그대로 보존되어 있었다. 보존이라기보다는 박타푸르 사람들

한 건물 옥상에서 내려다본 박타푸르 나무와 벽돌로 지은 집들이 다닥다닥 붙어 있는 가운데 곳곳에 사원이 들어서 있는 것이 중세 시대 모습 그대로다.

이 지금도 옛날의 아름다운 주거지를 그대로 사용하고 있었다. '개발' 바람이 박타푸르엔 아직 불지 않은 것이다.

박타푸르에는 좁은 골목들 사이로 나무와 벽돌로 지은 3~4층 높이의 옛날 주택들이 꽉 들어차 있었다. 사람 서넛이 나란히 서서 걷기 힘들 정도로 좁은 골목이 굽이굽이 끝없이 이어졌다. 골목은 지저분하지 않고, 먼지도 없었다. 깨끗하게 청소되어 있었고, 흙과 돌로 된 길은 싹싹 비질이 되어 있었다. 모든 건물의 1층은 작지만 멋진 가게로 탈바꿈해 있었다. 양모로 만든 숄과 손뜨개로 만든 목도리, 모자, 셔츠를 비롯한 지역 특산 섬유 제품에서부터 나무와 청동으로 만든 다종다양한 불상과 힌두 신상, 기념품, 음반, 책, 그림, 골동품 등을 파는 가게들이 아기자기하게 들어차 있었다. 아주 세련되지는 않았지만, 유럽의 중세 골목 같기도 하고, 영화 〈해리 포터〉에 나오는 마법의 마을을 옮겨다 놓은 것 같기도 했다.

박타푸르 입구의 상점가 종교용품과 기념품 등을 판매하는 상점들이 줄지어 있고, 그 사이 골목에도 작은 상점들이 끝없이 이어져 있다.

 골목을 계속 올라가자 비교적 넓은 더르바르 광장(Durbar Square)이 나왔다. 네팔의 전통마을 어디서나 볼 수 있는 중앙광장이자 박타푸르 왕국의 궁전 광장이다. 광장 주위로는 힌두교와 불교 사원들이 죽 늘어서 있었다. 광장 엔 여행자들, 특히 서양 여행자들로 붐비고 있었다. 단연 활기가 느껴졌다. 그 광장과 골목, 오래된 건물만으로도 박타푸르는 세계적인 관광지로 손색 이 없어 보였다. 동양에 이런 아름다운 중세 유적이 그대로 보존되어 있다는 것이 신선한 충격이었다. 박타푸르에 들어오면서 지불한 15달러의 입장료가 전혀 아깝지 않았다.

 보통의 네팔 여행자는 수도 카트만두와 안나푸르나 트레킹의 기점인 포 카라, 부처님 탄생지 룸비니 정도를 방문하는 게 일반적인데, 박타푸르는 꼭 시간을 내 방문해 보라고 권하고 싶다. 카트만두에서 버스로 1시간이면 닿 을 수 있는 곳이기 때문에 당일치기로도 방문이 가능하다. 우리는 이곳을 더 많이 보고 싶어 더르바르 광장 옆에 있는 여행자 안내 센터를 방문해 사진한 장을 첨부해 네팔 비자 만료 기간까지 박타푸르를 자유롭게 방문할 수 있는 프리 패스(Free Pass)를 발급받았다. 박타푸르 자유여행 티켓을 받은 것처럼 기뻤다.

박타푸르에서는 NGO 활동을 하는 올리브의 친구 곰곰이(본명 정성미)의 소개로 피콕 게스트하우스(Peacock Guest House)에 묵었다. 박타푸르 중앙에서 조금 더 올라가면 나오는 다타트레야 광장(Dattatreya Square)과 붙어 있는 고풍스런 숙소였다. 카트만두에선 숙박비에 아침식사가 포함되어 있었지만, 이곳에선 아침이 제공되지 않아 하루 200루피의 부엌 사용료를 지불하고 직접 아침을 만들어 먹기도 했다. 감자와 양파, 계란 등을 사다가 숙소 부엌에서 볶고 삶아서, 잼을 바른 식빵과 함께 먹었다. 꼭 야영을 온 듯한 기분이었다.

옛 전통 가옥을 숙박 시설로 개조한 피콕 게스트하우스는 박타푸르 본래의 멋을 즐기기에 안성맞춤이었다. 나무로 골조를 세우고 벽돌로 벽을 만든 이 3층 건물은 복도와 방이 마치 미로처럼 연결되어 있었다. 각 층의 높이는 똑바로 서서 천장을 만질 수 있을 정도로 낮았다. 나와 올리브가 묵는 방에서 아이들의 방으로 가려면 미로 같은 복도를 오르내려야 했는데, 천장이 낮아 허리를 구부정하게 구부리고 가야 했다. 길지 않은 복도지만, 항상 헷갈리는 것이 마치 동화의 나라에 와 있는 듯한 착각을 불러일으켰다.

1층 입구에서는 목수들이 예전부터 이어져 내려오던 목각 작업을 하고 있었고, 2층에는 전시실까지 마련되어 있다. 따라서 방문객들은 각종 불상과 기념품 등 다양한 목공예 작품들의 제작 과정

피콕 게스트하우스 입구의 목공예 작업실 목공예 제품은 네팔의 특산물로 인기가 많다.

박타푸르 다타트레야 광장의 아침 풍경 전반적으로 가난의 그림자가 배어 있지만 소중하고 정겨운 모습이다.

을 볼 수 있고, 최종 완성된 작품을 감상할 수 있다. 나무를 깎는 목수들과는 인사말인 "나마스떼!" 이상의 대화는 나누지 못했지만 순수하고 친절한 마음이 전해졌다.

숙소와 거의 맞붙어 있는 다타트레야 광장의 아침은 박타푸르 주민들의 생활의 축소판이었다. 출근하고 등교하는 사람, 농산물을 짊어지거나 수레에 싣고 물건을 팔러 나온 사람, 어제 저녁 들여놓았던 물건을 길거리에 내놓고 손님맞이를 준비하는 상인, 아침 일찍 들에 나가 가축에 먹일 풀을 뜯어 머리에 이고 집으로 돌아가는 사람, 광장 한편의 우물로 물을 길러 온 사람, 주변의 사원과 불상을 돌며 기도하는 사람, 그냥 광장을 어슬렁거리는 사람 등 별의별 사람으로 북적였다. 거기에 소와 염소, 양까지 나와 광장을 어슬렁거렸고, 사람들은 가축들에게 바나나 껍질과 풀을 던져주었다.

까무잡잡한 피부에 얼굴이 작고 마른 학생들은 광장을 이리저리 뛰어다니며 소란스럽게 장난을 쳤고, '옴마니반메흠'을 저음으로 외는 독경과 찬불가를 틀어놓은 상점의 레코드 소리, 사원에서 나오는 북과 풍경 소리, 가축들의 울음 소리가 뒤섞였다. 주민들의 옷차림은 허름하고, 상점에도 값비싼 물건은 없었지만, 모두 소중하고 정겨워 보였다.

전기 없이 살아갈 수 있을까

우리는 이번 여행을 하면서 박타푸르에서 가장 오랜 시간을 머물렀다. 나와 창군, 그리고 멜론은 8박 9일을 머물렀고, 올리브와 동군은 15박 16일을 머물렀다. 숨 막히는 속도로 중국을 횡단한 후 인도 여행을 앞두고 여행을 중간 점검하며 휴식을 취한다는 의미도 있었고, 우리의 친구 곰곰이가 이끄는 단체에서 자원봉사를 하기 위한 것이었다. 자원봉사 이야기는 다음 장에서 구체적으로 이야기하기로 하고, 여기서는 박타푸르에서 실감한 네팔의 속살을 이야기하고 싶다. 카트만두에서 네팔 보통 사람들의 삶의 모습을 살짝 맛보았다면, 박타푸르에선 그 다양한 모습을 체험하는 시간이었다.

첫 번째는 박타푸르로 오면서 탔던 시외버스에서 생생하게 체험하였고, 두 번째는 박타푸르에 도착한 날 저녁에 경험하였다. 오후 5시 30분께 곰곰이가 운영하는 카페를 나와 숙소로 향하던 길에 식당을 찾았는데 대부분 문을 닫은 상태였다. 정전이 시작되었기 때문이다. 문을 연 곳은 간이 식당과 포장마차, 야채와 식료품을 파는 일부 가게뿐이었다. 시간이 7시밖에 안 되었는데도 박타푸르는 한밤중 같았다.

정전은 우리가 카트만두에 도착한 다음 날부터 시작되어 날이 갈수록 길어졌다. 만성적인 전력난 때문이다. 전력의 대부분을 수력발전에 의존해 우기 (몬순 6~8월)부터 9~10월까지는 그런대로 괜찮지만, 건기가 본격화하는 11월 중순부터 이듬해 3~4월까지는 제한 송전이 실시된다. 지역 또는 마을 별로 정전이 실시되며, 정전 시간은 미리 예고된다. 정전 시간은 11월 중순은 하루에 1~2시간으로 짧지만, 그 시간은 갈수록 길어져 3월에는 18~20시간이나 된다.

전력 사정이 이렇다 보니 일반인들은 사실상 전기 없이 살 준비를 해야 한다. 냉장고처럼 항시적으로 전력이 필요한 제품은 사용할 엄두도 낼 수 없고, 컴퓨터 같은 제품의 수요도 줄어들 수밖에 없다. 때문에 경제 사정이 괜찮은 가정이나 상점에서는 축전기를 비치해 전기가 들어올 때 충전을 해 놓거나, 비상용 발전기를 준비해 정전에 대비한다. 11~4월 중에 네팔을 방문하는 여행자에게 휴대용 전등은 필수품이다.

정전이 시작되면 거리는 순식간에 짙은 어둠에 휩싸인다. 가로등도 꺼지고, 도로변 상점의 불도 나간다. 거리를 걷는 사람들은 암흑 속에서 아주 희미한 형상만 띄고 있어 마치 유령들이 몰려가는 듯한 느낌까지 준다. 가끔 차량이 지나가면서 헤드라이트를 밝히면 주변 사물과 사람들, 도로 상태를 확인할 수 있지만, 차량이 지나가고 나면 그 반작용으로 오히려 더 짙은 어둠이 찾아온다. 그나마 우리가 갖고 있는 핸드폰 빛이 큰 도움이 되었다.

박타푸르에서는 우리가 머무는 내내 저녁 5~6시만 되면 어김없이 정전이 시작되었다. 축전지나 자체 발전기를 이용하거나 촛불을 밝혀 장사를 하는 곳도 있지만, 대개의 상점은 일찍 문을 닫는다. 결국 박타푸르에서의 일상은 해가 있을 때, 즉 자연 채광이 가능한 시간에만 이루어졌다. 우리 숙소는 축전지를 이용해 전기를 공급해주었지만, 저녁 9~10시가 넘으면 그것도 끝이어서 일찌감치 잠자리에 드는 수밖에 없었다.

전기가 제대로 공급되지 않으면 일상 생활도 곤란하지만, 해당 국가의 경제는 치명적인 타격을 입게 된다. 전기를 비롯한 에너지는 한 국가의 경제를 지탱하는 '산업의 생명선'이나 마찬가지다. 전기가 수시로 나가거나 충분히 공급되지 않으니 산업 생산이 정상적으로 이루어질 수 없다. 당연히 산업은 위축되고, 경제는 원활하게 돌아가지 못해 비틀거릴 수밖에 없다. 전기가 나가는 순간 공공 기능 역시 마비된다. 최빈국 네팔이 지금 그런 상황에 처해 있는 것이다. 그걸 보면서 깜깜한 어둠만큼이나 답답한 마음이 앞섰다. 한국에서는 전기가 하늘의 공기처럼 자연스런 삶과 생활의 일부가 되어 그것의 존재 자체를 느끼기 어렵지만, 전기 없이 며칠을 살다 보니 그 귀중함이 절절하게 느껴졌다.

가난한 학생과 갑부 교수

힘겨움 속에서도 박타푸르 사람들, 아니 네팔 사람들은 자신들의 삶을 일구어 가고 있었다. 사람들은 순박했고, 친절했다. 지금 당장 희망을 갖기 어렵지만, 그렇다고 미래의 희망을 포기하지 않았다. 이웃 인도나 중국으로, 멀리 일본이나 한국으로 일자리를 찾아 떠나는 사람도 많았다. 그래서 그런지 한국인에게 많은 호감을 보였다. 박타푸르로 오는 버스에서 만난 한 20세 청년은 우리가 한국인임을 알아보고는 무척 큰 관심을 보였다.

한국어를 배우고 있다는 그 청년은 얼굴 한가득 웃음을 머금고 가슴 벅찬 표정을 지으며 인사를 건넸다. 자신이 동경하는 한국 사람을 만나고 대화를 나누게 된 것 자체를 감격스럽게 받아들이는 듯했다. 고등학교를 졸업한 후 대학에 가거나 한국 기업에 취직을 하고 싶다고 했다.

그는 우리가 얘기하지도 않았는데 자신의 전화번호를 알려주며 혹시 자신이 할 수 있는 일이 있다면 언제든지 연락해 달라고 했다. 박타푸르를 가이드해줄 수도 있다고 했다. 네팔이나 인도에서는 여행자가 원하지도 않는데 이것저것 가이드를 해준 다음 가이드비를 강요하는 사람들이 많다는데, 이 청년은 그런 종류의 사람들과는 달랐다. 순수하고 열정 넘치는 청년이었다. 자신의 삶을 개척하기 위해 작은 인연이라도 만들려고 노력하는 그 청년이 자신의 꿈을 현실로 만들어갈 것이란 믿음이 갔다.

박타푸르에서 만난 사람 가운데 잊을 수 없는 또 다른 사람은 부모를 잘 만나고 사회적으로도 성공해 큰 재산을 보유하고 있는 한 교수였다. 그는 아주 우연히 만났다. 박타푸르에 머문 지 나흘째 되던 날 아침, 곰곰이가 운영하는 카페의 인테리어에 필요한 종이를 사기 위해 올리브와 함께 종이가게에 들렀다. 박타푸르의 좁은 골목을 한참 들어가니 '종이 공장(Paper Factory)'이라는 간판이 보였다. 입구는 좁고 어두웠고, 크고 작은 각종 종이와 공책 등이 진열된 매장도 어둡긴 마찬가지였다. 하지만 안으로 들어갈수록 미로처럼 복잡한 건물 곳곳에 종이가 산더미처럼 쌓여 있었다.

프라자파티(Prajapati) 교수는 매장 한쪽에 마련된 계산대에서 무언가를 정리하던 중이었다. 우리가 종이를 고르면서 이것저것 질문하고 매장에 관심을 보이자 그는 종이 공장과 전시장을 직접 안내하며 상세히 소개해 주었다. 자신이 모은 골동품에다 화학을 공부하고 있다는 대학생 아들의 공부방, 집 옥상의 작은 신전까지 보여주었다. 각종 목공예품은 물론 불상, 가면, 오래된 생활도구들을 엄청나게 수집해 놓았는데, 나중에 박물관을 만들 계획이라며 현재의 생활과 구상에 상당한 만족감을 드러냈다.

그는 카트만두의 트리부반 대학의 정치학 교수였는데, 종이 제조와 판매는 대대로 이어온 가업이었다. 박타푸르에서 가장 큰 문구점인 이 종이 가게 외에 원료를 생산하는 히말라야 쪽의 산에 종이 공장이 하나 더 있고, 이런 종이 공장과 가게와 같은 부동산을 10여 개 더 갖고 있다. 모두 선조들로부터 물려받은 것으로 거기서 상당한 수입을 올리고 있으며, 교수직으로 버는 돈은 모두 골동품 구입에 쓴다고 했다.

종이 공장은 매장 옆에 있었다. 히말라야 산지에서 자라는 록타(Lokta)라는 나무의 줄기를 네댓 시간 삶아 펄프를 추출한 다음, 이를 얇게 펴 그늘과 햇볕에 말려 종이를 만들었다. 기계들은 아주 오래되었고 사용하는 기술도 전통 방식 그대로였다. 프라자파티 교수는 직원들이 출근하기 전이어서, 자신이 직접 펄프를 얇게 펴 말리는 과정까지 보여주었다. 펄프를 얼마나 넣느냐에 따라 아주 얇은 종이에서부터 40~100g짜리 두툼한 특수 책자용 종이, 직물 같은 질감을 내는 종이, 그림(畵家)용 종이까지 다양한 제품을 만들 수 있다. 그렇게 만든 종이 원지(原紙)를 프레스기에 통과시켜 표면을 말끔하게 다듬는 과정도 보여주었다. 종이야말로 인류 문명의 발전에 결정적인 역할을 한 획기적인 발명품일진대, 그 공장을 보니 마치 종이의 원형을 만난 것 같았다.

종이 만들기 시연 박타푸르에서 가장 큰 종이 공장과 매장을 운영하는 프라자파티 교수가 펄프로 종이를 만드는 과정을 보여주고 있다.

공장은 종이 생산 시설은 물론 인쇄 및 제본 시설까지 갖추고, 캘린더와 판화 제품 등 각종 인쇄물을 제작 판매하고 있었다. 프라자파티 교수는 자신의 아들이 점점 잊혀져 가는 박타푸르의 전통 목각공예와 불상의 제작과정을 상세하게 다룬 책을 썼는데, 이 공장에서 인쇄하고 제본해 인기를 끌고 있다며 그 책도 소개해주었다.

그는 자신이 수집한 골동품들도 보여주었다. 몇 년 전에는 외국의 한 왕자가 자신의 골동품에 관심을 갖고 7대에 걸쳐 먹고 살 수 있게 해줄 테니 팔라는 제안을 했지만 거절했다고 자랑스레 말했다. 자신의 수집품에 대한 강한 자부심과 애착이 느껴졌다.

프라자파티 교수는 그동안 카트만두와 박타푸르를 오가며 거리에서 본 많은 사람들과 다른 부류의 사람이었다. 네팔에서 극소수에 해당하는 전통적 자산가이자 지식인이었다. 종이를 팔아 벌어들이는 돈이나 대학교수는 대단한 일이 아니라고 했는데, 막대한 부동산에서 나오는 소득으로 생활하는 데 지장이 없다는 얘기였다. 그는 우리를 안내하는 내내 활기 넘치고 자신감 있는 모습을 보이며, 자신의 현재 위치와 생활에 만족하고, 아주 행복하다고 말했다. 그는 네팔의 문화재가 가진 가치를 보존하기 위해 나름대로 자신의 역할을 하려는 사람으로 보였다.

캄캄한 밤하늘에 울려 퍼진 함성

박타푸르 사람들은 낙천적이고 순수하고 친절하지만, 전체적으로 가난의 짙은 그림자를 드리우고 있었다. 그럼에도 나름의 질서 속에서 꿈과 희망을 찾아 분투하는 모습은 다른 어느 곳과 마찬가지였다. 박타푸르에 머문 지 8일째 되는 날, 그러니까 나와 창군, 멜론이 올리브, 동군과 헤어져 박타푸르에서 포카라로 떠나기 바로 전날 본 박타푸르는 그것을 잘 보여주었다.

그날 우리는 창군과 올리브의 공동 생일파티를 거창하게 하고 숙소로 향했다. 두 사람 생일이 6일 차이인데, 이제 서로 떨어져 일주일 동안 지내게 되어 생일파티를 한꺼번에 한 것이었다. 박타푸르 중심부인 더르바르 광장에 있는 시바 레스토랑에서 일찌감치 식사를 마치고 길을 내려가는데, 그때 마침 네팔과 아프가니스탄 사이의 축구 경기가 열리고 있었다. 서남아시아 축구대회(SAFF) 준결승 경기였다. 경기는 오후 6시 15분부터 인도 델리에서 펼쳐졌는데, 네팔이 아프가니스탄을 이기면 결승에 올라 인도와 맞붙게 되어 있었다. 양 팀은 일진일퇴의 공방전을 벌였다.

박타푸르 골목은 응원 열기로 뜨거웠다. 골목마다 TV 앞에 모여든 네팔 사람들로 만원이었다. 마치 1970년대 한국에서 마을 사람들이 동네에 몇 대 안 되는 TV 앞에 옹기종기 모여앉아 경기나 드라마를 보던 때와 똑같았다. 모두 다 숨을 죽이고 경기에 몰입해 있다가 골이 빗나가면 '아~' 하고 탄성을 지르기도 하고, '네~팔! 네~팔!'을 연호하며 응원을 했다.

그런데 경기가 0대 0으로 팽팽히 진행되던 후반전이 끝날 무렵 갑자기 전기가 나갔다. TV는 꺼지고 골목은 암흑으로 변했다. '조금만 더 전기가 들어

왔으면, 네팔이 이기는 걸 볼 수 있었을 텐데…' 하는 아쉬움이 골목을 지배했다. 모두 실망하며 뿔뿔이 흩어졌다. 아쉬움이 너무 컸는지 일부는 '네~팔! 네~팔!'을 외치며 승리를 염원하기도 했다. 잠깐이지만, 네팔 사람들이 스트레스를 분출하는 순간이었다. 경기의 최종 결과는 네팔이 연장전에서 한 골을 잃어 결승전에 올라가지 못했다. 오히려 TV가 꺼지는 바람에 전기가 들어온 다음 날 아침까지 승리에 대한 기대가 연장되었을지도 몰랐다.

네팔은 분명 가난한 나라다. 하지만 그 안에서 희망을 잃지 않는 사람들도 많다. 그들은 순박하고 친절하며 공동체 문화를 유지하고 있다. 문제는 경제적 개발과 전통을 어떻게 조화시킬 것이냐다. 이는 사실 빈국 모두의 문제다. 이들이 서구의 대자본에 의존한 성장 위주의 경제개발에 나설 경우 이러한 전통은 무참히 무너질 것이다. 낮은 생산비용을 노린 외국자본은 이들을 글로벌 경제체제의 가장 아랫부분인 저임금 노동자로 전락시킬 것이고, 이곳의 아름다운 문화재는 상업화의 제물이 될 것이다. 오랫동안 형성된 공동체와 정체성은 붕괴하고, 사람들은 더 치열한 경쟁에 노출되고, 스트레스가 높은 생활을 강요당할 것이다.

이들에게 필요한 것은 삶의 질을 높일 수 있는 제3의 개발 방식이다. 주민들 스스로 자신의 삶을 개선해 나갈 수 있는 개발 방식, 대자본이 기술을 독점적으로 보유하고 주민들은 그걸 이용한 제품이나 서비스를 비싼 가격에 구입하는 것이 아닌 제3의 길이 필요하다. 주민들이 자체적으로 활용할 수 있는 '적정 기술'도 필요하다. 외국에서 네팔의 개발을 지원하는 방식도 이런 것을 염두에 두고 이루어져야 한다.

쉽지는 않은 일이다. 하지만 하나하나 실천해 나간다면, 불가능한 것도 아니다. 그 희망을 우리는 박타푸르에서 만난 곰곰이와 나중에 소개할 서칫의 활동에서 보았다. 그들은 제3의 길을 위해 희망의 씨앗을 뿌리는 사람들이었다. 이제 그 희망을 찾아 떠나야 할 시간이다.

박타푸르

NGO 자원봉사 활동의 선물

네팔로 간 한국인 NGO 활동가

우리는 박타푸르에 머무는 동안 매일 좁은 골목과 광장 곳곳을 돌아다녔는데, 아무리 봐도 보존의 가치가 아주 많아 보였다. 사원 등 유적들이 주민들의 생활 속에 녹아 들어가 있고, 작은 가게와 집들이 좁은 골목에 오밀조밀하게 들어서 색다른 풍취를 자아냈다. 이번 세계여행 이전에 우리 가족이 여행했던 이탈리아의 베네치아나 아시시의 골목, 영국 요크의 구시가지 등 세계적 관광명소와 견주어도 전혀 손색이 없는 풍경이었다. 더구나 동양에서 이런 풍경을 볼 수 있는 곳이 여기 말고 어디가 있던가.

이곳에 서구의 대자본이 들어오지 않고, '작은 개발'의 모형을 만들 수 있다면 좋을 것 같았다. 아무런 정성도, 요리사의 손맛도 들어가지 않는 정크푸드를 대량생산해 '팔아치우는' 맥도널드나 KFC 또는 서브웨이가 들어와 요지를 차지해 세계 어디서나 볼 수 있는 간판을 내거는 것이 아니라, 현지 주민이 정성스럽게 만든 모모나 푸리, 커리, 볶음밥, 차오면을 파는 작은 상점들이 많으면 훨씬 좋을 것 같았다. 스타벅스, 나이키 등 세계적인 브랜드들이 들어와 상가를 점령하는 것이 아니라, 현지에서 생산된 티와 커피를 현지 주민이 직접 만들어 판매하는 작은 찻집과 옷가게들이 다양하게 자리를 잡고 있으면 좋겠다. 큰 건물을 짓고, 요란한 광고 간판을 내거는 획일적인 도시

개발 방식이 아니라 주민이 참여하고, 공동체가 주도함으로써 사람 냄새가 물씬 풍기는 새로운 개발의 모형을 만들면 좋을 것 같았다.

박타푸르나 카트만두의 타멜, 카트만두 남부의 파탄은 그런 식으로 개발하는 것이 이곳의 가치를 더 높이는 방법이 되지 않을까. 우리가 여기에 온 이유, 그리고 서양 여행자들이 타멜과 박타푸르의 골목마다 득시글거리는 이유가 무엇인가. 맥도널드와 KFC, 스타벅스를 찾기 위해서? 아니면 중국이나 네팔 또는 방글라데시나 인도네시아의 저임금 노동자들이 생산한 나이키나 아디다스 제품을 저렴하게 구입하기 위해서? 아니다. 바로 네팔의 진짜 모습을 보기 위해, 이곳만의 독특한 문화를 체험하고, 음식을 즐기고, 순박한 사람들을 만나기 위해 온 것이다. 그런 측면에서 가장 살기 어렵고 개발이 덜된 곳에서 가장 선진적이고 미래 지향적인 '개발'의 모델이 나올 수 있다. 우리가 찾고자 하는 것은 바로 그에 대한 희망이다.

이를 위해선 주민들이 안정적으로 삶을 영위할 수 있는 정치·경제·사회적 조건이 갖추어져야 한다. 현재의 네팔 정국을 보면 그것이 언제쯤에나 가능할지 가늠하기 어렵지만, 그것은 협동과 자조, 자립을 기반으로 한 건강한 커뮤니티(공동체)가 기반이 되어야 한다. 한국이나 남미처럼 대자본이 경제권력을 장악하고 주민들을 노동자로 전락시키는 것이 아니라, 주민들이 고유의 전통을 유지하면서 물질적이나 정신적으로 풍요로운 삶을 영위할 수 있는 구조를 만들어야 한다. 카트만두를 떠나기 전에 오른 소얌부나트 사원에서 촛불을 밝히며 '네팔 사람들의 행복'을 기원했는데, 박타푸르의 고색창연하고 아름다운 유산들을 보면서 그 생각이 더 간절해졌다. 순박하고 친절한 네팔 사람들을 보면 볼수록 이곳 사람들이 스스로 희망의 화살을 쏘아 올리고, 하나하나 만들어가기를 바라는 마음이 간절했다.

박타푸르에 도착한 날, 더르바르 광장 정문을 나서 마을로 조금 내려오니 작은 골목 한편에 우리가 찾는 카페 비욘드(Cafe Beyond)가 나타났다. 한글로

카페 비욘드 박타푸르의 시민단체 '비욘드-네팔'이 운영하는 카페로, 입구의 유리문에 우리 가족이 일주일에 걸쳐 완성한 안내문이 붙어 있다.

'카페 비욘드'라고 적힌 간판이 눈에 확 들어왔다. 머나먼 타국, 그것도 가난한 나라 네팔의 한 작은 마을에서 한글로 된 간판을 보니 아주 반가웠다. 그곳에선 곰곰이가 우리를 기다리고 있었다. 한국의 성공회 대학에서 NGO에 대해 공부하면서 오랫동안 성미산 마을 사람들과 교류했던 네팔인 서칫도 함께 있었다.

2년 만에 다시 만난 올리브와 곰곰이는 반가워 어쩔 줄 몰랐다. 서울 마포의 성미산 마을에서 함께 어린이집과 생활협동조합, 공정무역 등의 활동을 하다가, 네팔에서 재회했으니 그 기쁨이 얼마나 컸겠는가. 둘은 손을 맞잡고 포옹하면서 기쁨을 나누었고, 우리도 반갑게 인사했다. 여전히 활력 넘치는 곰곰이에게서 국제적으로 활동하면서 다져진 내면의 힘이 느껴졌다.

곰곰이는 2년 전 한국에서 네팔로 넘어와 서칫과 함께 어린이와 농민, 여성 등 소외된 네팔인들의 생활 향상과 자립을 돕기 위한 NGO인 'BEYOND-Nepal(비욘드-네팔)'을 설립했다. 이들이 초점을 맞추고 있는 것은 '자립'이다. 한국을 비롯한 선진국의 원조 활동이 도로나 건물을 짓고 의료봉사와 같은 외적 지원에 초점을 맞추고 있다면, 곰곰이와 서칫은 네팔 사람들의 실제 생활 현장에 뛰어들어 주민 스스로 생활을 개선해 나갈 수 있도록 지원하는 데 목표를 두고 있었다.

말하자면 이런 식이다. 외국의 원조단체나 정부는 어느 곳에 학교나 도서관이 필요하다면 그 건물을 짓고 도서를 공급한다. 하지만 실제 주민들의 삶을 보면 그것만 갖고는 제대로 된 교육이 이루어지기 어려운 경우가 많다. 먹고 살기 위해 부모들은 하루 종일 들판에 나가 일을 해야 하며, 아이들은 일을 거들어야 한다. 외국에서 지어준 학교나 도서관이 처음에는 번듯하고 멋있게 보이지만, 시간이 가면서 주민들의 생활과 멀어지게 된다. 이에 비해 곰곰이와 서칫은 아이들을 학교로 불러들여 교육을 시키고 도서관을 이용하도록 아이들을 돌보는 시스템을 만드는 한편, 부모들이 여기에 동의하고 지원하도록 하는 데 초점을 맞추고 있다. 주민들이 실제 생활을 개선하는 데 필요한 교육과 기술을 지원하고 생활에 접목하도록 하는 것이다.

이들의 활동은 단순한 원조 이상이다. 학교나 도서관을 지어주고 책을 전달하는 것은 일회성으로 끝날 수도 있지만, 교육을 지역사회에 정착시키는 것은 일회성 이벤트로는 결코 이룩할 수 없다. 주민들의 고정 관념이나 생활 습관을 바꾸어야 가능한 경우도 많다. 이들이 하는 일은 눈에 확 띄는 것이 아니기 때문에 그것이 결실을 맺으려면 상호간의 신뢰가 필요하고, 이를 위해선 지속성과 헌신성, 진정성과 같은 무형의 유대가 필요하다.

'비욘드-네팔'은 그동안 네팔에서도 가장 험한 직업인 벽돌공장 노동자들의 자녀들을 위해 학교를 세우고 운영을 지원하는 일에서부터 친환경 화장실 보급과 텃밭 가꾸기, 새로운 농업기술 지원 등 농촌 환경개선과 소득증대를 위한 사업을 벌였다. 여성들의 자립과 자립의식 제고를 위한 교육과 면 생리대의 보급은 특히 주안점을 둔 사업이었다. 이러한 활동을 위해 한국의 성미산학교와 이우학교, 간디학교 등 대안학교들은 물론 충북여성포럼과 귀농운동본부 등 시민단체, 독일의 대학 등과 학생 교류, 연수생 파견, 연구 프로젝트 등 다양한 국제적 네트워크 활동도 전개하고 있었다. 시작한 지 얼마

되지 않았지만, 이들의 활동에 참여하는 인근 주민은 물론 외국의 기관이나 개인이 늘어나고 있었다. 곰곰이와 서칫은 희망과 자신감에 넘쳤다.

'카페 비욘드'는 이 NGO의 활동을 재정적으로 뒷받침하기 위해 2011년 2월 설립되었다. 처음에는 곰곰이가 만들 수 있는 한국 음식과 차를 주로 판매했다. 하지만 캐나다와 독일 등 외국인들이 와서 '비욘드-네팔'에 대한 이야기를 듣고 자원봉사로 메뉴 개발과 요리법 전수, 실내 장식 등을 도와주어 메뉴도 풍성해지고 아기자기한 카페로 탈바꿈해 가고 있었다. 7~8평 남짓한 카페에는 여섯 개의 테이블에 20명 정도가 차를 마시거나 식사를 할 수 있고, 뒤편에는 들판을 내려다볼 수 있는 작은 정원도 있었다. 야외 카페로 만들어도 멋질 것 같았는데, 곰곰이와 서칫도 같은 생각이었다.

곰곰이와 서칫은, 한편으로는 시민단체인 '비욘드-네팔'의 활동을 이끌면서, 다른 한편으로는 카페를 운영해야 하는 등 일인다역으로 정신이 없었다. 특히 NGO나 카페의 스태프들이 업무에 익숙하지 않아 두 사람이 거의 모든 부문에 개입해 이끌어야 하는 상태였다.

우리는 여기서 자원봉사를 할 계획이었지만, 특별한 재주가 없는 우리가 할 수 있는 일은 한계가 있었다. 우리가 가진 것이라곤 뜨거운 마음과 건강한 몸뚱이뿐이었다. 청소를 하라거나, 짐을 옮기라거나, 삽질을 하라거나, 망치질을 하라면 얼마든지 하겠는데, 여기서 필요한 일은 그게 아니었다. 곰곰이나 서칫의 동료처럼 생각을 나누면서 일을 찾아서 해야 했다.

곰곰이와 서칫은 이곳을 효과적으로 알리는 일, 말하자면 체계적인 홍보에 목말라 하고 있었다. 전 세계의 많은 사람들에게 알릴 수 있도록 인터넷 홈페이지를 정비하고, 카페의 간판과 알림판, 출입구 등을 정비할 필요가 있었다. 홈페이지는 구축되어 있지만, 각종 정보나 활동 상황이 제대로 업데이트되지 않고 있었고, 카페는 세련미가 좀 떨어졌다. 우리는 카페의 정체성을 살리면서 홍보가 될 수 있도록 밖에서 보이는 현관 유리와, 내부 인테리어 및 메뉴판 등을 정비하는 것을 돕기로 했다. 홈페이지 정비는 약간 기술적인 문제가 있기 때문에 창군이 상황을 체크한 다음 어떻게 할지 방안을 찾아보기로 했다. 재료나 작업 도구 등이 모두 취약해 이를 준비하는 것부터 착수해야 할 것 같았다. 첫날은 전체적인 상황과 우리가 할 수 있는 일에 대해 이야기하는 것으로 마무리를 지었다.

이튿날 다시 카페로 나와 오전 내내 네팔의 정치·경제 상황과 현지 주민들의 생활, NGO의 역할, '비욘드-네팔'의 활동 등에 대해 곰곰이와 이야기를 나누었다. 그리고 나서 유리문과 알림판 정비 등을 진행하려 했으나 진도가 나가지 않았다. 종이부터 시작해 자, 칼 등 도구도 마땅치 않았다. 말이 봉사활동이지 오히려 곰곰이에게 짐이 되는 게 아닌가 하는 미안함까지 들었다.

아이들도 무엇을 어떻게 해야 할지 감을 잡지 못해 카페와 거리를 서성이면서 시간만 축내고 있었다. 이런저런 아이디어를 제기하고 이야기를 나누며 인테리어의 윤곽을 잡으려는데 벌써 정전 시간이 가까워지고 있었다. 정전이 일상화된 이곳에서는 해가 넘어가는 오후 5시 이후엔 사실상 일을 할 수 없다. 결국 하루 종일 카페에서 뭉그적거리기만 하고 숙소로 돌아왔다. 의욕도 좋지만 일을 진척시키려면 실무적인 능력이 필요했다.

농촌을 바꾸는 아줌마의 힘

다음 날 '비욘드-네팔'이 활동하는 마을 가운데 하나인 짱구나라연 마을(Changu Narayon Village)을 방문했다. 이곳은 박타푸르 북쪽 언덕에 자리 잡은 작은 마을로, 서쪽에는 유서 깊은 짱구나라연 사원이 있고, 동쪽으로는 히말라야 산맥 전망대인 나가르고트(Nagarkot)로 연결되어 있다. 때문에 마을 앞길은 트레킹을 즐기는 여행자들이 지나가는 길목이기도 하다. 비욘드-네팔이 지난 2년에 걸쳐 이 지역 주민들의 생활 환경 개선과 소득 증대를 위한 다양한 활동을 펼쳐 새로운 희망의 모델로 떠오르는 곳이었다.

우리는 비욘드-네팔 직원의 안내로 마을버스를 타고 짱구나라연 마을로 향했다. 이 마을은 오래 전부터 국제 사회의 관심을 받았다. 2002년 일본이 마을회관(Learning Center) 건립에 재정을 지원했으나 이후 교류가 사실상 단절된 상태였다. 비욘드-네팔이 지역 주민과 밀착한 활동을 펼치면서 국제기구에서 이 지역에 다시 관심을 갖고 지원을 계획하고 있다고 했다. 도로를 정비하고, 가로수를 심는 등 환경 개선이 주요 사업계획이었는데, 비욘드-네팔은 이를 마을사업을 확대할 수 있는 좋은 기회로 여기고, 지속 가능한(sustainable) 마을 개발의 장기 로드맵과 단기 실천과제 제안서를 만들 계획이었다. 외부기관이 자신들의 입장에서 물질적 지원을 하는 데 그치는 것이 아니라, 이 지역 주민들에게 실질적으로 필요한 사항들을 제시하고 그것을 주민들의 생활 및 환경 개선으로 이어지도록 하는 것이 비욘드-네팔의 목표였다.

우리가 할 일은 네팔의 농촌 현실을 직접 확인하고, 마을을 돌아보면서 앞으로 어떤 방식으로 환경을 개선하면 좋을지 의견을 내놓는 것이었다. 곰곰이와 서칫은 우리의 의견을 참고하여 마을 환경 개선 제안서를 만들 계획이라고 했다. 특히 짱구나라연 마을을 관통해 나가르고트로 향하는 길에 어떤 가로수를 어떻게 심을지, 그 방안을 찾아보는 것이 중요한 임무였다. 전문가도 아닌 우리가 한번 방문해 얼마나 잘 파악할지는 모르지만, 일단 둘러본다는 마음으로 마을로 향했다.

버스는 박타푸르 뒤편의 산으로 이어진 구불구불한 길을 따라 올라갔다. 산세가 생각보다 험했다. 가파른 산들이 끝없이 이어지고, 산등성이엔 계단식 논과 밭이 만들어져 있었다. 좋은 흙이 나오는 곳은 여지없이 벽돌공장이 자리하였다. 네팔에서도 가장 가난한 사람들이 일하는 곳이었다. 추수가 끝나고 겨울철에 좋은 흙이 있는 논이나 밭에서 벽돌을 만드는데, 가난한 농민

짱구나라연 마을 박타푸르에서 히말라야 전망대인 나가르고트로 가는 길목에 있는 마을로 '비욘드-네팔'이 주민 주도의 농촌 개발 모델을 만들기 위해 노력하는 곳이다.

들이 그 벽돌로 얼기설기 집을 만들어 살면서 벽돌을 찍어 말린다. 하루 종일 일을 하기 때문에 벽돌공장 노동자의 아이들은 방치되기 일쑤여서, 흙을 파내면서 생긴 웅덩이에 어린 아이가 빠져 사망한 안타까운 사건이 일어난 적도 있다고 한다. 곰곰이와 서칫이 벽돌공장 노동자들의 아이들을 위한 학교를 세우고 운영하는 것은 이 때문이었다.

멀리서 보면 평화롭고 한가로운 농촌 풍경이지만, 사실은 고단한 삶이 이어지는 곳이다. 농사일도 마찬가지다. 모든 작업이 손으로 이루어지고 있었고, 그만큼 이곳 사람들의 삶도 고단해 보였다. 사실 작은 다락논이나 다락밭에서 기계로 일을 하기도 어렵다. 네팔에는 이렇다 할 농기계도 보급되어 있지 않다. 사람이나 소의 힘을 이용해 일일이 땅을 갈고, 씨를 뿌리고, 수확해야 하고, 그 수확물을 산 위쪽의 마을로 일일이 옮겨야 한다. 많은 일을 여성들이 하는 전통 때문에 네팔의 농촌 여성들은 이중 삼중의 고통을 받고 있다.

짱구나라연까지는 포장이 되어 있었지만, 마을로 들어가는 길은 포장이 되어 있지 않았다. 마을로 향하는 언덕길로 올라서니, 계단식 논밭을 넘어 남쪽 아래로 박타푸르와 카트만두 밸리가 아스라이 펼쳐졌다. 고개를 돌려 북쪽을 바라보면 히말라야가 보이지만, 이날은 구름에 가려 볼 수가 없었다. 이 비포장도로로 1시간 정도 더 올라가면 나가르고트다. 전망대까지 트레킹을 하고 내려오는 여행자들도 눈에 띄었다. 농촌과 도시, 히말라야를 동시에 볼 수 있는 아름다운 곳이다.

짱구나라연 마을은 입구 삼거리에 아주 작은 도서관이 있었다. 아이들이 학교에 가기 전인 오전과 학교가 끝나는 오후에 문을 연다고 했다. 우리가 방문했을 때는 아이들이 학교에 간 때여서 도서관 문이 닫혀 있었다. 조금 기다리니 마을의 지도자 역할을 하는 여성 주민이 우리를 맞았다. 농사도 지으며 마을 가운데의 작은 가게도 운영하고, 재봉틀로 옷도 직접 만드는 활달한 여성이었다. 비욘드-네팔을 비롯한 외부 단체와의 협력에도 주도적으로 나서고, 한국을 방문하여 유기농 현장을 둘러보기도 했다고 한다. 여성의 지위가 낮은 네팔의 농촌에서 여성이 지도자 역할을 하는 것이 놀라웠는데, 그녀는 여성이 바뀌면 사회도 빠르게 변한다는 사실을 잘 보여주고 있었다.

마을 입구 언덕에는 널찍한 공터가 있는데, 거기에 올라가니 사방이 확 트여 미니 전망대 자리로 손색이 없었다. 곰곰이와 서칫은 주민들과 협력해 이곳에 작고 아담한 카페 겸 레스토랑을 만든다는 구상을 갖고 있다고 했다. 나가르고트 전망대로 향하는 관광객들이나 주민들이 쉴 수 있고, 그들에게 차와 음식도 판매할 수 있는 공간을 마련하려는 것이다. 주민들이 생산한 농산물을 식사 재료로 제공하면 일석이조의 효과를 낼 것 같았다.

마을의 농가 뒤편 텃밭에서는 무를 비롯한 농작물들이 따뜻한 햇살을 받아 무럭무럭 자라고 있었다. 한국에서 씨앗을 들여와 시범 재배하고 있는 딸기도 잘 자라고 있었다. 우리를 안내한 여성 주민은 텃밭에서 탐스럽게 자란 어른 팔뚝만한 무를 직접 뽑아 보이기도 했다. 과거에는 이렇게 텃밭을 가꾸는 농가가 거의 없었는데, 2년 전 비욘드-네팔이 텃밭 만드는 방법을 가르치고 기술을 지도한 이후 주민들이 채소를 생산해 자급하고 있다고 했다. 곰곰이가 어제 카페에서 텃밭에 대해 이야기를 할 때 우리는 의아해했다. 한국에서는 텃밭이 일반적인 것이어서 텃밭 만드는 법을 가르친다는 것이 잘 이해가 되지 않았기 때문이다.

"여기에는 텃밭 개념이 없어요. 농사는 밭에서만 짓는다는 생각해요. 그러니 집 주변에 남는 땅이 있어도 그냥 놀려요. 처음에 거기에 농작물을 기르자고 하니 거기는 농사짓는 땅이 아니라는 거예요. 그래서 우리가 직접 무와 옥수수 같은 것을 심었죠."

그렇게 텃밭을 가꾼 것이 1년 전이었다. 한 집에서 텃밭을 가꾸어 채소를 자급자족하자 다른 집에서도 텃밭을 가꾸기 시작했다. 짱구나라연 마을에 자리 잡아 가고 있는 탐스러운 텃밭을 보니 마치 우리네 텃밭처럼 정감이 갔다. 그 여성 지도자가 텃밭의 무를 직접 뽑아 보인 데에도 그런 나름의 자부심이 배어 있었다.

일본의 지원으로 건립된 마을회관에서는 마을 아줌마들이 이곳에서 자라는 '럽시'라는 나무 열매를 이용한 젤리 형태의 스낵을 만들고 있었다. 주민들이 아이디어를 낸 새로운 제품을 만들고 있는 것이다. 맛을 보니 달콤 쌉쌀한 게 간식으로 제격이었다. 회관에서 럽시를 만들다 우리를 만난 여성 주민들의 얼굴에는 평화로움과 행복감이 넘쳤다. 어제 우리가 카페 비욘드에 있을 때 이곳 주민들 중 일부가 카페를 방

자립을 위한 시도 짱구나라연 마을회관에서 마을 주민들이 럽시 스낵을 만들고 있다.

문해 럽시 제품의 판로에 대한 상담을 하고 돌아가기도 했다. 마을회관 옥상에는 이들이 만든 럽시가 따사로운 태양을 받아 꾸들꾸들 말라가고 있었다.

마을회관 뒤편에는 환경 개선을 위해 만든 친환경 화장실이 있었다. 이전에는 이곳에 화장실이 없어 주변의 밭이나 공터에서 용변을 보았는데, 이젠 화장실을 만들어 환경도 개선하고, 이를 퇴비로 활용함으로써 농작물의 생산력을 증대시키는 일석삼조의 효과를 내고 있었다. 사람의 배설물을 퇴비로 이용하는 것을 일종의 금기로 여겨왔던 이곳 농민들에게 친환경 화장실을 이해시키는 데 애를 먹었다는 곰곰이의 얘기가 떠올랐다. 전통적인 생활 습관이나 고정 관념을 바꾸는 것은 가장 어려운 일이지만, 곰곰이와 서칫의 열정이 통한 것이었다.

곰곰이가 역점을 두어 보급하고 있는 또 하나가 면 생리대였다. 힌두교 전통이 강한 이곳에서는 여성의 생리를 불결한 것으로 여기는 관습이 있다고 한다. 그래서 생리를 시작하는 여학생들을 학교에 보내지 않거나 외부와 격리시키기도 한다. 비과학적인 편견과 관습으로 인해 여성 인권이 제대로 보호받지 못하는 참담한 현실이 아닐 수 없다. 이에 여성들의 자의식도 자연히 위축될 수밖에 없다. 그래서 곰곰이는 생리에 대한 교육을 진행하면서 면과 패드를 이용해 생리대를 만드는 방법을 직접 가르치며 이들과 가까워졌다고 한다. 이 활동은 농촌 여성들의 열띤 호응을 받았다. 이를 계기로 농민들과의 소통이 원활해지고, 텃밭이나 친환경 화장실 같은 사업을 확장할 수 있었다고 했다. 이 모든 것 하나하나가 모두 열정과 끈기의 결과였던 셈이다.

"나마스떼~"

회관을 지나 마을 안으로 들어가면서 주민들과 반갑게 인사를 주고받았다. 따뜻한 오후 햇살이 내리쬐는 평화롭고 한가로운 곳이지만 생활 여건은 여전히 남루하고 어려워 보였다. 추수철이 끝나 특별히 할 일이 없어 마을 어귀에 모여 빈둥거리는 청년들과 중년의 아저씨들이 많이 눈에 띄었다. 저개발국의 전형적인 농촌 모습이었다. 반면 아낙네들은 마당에서 콩이나 옥수수 등 추수해온 농작물을 열심히 손질하고 있었다. 구경꾼처럼 마을을 돌아다니는 게 좀 미안했다. 마을을 지나자 숲이 나타났고, 숲 속으로 난 길은 히말라야를 조망하는 나가르고트 전망대로 연결되어 있었다. 숲은 정부와 지역 공동체 소유로, 비교적 잘 가꾸어져 있었다. 주민들은 땔감이 부족해도 이 숲에는 손을 대지 않는다고 한다. 겨울에도 따뜻한 기온이 이어져 숲은 밀림과 같았다. 마을을 내려올 때에 다시 마을회관에 들러 주민들이 정성스럽게 준비한 차도 마시며, 따뜻한 환송을 받았다.

네팔의 농촌 인구는 전체 인구의 80%를 차지한다. 산업화가 진행되면 인구의 절대다수를 차지하는 농촌 경제는 붕괴하고, 농촌에서 나온 인력이 산업 현장의 노동자가 될 것이다. 농촌에서 어렵게 살던 농민들과 그 농민들의 아들과 딸들이 산업화의 가장 아래층인 노동자로 전락하는 것이다. 한국도 1960~80년대에 이러한 산업화와 농촌 사회 붕괴의 격변을 겪었고, 우리가 지난 2개월 동안 구석구석을 돌았던 중국 역시 급격한 산업화의 와중에 심한 몸살을 앓고 있었다. 네팔은 지금 바로 그 초입에 서 있다.

짱구나라연에서 진행되고 있는 새로운 시도는 이처럼 농민들이 산업화의 피해자로 전락하지 않고, 자생력을 가지면서 사회개발의 주체로 서도록 하려는 것이다. 전통적인 공동체를 유지하면서 농업 생산을 증대하고 마을을 잘 가꾸어 환경을 개선함으로써 삶의 질을 향상시키고자 하는 것이다. 짱구나라연 마을에선 특히 이곳을 주민들이 직접 운영하는 '팜 스테이(farm stay)'의 명소로 만들어 여행자와 주민이 상생하는 새 모델을 개발하고자 하고 있다. 이러한 노력들이 성과를 거두어 다른 네팔 사람들에게도 희망을 주기를 바라는 마음이 간절했다.

봉사활동, 성과보다 중요한 공감

짱구나라연 마을을 돌아보고 나니 네팔 농촌의 모습이 보다 분명히 머리에 들어왔고, 곰곰이와 서칫이 하는 일도 확실히 이해하게 되었다. 하지만 우리가 계획한 카페 개선 작업은 이렇다 할 진전을 보이지 못했다. 비욘드-네팔 홈페이지의 정비는 아직 생각하지도 못하고 있었다. 짱구나라연을 돌아본 다음 날, 카페를 찾은 우리는 역할을 나누었다. 나와 창군, 동군은 유리문에 붙어 있는 오래된 사진들을 떼어내고 거기에 카페를 소개하는 간단한 문구를 넣는 작업과 카페 안의 메모판을 정비하는 일을 진행했고, 멜론은 테이블에 올려놓을 아담한 메뉴판 겸용 냅킨꽂이를 만들기 시작했다. 올리브는 한지 느낌이 나는 종이로 만든 작은 공책에 메뉴를 일일이 적어 넣었다.

멜론은 비욘드-네팔 직원의 도움을 받아 합판을 크기에 맞추어 자르고, 못질을 하는 일을 거의 마무리했다. 꾸준히 작업을 하더니 일단 자신의 구상대로 메뉴판 모양을 만드는 데 성공했다. 그런데 못이 제대로 박히지 않아 못의 머리 부분이 표면에 튀어나와 있는데다, 못이 세로로 댄 합판 한가운데로 들어가지 않고 삐죽삐죽 나와 있는 것이 눈에 거슬렸다. 그대로 테이블에 올려놓기는 힘들어 보였지만 모양은 갖추었으니, 조금 더 다듬고 잘 마무리하면 사용할 수 있을 것 같았다.

올리브는 작은 공책에 메뉴를 일일이 손으로 쓰고, 거기에 설명까지 덧붙였다. 역시 섬세한 여성의 손길이 더해지니 아기자기하고 이야깃거리 있는 메뉴 공책이 만들어졌다. 올리브는 단순한 메뉴판이 아니라, 음식을 주문하면서, 또는 음식을 주문한 다음에 이 음식의 재료가 어떻게 생산되었는지 알 수 있는 '작은 메뉴 공책'을 구상하였다. 말하자면 카페를 찾은 손님들이 이 메뉴 공책을 갖고 '놀 수 있도록' 하자는 구상이었다. 그런 내용을 영어로 쓰는 게 쉽지는 않았지만, 한 걸음 한 걸음 진전을 이루고 있었다.

정성을 다하여 멜론이 유리
문에 바짝 붙어 '카페-비욘드'
의 출입문을 정비하고 있다.

나와 창군, 동군은 유리문 정비와 카페 안의 알림판 정비를 하고 있었는
데, 인테리어 전문가가 아니어서 역시나 어설펐다. 유리문에 써 붙일 영어 문
구를 만드는 것부터 문구를 어떻게 써서 어떻게 부착할지 모든 게 막막했다.
손으로 쓰면 삐뚤삐뚤해서 오히려 지저분해 보일 수 있어서 그런 간판은 특
수 인쇄를 해서 붙이지만, 여기서는 그럴 형편이 아니었다. 결국 문장을 컴퓨
터에 입력하고 그걸 유리 크기에 맞게 프린트해서 유리문에 붙인 다음, 유성
매직으로 그 글자를 '그리는' 방법을 채택했다. 카페 안의 알림판은 나무 테
두리를 사포질한 다음, 니스 칠을 하기로 했다.

정전 시간은 갈수록 빨라져 해가 넘어갈 때쯤엔 일을 마무리해야 했기 때
문에 일의 진척은 느릴 수밖에 없었다. 다음 날도, 그 다음 날도 우리는 카페
에 '출근'해 작업을 계속했다. 작업에 필요한 종이와 사포, 니스, 유성 매직 등
을 사고, 그 사이에 프라자파티 교수도 만나고, 박타푸르의 골목골목을 돌
아다니며 구경도 했다. 처음에는 초조하게 생각했지만, 그렇게 초조해할 일
이 아니었다. 아무래도 한국에서의 '빨리빨리' 문화에 익숙해 있던 생활 습관
이 우리를 초조하게 만든 것 같았다. 봉사활동도 봉사활동이지만, 진짜 필
요한 것은 곰곰이와 서칫의 활동에 공감하고, 그들을 응원하는 우리의 진정

한 마음이었다. 비록 세련되게 보이지 않더라도, 한국의 가족여행단이 정성
들여 만든 메뉴판과 안내판이라면 누구라도 감동을 받을 것이기 때문이다.

"천천히 가더라도 주민과 함께해야죠"

카페에 '출근'한 지 6일째, 우리의 일도 어느 정도 가시적인 효과를 내기 시
작했다. 서칫과도 지금까지의 활동과 앞으로의 계획에 대해 인터뷰에 가까
운 대화를 나누었다. 36세의 서칫 로찬 지하(Sachit Lochan Jha)는 공식적으로 비
욘드-네팔의 대표를 맡고 있고, 곰곰이는 자문역(Advisor)이다. 서칫은 네팔 대
학에서 법률과 사회학을 공부한 전도유망한 젊은 변호사였지만, 네팔의 현
실에 대해 깊이 생각한 끝에 소외된 사람들의 자립을 돕는 사회활동에 뛰
어들기로 했다. 이를 위해 2008년 한국으로 넘어와 성공회 대학에서 1년간
NGO와 관련한 공부(Intro-Asia NGO Study)를 했다. 성미산 마을과 인연을 맺은
것도 이때로, 우리 집에 놀러온 적도 있었다.

서칫은 한국에서 공부를 마치고 네팔로 귀국한 2009년 비욘드-네팔을 설
립했다. 여기에 곰곰이도 합류해 건강한 의식을 가진 한국과 네팔의 두 사람
에 의해 이 NGO의 활동이 시작되었다. 하지만 네팔에서 NGO 활동을 하는
것은 '맨땅에 헤딩'이 아닐 수 없었다.

"한국과 네팔의 NGO 활동 여건은 근본적으로 달라요. 비교할 수가 없죠.
한국에서는 시민사회가 전체 사회에 일정한 책임을 갖고 있고 시민들도 시
민단체에 활발히 참여하지만, 네팔은 아직 시민사회가 형성되지 못했고 이에
대한 인식도 아주 낮은 상태입니다. 여기서 시민들이 주체가 되는 NGO 활동
을 한다는 건 더욱 어려운 일이죠."

서칫은 네팔 사회를 낮은 교육 수준과 높은 문맹률, 가난과 불신, 아동이

나 여성 등 소외계층에 대한 학대, 사회계층 사이의 높은 벽 등으로 인한 '희생자'라고 말했다. 젊은이들은 자기 계발과 사회 참여의 기회가 봉쇄당한 상태에서 해외로 나가 일자리를 찾고 있다. 그러나 이들의 잠재력과 가능성을 펼쳐 나갈 기회를 제공한다면 이들 스스로 자신의 생활을 개선하고 사회를 변화시킬 수 있고, 이것을 돕는 것이 비욘드-네팔의 목표라는 것이다.

시민단체 비욘드-네팔을 이끄는 서칫 대표 한국에서 NGO에 대해 공부한 후 네팔 농민들의 자립을 위한 시민활동을 활발히 펼치고 있다.

"천천히 가더라도 주민들이 자신과 사회 변화의 주체가 되어야 해요. 주민들이 주체로 서지 않으면 외부의 어떠한 지원이나 도움도 지속 가능한 것이 될 수 없죠."

네팔 사회의 개발에는 정치권의 역할이 중요한데, 왕정 붕괴 이후 혼미를 거듭하는 네팔 정치권이 여기에 관심을 기울이지 않고 있다며 안타까워했다.

"네팔의 정치 지도자들이 자신의 정치적 이해관계에 대해서는 민감하게 대응하면서도 사회를 어떻게 발전시킬 것인지에 대해서는 진지하게 고민하지 않고 있어요. 특히 사회의 개발을 위해선 교육 개혁과 지원이 필요하지만 이를 추진하는 정치 지도자는 없습니다."

서칫은 비욘드-네팔의 활동 원칙을 크게 네 가지로 요약하였다. 첫째는 교육(Education)으로, 이를 통해 주민이나 개인이 진정한 주체로 설 수 있는 기반을 마련한다는 것이다. 둘째는 민주주의(Democracy)로, 주체로 선 개인이 공동체나 사회의 정책 결정과 변화에 능동적으로 참여할 수 있도록 하는 것이다.

셋째는 이를 통한 사회적 통합(Solidarity)의 달성이다. 부자와 가난한 사람, 교육을 받은 사람과 받지 못한 사람, 남성과 여성이 억압하거나 착취하는 관계가 아니라 서로 돕고 서로를 살리는 통합을 이루어내는 것이다. 넷째는 지속가능성(Sustainability)의 확보다. 보기 좋은 일회성 활동이 아니라 어떠한 교육이나 도움이든 주민들의 생활 형편과 필요에 맞는 '적정한' 수준으로 진행함으로써 이들이 실제 생활에 적용하고 확산시킬 수 있도록 한다는 것이다.

"우리의 활동은 가시적으로 나타나지 않는 것이 많아 주민들을 설득하고 참여시키는 데 어려움이 많아요. 학교나 도서관을 짓고 도로나 병원을 건설하는 일은 눈에 보이지만, '주민들이 주체로 서야 한다'는 것을 교육하고, 새로운 농업기술이나 영농법을 도입하게 하는 것은 바로 눈에 보이지 않죠. 활동 비용을 조달하는 문제도 마찬가지입니다. 한국에서는 회비와 외부 지원금으로 시민단체를 운영하지만, 경제·사회적 여건이 취약한 네팔에서는 이게 불가능합니다. 우리가 오히려 도와줘야 할 사람들이 많죠. 지금은 카페를 운영하여 자체 조달에 힘쓰고 있습니다."

이러한 힘겨움에도 불구하고 서칫은 확신과 자신감에 넘쳤다. 비록 가시적인 성과가 눈에 확 띄지 않더라도 지난 2년여 동안의 활동을 통해 많은 희망을 발견했다. 그는 네팔 사람들이 한편으로는 희생자이지만, 다른 한편으로 자본주의적 이윤 추구 욕망에 물들지 않은 순수함이 있다며, 이것이 시민활동과 지속 가능한 사회개발의 희망이 되고 있다고 강조했다.

"네팔의 농민이나 여성들은 모두 순수하고 무엇인가 하고자 하는 의욕을 갖고 있습니다. 이들의 순수함이 희망입니다. 네팔 농민과 여성들은 어린이와 마찬가지로 흰 종이와 같아요. 이들은 자본주의적 욕망에 물들지 않았고 자신만의 이익을 취하려 하지 않습니다. 이들에게 스스로 자신의 운명을 개척할 수 있다는 자신감과 동기를 부여하고, 그것을 하나하나 실천해 나가는 것이 큰 보람입니다."

자신만의 편안하고 안락한 생활을 마다하고 진정한 사회개발을 위해 헌신하고 있는 서칫이야말로 네팔에 새 희망을 쏘아 올리고 있는 사람이었다. 당장 가시적인 성과가 보이지 않더라도, 서칫과 같은 사람이 새로운 희망을 노래하는 한 이 세상은 보다 더 살 만한 세상이 될 것이다. 특히 그가 찾고 있는 '개발'의 새로운 '대안'은 네팔은 물론 세계적으로도 필요한 것이다. 서칫과 곰곰이가 하는 일이 아주 작고 미약해 보일지 모르지만, 이것이야말로 세계의 희망이다. 세계적으로 진행되고 있는 자본 중심의 개발은 심각한 환경 문제와 양극화 문제, 공동체의 파괴 등 수많은 문제를 야기하면서 인류의 위기를 부채질하고 있지 않은가.

지금 왕정에서 민주적 공화정으로 이행하면서 새로운 사회 건설을 위해 몸부림치고 있는 네팔이 언젠가 서구 대자본의 먹잇감이 될지도 모른다. 만약 외형적인 '성장'에만 몰두한다면, 이 사회가 갖고 있는 내적인 문제는 더욱 악화될 가능성이 있다. 비욘드-네팔의 활동, 서칫과 곰곰이가 추구하는 것은 이러한 자본의 야욕에 대응해 주민이 진정한 주인이 되는 새로운 개발의 대안을 찾는 것이다. 그렇게 한다면 박타푸르의 고색창연한 문화재와 전통도 그들의 것이 될 것이다.

꼭 다시 오고 싶은 곳

카페의 인테리어를 개선하려는 우리의 작업은 서서히 결실을 맺었다. 멜론이 만드는 냅킨꽂이 겸용 메뉴판은 사포 작업이 진행되면서 세련된 모양을 갖춰 갔고, 올리브의 메뉴 공책도 하나씩 모습을 드러냈다. 나와 창군, 동군은 알림판을 사포로 깔끔하게 손질했고, 카페를 알리는 새 문구를 만들어 유리문에 써 넣었다. 새 문구는 이런 내용이었다.

"카페 비욘드는 NGO인 '비욘드-네팔'을 재정적으로 지원하기 위해 2011년 2월에 설립되었습니다. '비욘드-네팔'은 네팔의 소외된 어린이와 농민, 여성들의 자립을 위한 다양한 활동을 전개하고 있습니다. 카페 비욘드는 현지 농민들이 생산한 유기농산물로 요리한 풍부한 맛의 음식들을 제공합니다. 방문자들이 새로운 조리법을 알려주시면 메뉴가 늘어납니다. 여러분의 참여를 희망합니다."

우리는 그걸 실제 크기로 프린트해 유리문에 부착하고, 창군과 동군이 유성매직으로 글자를 '그려 넣기' 시작했다. 나중에는 냅킨꽂이 겸용 메뉴판 작업을 마친 멜론도 달려들었다.

작업의 최종적인 마무리는 도착한 지 일주일이 지나서야 이루어졌다. 프라자파티 교수의 종이 가게에서 사온 종이를 유리 크기에 맞추어 잘라 유리문에 붙였다. 아이들이 열심히 그려 넣은 문구가 유리문에 선명하게 나타났다. 이제 카페 비욘드에 오는 손님들이나 카페 앞을 지나가는 사람들은 이 가게가 어떤 가게인지 우리가 써 놓은 글을 통해 보다 잘 알 수 있게 되었다. 알림판은 니스와 붓을 사다가 칠을 끝낸 다음, 거기에 'ABOUT US'와 'MEMO'라는 글자를 넣어 완료했다. 멜론은 메뉴판 겸용 냅킨꽂이에 한지를 붙여나갔다. 세련된 모양이 나타났다. 마지막으로 올리브가 그 한지 위에 메뉴를 적어 넣어 멋진 메뉴판이 완성되었다. 처음에는 재료나 도구가 모두 부족하여 제대로 될 수 있을지 반신반의했는데, 구상을 하고, 목표를 세우고, 하나하나 진전을 시키니 결국 완성이 된 것이다. 올리브도 맵시 있는 메뉴 공책을 내놓았다. 일일이 손으로 쓰고, 색연필로 색칠을 해서 여러 권의 메뉴 공책을 만들려니 아무래도 시간이 걸렸지만, 메뉴는 물론 재료의 원산지와 간단한 조리법까지 들어간, 세상에서 하나밖에 없는 메뉴 공책이 만들어졌다. 이제 테이블에 올려진 멜론의 메뉴판과 올리브의 메뉴 공책을 네팔인은 물론 한국인, 프랑스인, 독일인, 캐나다인, 미국인들이 보고 주문을 할 것이다.

마지막으로 '비욘드-네팔'의 홈페이지 보완 작업에 나섰다. 창군과 함께 인터넷 카페로 가 그동안 틈틈이 작성해 놓은 비욘드-네팔의 소개문과 활동 상황을 홈페이지에 업로딩했다. 하지만 난관이 한두 가지가 아니었다. 무엇보다 홈페이지 구축 프로그램의 프로토콜을 이해하는 게 급선무였다. 한글로 된 프로그램도 쉽지 않은 상태에서 영어로 된 프로그램을 이해하는 것은 더욱 어려웠다. 나는 이 방면에 문외한이었고, 창군 역시 전문가가 아니기는 마찬가지였다. 그나마 창군이 중학교 때 홈페이지를 만들어 본 경험이 있어 그걸 살려 작업을 진행했다. 둘째 난관은 취약한 인터넷 사정이었다. 업로딩하는 데 속도가 너무 느리고 전력 사정도 불안정하여 상당한 집중력과 인내를 필요로 했다.

창군은 모든 일을 군소리 하나 없이 진행했다. 여행하는 사이에 영어 실력도 향상되어 영문 설명서를 빠르게 이해했다. 하지만 계속되는 정전으로 홈페이지 개편에는 실패하고, 우리가 파악한 홈페이지 구축 방법을 정리하여 서칫에게 알려주는 데 만족해야 했다. 홈페이지에 어떻게 손을 대야 할지 전혀 감도 잡지 못하고 있던 서칫은 그 정도로도 만족스러워 했다. 나중에 보니 우리가 떠난 이틀 후 우리가 구상해 전달했던 대로 비욘드-네팔의 홈페이지가 바뀌어 있었다. 서칫이 마무리했던 것이다.

처음에는 막막해 하기만 했던 나와 올리브, 창군, 동군, 멜론은 서로의 얼굴과 각자 새롭게 만들어 놓은 것을 번갈아 바라보면서 스스로 대견해 했다. 아주 세련된 것은 아니지만, 우리 가족여행단이 이곳 네팔 박타푸르의 한 골목 어귀에 있는 카페에 하나의 이야기를 만들어 놓았다. 사람이 가진 능력도 중요하지만, 일에 대한 열의와 목표를 포기하지 않는 집요한 태도도 중요하다. 기회가 된다면 꼭 다시 오고 싶은 곳이 바로 박타푸르였다.

박타푸르~포카라

게으른 여행자와
티베트 난민촌의 눈물

다리와 터널이 없는 고속도로

박타푸르를 떠나 나와 창군, 멜론은 네팔 제2의 도시이자 안나푸르나 트
레킹으로 유명한 네팔 중서부 포카라로 향했다. 박타푸르와 사랑에 흠뻑 빠
진 올리브는 일주일 더 머물며 비욘드-네팔의 활동 현장을 좀 더 돌아보고,
곰곰이의 일을 도와주고 싶어했다. 동군도 함께 남았다. 그들은 일주일 후
룸비니로 이동하기로 하고, 나와 창군, 멜론은 포카라에 닷새 정도 머물다
룸비니로 이동하기로 했다. 모처럼의 '따로 또 같이' 여행이었다.

박타푸르에서는 포카라로 직접 가는 버스가 없어 카트만두로 나가야 했
다. 카트만두에서 포카라로 이동하는 버스는 시외버스(로컬 버스)와 투어리스
트 버스가 있는데, 장시간의 여행에는 안전이 우선이라 투어리스트 버스를
이용하기로 했다. 카트만두에서 포카라까지는 거리로는 200km에 불과하지
만 도로 사정이 아주 열악하여 6~7시간이 걸린다.

7시 버스를 탈 예정이어서 새벽부터 서둘러 게스트하우스를 나왔다. 아직
어둠이 가시지 않았는데 주민들이 사원과 불상을 돌며 열심히 기도를 하고
있었다. 네팔인들이 새벽에 일어나자마자 하는 일이 불상을 돌고, 꽃을 뿌리
고, 기도를 하는 것이다. 너무 이른 시간이어서인지 택시를 볼 수 없어 버스
정류장을 찾아 막 출발하려는 버스를 잡아탔다. 시간은 5시 30분, 박타푸르

와 카트만두 터미널을 연결하는 첫차였다. 박타푸르를 떠날 때 우리가 버스의 첫 손님이었는데 금세 만원이 되었다. 새벽에 카트만두로 일을 하러 가는 사람들이 아주 많았다. 버스가 정류장마다 서서 승객을 싣고 내리다 보니 시간도 많이 걸렸다. 카트만두 버스 터미널에 도착하니 벌써 6시 30분이 다 되었다. 버스에서 내려 경찰의 도움을 받아 택시를 타고 투어리스트 버스 정류장으로 달렸다. 와서 보니 터미널이 아니라, 길옆에 투어리스트 버스들이 죽 늘어서 손님들을 태우고 출발하는 '장소'였다. 이름도 투어리스트 버스 파크다. 버스비는 1인당 400루피(약 6400원)로 정해져 있었다.

버스는 7시 20분 출발했다. 한 명이라도 더 태우기 위해 기다리면서 출발 시간이 좀 늦어졌다. 카트만두를 지나자 전형적인 네팔 중부지역의 농촌 풍경이 펼쳐졌다. 히말라야 산맥에서부터 이어져 내려온 가파른 산줄기를 따라 들어선 계단식 경작지가 굽이굽이 끝없이 이어졌다. 경작지 외의 지역은 바나나를 비롯한 열대 및 아열대 나무들로 가득 차 있다.

카트만두에서 포카라로 가는 도로는 말이 고속도로지 구불구불한 옛날 길을 포장만 한 것이었다. 왕복 2차선이지만 중앙선이 제대로 표시되어 있지 않아 앞에서 차가 오면 아슬아슬하게 비켜가야 했다. 게다가 엄청나게 많은 고개를 넘어야 했다. 히말라야 산맥의 산줄기가 남북으로 쭉쭉 뻗어 있는 가운데, 고속도로는 그 산줄기들을 동서로 가로질러 가야 하기 때문이다. 도로는 산을 빙빙 돌고, 높은 고개를 S자로 여러 차례 넘어갔다. 다른 나라 같으면 터널을 뚫거나 다리를 놓아 차가 어느 정도 직선으로 달리도록 했을 텐데, 네팔을 여행하면서 터널은 하나도 보지 못했다. 물론 카트만두~포카라를 잇는 길에도 터널은 없었다.

버스는 거의 1시간 단위로 정차해 5분 정도의 휴식 시간을 주고 각각 20~30분씩 아침과 점심 식사 시간을 주었다. 나름대로 승객을 배려하는 운행 방법이었다. 특히 아침과 점심 식사를 위해 정차하는 휴게실에는 네팔 음식이 뷔페식으로 준비되어 있어 편리했다. 휴게실도 녹음이 우거진 한적한 시골에 있어 공기가 아주 맑았다. 카트만두의 먼지와 매연, 소음으로 지쳐 있던 몸과 마음을 푸는 데 아주 제격이었다.

7시간에 걸친 버스 여행에도 여러 차례 정차해서 휴식 시간을 준 때문인지 지루한 줄 몰랐다. 포카라에 가까워지니 도시 풍경이 확 달라졌다. 카트만두와 박타푸르에서 지겹도록 보았던 오래되고 낡은 건물들은 사라지고 새로 지은 현대식 주택들이 눈에 들어왔다. 한국이 새마을운동이라는 농촌 근대화 사업을 벌이면서 많이 지은 것과 유사한 콘크리트와 시멘트의 '양옥집'들이 길가에 죽 늘어서 있었다. 도로 확장에 대비해 집들은 길에서 상당한 거리를 둔 채 지어졌고, 대부분 넓은 마당을 갖고 있었다. 확실히 관광을 중심으로 경제가 '성장'하는 도시다운 모습이었다.

포카라에는 게스트하우스나 호텔을 예약하지 않은 상태였다. 네팔에서는 굳이 예약이 필요 없으며, 현지에 와서 숙소를 찾으면 된다는 가이드북의 설명 때문이었다. 더구나 지금처럼 비수기엔 가격도 흥정할 수 있을 것으로 생각하였다. 예상대로 버스에서 내리니 호텔 호객꾼들이 달라붙었다.

버스 짐칸 구석에 처박혀 있는 배낭을 꺼내면서 나는 한 호객꾼의 말을 잠자코 듣고만 있었다. 그랬더니 부르는 가격이 처음 800루피(약 1만 2800원)에서 조금씩 내려가더니 600루피(약 9600원)가 되었다. 창군과 멜론도 그 호객꾼의 눈길을 적당히 피하면서 각자 짐을 챙겼다. 나는 이곳 터미널에 있는 호객꾼들과 흥정을 해볼지 아니면 게스트하우스들이 밀집해 있는 레이크사이드(Lakeside)나 댐사이드(Damside)로 가서 숙소를 직접 알아볼지 아직 결정을 내리지 못하고 있었다. 다른 승객들은 뿔뿔이 흩어지고, 이젠 우리와 다른 여행자 서너 명만 남아 호객꾼과 흥정을 벌이고 있었다. 내심 다른 호객꾼 말도 들어보고 싶었지만, 다른 호객꾼들은 우리에게 접근하지 않았다.

"600루피? 좀 비싼 것 같은데…."

그때까지 잠자코 듣고만 있던 내가 반응을 보이자 갑자기 그의 말이 빨라졌다. 나의 그 한 마디로 그의 '영업 대상'임이 분명해졌기 때문이다.

"세 명이 하루 묵는 데 600루피는 여기에서 가장 싼 거예요. 여기서 택시로 10분입니다. 한번 가서 보세요. 택시비는 내가 줄게요. 만약 마음에 들지 않으면 택시비 150루피만 주면 돼요. 좋은 게스트하우스예요."

그의 말을 듣고 보니 크게 밑지는 거래는 아닐 것 같았다. 어차피 터미널에서 숙소가 있는 곳까지 가려면 100루피 정도의 택시 요금을 내야 한다. 그와 함께 택시를 타고 게스트하우스로 향했다. 나중에 알고 보니, 터미널에 '등록된' 호객꾼은 모두 50명으로 이들이 반으로 나누어 25명이 하루씩 돌아가면서 영업을 하고 있었다. 자체적으로 질서를 유지하고 있는 것이다. 그래서 호객꾼들이 중국처럼 무질서하게 극성을 부리지 않고, 암묵적인 합의에 따라 한 사람이 찍은 '영업 대상'에 다른 사람은 달라붙지 않았던 것이다.

이렇게 해서 레이크사이드 남쪽 끝에 있는 로열 게스트하우스(Royal Guest House)에 묵게 되었다. 와서 보니, 새로 지은 게스트하우스로 아주 깨끗했고, 햇볕도 잘 들었다. 게스트하우스에서 페와(Pewa) 호수가 보이지는 않았지만, 오히려 소란스럽지도 않고 주인도 친절했다. 세 명의 하루 숙박비 600루피는 1만 원도 안 되는 금액이다.

아무것도 하지 않을 자유

포카라는 여러 가지로 마음에 들었다. 우리가 도착했을 때엔 햇살이 폭포처럼 쏟아지고 있었다. 날이 무척 따뜻해 12월 중순에 접어들었는데도 일부 사람들은 반팔 차림으로 다녔다. 카트만두와 박타푸르에서 우리를 괴롭혔던, 특히 카트만두에서 극심했던 먼지와 매연, 소음도 없었다. 숙소 근처의 레이크사이드엔 레스토랑과 카페, 각종 기념품 가게, 편의시설 들이 들어서 있었다. 자전거 대여 시설과 세탁소도 곳곳에 눈에 띄었다. 여행자들이 많이 모이는 관광의 도시답게, 필요한 것들이 아주 잘 갖추어져 있었다.

하지만 포카라에서 무엇을 할지에 대해선 명확한 계획이 없었다. 포카라는 네팔 제2의 도시지만, 안나푸르나 트레킹을 빼고 나면 카트만두나 박타푸르처럼 여행자를 유혹하는 역사·문화 유적이나 특별한 시설이 없다. 이곳을 방문하는 사람들도 대부분 트레킹을 하기 전후에 머무는 사람들이다. 창군과 멜론도 휴양도시 같은 포카라의 여유에 푹 빠졌다. 여행자로서의 호기심이나 의욕이 떨어진 것 같았는데, 장기여행의 매너리즘이라고도 할 수 있었다.

특히 안나푸르나 트레킹을 여행 계획에서 제외하면서 우리는 본격적으로 늘어지고 게을러지기 시작했다. 나는 포카라로 오면서 은근히 트레킹을 염두에 두고 있었다. 그런데 안나푸르나 전망대로 유명한 푼힐(Punhill)까지 가려면 최소 4일은 잡아야 하므로, 우리가 포카라에 머무는 기간이 5박 6일임을 감안하면 트레킹 여부를 빨리 결정해야 했다. 그래서 포카라에 도착한 후 틈 날 때마다 창군, 멜론과 이야기를 나누었다. 그런데 아이들의 입장은 조금 달랐다. 창군은 페와 호수와 일본산(日本山)에 관심이 있었고, 멜론은 거기에 데비 폭포(Devi's Falls) 사원이 있는 동굴을 추가했다.

아무래도 고산증에 시달리며 산길을 걸어야 하는 데 따른 부담이 큰 것 같았다. 안나푸르나가 해발 8000m가 넘고 푼힐 전망대도 3200m 고지에 있어 거기까지 트레킹을 하려면 고산증을 각오해야 한다. 아이들이 안나푸르나에 심드렁한 반응을 보이자 나도 억지로 권유하기보다는 여유 있고 낭만적인 시간을 갖는 것도 좋겠다는 쪽으로 마음이 기울었다.

포카라에 도착한 다음 날, 아침에 일어나니 구름이 잔뜩 끼었다. 페와 호에서 발생한 안개가 포카라 분지를 감싸고 있었던 것이다. 이런 날씨는 하루 종일 지속되어 온도도 오르지 않았다. 날짜는 12월 11일로 북반구엔 본격적인 겨울이 펼쳐지는 때다. 여기도 겨울이었다.

늦잠을 잔 창군과 멜론을 데리고 한국 음식을 판매하는 '소비따네'라고 하는, 언뜻 보기에 아주 허름한 네팔 음식점에 들어갔다. 돼지고기 김치찌개와 꽁치찌개를 주문했는데 생각보다 먹을 만했다. 얼큰한데다 양도 푸짐해서 이후에도 이곳에서 몇 끼를 해결했다. 나중에 보니 여행 안내책자에도 나와 있는 유명한 음식점이었다.

숙소는 조용하고, 평화로웠다. 나는 2층 숙소의 문을 활짝 열어놓고 그동안 밀린 여행기를 정리하고 신문사에 보낼 원고도 준비했다. 창군은 그동안 찍은 사진을 정리하거나 음악을 들으면서 시간을 보냈고, 멜론은 어느 사이에 게스트하우스 주인의 어린 아들과 친구가 되어 공놀이를 즐겼다.

다음 날 페와 호 건너편의 일본산으로 향했다. 우리 숙소는 게스트하우스들이 밀집되어 있는 레이크와 댐 사이드의 중간쯤에 있었는데, 숙소에서 나오면 페와 호가 펼쳐져 있고 그 건너편에 해발 1113m의 일본산이 있다. 거기에 일본의 한 불교 종파인 남묘호렌게쿄(南無妙法蓮華經)가 세운 묘법사(妙法寺)가 있다. 영어로는 세계 평화 사원(World Peace Temple)인데, 산꼭대기의 그 절 때문에 일본산이란 이름이 붙었다.

아침 8시 숙소를 나서 페와 호의 하류 쪽 댐사이드로 걸어서 이동했다. 페와 호와 일본산이 바라보이는 야외 테이블에서 막 떠오른 태양이 비추는 비스듬한 햇살을 받으며 차와 토스트로 아침식사를 해결했다. 바로 이것이 '휴양 도시' 포카라의 멋이다. 안나푸르나 트레킹을 위해 포카라를 찾은 여행자들도 힘겨운 트레킹을 전후로 이런 여유와 낭만을 찾으며, 실제로 포카라엔 그런 휴양의 분위기가 퍼져 있다. 그걸 즐기는 게 포카라에 대한 예의(?)이기도 한 것이다.

댐사이드를 크게 돌아 일본산 뒤편의 데비 폭포로 향했다. 네팔어로 파탈레 창고(Patale Chhango)인 이 폭포는 1961년 스위스의 데이비드 부인이 남편과

포카라를 감싸고 있는 페와 호 히말라야에서 흘러 내려온 물이 고여 만들어진 넓고 아름다운 호수다.

수영을 하다 불어난 물에 익사한 것을 계기로 '데이비드 폴(David's Falls)'이란 이름이 붙었다고 한다. 그러다 발음이 바뀌어 지금은 아예 '데비 폭포' 또는 '데이비스 폭포(Davis Falls)'란 이름을 공식 명칭처럼 사용하고 있다.

지금까지 본 폭포는 폭포수가 떨어지는 아래쪽 하류에서 폭포에 접근하며 감상하는 게 대부분이었는데, 이 폭포는 물이 쏟아지는 위쪽에서 아래를 내려다보도록 되어 있었다. 페와 호에서 흘러온 물이 갑자기 나타난 좁고 깊은 협곡으로 쑤셔 박히듯이 떨어지기 때문에 위에서밖에 볼 수가 없다. 폭포가 떨어지는 협곡은 어디가 끝인지 바닥을 가늠하기 어려웠다. 마치 물이 엄청나게 큰 구렁이나 용의 몸과 같은 깊고 어두운 동굴 속으로 빨려 들어가는 것 같았다. 물은 바위 사이에 깊은 침식층을 형성하면서 거칠게 쏟아져 내렸다. 몬순 시기, 즉 우기에는 협곡이 물로 가득 차 장관을 이룬다고 하지만, 지금과 같은 건기에도 장관이었다.

데비 폭포를 나오니 다리 아래쪽으로 약 100m 정도 떨어진 지점에 굽테슈웨 마하데브 동굴(Gupteshwor Mahadev Cave)이 자리 잡고 있었다. 데비 폭포에서 떨어지는 폭포수가 만든 동굴로, 그 속에 힌두교 시바 사원이 세워져 있다. 전설에 의하면 이곳 폭포 인근에서 낚시를 하던 사람이 꿈에서 사원을 보았다고 한다. 꿈의 계시를 따라 땅을 파보니 커다란 동굴에 진짜 사원이 있었는데, 그것이 바로 지금의 시바 사원이다. 100루피(약 1600원)의 입장료를 내고 40m 정도 아래로 내려가니 더운 기운이 확 몰려오면서 동굴이 나타났다.

동굴 가운데엔 시바 신을 모신 작은 사원이 있고, 참배를 온 주민들도 많았다. 사원을 지나 동굴 아래쪽으로 더 내려가니 갑자기 넓은 연못이 나타나고, 그 연못 위쪽의 큰 구멍을 통해 굵은 물줄기가 거칠게 쏟아졌다. 방금 전 위쪽 데비 폭포에서 보았던 물줄기가 동굴을 따라 이곳으로 떨어지는 것이었다. 하나의 폭포를 한 번은 위쪽에서, 다른 한 번은 아래쪽에서 보는 것이다. 대형 폭포는 아니지만 소박한 스토리가 사람들을 끌어당기는 곳이었다.

"티베트 독립을 지지해 주세요"

폭포를 위아래에서 모두 돌아본 다음 일본산 아래의 티베트 주민 정착촌(Tibetan Settlement Village)으로 향했다. 과거엔 티베트 난민촌(Tibetan Refuge Camp)이라고 불렀지만 지금은 정착촌으로 이름을 바꾸었다. 이 정착촌은 티베트의 독립 요구를 중국 정부가 무력으로 진압한 1959년, 탄압을 피해 네팔로 넘어온 티베트인들을 위해 1963년 만들어졌다. 당시 중국군의 유혈 진압으로 수만 명이 희생된 '티베트 학살'의 와중에 난민들이 네팔은 물론 인도, 방글라데시, 부탄 등으로 대거 넘어왔다. 이곳 포카라 정착촌의 티베트인들은 우리가 지나온 험준한 히말라야 산맥을 넘어 따뜻한 남쪽 나라로 온 사람들이다.

카펫을 짜고 있는 티베트 주민 카펫 생산은 포카라 정착촌에 거주하는 티베트인들의 주요 생업 수단으로, 별도의 전시장도 마련되어 있다.

정착촌은 조용했다. 국제 사회의 지원 등으로 주변이 잘 정비되어 있었지만, 주민들의 삶은 힘겨워 보였다. 주민들은 카펫과 같은 수공예 제품의 생산과 티베트 전통의 각종 기념품을 판매하며 생계를 이어가고 있었다. 우리는 정착촌을 가로질러 큰 광장에 마련된 간이 상점들을 돌아보고, 마을 중간의 카펫 전시장으로 들어갔다. 양털 등으로 만든 카펫이 즐비했는데 품질도, 디자인도 좋았다. 욕심이 났지만 장기 여행자로서 눈으로 보는 것으로 만족해야 했다.

전시장을 나서는데 직원이 마당 반대편에 카펫 공장이 있다며 소개해 주어 공장을 직접 둘러보았다. 티베트 여인 몇 명이 일을 하고 있었다. 나무로 된 베틀을 이용해 씨줄과 날줄을 넣어 카펫을 만들었는데, 한 줄 한 줄 손으로 직접 짜는 것이라 속도가 아주 느렸다. 이들이 카펫에 짜 넣는 것은 시간과 정성이었다. 타국으로 넘어와 마땅한 직업이 없는 이들이 가진 것은 단순 노동력과 시간일 것이다. 이곳 카펫은 시간과 한(恨)과 정성이 씨줄 날줄에 켜켜이 쌓인, 진짜 수공예 제품인 셈이다.

카펫 공장을 나오니 전시장의 직원이 마당에 서성이고 있다가 우리를 알아보고는 활짝 미소를 지어 보였다. 30대 초반으로 보이는 전시장 직원은 영어를 아주 잘했다. 정착촌에는 몇 명이나 있는지 물어보았다.

"정착촌 주민은 550명, 여기서 조금 내려가면 있는 무연고 아동 보호 센터까지 포함하면 약 750명 정도 돼요. 포카라에는 이런 정착촌이 다섯 개 있죠. 모두 3000명 정도 돼요."

나는 그에게 고향인 티베트로 돌아가고 싶은지 또 물었다.

"물론이죠. 나는 네팔에서 태어나 티베트에 가본 적은 없지만 부모 세대들은 죽기 전에 꼭 고향에 가보고 싶어 해요. 나도 티베트에는 꼭 가보고 싶어요. 지금은 갈 수가 없지만…."

"이해할 수 있어요. 그러면 여기에는 2세들이 많겠군요."

"티베트에서 이곳으로 넘어와 처음에 정착했던 분들은 이제 나이가 많이 들었고, 많은 분들은 돌아가셨어요. 지금은 2세들이 대부분이죠. 3세들도 태어나고 있구요."

그 직원의 말을 듣고 보니 정착촌이 만들어진 지 50년이 되었다는 게 실감이 되었다. 마을 입구의 안내문에서 이곳이 처음 만들어진 것이 1963년이었다는 것을 읽었을 때 그것은 단순한 숫자였지만, 이곳 사람의 이야기를 듣다 보니 그것이 숫자 이상의 진한 애환을 담은 현실로 다가왔다. 남북으로 분단된 지 60년이 지나 이산가족 1세들이 80~90세 이상의 고령이 되고 많은 분들이 세상을 뜨는 한국의 안타까운 현실이 교차되었다.

전시장 직원과 대화를 나누고 있는데 어디서 나타났는지 정착촌 주민들이 하나둘 모여들었다. 나이가 지긋해 보이는 할머니 한 분이 나타나자, 전시장 직원이 그 할머니에게 우리를 소개했다. 영어를 잘하시는 분이었는데 우리 가족이 티베트를 여행했다고 하자 시선이 우리에게 고정되었다. 내가 티베트 여행 이야기를 풀어놓자 주변에 있던 사람들의 시선이 일제히 우리에게 집중되었다. 자유를 빼앗긴 그들은 세계를, 티베트를 자유롭게 여행하고 있는 우리 가족 이야기에 귀를 쫑긋하며 자신들의 고향 이야기를 듣고 싶어 했다.

나는 잠시 망설였지만, 내가 받은 느낌을 그대로 전달했다.

"겨울이 되면서 많은 티베트 사람들이 라싸로 순례를 오고 있었어요. 하지만 포탈라 궁에도, 광장에도, 조캉 사원에도 곳곳에 무장한 경찰과 중국 인민해방군이 배치되어 있었어요. 여행하면서 데모나 항의 같은 소란은 보지 못했지만, 긴장된 상태였어요."

티베트는 그들에게 '빼앗긴 고향'이었다. 바람처럼 히말라야를 넘어오는 고향 소식을 접할 수 있을 뿐이다. 그들에게는 고향으로 돌아가고자 하는 염원과 독립에 대한 열망이 가득했다. 더욱이 얼마 전 티베트 승려들의 분신 사건이 터지면서 그 열망이 더욱 끓어오르는 듯했다. 라싸에서 서쪽으로 한참 가야 하는 작은 마을에서 태어났다는 할머니는 어릴 적에 부모님과 함께 넘어와 고향에 대한 기억은 별로 없지만 고향이 많이 그립고 언제든 돌아가고 싶다고 했다. 그러면서 갑자기 카펫 전시장 유리창에 붙어 있는 한 인물 사진을 가리켰다. 언뜻 누구인지 생각이 나지 않았다. 판첸 라마라고 했다.

"판첸 라마와 그 가족들이 지금 중국 당국에 의해 억류되어 있어요. 하지만 판첸 라마가 어디에 있는지 아무도 몰라요. 판첸 라마의 석방을 위해 노력해 주세요."

"예. 알겠어요. 이해해요. 판첸 라마….″

"티베트는 오래 전부터 독립국가였어요. 중국과 티베트는 문화와 종교가 달라요. 지금은 중국이 점령하고 있지만 우리는 독립을 원해요. 티베트는 언젠가 독립할 거예요. 그걸 믿어요. 언젠가는 돌아갈 거예요. 당신도 티베트 독립을 지지해 주세요."

그 할머니의 간절한 말투엔 깊은 염원이 담겨 있었다.

"당연합니다. 한국도 일본 제국주의의 지배에 반대하면서, 자유와 독립을 위해 싸운 오랜 역사를 가지고 있습니다. 한국은 독립국가가 되었죠. 우리는 평화와 자유를 사랑합니다. 자유와 독립을 위한 당신들의 운동을 지지하는 것은 당연합니다. 당신을 지지합니다."

내가 또박또박 말하자 할머니의 얼굴이 활짝 피어올랐다. 할머니는 물론 주변에 서 있던 정착촌 주민들도 독립을 지지한다는 그 말 한 마디에 갑자기 동질감을 느낀 듯하였다. 그들과 헤어지면서 티베트를 여행할 때 배운 한 마디를 크게 말했다.

"투체체(감사합니다)."

모든 주민들이 활짝 웃으며 우리와 일일이 손을 잡았다. 독립을 지지하는
이방인, 빼앗긴 모국의 말을 던지는 우리가, 그들에겐 더 이상 이방인이 아니
었다. 그들은 우리에게 즐거운 여행을 기원해 주었다. 우리는 그들이 자유를
얻어 더 이상 종교적 신념이나 정치적 입장의 차이 때문에 박해를 받지 않기
를 기원했다. 따뜻하고 녹음이 우거진 네팔과 달리 티베트는 춥고 척박한 곳
이지만, 그들이 그리는 티베트 고원으로 돌아가 야크와 양과 하나가 되고,
하늘과 바람과 초원을 벗 삼아 그들 고유의 문화와 종교를 향유하면서 이
웃과 어울려 평화롭게 사는 날이 오기를 기원했다.

투체체!!

페와 호의 할머니 뱃사공

티베트 주민 정착촌을 나와 본격적으로 일본산을 오르기 시작했다. 페와
호 반대편 기슭으로 구불구불 이어진 흙길을 따라 올라가는데 땀이 뻘뻘 났
다. 마침 날이 개면서 따가운 햇살이 마구 쏟아졌다. 1시간여에 걸쳐 산길을
따라 올라가니 꼭대기에 묘법사가 나타났다. 남묘호렌게쿄의 기본 원리와
사찰의 구조를 적은 안내판이 보였다. 네팔의 초대 국방장관이 기부해 묘법
사가 세워졌다며 그의 흉상도 세워 놓았지만, 왠지 현대적 건축물에는 관심
이 가지 않았다. 남묘호렌게쿄에 대해서도 물론 별 관심이 없었다. 오히려 포
카라의 대표적인 산을 일본의 한 종교집단이 차지해 버린 듯한 느낌이 들어
오래 머물고 싶은 생각도 들지 않았다. 하지만 거기서 내려다보는 페와 호와
그 건너편의 포카라, 포카라를 넘어 펼쳐진 안나푸르나의 장엄한 산줄기는

묘법사 포카라 페와 호 건너편의 일본산 정상에 있는 불교 사원으로, 일본의 남묘호렌게쿄가 세웠다.

가슴을 확 트이게 만들었다. 페와 호에서 옅은 안개가 올라와서 그런지 포카라가 뿌연 막에 가려진 것 같았지만, 파란 하늘에 두둥실 떠 있는 흰 뭉게구름과 잘 어울렸다.

현대식 묘법사를 간단히 둘러본 후 우리가 올라온 반대편, 즉 호수 쪽으로 내려왔다. 구불구불 이어진 산길을 따라 30여 분 내려오니 페와 호가 나타났고, 선착장도 보였다. 여기서 포카라로 가려면 보트를 타야 한다. 300루피(약 4800원)의 요금을 내니 보트를 내주었다. 그런데 할머니가 사공이었다. 아무래도 할머니에게 노를 맡기기 미안했고, 마침 몸도 근질근질하던 참이었다. 나와 멜론이 번갈아가면서 노를 저어 할머니의 노고를 덜어드렸다. 할머니에겐 노동이지만, 우리에겐 놀이였다. 보트가 작아서 조금만 움직여도 마치 전복될 것처럼 출렁거렸지만, 즐겁고 흥겨운 보트 놀이였다. 그렇게 여행하고 나니 마음도 가벼워졌다.

포카라

네팔 신진 사업가와 전통 이발사

가을걷이에 바쁜 농촌을 누비다

포카라는 네팔의 대표적인 휴양 도시이자 관광지다. 이에 걸맞게 여행자들의 숙소가 밀집해 있는 페와 호 주변의 댐사이드와 레이크사이드는 비교적 깔끔했다. 하지만 그곳을 벗어나면 가난한 네팔 사람들의 고단한 삶이 가차 없이 드러났다. 이방인의 눈에야 모든 것이 천천히 움직이는 평화롭고 여유 넘치는 곳이지만, 그들에게는 치열한 삶의 현장이었다. 포카라에서 빈둥거리며 일주일을 보내면서 만난 사람들은 우리에게 여행의 즐거움을 선사했다. 그 중에서도 티베트 주민 정착촌에서 만난 할머니와 '코리안 드림'을 성공시킨 피자집 사장, 전통에 얽매여 사는 이발사는 강한 인상을 남겼다.

일본산을 돌아본 다음 날 자전거 대여소를 찾았다. 페와 호 주변에는 자전거와 오토바이 대여소가 곳곳에 있어 빌리기가 쉽다. 1시간 대여료가 50루피로 저렴하고, 하루 대여료는 흥정하기 나름이다. 대여소는 처음에 하루 대여료로 350루피를 불렀다가 창군과 멜론의 끈질긴 흥정 끝에 150루피에 낙찰되었다. 아이들은 민망할 정도로 집요하게 가격을 깎고 또 깎았는데 가이드북에 나와 있는 150~200루피의 최저점에서 합의를 본 것이다.

자전거를 타고 여행자들을 위한 식당과 상점, 게스트하우스가 즐비하게 들어선 리버사이드를 가로질러 페와 호 옆으로 난 길을 신나게 달렸다. 한참 페와 호 옆길을 달리다 고개를 돌리니 북쪽의 산 뒤로 며칠 동안 보지 못했던 하얀 산이 우뚝 서 있었다. '물고기 꼬리(Fish Tail)'라는 별명을 갖고 있는 마차푸차레(Machapuchare) 봉우리였다. 아주 신비로운 기운을 뿜어내고 있었다. 이쪽에는 안개도 없고 날씨도 쾌청하여 마차푸차레 봉우리가 하늘에 떠 있듯이 불쑥 나타난 것이다. 포카라는 페와 호를 끼고 있어 요즘 같은 겨울철엔 안개가 자주 끼지만, 지역에 따라 큰 차이를 보인다.

페와 호와 안나푸르나 사이에는 해발 1592m의 사랑고트(Sarangkot)가 가로막고 있다. 그래서 사랑고트 봉우리와 멀리 떨어져 시야가 트인 곳으로 가야 영봉들이 잘 보인다. 리버사이드의 시야가 탁 트인 곳으로 가자 마차푸차레뿐만 아니라 사진에서만 보던 안나푸르나의 영봉들이 줄지어 나타났다. 마치 하늘 한가운데 물고기 비늘처럼 은은한 빛을 띤 산이 둥둥 떠 있는 것 같았다. 워낙 거리가 멀어 산의 윤곽이 선명하지는 않았지만, 오히려 그게 더 신비감을 자아냈다. 나도 창군도 멜론도 탄성을 질렀다.

창군과 멜론은 그 봉우리들을 더 잘 볼 수 있는 사랑고트로 올라가 보자고 말했다. 자전거로 거기까지 1시간 이상 걸리고, 그 사이에 구름이 끼어 제대로 볼 수 없을 게 뻔했다. 안나푸르나 조망은 아침이 가장 좋다. 낮에는 지상의 안개가 하늘로 올라가면서 시야가 흐려지기 때문이다. 창군이 지나가는 주민에게 이 근처에서 안나푸르나가 가장 잘 보이는 곳을 물으니, 페와 호 상류가 좋다고 말했다. 우리는 지체 없이 페와 호를 따라 북쪽으로 난 길을 따라 자전거 페달을 힘차게 밟았다.

그러나 페와 호를 지나 곳곳의 포장이 뜯겨나간 도로를 따라 시골길을 한참 달려도 안나푸르나는 보이지 않았다. 오히려 가파른 산이 시야를 가릴 뿐이었다. 가도 가도 가파른 산이 첩첩이 이어졌다. 안나푸르나를 제대로 보려면 시야를 가로막고 있는 산 꼭대기로 올라가야 하는데, 우리는 산 아래쪽의 농로를 달리고 있었으니 산이 보일 리 없었다. 안나푸르나는 그렇게 사

네팔의 농촌 풍경 네팔 여인들이 대나무를 엮어 만든 바구니를 이마에 끈으로 묶어 짊어진 채 페와 호 옆길을 가고 있다.

라졌다.

안나푸르나는 볼 수는 없었지만, 그 과정에 우리는 네팔 농촌으로 깊숙이 들어와 있었다. 때는 12월 중순이었고, 농촌은 가을걷이를 거의 끝내고 겨울 준비에 한창이었다. 내년 봄까지 가축 사료나 땔감으로 쓰기 위해 마른 볏짚을 쌓아 올리는 사람들이 곳곳에 보였고, 집을 수리하거나 새로 짓는 모습도 눈에 띄었다. 제대로 포장이 되지 않은 길에는 여인들이 대나무로 만든 커다란 바구니를 짊어지고 걸어가고 있었다. 사진에서 많이 보았지만, 바구니와 연결된 끈을 이마에 동여매고 가는 모습이 힘겨운 삶을 보여주는 듯했다. 하지만 사람들은 순수했다. 우리를 보고 '나마스떼!' 하고 반갑게 인사를 건넸고, 한 아이는 자전거를 뒤쫓아 달리기도 했다.

불법 체류자 출신의 네팔 사업가

마냥 이렇게 시골길을 달리고만 있을 수는 없었다. 레이크사이드 북쪽 끝에 있는 포카라 피자 하우스(Pokhara Pizza House)에서 비자야 사장을 만나기로 약속이 되어 있었기 때문이다. 비자야 사장은 우리가 포카라에서 유유자적하다 만난 흥미로운 사람이었다. 그와 만나게 된 것부터가 아주 극적이었다.

비자야 사장을 처음 본 것은 전날 저녁 때였다. 숙소 앞의 피자집에서 저녁을 먹으려는데 한 네팔인이 한국어로 말을 걸어왔다.

"안녕하세요. 한국인이세요?"

그동안 네팔을 여행하면서 이런 식으로 인사하며 친근감을 표시하는 네팔인들을 많이 보았기 때문에 가볍게 인사를 나누었는데 그가 "내가 피자집 주인이에요" 하고 말하는 것이 아닌가. 그는 다른 곳에도 자신의 피자집이 있고, 한국에서 일을 한 적이 있다고 소개했다. 흥미가 생겼다. 그는 좀 더 구체적으로 4년간 한국에 있었고, 인천 신발공장에서도 일했다고 말하며 활짝 웃어 보였다. 한국에 돈 벌러 왔던 네팔 노동자가 고향에 돌아와 피자집 사장이 된 것 아닌가.

친구들과 약속이 있다며 승용차에 올라 시동을 거는 그에게 순간적으로 달려가 붙잡아 세웠다. 여행을 하면서 잠자고 있던 특유의 기자 정신이 발동했다. 그는 충분히 '이야깃거리'가 되는 사람이었다. 우리에게 친근감을 보인 것으로 보아 그가 하고 싶은 말이 있을 것 같기도 했다.

내가 한국의 기자이며 그의 이야기를 듣고 싶다며 시간을 내줄 것을 요청했고, 그렇게 해서 오늘 약속이 잡혔던 것이다. 약속 시간은 1시였지만 미리 식사를 해둘 요량으로 40분 정도 먼저 왔는데, 비자야 사장이 벌써 와서 기다리고 있었다.

비자야 구룽(Vijaya Gurung)은 네팔에서 고등학교를 졸업하고, 한국으로 건너와 '법을 어기고' 공장에서 일을 했던 불법 체류자 출신이다. 그는 한국에서 가장 밑바닥의 불법 노동자로 일하며, 힘겨움과 서러움, 외로움에 굵은 눈물을 흘리기도 했다. 하지만 지금은 활력 넘치는 40대 초반의 네팔 사업가로 변해 있다. 친구들과 공동으로 포카라에 피자집 두 곳을 설립해 운영하고 있으며, 독자적으로 인터넷 카페와 여행사도 운영하고 있다. 딸 둘과 아들 하나를 두고 포카라에 작은 집과 승용차까지 갖고 있는 네팔의 중산층이 되었다. 지금도 한국에서 배운 아이디어로 사업 확대를 구상하고 있다.

그의 이야기엔 흥미가 넘쳤다. 비자야가 처음 한국에 온 것은 1991년 11월로, 그의 나이 22세 때였다. 처음 3개월 동안은 경기도 용인의 한 플라스틱 공장에서 일했는데 일은 고달프고, 날은 춥고, 말은 전혀 통하지 않아 혼자서 눈물도 많이 흘렸다. 비자 기간이 만료되었으나 한국에 남았다. 불법 체류자가 된 것이다. 그리고 간 곳이 인천의 한 신발공장이었다. 그는 여기서 마음씨 좋은 사장님을 만나, '열심히 일한다'는 것이 무엇인지 새롭게 눈을 뜬다. 그는 열심히 일했다. 주문이 밀릴 때면 하루에 18시간을 일한 적도 있었다. 1년 6개월 동안 이 공장에서 일한 후, 1993년 포카라로 돌아와 인터넷 카페를 운영하면서 자신의 사업을 시작했다. 당시 한국의 불법 체류자 관리가 허술해 출국할 때 아무런 제재 없이 수속을 밟을 수 있었다며 껄껄 웃었다.

그리고는 네팔에서 하던 사업이 지지부진하고 정국도 어수선해지자 2002년 다시 한국으로 넘어갔다. 이전에 일했던 인천의 신발공장에 들어가 2년간 죽도록 일했다. 신발공장 사장님과는 아주 친해져 사장님 부인을 '누나'라고 부르고, 사장님 자녀들은 그를 '삼촌'이라고 부를 정도였다. 2004년 네팔로 돌아와 다시 인터넷 카페와 여행사를 차렸다. 한국에서 일한 것처럼 네팔에서도 열심히 일해 1년 전에 이 피자집을 차렸다. 한국의 음식 배달을 체험한 그는 포카라에서 처음으로 피자 배달 시스템을 도입해 인기를 끌고 있다. 앞으로 피자집을 카트만두로 확장하고, 한국식 프라이드 치킨을 네팔에 도입하기 위해 한국에 가서 기술을 배우고 기계도 도입할 계획이라고 했다.

한국인의 시각에서 보면 비자야의 사업은 보잘것없어 보일 수 있지만, 네팔의 사정을 감안하면 그는 성공한 인물이었다. 그리고 그의 성공 비결은 한국에서 배운 성실과 근면이었다.

포카라 피자 하우스의 비자야 구룽 사장 한국의 공장에서 일을 한 불법 체류자 출신으로, 지금은 네팔의 중산층이자 사업가가 되었다.

"네팔 사람들은 나를 성공했다고 하지만 나는 지금도 일하는 노동자예요. 내가 한국에서 좋은 사람들을 만나 일하고 생활하는 것을 배운 것이 큰 힘이 되고 있어요. 네팔 사람들은 열심히 일하는 한국 사람들을 배워야 합니다. 네팔 사람들은 여기에서 할 일이 없다면서 외국으로 나가려고만 해요. 하지만 여기에도 얼마든지 해야 할 일이 많고, 비즈니스 기회도 많아요. 한국인처럼 열심히 하면 충분히 성공할 수 있습니다. 여기 피자 하우스 직원들에게도 그걸 강조하죠."

비자야 사장은 네팔 사람들이 안타깝다며 이야기를 펼쳐나갔다. 실제로 그가 운영하는 피자 하우스의 요리사 월급과 접시 닦는 사람의 월급은 세 배 가까이 차이가 나지만, 네팔 사람들은 자신이 좀 더 열심히 일해서 능력을 키울 생각은 안하고 쉬운 일만 찾는다며 비판했다. 일을 시키면 시키는 일만 하고 손을 놓는 경우가 많다는 것이다.

"한국 사람들은 정말 열심히 일해요. 필요하면 밤을 새워서 하고, 토요일이나 일요일도 없어요. 한국에서 배운 것은 그것이에요. 네팔 사람들한테도 한국에 1년만 갔다가 오라고 말해요. 이건 내 생각이지만, 네팔 사람들은 자기가 받을 돈만 생각하고 일을 하지만, 더 중요한 것은 일을 어떻게 해야 하는지 '경험'해 보는 것이에요. 돈만 생각하고 일을 하면 자신의 능력을 향상시킬 수 없지만, 일하는 방식을 생각하면서 일을 하면 능력이 향상되죠."

비자야는 '외국물'을 먹은 네팔 신진 사업가로서의 면모를 유감없이 보여주었다. 그와 대화를 나누면서 한국의 경제개발 초기, '열심히 일하자! 하면

된다!'를 외치던 사업가와 경제인, 정치인들을 보는 듯했다. 그의 말에선 사회 시스템이나 제도보다는 '개인'의 능력이나 태도만을 중시하는, 성공한 사람들 특유의 '근면 지상주의' 냄새가 짙게 풍겼다. 그럼에도 그의 말은 의미심장하게 다가왔다. 특히 적극적으로 자신을 계발해 새로운 기회를 찾으려 하지 않고, 타성과 관습에 젖어 있는 많은 네팔 사람들과는 확실히 다른 모습으로 다가왔다.

비자야가 유창하지는 않지만 한국어를 어느 정도 할 수 있어서 우리는 영어와 한국어를 번갈아 쓰면서 1시간 이상 이야기를 나눴다. 창군과 멜론도 큰 관심과 흥미를 갖고 귀를 쫑긋했다. 특히 한국인들이 열심히 일하며, 네팔인들이 한국인만큼만 열심히 일하면 잘 살 수 있다고 한국인을 예찬할 때에는 상당히 고무된 모습이었다.

창군은 대화 중반부터 적극적으로 개입해 관심사를 질문했고, 멜론에게는 중요한 대목에서 대화 내용을 설명해주기도 했다. 비자야의 성공 스토리와 그의 삶에 대한 태도를 보면서 아이들도 마음가짐을 새롭게 하길 바라는 마음이었다. 따지고 보면 비자야의 이야기는 네팔이나 한국이나, 나나 아이들이나 마찬가지로 되새겨볼 만한 대목이 많았다. 누구나 자신의 일이나 목표에 애정을 갖고, 열정을 다해야만 성취를 이루고 또 성공할 수 있는 것 아닌가.

비자야와 헤어져 자전거를 타고 시내를 한 바퀴 돌아 다시 게스트하우스로 돌아왔다. 포카라 구시가지 일대는 우리가 머물고 있는 리버사이드 지역과는 비교할 수 없을 정도로 소란스럽고, 지저분하고, 매연과 먼지가 넘쳤다. 네팔 사람들의 치열한 생존 현장이었다.

비자야와의 우연한 만남은 나나 아이들에게나 신선하고 흥미로우며, 유익하고, 네팔을 더 잘 이해할 수 있었던 기회였다. 그를 만난 것은 행운이었다.

"아들에게도 이발을 가르쳐야죠"

비자야 사장이 포카라에서 만난 '깨어 있는' 사람이었다고 한다면, 이발사는 네팔의 전통적 사고체계에 갇혀 살고 있는 사람이었다. 두 사람은 변화의 용트림을 하고 있는 네팔 사회의 양 극단에 있는 사람이라고 할 수 있다. 비자야 사장은 사업 확장에 대한 의욕과 열정이 넘쳤다. 이발사에겐 평범한 네팔 사람의 여유와 순수함이 있었지만, 치열함은 발견하기 어려웠다. 네팔 사회의 현주소를 보여주는 두 사람이었다.

포카라에 도착한 지 5일째 되던 날 아침 5시 30분. 노크 소리에 퍼뜩 잠에서 깨어났다. '아차' 싶었다. 어젯밤 잠자리에 들면서 창군한테 5시로 알람을 맞춰놓으라고 했는데, 나도 창군도 그걸 듣지 못하고 잠에 빠져 있었던 것이다. 당초 5시에 일어나 준비하고 있다가 5시 30분에 택시가 오면 일출과 안나푸르나를 볼 수 있는 사랑고트로 가기로 했었다. 택시 운전수는 예정대로 5시 30분 조금 전에 도착해 숙소의 문을 두드렸다. 침대에서 총알처럼 튀어오른 우리는 옷만 주섬주섬 챙겨 입고 밖으로 나왔다. 아직 사위는 어둠에 잠겨 있었다. 하늘을 보니 별이 총총하고 달도 훤하게 떠 있었다. 날이 괜찮았다. 이 정도면 일출도 보고 안나푸르나도 볼 수 있겠다 싶었다.

어둠이 걷히지 않은 거리에는 새벽일을 가는 사람들과 조깅하는 사람들만 이따금 눈에 띄었다. 포카라 북쪽 해발 1592m의 사랑고트까지는 택시로 40분이 채 걸리지 않았다. 이미 중국인들을 비롯해 상당수의 사람들이 사랑고트에서 일출을 기다리고 있었다. 사랑고트는 최고의 안나푸르나 전경을 볼 수 있는 푼힐 전망대까지 가지 못한 사람들, 말하자면 안나푸르나 트레킹에 참가하지 않은 사람이라면 반드시 오르는 곳이다. 포카라에서 몇 시간 만에 다녀올 수 있기 때문에 인기가 많다. 새벽 산악의 대기는 의외로 쌀쌀했다.

전망대에서 서성이며 조금 기다리자 하얀 눈을 뒤집어 쓴 안나푸르나가

사랑고트에서 바라본 안나푸르나 가운데에서 약간 오른쪽에 우뚝 솟은 봉우리가 마차푸차레이며, 그 양 옆의 흰 봉우리들이 안나푸르나다. 사랑고트 전망대는 중국인 관광객들로 만원이다.

북쪽 하늘 중간에 희미하게 모습을 드러냈다. 포카라엔 아직 해가 뜨기 한참 전이었지만, 높은 산에 햇살이 먼저 비치기 시작한 것이다. 새벽 캄캄한 밤하늘에 안나푸르나가 점차 뚜렷한 윤곽을 드러냈다. 이어 안나푸르나 일대에서 가장 크게 보이는 마차푸차레도 나타났다. 하늘에 산이 붕 떠 있는 듯한 신비로운 분위기였다.

안나푸르나는 가장 높은 8091m의 주봉을 중심으로 여러 개의 봉우리가 줄지어 산맥을 이루고 있다. 하지만 눈에 보이는 것과 실제 높이는 다르다. 포카라에서 보면 중간에 우뚝 솟은 봉우리가 6993m의 마차푸차레다. 높이는 안나푸르나 주봉보다 1000m 이상 낮지만 포카라와 가깝게 있어 가장 높게 보인다. 그 왼쪽으로 안나푸르나 사우스가, 마차푸차레 오른쪽으로 안나푸르나 III과 강가푸르나가 이어져 있다. 안나푸르나 주봉은 왼쪽 영봉들 뒤편에 있다.

7시 가까이 되자 포카라 시내 건너편으로 해가 떠오르기 시작했다. 우리를 중심으로 한쪽에서는 낮게 깔린 구름 너머로 빨갛게 해가 떠오르고, 그 반대편에선 안나푸르나 봉우리가 밝은 빛을 반사하며 하늘에 두둥실 떠 있다. 아래쪽을 내려다보니 포카라 서쪽 우리가 묵고 있는 리버사이드와 댐사이드 등 페와 호 주변은 짙은 안개에 휩싸여 있다. 마치 두툼한 솜이불을 뒤집어쓰고 있는 듯하다. 반대편 계곡에도 안개가 피어오르고 있다. 아침이 되어 날이 따뜻해지기 시작하면 안개가 구름이 되어 하늘을 덮고, 그렇게 되면 산을 조망하기 어려워진다. 따라서 안나푸르나를 제대로 보려면 새벽에 산에 올라야 하고, 높은 곳으로 올라가야 한다.

숙소로 돌아온 후 동네를 산책하던 길에 이발소를 찾았다. 나나 아이들 모두 이발을 한 지 두 달이 넘어 이발할 때가 되었지만, 모두 미적거리고 있던 터였다. 창군과 멜론은 네팔인 이발사의 솜씨가 미덥지 못한지 망설이며 자꾸만 나를 앞세웠다. 가격표에는 250루피로 되어 있었지만, 이발사는 100루피만 내라고 했다. 내가 먼저 의자에 앉았는데, 낡고 오래된 가위지만 쓱싹쓱싹 이발사의 솜씨가 보통이 아니었다.

이발사는 대대손손 이발만 해온 집안의 청년이었다. 네팔에서는 신분에 따라 직업이 결정되고, 평생 그 직업을 유지하면서 사는 사람들이 많다. 공식적으론 폐지되었지만, 수천 년 이어져 내려온 카스트 제도가 유지되고 있는 것이다. 그 청년도 마찬가지였다. 더듬더듬 영어로 의사 소통이 가능했다. 외국 여행자들을 대상으로 이발을 해오면서 익힌 것 같았다.

열 살 때부터 아버지와 할아버지에게 이발 기술을 배운 그는 자신의 직업에 만족하며, 결혼을 해서 아이를 갖게 되면 역시 이발 기술을 가르칠 것이라고 했다. 그의 손놀림은 아주 민첩했다. 주기적으로 가위를 빗에 탁탁 부딪치면서 가위와 빗에 묻어 있던 머리털을 털어냈다. 사각사각, 탁탁, 사각사각, 탁탁… 박자도 척척 맞았다. 그의 아버지, 그 아버지의 아버지, 그 아버지의 아

포카라의 이발관 앞에 앉아 있는 청년이 대대로 이발을 천직으로 유지해 온 이발사 집안의 후예다.

버지의 아버지가 하던 그대로. 아침에 본 마차푸차레와 안나푸르나의 영봉이 변하지 않고 그 자리에 있는 것처럼 포카라의 이발사도 이 자리에서 변하지 않은 채로 가위질을 하고 있을 것이다. 여기선 시간이 멈춘 듯했다.

그는 어제 만난 비자야와는 상반되는 청년이었다. 비자야는 한국으로 넘어와 간난신고를 겪으며 새로운 문화와 비즈니스 기법을 익혀 기업인으로 성공한 반면, 이 청년은 전통적인 관습과 인식의 틀에서 즐겁게 살고 있다. 누가 더 행복할까? 비교할 수 있을까? 서구적 의미의 개발과 비즈니스의 성공에 의미를 둔다면야 비자야의 삶이 보다 경쟁력 있고 권장할 만하겠지만, 이발사의 소박한 삶이 가져다주는 여유와 행복 역시 이에 못지않게 소중해 보였다. 일률적인 잣대로 평가할 수 없는, 각자의 선택에 달려 있는 것이 아닐까.

내 이발이 끝났지만, 창군과 멜론은 다음에 하겠다고 뒤로 뺐다. 앞으로 여행하게 될 룸비니나 인도도 사정은 마찬가지일 텐데, 마음에 드는 이발소나 미장원을 찾을 수 있을지 모르겠다.

여행과 공부를 어떻게 병행할까

여유로운 일정을 보내면서 마음 한편에 부채처럼 자리 잡고 있는 것이 하나 있었다. 아이들 공부였다. 아무리 여행 중이라 하더라도 이들의 본업은 '공부'다. 비자야 사장과 이발사에게서 본 것처럼 행복에 이르는 길은 여러 가지지만, 실력이 있어야 원하는 바를 선택할 가능성도 넓어진다. 더구나 아무리 이상이 좋다 하더라도, 현실적으로 경쟁이 치열한 한국 사회에서 '행복하게' 살아가자면, 청소년기의 공부는 필수가 아닐 수 없다. 여행을 통해 삶의 목표와 방향성을 확립하고, 자신이 원하는 대학으로 진학을 하도록 하는 것이 나의 솔직한 심정이기도 했다. 무엇보다 여행을 통해 학습의 필요성에 대해 자극을 받기를 바랬다.

하지만 여행하면서 공부를 병행한다는 것은 쉬운 일이 아니었다. 베이징 대학 근처에서 산 중국어 교재는 몇 페이지 들추어보지도 못하고 한국으로 보내는 짐에 넣어 보내 버렸다. 여행의 변수가 많아 일정한 시간을 정해서 공부를 할 수도 없고, 책상이나 의자가 갖추어진 곳을 찾기도 쉽지 않았다. 공부 때문에 옥신각신하고 싶은 마음도 없었다. 한마디로 공부를 해야 한다는 생각과, 견문을 넓히는 데 초점을 맞추어야 한다는 생각 사이에서 나와 올리브는 오락가락했고, 그것으로 인한 마음의 부담이 남아 있었다.

하지만 네팔로 넘어오고, 박타푸르에서 여유 있는 시간을 갖게 되면서 상황이 바뀌었다. 사실 중국에서는 영어를 쓸 일이 별로 없었지만, 네팔부터는 영어를—정확하게 표현하면 영어만—써야 하기 때문에 아이들도 영어 공부의 필요성을 느꼈다. 또 이곳저곳 돌아다니지 않고 박타푸르 한 곳에 오랫동안 머물면서 필요에 따라 시간도 조절할 수 있었다.

박타푸르에 도착한 지 5일째 되는 날, 저녁식사를 하면서 내가 영어 공부를 제안하자 올리브와 창군은 '좋다'고 맞장구를 쳤다. 하지만 동군과 멜론은 무슨 영문인지 좀 어리둥절한 모습이었다.

"중국에서와는 다르게 이젠 영어만 쓰게 될 거야. 네팔에서도 영어가 통하고, 인도에서는 영어가 공용어야. 유럽에서도 영어를 써야 해. 그러니까 기본 문형을 익히는 거야. 아주 기본적인 것. 그런 것만 200~300개 정도 외워두면 어디서든 의사 소통에는 문제가 없어. 하루에 서너 개 문형만 외우는 거야. 그게 하나씩 쌓이고, 이미 알고 있는 문형과 합치면, 여행을 끝낼 때쯤에는 자유자재로 영어를 할 수 있을 거야."

그렇게 희망을 불어넣자 아이들도 고개를 끄덕였다. 2개월 이상 공부와는 거의 담을 쌓고 지내왔기 때문에 아이들 역시 공부에 갈증을 느꼈을 것이다. 시안의 숙소에서도 시간이 나니 아이들 스스로 책을 읽고 공부하는 모습을 보였었다.

아이들 가방엔 영어 교재가 한두 권씩 들어 있었다. 카트만두에서 책과 여행 자료들은 왕창 한국으로 부쳤지만, 그래도 영어 책은 남겨놓았다. 동군의 가방엔 영국 옥스퍼드 대학에서 출판한 《Grammar in Use》가 있었고, 우리는 그것을 교재로 선택했다. 문법과 기본 문형을 익힐 수 있는 최고로 좋은 교재여서 매일 일정 부분을 공부해 나가기로 했다. 이 영어 공부는 동군과 멜론을 겨냥한 것이었지만, 올리브와 창군을 포함해 가족 모두가 참여했다.

저녁식사를 마친 다음 바로 영어 기본 문형을 익히고 응용하는 공부를 시작했다. 첫날엔 모두 재미있어 했다. 동군과 멜론도 영어를 생각보다 많이 알고 있었다. 하지만 두어 차례 하다가 흐지부지되고 말았다. 저녁에 글을 볼 수 있는 카페를 찾아 이리저리 헤매야 했고, 며칠 후엔 나와 창군, 멜론이 포카라로 떠나면서 함께하는 공부는 중단되었다.

이런 상태에서 포카라에서 또다시 느슨한 일정을 보내다 보니 마음이 개운하지 않았다. 여행하는 것도 아니고, 그렇다고 달리 어떤 계획을 갖고 움직이는 것도 아닌 상태. 빈둥거리면서 마음 내키는 대로 자전거도 타고, 산에도 올라가고, 사람들을 만나 이야기도 하는 방랑자 같은 상태로 지내게 되니 알게 모르게 마음의 부담이 가중되고 있었다. 그래서 일단 멜론에게는 하루에 세 개 이상의 영어 단어를 외우고 기본 문형을 익히도록 했다. 가능하면 부담을 주지 않으면서 격려해주는 방향으로 이야기했지만, 그게 멜론에게 어떻게 받아들여졌는지는 확인하기 어려웠다.

그러다 새벽에 사랑고트를 다녀오는 길에 이발소에 들렀다가 숙소로 돌아와 한참 여행기를 정리하고 있는데, 멜론이 방으로 들어왔다.

"작은아빠, 저 동화책 읽었어요." 멜론이 활짝 웃는 얼굴로 말했다.

"어, 그래? 어떤 동화책인데?" 내가 반가워하면서 물었다. 그랬더니 영어 동화책을 보여주면서 그 내용을 줄줄이 이야기했다. 숙소에 들어와 특별히 할 일이 없으니 책을 들고, 햇볕 잘 드는 베란다에서 동화책을 읽었던 것이다. 전자사전을 보면서 재밌게 읽었다는 멜론의 말에 나는 칭찬을 아끼지 않았다. 멜론은 자신이 영어책을 읽은 것에 스스로 대견하다고 생각하고, 그것을 자랑하고 싶었던 것이다.

어쩌면 작은 것일지 모르지만, 이것은 멜론에게는 엄청난 진전이었다. 단순히 영어책을 읽는 것 자체를 뛰어넘어 스스로 읽고자 노력하고, 그걸 통해 자신감을 갖게 된 것이 소중했다. 느슨한 일정에 시간이 남아돌자 스스로 무언가 의미 있는 일을 하려고 생각한 것 또한 큰 진전이었다.

눈에 확실히 보이지는 않지만, 한 걸음 한 걸음 여행을 할 때마다 우리 내면과 우리의 관계도 한 걸음 한 걸음 앞으로 나아가고 있었다. 여행을 할 때는 그러한 사실을 인식하지 못하다가 문득 문득 그것을 확인할 수 있었다. 우리 여행의 최종적인 종착점이 어디인지 아직은 알 수가 없지만, 어쨌든 우리가 희망했던 방향으로 앞으로, 앞으로 나아가고 있었다.

포카라~룸비니~소나울리

'신의 나라'에 신은 어디에

중국 여행자들과 한 그룹이 되다

6일 동안 머물렀던 포카라를 떠나 네팔의 마지막 여행지인 룸비니로 가는 날이다. 포카라에서 부처님이 태어난 룸비니까지는 283km로, 네팔에서는 아주 먼 길이다. 네팔의 교통 사정이 좋지 않기 때문에 8~10시간 걸린다. 포카라에서는 룸비니로 직접 가는 버스가 없어 인도 국경과 가까운 남부의 작은 도시 바이라하와(Bhairahawa)에 내려 미니버스로 갈아타야 한다. 바이라하와는 간단히 바이라와(Bhairawa), 또는 부처님의 도시라는 의미로 싯다르타나가르(Siddharthanagar)라고도 불린다. 네팔 관광청에서 발간한 지도를 보니 포카라에서 바이라하와까지가 261km, 바이라하와에서 룸비니까지가 22km로 나와 있었다.

택시로 버스 터미널에 가서 예약해둔 투어리스트 버스에 올랐다. 서양 여행자들이 많았고, 중국 여행자도 보였다. 한국인 여행자는 우리밖에 없었다. 포카라에서 바이라하와를 잇는 길은 네팔의 다른 도로와 마찬가지로 끝없는 협곡을 연결한 구절양장(九折羊腸)의 구불구불한 길이었다. 차안에서 보는 풍광은 기가 막혔다. 깎아지른 협곡과 절벽 사이로 원시의 밀림이 펼쳐져 있고, 사람들은 그 밀림 곳곳을 벗겨낸 다음 계단식 논밭을 만들어 농작물을 재배하고, 양과 소를 키우며 살아가고 있었다. 사람들이 자연 속에 깃들어 사는 듯했다.

'깃들어 산다'는 것은 자연의 이치에 순응하면서 자연에 대한 영향을 최소화하는 미래지향적 삶이다. 이른바 문명화(civilization)와 산업화의 과정에서 자연을 파괴하고 자연을 인간의 이기적인 욕망에 따라 '조작'하고 약탈하는 것과 다른 삶이다. 현대 자본주의가 초래하고 있는 기후 변화 같은 대재앙을 막기 위해서는 '자연에 깃들어 사는' 방법을 연구하고 실천해야 한다. 네팔의 풍부한 자연과 사람을 보면서 그러한 삶의 소중함을 다시 생각하게 된다.

우리가 탄 버스는 직행이 아니어서, 크고 작은 마을에 수시로 정차하여 주민들을 태우고 내려주면서 남쪽으로, 남쪽으로 내려갔다. 길이 워낙 험하고 포장 상태가 좋지 않은데다 구불구불하기 때문에 차가 많이 흔들렸다. 그래서인지 버스에 익숙하지 않은 사람들은 수시로 멀미에 시달리는 것 같았다.

포카라에서 바이라하와를 연결하는 길은 네팔의 주요 도로지만, 도로 주변에는 휴게소 시설이 거의 없었다. 사실 네팔에선 자가용으로 이동하는 사람이 많지 않아서 휴게소가 있다 해도 영업이 될 리 없을 것이다. 한참 산길을 달리다 휴식을 취하기 위해 버스가 정차했는데, 사방을 둘러봐도 화장실이 보이지 않았다. 차장에게 화장실을 물으니 턱으로 숲을 가리켰다. 길옆의 숲이 화장실이었다.

환상적인 협곡과 숲, 이어 나타난 넓은 들판을 달려 해가 뉘엿뉘엿 넘어가는 오후 4시경 바이라하와에 도착했다. 포카라와 달리 먼지 풀풀 날리는 아주 남루한 곳이었다. 인도와 접한 변방 마을이니 네팔에서도 사회기반시설이 제대로 갖추어져 있길 기대하는 것은 무리일 듯싶었다. 여기에서 룸비니로 가는 차로 갈아타야 한다. 룸비니로 가는 삼거리 한가운데 세워 놓은 작은 부처의 동상이 이곳이 부처의 고향임을 알려주었다.

버스에서 내리자 창군과 멜론은 어느새 우리와 같은 차를 타고 온 중국인 네 명과 어울려 대화를 주고받으며 앞으로 걸어가고 있었다. 그들도 룸비니로 가는 여행자들이었다. 같이 차 한 대로 룸비니로 가자고 하는 것 같았다. 그렇게 하면 할인도 받을 수 있다. 창군과 멜론, 중국인이 한팀이 되어 미니 버스 차장과 흥정을 하더니 1인당 45루피에 낙찰을 보았다. 나중에 보니 그건 정해진 가격이었지만, 그래도 낯선 여행지에서 외국인과 한팀이 되어 가격을 흥정하는 아이들이 대견해 보였다.

해가 거의 넘어갈 무렵 룸비니 입구의 버스 정류장에 도착했다. 문제는 숙소였다. 일반적인 여행자 숙소는 룸비니 입구의 작은 마을에 집중적으로 몰려 있었다. 우리가 점찍어 놓은 성원지구(聖院地區, Sacred Garden) 안의 한국절인 대성석가사(大聖釋迦寺, 대성사)도 하나의 대안이었지만 빈방이 있을지 알 수 없었다. 주변은 점차 어두워지기 시작했다. 대성사까지는 거리도 꽤 되고 길엔 가로등도 없었다. 우리가 머뭇거리는 사이 중국 젊은이들은 대성사로 간다며 먼저 출발했다. 그들이 떠난 후 정류장 인근의 한 주민에게 숙소에 대해 물어보았더니 그도 대성사를 극찬하였다. 망설이던 우리도 그곳으로 가는 게 낫겠다 싶어 바로 중국팀을 쫓아갔다. 창군과 멜론은 앞쪽에서 터벅터벅 걸어가는 중국팀을 어느샌가 따라잡아 그들과 이야기를 주고받으며 씩씩하게 앞으로 걸어갔다.

대성사에 도착하고 보니 우리의 고민은 쓸데없는 것이었다. 대성사는 숙박 시설의 규모가 아주 컸다. 게다가 지금은 겨울철이라 손님도 많지 않아 빈방이 많았다. 이전에는 기부금을 내는 형식으로 숙박 시설을 이용했지만, 지금은 세 끼 식사를 포함하여 1인당 300루피(약 4800원)로 가격을 고정시켜 놓고 있었다. 사실상 식비만 받고 무료로 재워주는 것이나 마찬가지다. 나중에 알고 보니 중국 여행 안내 책자에는 이런 내용이 자세하게 실려 있어 중국인들이 주저하지 않고 이곳으로 향했던 것이다.

대성사에 여장을 풀고 나니 오후 6시에 저녁식사를 알리는 종이 울렸다. 생각보다 많은 여행자들이 묵고 있어 식당 앞에는 긴 줄이 만들어졌다. 대성사 스님들을 시작으로 식사가 시작되었다. 뷔페식 식당으로, 먹을 만큼만 식판에 덜어서 먹고 그 식판을 깨끗하게 닦아서 원래 자리에 갖다 놓는 시스템이었다. 사람들은 많았지만 모두 질서 있게 천천히 움직이고, 서로 배려해 전혀 혼잡하지 않았다. 대화도 낮은 소리로 해 고즈넉하고 신성한 기운이 감도는 사원에 들어와 있는 것 같았다. 음식 맛도 괜찮았다. 특히 야채를 충분히 먹을 수 있어 좋았다. 룸비니에 오는 여행자들에겐 최적의 숙박 시설이었다.

룸비니는 해가 지면서 암흑으로 변했다. 대성사 근처엔 중국 사찰 말고는 다른 사찰이 없고, 가로등도 없다. 대성사와 중국 사찰에서 새어 나오는 빛이 입구만 희미하게 비출 뿐 그 너머로는 칠흑 같은 어둠이 두텁게 깔려 있었다. 식사를 마치고 창군과 멜론은 휴대용 플래시를 들고 룸비니 입구의 마을로 나갔다. 아직 박타푸르에 머물고 있는 올리브와 동군에게 '대성석가사에 도착해 머물고 있으니 이곳으로 오라'는 메일을 보내기 위해서였다. 그런데 마침 대성사의 컴퓨터와 인터넷이 고장이 나 마을까지 다녀와야 했다.

창군과 멜론은 8시 가까이 되어서 돌아왔다. 마을 인터넷 카페의 컴퓨터가 한글을 지원하지 않아 영어로 메일을 보냈다고 했다.

"근데, 엄청 깜깜해. 귀신 나올 정도야. 그치?" 창군이 멜론을 향해 말했다.

"귀신 없다니까~ 형은!" 창군의 말에 멜론이 말꼬리를 길게 늘어뜨리면서 제동을 걸었다.

"귀신 본 사람 많다니까. 아까 껌뻑껌뻑하는 귀신 불빛 봤잖아!"

그들은 캄캄한 길을 걸어온 모험담을 털어놓으며 옥신각신했다. 귀신 이야기를 하며 티격태격하는 걸 보니 이들이 다녀온 길이 얼마나 캄캄한지 다시 한번 실감이 갔다.

낮에는 중국팀과 하나가 되어 여행을 이끌더니 이제 인터넷 카페를 찾아 메일을 보내고 돌아온 아이들이 멋져 보였다. 어디에 내놓아도 살아남을 아이들이 되고 있는 것 같았다.

총파업으로 산속에 갇혀 버린 가족

대성사 숙소에는 난방 시스템이 전혀 없다. 새벽 5시 예불 소리에 어슴푸레 잠에서 깼었다가 을씨년스런 한기에 이불 속에서 한참 웅크리고 있어야 했다. 6시 아침식사 종소리를 듣고 아이들과 함께 1층 식당으로 내려가니 새벽 안개가 지독했다. 마당 건너의 대웅전도 제대로 보이지 않을 정도로 짙은 수증기 덩어리가 룸비니 일대를 짓누르고 있었다. 안개와 매연으로 치를 떨었던 중국 뤄양보다 훨씬 심하다. 네팔인에게 물어보니, 겨울철에는 안개가 자주 끼며 안개가 심한 날에는 낮에도 해를 보기 힘들다고 했다. 오늘 올리브와 동군이 박타푸르에서 룸비니로 오는 날인데, 괜히 걱정스러웠다.

안개에 휩싸여 있는 대성석가사는 적막감이 들 정도로 조용했다. 아침식사 시간에 식당에 모여들었던 여행자들도 땅으로 꺼졌는지 하늘로 솟았는지, 숙소 주변엔 어정거리는 사람도 찾아보기 힘들었다. 침대 속에서 꿈쩍도 않는 아이들을 그대로 두고 대성사 주변을 돌아보았다.

묘한 고요가 주변을 휩싸고 있는 가운데 네팔 학생들의 순례행렬이 끊이지 않았다. 단체로 부처님 탄생지를 둘러보는 학생들이었다. 네팔에서 이렇게 많은 학생들이 단체로 순례를 다니는 것을 본 것은 룸비니가 처음이었다.

끝없이 몰려오고 몰려가는 학생들의 물결을 보면서 좀 엉뚱한 생각이 들었다. 네팔은 '신들의 나라'라고 할 정도로 엄청나게 많은 신을 모시고 있는데, 이 어린 학생들이 가장 존경하는 인물은 누구일까 하는 의문이었다. 지금까지 카트만두를 비롯하여 네팔 주요 도시를 여행하면서 현실 세계에서 큰 업적을 남기거나 스승으로 삼을 만한 사람을 기리는 동상이나 유적을 만나보지 못했다. 비슈누와 시바, 크리슈나, 가네쉬 등 신상은 얼마든지 볼 수 있었지만, 국민적인 영웅, 이들의 롤 모델은 찾을 수 없었다.

삶의 지표로 삼을 만한 영웅이나 스승, 위인 또는 지도자를 가진 국민은 행복한 국민이다. 하지만 그런 현실적인 지도자나 스승이 없는 나라는 국가나 사회의 목표를 향해 국민적 에너지를 모으는 데 힘들 수밖에 없고, 그것은 사회 개발에도 장애가 된다. 네팔은 과연 어떤 나라인지, 보다 나은 삶을 위해 공동체 구성원들의 에너지를 모을 정신적·문화적 유대감이 있는 것인지, 그 유대감을 이끌어낼 정신적 지도자가 있는 것인지, 천진난만하고 소란스러운 네팔 학생들을 보며 마음이 복잡해졌다.

이불 속에서 나올 생각을 않는 창군과 멜론을 내버려두고 혼자 룸비니 입구의 마을로 나갔다. 네팔의 찌든 가난이 다시 눈에 들어왔다. 나무와 흙, 벽돌로 지어진 집들은 쓰러질 것 같고, 거리엔 다니는 차량이 없어 적막했다. 아이들은 먼지 풀풀 날리는 길거리에서 하릴없이 어슬렁거렸다. 그러다가 관광객이 지나가면 달려들어 꾀죄죄한 손을 벌렸다. 지독한 안개로 해가 나오지 않아 두툼하게 옷을 입고 있어도 으슬으슬하게 추위가 온몸을 파고드는데 아이들은 낡고 때에 찌든 반팔과 반바지 차림에, 그것도 맨발로 거리를 돌아다녔다. 안쓰러운 모습이었다. 한창 커갈 나이의 이 아이들이 언제 가난에서 벗어나 자신의 꿈을 펼쳐갈 수 있을지 안타깝기만 했다.

안개가 여전한 상태에서 시간은 더디게 흘러갔다. 여행자들은 거의 보이지 않고, 여행자를 실어 나르던 릭샤도 텅 빈 상태로 길옆에 줄지어 세워져 있었다. 음산한 날씨를 피하기 위해 릭샤꾼들이 모닥불을 피워놓고 앙상한 손을 덥히고 있었다. 여행 안내 책자에는 카트만두에서 룸비니까지 거리가 301km에 이르며 버스로 9~10시간이 걸린다고 했다. 올리브와 동군이 아침에 일찍 출발했다면 오후 4~5시에는 도착할 텐데 5시가 넘도록 소식이 없었다.

다시 짙은 어둠이 몰려왔다. 플래시를 챙겨 아이들과 함께 올리브와 동군을 마중하기 위해 다시 버스 정류장으로 나가 보았다. 하지만 정류장에서 상황을 파악하고 깜짝 놀랐다. 오늘 네팔 전역에서 하루 종일 '번다'라고 하는 총파업이 벌어졌던 것이다. 우리는 그것도 모르고 맥없이 가족을 기다리고 있었다. 그러고 보니 낮에 룸비니는 물론 마을이 적막에 휩싸여 있었던 것이나, 들어오고 나가는 여행자들도 보이지 않고, 릭샤들이 모두 텅 빈 채 길에 줄지어 서 있었던 것이 이해가 갔다.

며칠 전 네팔의 한 국회의원이 치트완에서 괴한들의 습격을 받아 중태에 빠졌다가 어제 사망하자, 이를 기해 야당에서 총파업에 나섰다고 했다.

"파업이 오전 10시에 시작되어 오후 4시 30분에 끝났어요. 정치가 문제예요. 정치가." 정류장의 식당 주인이 혀를 끌끌 찼다.

식당에서 전화를 빌려 박타푸르의 곰곰이에게 연락을 해보니, 올리브와 동군은 오전 8시에 카트만두를 출발했다고 했다. 그 이후 상황은 상상에 의존할 수밖에 없었다. 곰곰이는 네팔 생활의 경험에서 볼 때 버스는 10시까지 2시간 정도 운행한 다음 길거리에 서 있다가 오후 4시 30분 파업 종료와 함께 다시 출발했을 것이라고 말했다. 다른 여행자들과 함께 버스에 타고 있기 때문에 어두워지면 중간에 내려 숙소에서 잠을 자고 내일 그 버스를 다시 타고 오든지, 아니면 버스가 계속 달려 오늘 한밤중이나 내일 새벽에 도착할 수도 있다고 말했다. 네팔 버스는 시간이 아무리 많이 걸리더라도 승객을 목적지까지 데려다주기 때문에 오늘밤이든 내일이든 룸비니에는 도착할 것이니 걱정하지 말라는 말도 덧붙였다.

그렇다고 걱정이 가시는 건 아니었다. 박타푸르에서 룸비니로 오는 길은 높은 산과 깊은 계곡을 수없이 통과해야 하는 험한 길이다. 초행길에 지리도, 현지 사정에도 어두운 여행자로서 얼마나 당황했을까? 더구나 이제 밤이 깊어 포장도 제대로 되지 않은 길은 칠흑 같은 어둠에 휩싸여 있을 것이다.

곰곰이와 통화를 마친 다음 아이들에게 상황을 설명했더니 의외로 아이들은 걱정하는 기색이 없었다. 창군은 엄마와 동생의 성격을 볼 때 무리하게 행동하지 않고 함께 탄 외국인들과 어울려 안전하게 행동할 것이라고 말했다. 멜론도 지금까지의 여행 경험에 비추어 안전할 것이란 믿음을 보였다. 아이들의 가족에 대한 신뢰를 확인했지만 여전히 걱정스런 마음을 없앨 수는 없었다.

이런 상황에서 계속 기다리는 것은 의미가 없어서 그들이 무사히 잘 도착하길 빌면서 대성사로 돌아와 잠자리에 들었다. 하지만 잠을 제대로 잘 수가 없어 계속 잤다 깼다를 반복했다. 그러다 얼핏 밖에서 두런두런하는 사람들 소리가 들렸다. 퍼뜩 정신이 들어 침대에서 몸을 일으켰다. 그리고 창군을 향해 무턱대고 올리브와 동군이 온 것 같다며 나가 보라고 했다. 창군이 벌떡 일어나 밖으로 나갔다. 올리브와 동군이 아니라면 바로 돌아올 것이다. 창군이 한참이 지나도 돌아오지 않은 것을 보고 올리브와 동군이 무사히 도착했다고 짐작하였다. 조금 있으니 귀에 익은 목소리가 들렸다. 문을 열고 뛰어 나갔다. 올리브와 동군이 밝은 표정으로 서 있었다.

우리는 포옹을 하면서 일주일 만의 감격적인 만남을 자축했다. 더구나 오늘 네팔의 총파업으로 우여곡절을 거친 끝에 만났으니 더 반가웠다. 올리브와 동군은 오랜 여행에도 지친 기색이 전혀 없이 활력이 넘쳤다. 박타푸르를 출발해 15시간이 넘는 여정이었지만, 재미있는 경험을 하고 온 것처럼 약간 흥분된 모습이었다. 올리브는 번다가 있어 도로변에 차를 세운 뒤 한참을 서 있다가 다시 출발했다며 차장이나 승객들이 모두 친절해 무사히 도착했다고 여정을 설명했다.

버스는 번다가 시작된 10시부터 몇 차례 가다 서다를 반복했는데, 조금 달리다가 시위대를 만나면 길가에 멈춰서야 했다. 길가에 정차한 버스와 트럭에 막혀 제대로 달리기도 어려웠는데 오후 1시가 넘자 아예 도로가 완전히 막히는 바람에 산 중턱 길가에 차를 정차시키고 3시간 동안 꼼짝하지 못했다. 일부 승객은 버스에서 내려 네팔 정국과 파업에 대해 열띤 토론을 펼치기도 했다. 낯붉히는 일 없이 낯선 사람들과도 활기 있게 의견을 주고받아 마치 '직접 민주주의'의 현장을 본 것 같았다고 올리브가 들려주었다.

네팔 총파업 '번다'로 멈춰선 차들 차량들이 산 중턱에 정차해 있고, 승객들은 파업이 끝나길 기다리고 있다.

올리브는 나중에도 '번다'라는 네팔의 특이한 총파업 경험담을 여러 차례 펼쳤다. 의외의 상황에 부딪히거나 어려움을 함께 극복하면 여행이 풍요로워진다. 정해진 것은 없지만 일반적인 루트를 따라 여행하게 되면 대화의 소재도 빈약해지고, 여행의 스토리도 흥미가 떨어진다. '번다'는 특이한 경험이었고, 올리브와 동군은 그 경험담을 풀어놓을 때마다 흥분을 감추지 않았다.

부처 탄생지 공사장의 어린 노동자

네팔에 도착한 후 3주가 지났지만, 쉬엄쉬엄 여행을 하다 보니 긴장감이 떨어졌다. 이제 네팔에서 마지막으로 부처 탄생지인 룸비니를 돌아보고 인도로 넘어가는 일정을 남겨놓고 있다. 또 다른 미지의 땅이자 신비와 혼돈의 땅, 인도가 기다리고 있다. 인도 여정은 중국만큼이나 길고 험난할 것이다. 그렇지만 우리는 구체적인 인도 여행 계획을 마련하지 못하고 있었다. 머릿속도 혼란스러웠다. 이런 상태에서 또다시 예기치 않은 사건을 만나 국경을 넘는 일정이 지연되는 우여곡절을 겪었다. 하지만 사교성 좋은 멜론과 영어로 자유롭게 의사 소통을 할 수 있게 된 창군이 다른 여행자들과 어울려 하나하나 일정을 만들어 나가는 짜릿한 경험을 하게 되었다.

가족이 재회의 기쁨을 나눈 다음 날, 아이들이 잠에 빠져 있는 사이 나와 올리브는 대성사를 돌아보면서 지난 일주일 동안 지내온 이야기를 풀어놓았다. 올리브와 단둘이 고즈넉한 경내를 천천히 산책하면서 대화를 나눌 수 있다는 것이 행복했다.

10시 가까이 되어 일어난 아이들과 대성사의 야외 테이블에 인도 여행 가이드북을 펼쳐놓고 돌려가면서 읽고 인도 일정에 대해 이야기를 나누었다. 대략적인 루트는 잡았지만, 구체적인 일정을 잡고 필요하면 숙소와 교통편을 예약해야 했다. 인도 체류 기간을 45일 정도로 잡고 있지만, 국토가 워낙 넓고 볼거리가 산재해 있어 일정한 주제를 잡고 집중할 필요가 있었다. 각자 가고 싶은 곳이 조금씩 달랐지만 구체적인 정보들이 부족했다.

인도 여행 일정을 제대로 잡고 다시 '여행자 모드'로 돌입해 짜임새 있게 여행하려면 인도 공부가 필수적이었다. 우리가 갖고 있는 영문판 론리 플래닛 인도편과 대성사에 있는 한국어판 가이드북, 우리가 서울에서부터 갖고 온 두툼한 《이야기 인도사》 등의 책을 시간 날 때마다 열심히 보기로 했다. 네팔 여행의 끝에 서니, 거대한 인도가 점차 눈앞으로 다가오고 있었다.

이야기를 마치고 룸비니의 핵심 유적이자 관광지인 부처 탄생지로 향했다. 부처 탄생지인 룸비니는 부처가 득도한 보드가야(Bodhgaya), 처음으로 설법을 행한 사라나트(Sranath), 열반에 든 쿠시나가르(Kushinagar)와 함께 불교의 4대 성지 가운데 하나다. 룸비니는 네팔 남부의 터라이 평원에 자리 잡고 있고, 나머지 세 곳은 모두 인도에 있다. 네팔 정부는 유엔과 각국의 지원을 받아 이곳을 성원지구라고 불리는 국제적인 순례 및 관광지로 조성하고 있다.

특히 네팔 정부와 국제 사회는 이 성원지구 일대의 드넓은 부지를 보호구역으로 지정해, 각국이 전통 건축 양식과 특징을 살린 사찰을 짓도록 하고

푸스카르니 연못 마야 부인이 부처를 낳기 전에 목욕했다고 전해지는 곳으로, 순례자들이 그 물로 손과 얼굴을 씻으며 해탈을 기원하고 있다.

있다. 각국의 사찰은 이 보호구역의 숲 속에 흩어져 있는데, 부지만 확보하고 건설되지 않은 곳이 많았다. 한국의 대성석가사도 그 중 하나로, 여러 나라의 사찰들 가운데 규모가 가장 컸다. 성원지구 전체 설계는 1980년대 중반 일본인 디자이너가 맡았다고 했다. 설계에 따라 중앙에 거대한 운하를 만드는 공사가 진행 중이고, 운하 입구엔 이미 완공된 '꺼지지 않는 불꽃(Eternal Flame)'이 타오르고 있다. 앞으로 넓은 숲 속에 각국의 사찰들이 모두 들어서게 되면 그야말로 세계 사찰의 전시장이 될 것 같았다.

부처 탄생지는 생각보다 화려하거나 거창하지 않았지만, 왠지 모를 경건함과 신비로움을 자아냈다. 기원전 3세기 불교 진흥에 결정적인 역할을 한 마우리아(Maurya) 왕조의 아쇼카 왕이 세운 석주(Ashokan Pilla)가 이곳이 부처 탄생지임을 알리고 있었다. 그 인근엔 부처의 어머니인 마야 부인이 부처를 낳기 전에 목욕했다는 성스러운 우물인 푸스카르니 연못(Puskarni Sacred Pool), 부처가 탄생한 자리를 알려주는 탄생석을 1996년 발굴된 당시 모습 그대로 보존해 놓은 마야데비 사원(Mayadevi Temple), 기원전 3세기에서 기원후 7세기 사이에 만들어진 각종 스투파와 사찰 터의 허물어진 유적 등이 펼쳐져 있다. 하지만 시간의 마모는 어쩔 수 없었다. 한때 이곳을 화려하게 장식했었을 스투파와 사찰들은 모두 허물어지고, 그 터만 남아 있었다. 불교와 힌두교, 이슬람교 세력이 시대에 따라 교차하면서 유적들이 수난을 당하기도 하고, 성지(聖地)로 신성시되기도 했음을 말없이 보여주고 있었다.

우리는 이들 탄생지를 천천히 돌아보면서 부처의 삶과 사상을 되새겼다. 석가모니, 즉 고타마 싯다르타는 기원전 623년 이 일대를 다스리던 작은 왕가의 혈통을 타고 태어났다. 당시 샤카 족의 왕비인 마야 부인이 출산을 위해 고향으로 가던 중 룸비니의 나무 아래에서 석가모니를 낳았다. 석가모니는 온갖 번민과 생로병사(生老病死)의 고통 속에 살아가는 중생들을 보면서 과연 삶은 무엇인지, 중생들이 짊어지고 살아가는 고통의 근원은 무엇인지, 그 고통에서 벗어날 수 있는 방법은 무엇인지, 근원적인 의문에 휩싸인다. 그런 의문을 풀기 위해 안락한 왕가의 지위를 포기하고 구도자의 길에 들어간다.

깊은 성찰과 구도 끝에 모든 불행의 근원은 집착에 있고, 그 집착에서 벗어나 공덕을 쌓고 선행을 베풀면 극락왕생(極樂往生)할 수 있으며, 빈부귀천을 떠나 모든 사람이 불성(佛性)을 지니고 있어 해탈할 수 있다는 깨달음을 얻었다. 이것이 세계 4대 종교의 하나인 불교다. 불교는 인도와 네팔은 물론 동북쪽으로 중국과 한국, 일본으로, 동남쪽으로는 태국과 인도 남부까지 광범위하게 전파되었다.

하지만 정작 부처의 탄생지인 인도와 네팔에서는 힌두교에 밀려 불교의 영향력이 현저히 줄어들어 있다. 각국 정부의 공식통계에 의하면 네팔의 경우 힌두교도가 전체 인구의 80.61%를 차지하는 반면 불교는 10.74%에 불과하다. 인도도 힌두교가 80.51%로 절대다수를 차지하는 반면 불교는 0.77%

로, 이슬람교(13.37%), 기독교(2.32%), 시크교(1.99%) 다음의 소수종교로 전락해 있다. 불교가 이처럼 힘을 쓰지 못하는 것은 부처와 미륵, 문수보살 등이 힌두의 무수한 신 가운데 하나로 흡수된 때문이다. 네팔과 인도에선 힌두와 불교의 구분이 모호하다.

부처 탄생지에는 순례자들이 끊임없이 몰려들었다. 두 손을 모으고 아쇼카 왕의 석주를 돌거나 거기에 동전이나 지폐를 던지면서 소원을 비는 사람부터 푸스카르니 연못의 물을 떠서 얼굴을 씻는 사람 등등 모두 경건한 표정들이었다. 푸스카르니 연못은 방생한 듯한 거북이와 물고기들이 노닐고 있었는데, 물이 제대로 관리되지 않아 탁했다. 그런데도 사람들은 연못의 물로 얼굴과 손과 팔뚝을 씻었다. 신심(信心)은 물의 혼탁을 가리지 않았다.

부처 탄생지를 둘러보다가 3주 전 카트만두 호스텔에서 한 방에 묵었던 스위스 출신의 커플을 만났다. 카트만두에서 치트완을 거쳐 룸비니를 여행하고 있다는 이들은 룸비니를 마지막으로 1개월여에 걸친 네팔 여행을 마무리하고, 자전거를 타고 인도의 바라나시로 갈 계획이라고 했다. 남성은 스위스의 한 기업에 다니고, 여성은 교사로 일하고 있는 이들은 카트만두에서 우리와 헤어진 후 우리 가족에 대해 많은 이야기를 했다며 다시 만난 것을 기뻐했다. 짧지만 즐겁고 행복한 만남이었다.

룸비니는 부처의 탄생지라는 것 말고는 특별히 더 볼 만한 것이 없었다. 보호지구엔 각국의 사찰들이 많이 들어서 있지만, 이미 중국과 티베트는 물론 네팔의 사찰들을 샅샅이 훑고 다녔던데다, 역사와 문화가 숨쉬는 원래의 사찰이라면 몰라도 각국이 약간의 전시적 목적으로 지은 사찰들이라 일일이 둘러볼 마음이 생기지 않았다. 성원지구 근처에 있는 네팔과 티베트 사원을 둘러본 다음 천천히 걸어서 성원지구 정문에 있는 마을로 나왔다.

숙소인 대성사로 돌아가는데 보호구역 중앙을 가로지르는 운하에선 바닥 공사가 한창이었다. 바닥을 다지고 벽돌을 두 겹으로 깐 다음, 그 위에 다

룸비니 성원지구의 대운하 건설 현장 벽돌과 모래, 시멘트로 바닥을 만드는 공사에 어린 아이들도 참여하고 있다.

시 시멘트 콘크리트를 부어 마무리하는 방식이었다. 족히 수십 명은 되어 보이는 네팔인들이 맨손으로 작업을 하고 있었다. 한쪽에서 벽돌을 나르고, 한쪽에서 그걸 바닥에 깔고, 거기에 모래를 시멘트와 섞어 고정시켰다. 인부들 가운데에는 10대의 청소년들도 있었다. 카메라를 꺼내들자 우리를 향해 손을 흔들며 포즈를 취해 보이기도 했다. 붉은 태양이 옅은 안개 속으로 서서히 기우는 가운데 그들의 가냘픈 팔다리와 활짝 웃는 모습이 교차했다. 네팔 어디서나 볼 수 있지만, 한참 꿈을 키우며 뛰어다닐 청소년들이 저렇게 벽돌이 가득 든 바구니를 들고 일을 하는 모습이 안타까웠다.

국제 사회가 관심을 보여야 할 것은 룸비니 보호지구를 신성하고 아름다운 곳으로 가꾸어 관광과 순례의 중심지로 만드는 것이 아니라, 10대의 특권을 박탈당한 저들이 아닐까. 부처의 탄생지 룸비니는 신비로운 영적 세계와 처절한 현실이 교차하는 혼돈의 땅이었다.

짙은 안개에 휩싸인 룸비니
총파업으로 자동차 운행이
중단된 가운데 자전거가 유
일한 교통수단이 되었다.

"오늘은 네팔이 문을 닫았어요"

중국 티베트에서 히말라야 산맥을 넘어 25일간 머물렀던 네팔을 떠나 인도
로 가는 날이다. 룸비니에서 바이라하와를 거쳐 인도와 접한 소나울리(Sonauli)
까지 간 다음, 거기서 국경을 넘어 갠지스 강이 흐르는 신성한 도시 바라나
시(Varanasi)까지 가기로 했다. 만약 바라나시 행 버스가 없으면 중간 기착지
인 고락푸르(Gorakhpur)에서 버스를 갈아타는 것으로 했다. 총 이동거리가 약
400km에 도로 사정이 좋지 않고 국경도 통과해야 하기 때문에 10시간 이상
이 걸린다.

이날도 안개가 심했다. 대성사 정문에서 30~40m밖에 안 떨어진 대웅전 건
물이 제대로 보이지 않을 정도여서 먼 길을 떠나는 마당에 걱정이 되었다. 아
니나다를까 시작부터 문제가 생겼다. 대성사에서 3km 정도 떨어진 룸비니
사원 정문에 있는 버스 정류장까지 걸어 나오자 마을이 텅 비어 있었다. 버스
가 한 대도 운행을 하지 않았다. 오늘 또다시 번다가 벌어진 것이다. 버스도
없고, 택시도 운행하지 않는다. 룸비니 정문에 서 있던 군인에게 "무슨 일이
있는 겁니까?" 하고 물으니 "오늘은 네팔이 문을 닫았습니다"라며 멋쩍게 웃

어 보였다.

이틀 전과 마찬가지로 네팔 의회당(CP) 소속 의원의 피살에 항의하기 위한 것이라고 했다. 불안한 정치 상황과 이로 인해 사회 시스템이 비틀거리고, 정상적인 생활이 어려운 네팔의 모습을 단적으로 보여주는 일이었다.

버스들은 모두 발이 묶여 정류장 뒤편의 넓은 주차장에 죽 주차되어 있었고, 승객들은 그 주변에서 어슬렁거렸다. 번다가 끝나는 시간까지 기다리는 것이다. 일부 승객과 운전수들은 곳곳에 모닥불을 피워놓고 스산한 추위를 달래고 있었다. 모닥불에서 난 연기가 축축한 안개 속에 스며들어 정류장 인근에 매캐한 냄새가 배어 있었다. 네팔 전역에서 이런 일이 벌어지고 있을 것이라고 생각하니 기가 막혔다. 우리로서는 선택의 여지가 없었다. 대성사로 돌아가 숙박을 하루 연장하기로 했다. 무거운 배낭을 짊어지고 3km 넘는 길을 걸어서 왔다 갔다 하며 3시간을 허비하였다.

인도가 우리를 받아들일 준비가 아직 안 된 것이니, 더 준비를 하는 거 말고는 특별히 할 일이 없었다. 시간은 천천히 흘러갔다. 여행 안내 책자를 읽으며 인도 여정을 짜다가 오후에 자전거를 빌려 주변을 돌아보았다. 1970년 대부터 조성되기 시작한 룸비니 보호구역은 여전히 적막했고, 개발은 천천히 진행되고 있었다. 이곳저곳에서 공사가 진행되고 있었지만, 서두르지 않았다. 그런데 그게 오히려 룸비니의 성격에도 맞는 것 같았다. 만약에 여기에 대형 굴삭기나 기중기 같은 현대식 장비들을 대거 투입해 속도전식 공사를 벌인다고 생각하면 끔찍했다.

마을은 활기를 잃었다. 뿌연 안개가 너른 평원을 감싸고 있는 가운데 사람들은 길거리에 모닥불을 피워놓고 그 주변에 쭈그리고 앉아 있었다. 사람들은 힘이 없었다. 막연하게 무언가를 기다리고 있는 것 같았다. 어차피 오늘 할 일이 없으니 느릿느릿 움직일 뿐 서두르는 사람도 없었다. 꾀죄죄한 아이들은 축축한 마당에서 아주 오래되어 색이 바랜 공을 차고 있었다. 상점들은 관광객의 발길이 끊기자 개점 휴업 상태였다. 지나가는 차량이 한 대도 없었고, 텅 빈 길에는 이따금 자전거를 탄 사람이 '끼리릭 끼리릭' 소리를 내며 나타났다가 안개 속으로 사라졌다. 안개가 짙게 끼어 앞을 분간하기 어려운 것처럼, 네팔과 네팔 사람들 역시 방향타 없는 쪽배에 타고 있는 듯했다.

하루 종일 안개로 날씨도 좋지 않고 마음도 음울한데, 주변의 풍경도 음울하기만 했다. 안개가 뿌옇게 깔린 룸비니 보호구역 안에선 나무를 하는 아낙네들과 아이들이 많았다. 생나무를 꺾지는 않고, 이미 잘라져 약간 마른 나뭇가지들을 맨손으로 모아 머리에 이거나 질질 끌면서 집으로 가져갔다. 일부 아이들은 신발도 없이 반바지 차림으로 길거리를 배회하다 관광객이 지나가면 손을 벌렸다. 수확이 끝난 텅 빈 논에선 젊은이들이 크리켓을 하기도 하고, 염소를 끌고 나온 어린이들은 논바닥에 불을 피워 쬐고 있었다. 할아버지와 할머니의 눈동자는 맥이 풀려 있었고, 아저씨들은 특별히 할 일이 없어 길거리를 느릿느릿 왔다 갔다 했다.

'아, 신의 나라 네팔에 신은 어디에 있는 것인가.' 답답하기만 했다.

대성사에 머물고 있는 사람들이나 관광객들도 마찬가지였다. 특별히 더 돌아볼 만한 곳도 없고, 이동할 수단도 없어서인지 대부분 숙소에서 빈둥거렸다. 6시 저녁식사를 알리는 종소리가 나자 어디에 숨어 있었는지 투숙객들이 우르르 몰려들었다. 식사를 마치고 나오는데 창군이 말을 꺼냈다.

"바라나시 대학 학생들도 내일 인도로 간다는데, 택시 타고 간대. 근데, 걔들이 같이 가면 어떻겠느냐고 하는데…. 어떻게 할까?"

그리고는 턱으로 저쪽을 가리키니 식당 입구에 예쁘장한 여학생 무리가 약간 긴장한 표정으로 우리에게 미소를 던지고 있었다. 키가 작고, 얼굴이 가무잡잡하며, 이목구비가 선명한 것이 인도나 네팔 여학생 같았다.

"우리 옆방에 있는 애들인데, 인도 대학 학생들이야. 근데, 여기서 인도 국경으로 바로 가는 버스가 없어서 택시 타고 가는 게 좋고, 자기들이 예약을 해줄 수 있대." 창군이 말했다.

"택시 회사에 전화를 하면 내일 아침에 여기로 온대요." 옆에 있던 멜론이 거들었다.

그 여학생들이 우리 쪽으로 다가와 멜론, 창군과 반갑게 인사를 건네고 나와 올리브, 동군과도 인사를 나누었다. 나와 올리브가 안개 낀 성원지구와 터라이 평원을 돌아다니는 사이에 창군과 멜론은 옆방의 여학생들을 사귄 모양이었다. 캄보디아와 베트남, 부탄 출신의 귀여운 이 네 명의 여학생들은 인도 바라나시 힌두 대학에서 철학을 공부하고 있다고 했다. 인도 유학 중에 룸비니로 여행을 왔다가 돌아가는 길이었는데 창군, 멜론과 이런저런 얘기를 나누다 우리가 내일 바라나시로 간다는 사실을 알고는 택시를 권유한 것이었다.

"택시 한 대에 다섯 명이 모두 탈 수 있고, 여기서 소나울리까지 가는 데 1000네팔루피예요. 이 정도라면 여기에서도 싼 가격이에요."

한 여학생이 명함 크기의 택시 회사 홍보물을 흔들어 보이며 또박또박 설명했다. 현지 교통 상황에 대한 이야기를 듣고 창군의 말대로 대성사에서 소나울리까지 가는 택시를 예약했다. 룸비니에서 소나울리까지는 30km 정도로 멀지 않지만, 버스로 가려면 22km 떨어진 바이라하와까지 간 다음 거기서 다시 택시를 타야 한다. 게다가 버스를 타려면 대성사에서 정류장까지 3km 정도 걸어가야 한다. 힘들고 복잡한 여정이다. 이곳과 인도 사정을 잘 알고 있던 여학생들은 그런 사정을 감안해 택시를 예약한 거였다. 순박한 현지 여학생들의 권유와 창군의 제안을 마다할 이유가 없었다.

그렇게 결정하자 아이들과 힌두 대학 여학생들이 모두 기뻐했다. 이곳에서 정확한 여행 정보를 확인하는 게 쉽지 않은데 아이들이 현지 여학생들을 사귀어 귀중한 정보를 얻을 수 있었다. 그들의 권유로 편안하고 안전한 여행을 하게 된 것도 좋았지만, 그보다 아이들이 다른 여행자들을 사귀면서 여행 정보도 얻고, 동행을 구했다는 것이 나와 올리브에게 기쁨을 주었다.

멜론이 영어에는 좀 서툴기는 해도 특유의 사회성으로 사람을 사귀는 데 천부적인 재능을 보여주고, 창군의 영어 실력이 일취월장하고 있어 가능한 일이었다. 우리의 네팔~인도 국경 통과는 이렇게 해서 또 하나의 새로운 경험을 선사했다. 하지만 이 힌두 대학 여대생들과의 인연은 이것으로 끝나지 않았다.

시골 마을에 그어진 국경선

다음 날 7시 30분, 두 대의 택시가 사찰 안으로 들어왔다. 인도 바라나시 여대생들이 탈 작은 택시 한 대와 우리가 탈 조금 큰 택시 한 대였다. 큰 배낭을 택시 지붕에 올려 밧줄로 단단히 조여 맨 다음, 택시에 올라타고 소나울리로 향했다. 안개는 어제보다는 한결 덜했다. 어제 하루 종일 늘어져 있던 룸비니 주변의 마을들도 조금씩 활기를 되찾는 모습이었다.

한참 달리고 있는데 앞서 가던 택시에서 전화가 왔다. 인도 바라나시 여대생들이었는데, 아예 우리 가족과 한 그룹으로 바라나시까지 택시로 같이 가자는 것이었다. 현지 대중교통 사정이 좋지 않고 시간도 10시간 가까이 걸리는데, 여행사에서 1인당 450인도루피(약 1만 350원)를 제시했다고 했다. 갑자기 화폐 단위가 네팔루피에서 인도루피로 바뀌니 돈 계산이 제대로 되지 않았다. 그 여학생은 그것이 비싸지 않은 가격이라고 말했다.

하지만 우리가 여행 안내 책자에서 확인한 소나울리~바라나시 로컬 버스 가격이 208인도루피여서 아무래도 비싸다는 생각이 들었다. 우리는 버스로 가겠다고 정중하게 사양했다.

전화를 끊고 한참 달리는데 다시 전화가 왔다. 여행사에서 400인도루피(약

네팔 소나울리에서 바라본 네팔~인도 국경 사진 뒤편의 게이트 너머가 인도인데, 주민들은 이렇다 할 검문이나 절차 없이 국경을 자유롭게 넘나들고 있다.

9200원)까지 할인해줄 수 있다고 수정 제안을 했다는 거였다. 버스를 타고 소나울리에서 고락푸르를 거쳐 바라나시로 가려면 비용이 400루피 가까이 들므로 여행사에서 제시한 비용이 비싸지 않은 것이라고 했다. 우리가 선뜻 결정을 내리지 못하는 사이, 차가 소나울리 국경마을에 도착했다.

소나울리에 도착해서 그 여대생 및 여행사 직원과 대화를 더 나눈 다음, 바라나시 숙소까지 가는 조건으로 1인당 400인도루피로 최종 낙찰을 보았다. 창군과 멜론, 동군은 그 여대생들과 함께 바라나시까지 간다는 것에 기뻐하는 기색이 역력했다. 인도에 처음 들어가는 마당에, 그것도 지리나 현지 사정을 잘 모르는 상태에서 우왕좌왕할 수도 있는데, 바라나시 숙소까지 당일에 도착할 수 있어 괜찮을 것이라는 생각이 들었다.

나중에 보니 이것은 아주 훌륭한 '거래'였으며, 매우 잘한 결정이었다. 만일 우리가 버스를 타고 갔다면, 이날 밤 늦게 바라나시 터미널에 도착해 무거운 짐을 들고 다시 오토릭샤든 택시를 타고 숙소를 찾아 가야 했을 것이다. 아니면 고락푸르에서 하룻밤 자고 바라나시로 가야 할지도 몰랐는데, 그런 복잡한 과정을 일거에 해소한 셈이었다.

소나울리 국경은 우리가 생각한 일반적인 국경과는 판이하게 달랐다. 철책선이나 바리케이트가 쳐져 있고, 경비가 삼엄하고, 출입국 사무소와 세관 검사 등 복잡한 절차를 거쳐야 하는 그런 국경이 아니었다. 통행하는 사람을 제지하거나 검문하는 사람도 찾아보기 어려웠다. 네팔과 인도 사람들은 어떤 절차도 없이 마치 한 마을처럼 자유롭게 왕래했다.

'이미그레이션 오피스(출입국 사무소)'도 굳이 찾지 않으면 알아보기 어려울 정도로 한 귀퉁이에 조그맣게 자리 잡고 있었고, 간판도 아주 작았다. 거리는 다른 어느 소도시와 조금도 다르지 않게 상점이 다닥다닥 붙어 있고, 지프나 승합차 승객, 호텔 투숙객을 잡으려는 호객꾼들이 우글우글했다. 치열한 생존경쟁의 터전일 뿐이었다.

네팔 출입국 사무소로 갔더니 작은 책상에 직원 한 명이 출국 카드와 여권, 비자를 대조한 후 도장을 찍어주는 것으로 출국 신고는 끝이었다. 그러고 나서 우리가 타고 온 택시에 올라타고 국경을 넘었다. 별도의 세관 신고도 필요 없고, 국경 통과를 제지하는 사람도 없었다. 행정상 이쪽은 네팔, 저쪽은 인도였지, 실제로는 한 마을이나 마찬가지였다.

인도 입국 신고도 마찬가지였다. 인도 출입국 사무소는 거리에 작게 간판만 내걸었을 뿐, 아예 길거리에서 업무를 진행하였다. 길거리에 내놓은 나무 탁자에서 서류를 보고 도장을 찍는 것이 전부였다. 길거리에는 잡상인들과 호객꾼들까지 들끓어 여기가 입국 신고를 하는 곳인지, 그냥 길거리인지 혼란이 일 정도였다. 공무원과 잡상인도 구분하기 어려웠다. 입국 신고를 마치고 나오자마자 한 무더기의 호객꾼들이 달려들어 '고락푸르! 고락푸르!' '바라나시! 바라나시!' 하고 외쳤다. 투어리스트 버스나 자신들의 지프에 탈 것을 경쟁적으로 권유하는 것이었다. 우리는 인도 여대생들의 안내에 따라 이미 예약한 작은 승합차 지붕에 짐을 실은 다음 차에 올라타고 기다렸다.

그런데 인도에 입국하는 순간부터 기분 상하는 일이 벌어졌다.

첫째는 환전 문제였다. 우리는 네팔루피를 모두 소진한 상태여서 인도에 입국하자마자 가지고 있던 미국 달러를 인도루피로 환전할 생각이었다. 그런데 아무리 둘러보아도 은행이 보이지 않았다. 승합차 매니저는 환전소에서 바꿀 것을 권유했다. 환율이 불리할 것이 뻔했지만 어쩔 수 없었다. 환전소에 물어보니 환율이 1달러당 50인도루피로 생각보다 낮았다. 최소한 1달러에 52루피는 되어야 한다고 흥정을 시도했으나 고집불통이었다. 저쪽 네팔로 넘어가 은행에서 환전하고 다시 돌아오겠다며 환전소를 나서는 시늉까지 했으나, 미동도 하지 않았다.

결국 최소한의 환전만 하기로 하고 50달러를 내밀었다. 그러면 2500인도루피를 줘야 하는데, 2400루피만 주는 것이 아닌가. 100루피가 부족하다고 하니 그건 커미션이란다. 어이가 없었다. "당신은 그런 이야기를 하지 않았다. 그런데 커미션이라니, 받아들일 수 없다. 환전하지 않겠다"면서 달러를 되돌려 달라며 인도루피를 들이밀었다. 그러자 환전상은 100루피를 얼른 꺼내 주면서 아무렇지도 않다는 듯 싱긋이 웃었다.

두 번째는 지프 비용이었다. 원래 400인도루피에 바라나시 숙소까지 가는 조건으로 지프에 올라탔는데, 갑자기 460인도루피를 달라고 했다. 이미 환전 문제로 실랑이를 하면서 심사가 뒤틀려 있던 나는 이런 식의 얄팍한 상술 같은 말 바꾸기에 짜증이 날대로 났다.

"이 차는 13인승이다. 9명만 타고 가기 때문에 나머지 사람들의 비용을 당신들이 내야 한다." 그 매니저가 태연하게 말했다. 다른 사람의 비용을 우리가 내야 한다니 황당하기 짝이 없었다. 나는 처음 계약과 다르다며 다른 버스를 타고 가겠다고 차에서 내려 버렸다. 창군도 얼굴을 붉으락푸르락 해가며 강력히 항의했다.

그 매니저는 400루피는 매우 싼 것으로 다른 차는 500~600루피 이상을 내야 한다며 우리를 달래려 했다. 매니저와 옥신각신하다 결국 400인도루피로 바라나시의 숙소까지 가되 빈자리에 사람을 더 태우는 것으로 합의하고, 매니저가 다른 승객을 더 모집해 데려오길 기다렸다.

승합차에서 승객을 기다리며 인도 국경 주변을 둘러보니, 여기 역시 혼잡의 극치였다. 시간이 지나 국경 통과 차량이 점차 늘어나면서 이곳저곳에서 치열한 호객과 흥정이 이루어지고 있었다. 배낭을 맨 여행자만 나타나면 너도 나도 달려들어 승객을 잡기 위해 아비규환의 경쟁을 벌였다. 정해진 가격은 없었다. 가격과 조건은 현장에서 결정되고 수시로 변했다. 방금 전의 경험으로 봐서 바가지와 얄팍한 상술이 판치고 있을 게 뻔했다. 질서를 잡기 위한 공권력도 찾아보기 힘들다. 관광객과 주민들이 이렇게 많이 오가고, 길거리에서 사람들이 고생을 하고 있는데도 버스를 비롯한 공공 운송 시스템이나 공공 서비스는 찾아볼 수가 없었다.

도로나 표지판, 건물들도 네팔보다 오히려 더 낡고 관리가 되지 않은 것 같았다. 도로 곳곳은 파이고, 포장이 뜯겨나갔지만, 최소한 10년이나 20년 사이에 보수를 한 흔적이 없었다. 움푹움푹 파인 곳에는 시커먼 흙탕물이 흥건히 고여 있어 차량이 지나가면 물이 튀겼다. 며칠 전 대성사에서 만난 한 한국인이 "인도(공공 시스템)가 네팔보다 더하다(취약하다)"고 한 말에 반신반의했는데, 그 말이 틀린 것이 아니었다. 도대체 인도라는 국가는 무엇을 하는 것인지, 정부는 무엇 때문에 존재하는 것인지, 참으로 답답한 마음뿐이었다.

20여 분을 기다린 끝에 두 명의 인도인과 한 명의 호주 여행자를 더 태운 후 승합차가 출발했다. 승합차 안쪽에 바라나시 대학생들이 앉고 중간에 우리 가족이, 끄트머리에 인도 현지인과 호주 여행자가 자리를 잡았다. 승합차 좌석은 두 줄로 서로 마주보고 앉도록 배치되어 있었는데, 자리가 좁아 무룙이 부딪힐 지경이었다. 마지막에 탄 호주 여행자는 2000년부터 세계를 여행하고 있는 여행의 달인이었다. 세계 곳곳을 다니며 일하고, 여행하고, 또 일하고 여행하는 삶을 10년 이상 지속하는 방랑자와 같은 사람이었다. 인도는 자신의 목적지(destination)라며 힌두를 공부할 것이라고 말했다. 집도 없이 그렇게 여행하면 과연 어떻게 될지 궁금했다.

덜컹덜컹 차가 움직이면서 네팔과 진짜 이별했다. 세계에서 가장 가난한 나라, 하지만 순수한 사람들이 자연과 더불어 살아가고 있는 곳, 어느 곳에서나 신을 만날 수 있는 '신의 나라', 한쪽에서는 희망이 없어 외국으로 나갈 꿈을 꾸고 다른 한쪽에서는 삶의 여건을 조금이라도 개선하기 위해 작지만 밀알 같은 희망의 씨앗을 뿌리고 있는 나라, 그 나라를 떠나면서 우리 가족은 한 단계 더 성숙해졌다. 단단하게 다져진 퇴적층처럼 가족의 애정과 신뢰를 쌓고, 낯선 세계와 조금 더 긴밀하게 소통하는 방법도 익혔다. 그러고 보니 네팔은 세계에서 가장 가난하지만 가장 값진 선물을 준 곳이었다.

2부

환상과 현실의 교차로를 넘어_
· 인도(1)

Sonauli
Varanasi
Kolkata

환상 속에서 보낸 인도의 첫 도시

'공공의 비극'을 떠올리는 인도

우리 가족 다섯 명과 바라나시 힌두 대학에서 공부하는 네 명의 여학생, 두 명의 인도인과 한 명의 호주 여행자 등 열두 명의 여행자를 태운 작은 승합차는 네팔 소나울리와 접한 인도 국경마을을 떠나 바라나시로 향했다. 국경마을에서도 느꼈지만 인도로 넘어오면서 실감한 공공 시스템의 부재(不在)는 놀라울 정도였다. 그야말로 눈 뜨고 볼 수 없는 상태, 목불인견(目不忍見)이었다. 중국에서 네팔로 넘어오면서도 극도로 취약한 환경에 놀랐는데, 여기는 더했다. 환경 재앙을 경고한 '공공의 비극(Tragedy of Commons)'이란 이런 것을 이야기하는 것이 아닌가 하는 생각이 들 정도였다. 길거리는 온통 쓰레기 천지였다. 마을 외곽으로 나가면 길옆에는 어디 가나 방치된 쓰레기들이 산을 이루고 있었고, 마을길도 마찬가지였다.

한참 달리던 승합차가 한 작은 마을에 잠시 정차했다. 상가들이 즐비하게 들어서 있고 왕래하는 사람들도 많았다. 정차한 버스에서 내려 과일과 과자류를 사는 승객들도 보였다. 길옆의 상점에 화장실을 물었더니 대답은 'No!'였다. 큰 건물엔 화장실이 있을까 하여 건물을 찾다가 간이 화장실처럼 보이는 작은 시설물을 발견했다. 화장실은 맞았다. 그런데 문도 없고, 그저 용변만 볼 수 있도록 시멘트로 벽을 만들어 놓은 곳이었다.

냄새가 진동했다. 얼른 들어가 숨을 참아가면서 일을 마치고 나와 주변을 보니, 그 공중 화장실은 마을을 관통하는 배수구 위에 설치되어 있었다. 마을에 흐르는 작은 도랑 위에 화장실을 만들어 놓은 형국이었다. 오물과 배설물로 가득 찬 하수구는 마을 앞의 작은 저수지로 이어져 있었다. 저수지 주변에도 여지없이 쓰레기들이 산더미처럼 쌓여 있었고, 거기에 용변을 보는 사람도 있었다. 그 하수구를 따라 간이 음식점들이 줄지어 있었는데, 음식점 쓰레기도 그 하수구로 휙휙 버려지고 있었다. 음식점 위생이 과연 어떠할지, 냄새가 진동하는 저기서 음식을 먹을 수 있을지, 경악할 지경이었다. 바라나시로 가면서 유심히 보니, 그런 광경은 어디서나 마찬가지였다. 어떤 마을에서는 오물과 배설물이 거의 도로까지 차 있기도 했다. 비가 오면 그 오물들이 어디로 갈지, 입이 다물어지지 않았다.

인도 북부 평원은 넓고도 넓었다. 갠지스 강 지류들이 만든 평원이 끝없이 이어져 있었고, 짙은 안개가 그 평원을 하루 종일 감싸고 있었다. 도로는 울퉁불퉁하고 곳곳에 포장이 뜯겨져 나갔지만, 보수가 되지 않아 승합차는 끊임없이 덜컹거렸다. 구글맵으로 확인한 소나울리에서 바라나시까지 거리는 340km로 아주 멀지 않은데도 자동차로 10시간이 걸린다는 게 이해가 갔다. 어떤 교통편을 이용하든 도로 사정이 취약하다 보니 당연히 그 정도 시간이 걸리는 것이다. 도로에는 자전거와 오토바이를 타고 가는 사람들, 우마차를 타고 가는 사람들, 걸어가는 사람들이 어디에나 넘쳤다. 쓰레기와 먼지, 안개가 뒤범벅이 되고, 추위에 회색의 숄을 머리까지 푹 뒤집어 쓴 사람들이 걸어가는 모습이 을씨년스러웠다.

12시 가까이 되어 점심식사를 하러 한 식당에 들렀는데 구운 빵인 자파티와 커리, 밥으로 이루어진 식사 1인분이 120인도루피(약 2760원)였다. 우리 수중에 있는 인도 화폐는 2500루피로, 승합차 비용 2000루피를 주고 나면 남은 건 500루피에 불과했다. 포기하고 식당을 나서는데 건너편의 허름한 로컬 식당이 눈에 띄었다. 똑같은 음식이 50루피(약 1150원)였다. 물론 품질이나 위생은 더 취약해 보였지만, 길가 테이블에서의 식사도 그리 나쁘지는 않았다.

여기서 인도루피 환율에 대해 잠깐 짚고 넘어가야 할 것 같다. 네팔에서 인도로 넘어오면서 우리는 인도루피화 가치가 얼마나 되는지 감을 잡기 어려웠다. 이런 상태는 아주 오랫동안 지속되었다. 우리가 달러를 갖고 환전한 루피를 다시 원화 가치로 계산하면 대략 1루피=24원 정도였다. 나중에 확인해 보니 당시 환율은 1루피=22원 정도였다. 우리는 국경에서 약간의 수수료를 주고 환전한 셈이었다. 이 책에서는 1루피=23원을 적용했다.

끝없이 이어진 평원을 달리고, 수많은 마을을 지나 소나울리를 출발한 지 거의 10시간 만인 오후 8시, 드디어 바라나시에 진입했다. 바라나시엔 이미 어둠이 짙게 깔려 있었고, 거리엔 안개에 먼지까지 자욱하게 끼어 있었다. 우중충하고 음습하고 을씨년스럽기가 말할 수 없었다. 길에는 오가는 사람이 거의 없었고, 우중충한 숄을 머리까지 뒤집어 쓴 인도인들이 자전거를 타고 우리를 지나쳐 다시 안개 속으로 사라졌다.

우리가 묵으려고 점찍어 놓은 숙소가 있는 바라나시 중심부로 진입하자 상점들과 행인들, 오토바이와 자전거 등으로 단연 활기를 띠었다. 복잡하기 이를 데 없지만, 그래도 사람 냄새가 났다. 차에서 내려 우리와 동행한 힌두대학 여대생들과 아쉬운 작별 인사를 나누고, 대성석가사에서 한 한국인 여행자가 좋은 숙소라고 소개해준 게스트하우스로 향했다.

역시 이번에도 창군과 동군이 지도를 보며 앞장을 서고, 올리브와 내가 그 뒤를 따랐다. 이젠 창군이 완전히 여행의 선도자가 되었다. 바라나시 구시가지(old street)의 골목은 웬만한 여행자도 길을 잃을 정도로 복잡한데, 전혀 헤매지 않고 목적지에 무사히 도착했다. 우리와 같은 차를 탄 호주 여행자도 처음에는 다른 호텔을 알아보려고 하다가, 친구 소개로 싸고 괜찮은 게스트하우스로 간다고 하니 우리를 따라왔다. 결국 이 호주 여행자는 우리와 같은 숙소에 머물렀고, 거기서 자신의 친구를 만나는 행운도 얻었다.

우리가 머문 강파티 게스트하우스(Ganpati Guesthouse)는 밖에서 보는 것과 달리 안에 작은 야외 카페도 있어 편안한 느낌을 주었다. 5인 1박 숙박료가 900루피(약 2만 700원)로 가격도 저렴했다. 체크인을 하면서 최소한의 비용만 추가로 환전한 다음, 다시 미로처럼 연결된 골목 안의 간이 식당을 찾아 간단히 저녁식사를 했다. 자파티와 커리가 1인당 40루피(약 920원)로, 자파티에 모래가 으슥으슥하는 것 같았지만, 그런대로 먹을 만했다.

머리를 텅 비게 만드는 '숙명의 땅'

나는 매일까지는 아니지만 70여 일 동안 중국과 네팔을 여행하며 그날의 주요 일정과 여행지에 대한 정보, 생생한 느낌을 거칠게나마 늘 정리해 왔다. 그런데 인도의 첫 여행지 바라나시에선 한 줄의 메모도 할 수 없었다. 며칠 동안 감당하기 어려운 어둡고, 음습하고, 우울한 분위기에 압도되었다. 삶과 죽음이 끝없이 교차하는 '신성한 도시(holy city)' 바라나시가 준 정신적·문화적 충격은 상상 이상이었다. 홀린 듯한 3박 4일을 보내고 30시간에 걸쳐 헐떡거리듯 거친 숨소리를 토해내는 '인도 기차'를 타고 콜카타(Kolkata)로 이동하고 나서야 바라나시의 충격에서 벗어날 수 있었다. 우리는 3박 4일 동안 영혼과 심령이 지배하는 전혀 다른 세계에서 지냈다.

바라나시에 도착한 다음 날 우리를 맞은 것은 한 치 앞도 분간하기 힘든 안개였다. 네팔 룸비니에서부터 우리를 따라다닌 안개였다. 우리가 머문 숙소가 갠지스 강과 바로 마주하고 있어 그 안개는 더욱 심했다. 방문을 열고 밖으로 나오면 바로 갠지스 강이었지만, 불과 5층 높이의 우리 숙소에서도 강이 제대로 보이지 않을 정도였다.

음습하면서 차가운 공기가 옷깃을 파고들었다. 아침 7시 정도에 일어나 밖으로 나갔다가 쌀쌀한 바람에 부들부들 떨면서 방으로 다시 들어왔지만, 한기는 여전했다. 방 자체가 난방이 전혀 되지 않으니, 밖이나 안이나 싸늘하기는 마찬가지였다. 방이 강과 바로 마주하고 있어서 그런지, 방안에도 안개가 잔뜩 끼어 있는 듯했다. 방안의 조명도 흐릿해 곧 꺼져 버릴 것 같았다. 게다가 방안 공기는 물론 침대까지 축축하게 젖어 있었다. 어제 저녁에 세수를 하면서 사용한 수건은 한 방울의 물도 증발시키지 못한 채 그대로 있었다. 오히려 자욱한 안개와 축축한 공기에 더 젖어 버린 듯했다.

그런 안개 속으로 힌두 경전 읽는 소리와 사원의 종소리가 낮게 깔렸다. 내용을 알아들을 수 없는 경전 소리는 웅얼웅얼하다가, 약간 고음으로 올라가다가, 다시 웅얼웅얼하는 템포를 한참 이어갔다. 그 소리는 몸 구석구석을 적셔오는 갠지스 강의 안개처럼 마음을 축축하게 적셔왔다. 원초적인 생명의 소리인 듯도 하고, 죽음을 위로하는 진혼곡 같기도 한 곡조가 마치 영혼의 깊은 곳을 후벼 파내는 듯했다. 안개와 경전 소리는 바라나시의 하늘을 완전히 지배하고 있어, 그것에서 벗어나고 싶어도 벗어날 수가 없었다.

안개와 경전 소리는 신비감을 자아낼 수 있지만, 나에겐 전혀 그렇지 못했다. 어제 11시간 가까이 이동한 탓에 피곤이 겹쳐서 그런지 모르지만, 몸과 마음을 더 우울하게 만들었다. 활력과 생기보다는 늘어짐과 무기력을 유발하는 것 같았다. 밝음보다는 어둠이, 기쁨보다는 침울함이, 삶에 대한 강한 욕망이나 욕구보다는 숙명(카르마)에 대한 순응이, 더 나은 미래를 향한 치열한 몸부림보다는 숙명적으로 맞이해야 하는 죽음과 죽음 이후의 윤회에 대한 공허한 환상이 지배하는 것 같았다.

날이 차가운데도 신성한 물로 몸을 씻기 위해 갠지스 강으로 몰려드는 사람들이 줄을 이었다. 이들은 신성한 갠지스에 몸을 씻으면 평생에 지은 죄를 용서받을 수 있다는 2000~3000년 전에 형성된 믿음에 따라 평생에 한 번은

강파티 게스트하우스에서 내려다본 갠지스 강 쌀쌀한 날씨에도 불구하고 많은 인도인들이 갠지스 강에서 몸을 씻고 있다.

꼭 이곳에 와서 목욕을 하고 힌두 사원을 순례한다고 한다. 그들에게 갠지스는 '숙명의 강'이자 '영혼의 강'이었다. 갠지스 강은 상류로부터 내려온 오물과 쓰레기로 아주 탁해져 있었지만, 그들의 오래된 믿음은 굳건했다. 그들은 손으로 몸을 문질러 추위를 물리치면서 경건한 마음으로 차가운 갠지스 강으로 들어갔다.

그러나 그것은 바라나시가 준 충격의 작은 출발에 불과했다. 아침 9시께 식사를 하기 위해 숙소를 나서 바라나시 구시가지의 골목에 들어서다 또다시 경악했다. 두 사람이나 겨우 지나갈 정도로 좁은 골목은 소똥을 비롯한 동물들의 배설물과 쓰레기, 오물 등으로 범벅이 되어 잠시도 한눈을 팔 수 없었다. 시선을 땅에 고정시키고 소똥과 오물을 요령껏 피해 걸어야 했다. 냄새가 역겨운 것은 말할 것도 없다.

골목에는 작은 상점들이 끝없이 이어져 있었다. 숄을 비롯해 인도 전통 의상을 판매하는 의류 가게에서부터 힌두의 신들을 조각한 각종 종교용품, 기념품, 토속제품, 신발, 장난감 등을 파는 가게는 물론 과자와 음료수 등을 파는 구멍가게까지 끝을 가늠하기 어려울 정도로 이어졌다. 짜이(밀크티)를 비롯한 차와 푸리, 커리, 빵을 파는 음식점들도 골목 곳곳에 박혀 있었다. 이들

바라나시 구시가지의 상가
대로변과 중앙에 상점들이 줄
지어 들어서 있고, 옆길로 들
어가면 미로 같은 작은 골목
에 엄청난 상가가 형성되어
있다.

식당에서 삶고, 끓이고, 굽고, 튀기는 냄새가 골목으로 퍼져나가 소똥 냄새와
뒤섞였다. 냄새는 그것만이 아니었다. 음식점에선 석탄을 망치로 두들겨 깨
거나 나무를 꺾어 불을 지폈다. 석탄과 나무를 태우는 매캐한 냄새까지 혼합
되니 그야말로 숨을 쉬기조차 힘들었다.

작은 가게에서는 쓰레기를 좁은 골목으로 획획 던지고, 길거리를 돌아다
니는 개와 소가 그것을 먹기도 하고 핥기도 했다. 길거리에서 쓰레기 더미를
뒤지는 사람들도 눈에 띄었다. 인간과 동물, 인간과 인간의 '원초적인' 생태계
사슬이 작동하는 것 같았다. 진화한 인간의 '이성'이 작동해 사회가 굴러가는
것인지, 아니면 '이성'보다는 수천 년 전부터 이어져온 원초적인 그 무엇에 따
라서 흘러가고 있는 것인지, 끝없는 의문이 몰려왔다.

혼란스러운 바라나시 구시가지엔 '숙명의 땅'을 순례하는 힌두교도들로
들끓었다. 구시가지 한가운데 힌두교의 가장 중요한 사원 가운데 하나인
'골든 템플(Golden Temple)'이 자리 잡고 있는데, 그곳을 순례하러 온 사람들이
었다. 그들은 사원을 한 바퀴 돌고, 구시가지의 좁은 골목에 있는 다른 작
은 사원들을 돌면서 곳곳에 만들어 놓은 신상에 손을 대고, 이마를 대고, 꽃
과 향을 바쳤다. 곳곳엔 무장한 군인들이 이들의 순례길 곳곳을 지키고 있

었다. 여전히 지속되고 있는 인도의 종교 갈등을 보는 것 같았다.

　그런데 일부 순례자들은 상점에서 버린 물과 소똥으로 끈적끈적해진 골목에서도, 골목을 벗어난 바깥의 메인 도로에서도 맨발로 걸어 다녔다. 신성한 곳에 어찌 신발을 신고 다닐 수 있는가 하는 깊은 신앙심의 발현인지 모르겠지만, 힌두교를 모르는 이방인의 눈으로 피상적으로 평가하는 것일 수도 있겠으나 맨발로 다니는 그들이 보기에 안쓰러웠다. 날이 쌀쌀해서 발이 시릴 것 같아 안쓰러웠고, 골목과 시내가 맨발로 다닐 만큼 청결하지 않아 안쓰러웠다. 과연 이들을 이렇게 이끄는 그 종교의 힘은 무엇인가?

　구시가지 일대에선 독특한 종교적 행위가 펼쳐지는가 하면, 다른 한편에선 아침부터 생존을 위해 바쁘게 움직이는 사람들로 북새통을 이루고 있다. 릭샤나 오토릭샤의 고객을 잡으려는 호객 행위가 끝없이 이어졌고, 한 걸음 한 걸음 발을 옮길 때마다 남루한 '거리의 사람'들이 몇 루피를 달라며 손을 벌렸다. 걷기가 힘들 지경이었다. 아침식사를 위해 순례자들이 주로 이용한다는 로컬 식당에 들어와서야 그나마 숨을 돌릴 수 있었다. 푸리와 커리 등을 식판에 넣어 파는 탈리(Thali)는 이곳의 대표적인 대중식사 메뉴였는데, 1인당 40루피로 아주 저렴했다.

삶과 죽음이 공존하는 갠지스의 버닝 가트

　아침식사를 마치고 갠지스 강변의 가트(Ghat)로 향했다. 강옆에 죽 이어진 계단인 가트는 우리가 머무는 숙소에서도 한눈에 볼 수 있었지만, 강변을 산책하고 싶었다. 하지만 이건 낭만적이어도 너무나 낭만적인 생각이었다는 것이 금방 드러났다. 그곳은 일반적인 강이 아니라, '신성한 강'이었다. 산책의 대상이 아닌 인간과 신, 삶과 죽음이 공존하는 영혼과 환영의 계단이었다.

우리는 갠지스 강 순례의 중심이자 힌두교도들이 가장 신성시하고, '브라흐마의 계단(Door Step of Brahma)', 또는 '브라흐마 드와르(Brahma Dwar)'로 불리는 다샤스와메드 가트(Dashashwamedh Ghat)로 향했다. 가트로 가는 길도 호객꾼들과의 싸움이었다. 이들의 호객 행위는 사람을 붙잡거나 멈춰 세우기까지 해서 성가시게 느껴질 정도였다. 가트에 접근하자 강으로 이어지는 계단에 걸인들이 죽 늘어서 있었다. 그 모습이 가엽다 못해 처참할 지경이었다. 이곳저곳에 망토와 담요를 뒤집어쓰고 앉아 있거나 웅크리고 누워 있었다. 남루하기 이를 데 없었고, 저런 상태로 어떻게 생명을 유지할 수 있을 것인지 걱정이 앞섰다.

이들이 내미는 손에 동전을 쥐어줄 것인가, 외면할 것인가. 이들의 슬픈 눈동자를 보면서 마음속에 격랑이 휘몰아쳤다. 외면하기엔 살아가는 모습이 너무나 가엽다. 그렇다고 동전을 주는 것이 근본적인 치유법이 될 수도 없다. 더구나 가여운 마음에 한 번 동전을 내밀면 그 다음에 우리에게 다가오는 손들을 감당하기 어려운 난감한 상황이 된다. 마음속의 격랑은 단순히 동전을 줄 것인가 말 것인가에 대한 고민이 아니라, 순간적이지만, 우리의 삶을 송두리째 되돌아보게 하는 것이었다.

창군이나 동군, 멜론도 곤혹스러워 하기는 마찬가지였다. 한 발짝 한 발짝 움직일 때마다 불쑥불쑥 다가오는 야윈 손들, 거의 죽어가는 듯 가트의 계단에 널브러져 있는 사람, 뼈만 남은 앙상한 몸에 망토를 걸치고 서 있는 사람들을 어찌 외면한단 말인가. 그런 속에서도 창군은 돈을 주면 안 된다면서 단호하게 고개를 저으며 앞으로 걸어 나갔고, 동군은 창군을 열심히 뒤쫓았다. 마음 여린 멜론은 그들이 손을 내밀 때마다 깜짝깜짝 놀라며 당혹스런 표정을 지었다. 얼굴을 보니 울음이 터지기 전이었다.

"아이들도 생각들이 엄청 많을 거야. 이 길을 걷는 것만으로도 엄청난 교육이 되겠지." 내 옆에 바짝 붙어서 걷고 있던 올리브가 말했다.

가트에 늘어선 걸인들을 힘겹게 지나쳐 다가간 갠지스 강은 여전히 안개에 휩싸여 있었다. 강변에는 보트들이 죽 늘어서 있었고, 제식을 행할 수 있는 제단이 가트에 규칙적으로 마련되어 있었다. 우리가 지나칠 때마다 이번에는 보트를 타라는 호객꾼들이 달려들기 시작했다. 가는 곳마다 끝이 없었다. '인도를 여행하려면 이들 호객 행위(tout)를 당연한 것으로 받아들여야 한다'는 여행 선배들의 이야기가 빈말이 아니었다.

가트에는 호객꾼들만 있는 것이 아니었다. 어슬렁거리는 인도인들, 탁한 강물에 몸을 씻는 순례자들, 배를 타고 물고기와 갈매기들에게 먹이를 던지는 사람들, 순례자들과 관광객들을 대상으로 물건을 팔기 위해 진을 치고 있는 사람들, 갠지스 강물을 퍼가는 사람들, 빨래를 하는 사람들, 관광객에게 구걸하는 사람들, 카메라를 둘러메고 신비한 장면을 찾아 이곳저곳 두리번거리는 관광객들, 물을 마시러 내려온 소 등이 이리저리 어우러져 있었다.

신성한 가트에서 크리켓을 하며 즐겁게 놀고 있는 젊은이들도 있었다. 정식 게임은 아니고 널찍한 계단에서 공을 던지고 치는 놀이였다. 10대 후반에서 20대 초반으로 보였는데 지나가는 사람들에게 활짝 웃으며 '헬로~' 하고 인사를 건네기도 했다. 갠지스는 삶과 죽음이 교차하는 것뿐만 아니라 젊음이 피어오르는 현장이기도 했다. 하지만 '오늘은 평일(수요일) 오전인데, 이들은 무엇을 하는 사람들일까' 하는 의문이 더 강했다.

가트를 따라 북쪽으로 이동했다. 죽은 사람을 강변에서 나무에 올려놓고 화장하는 버닝 가트(Burning Ghat)가 있는 곳이다. 바라나시의 갠지스 강변에는 야외 버닝 가트가 두 곳 있는데, 남쪽은 주로 부자들이 이용하고, 북쪽에 있는 이곳은 가난한 사람들이 이용한다. 이곳 북쪽 버닝 가트에선 매일 화장이 이루어진다고 했다.

버닝 가트 가까이 가자 사람들이 잔뜩 몰려 있는 곳에서 연기가 피어오르고 있었다. 말로만 듣던 갠지스 강변의 노천 화장이었다. 장작을 높이 쌓아 올리고 그 위에 시신을 올린 다음, 불을 피우고 있었다. 화장은 이곳저곳에서

바라나시 갠지스 강변의 버닝 가트 시신을 화장하는 연기가 곳곳에서 피어오르는 가운데 주변엔 화장의 잔해와 장작이 산더미처럼 쌓여 있다.

진행되고 있었다. 장작이 완전히 타고 사람이 재가 되는 데에는 24시간이 걸린다고 하니, 매일 화장이 진행될 수밖에 없다. 자세히 보니 화장을 기다리는 시신들이 하얀 천과 꽃에 덮인 채 열을 지어 가트에 놓여 있었고, 주변엔 또 다른 화장을 위해 장작을 쌓아 올리는 사람들이 있었다. 가트 위쪽에선 사람들이 계속해서 장작더미를 내리고 있었다.

장작을 태우고, 사람을 태운 불꽃이 가트에 넘실거렸다. 거기엔 장송곡도 없었고, 죽음과 이별을 슬퍼하는 울부짖음도 없었다. 이따금 망자를 숙명처럼 따라다녔던 한 많은 윤회의 끝을 염원하는 듯한 외줄기 긴 외침이 들려올 뿐이었다.

갑자기 심장이 쿵쿵 뛰면서 긴장감이 몰려왔다. 숙연해졌다. 주변에 서 있던 사람들 모두 엄숙하고 긴장된 표정이었다. 마음속 깊은 곳에서 무언가 묵직한 것이 올라오는 것 같았다. 바로 여기가 삶과 죽음이 공존하는 갠지스였다. 무엇이 산 것이고 무엇이 죽은 것인가, 삶이란 무엇이고 죽음이란 무엇인가, 짧은 순간이지만 끝없는 질문이 몰려왔다.

버닝 가트에선 오래 머물지 못했다. 여행자들에겐 예사롭지 않은 노천 화장 장면을 볼 수 있는 기회지만, 여기는 엄연히 장례가 치러지고 있는 곳이다. 갠지스 강에서 화장을 하고 그 재를 강에 뿌리면 삶과 죽음이 끝없이 이어지는 윤회의 사슬에서 벗어난다고 믿기 때문에, 많은 인도인들이 여기서 화장을 하는 것을 '축복'이라고 생각하지만, 죽은 사람을 떠나보내는 유족의 슬픔도 엄연한 현실이다. 서둘러 버닝 가트를 떠나면서도 묵직해진 마음은 오랫동안 남아 있었다.

갠지스 강 산책을 마치고 숙소에 돌아와 다음 목적지인 콜카타(Kolkata) 행 기차표를 예약했다. 당초 숙소에 위탁하려 했으나, 1인당 50루피의 비싼 수수료를 요구하는 바람에 직접 인터넷으로 예약을 했다. 인도 기차 예약은 처음이라 쉽지 않았다. 기차 스케줄을 일일이 확인하고, 우리가 원하는 슬리퍼(Sleeper, 침대열차)가 있는지 체크하는 과정은 많은 인내를 필요로 했다. 앞으로 인도를 여행하려면 인도의 기차 시스템은 물론 좌석 및 침대 열차의 종류, 예약 방법 등을 충분히 숙지하고 있어야 하기 때문에 시간이 걸리더라도 하나하나 점검해야 했다. 창군이 끈기 있게 진행해 이틀 후인 23일 저녁 7시 15분에 출발해 약 20시간을 달려 24일 오후에 도착하는 슬리퍼를 예약하였다.

콜카타 행 기차표를 예약하고 갠지스를 내려다보니 아직도 안개가 완전히 걷히지 않았고 해는 흐릿하게 비추고 있었다. 오전에 보았던 것보다 훨씬 많은 사람들이 갠지스에서 목욕을 하고 있었다. 이렇게 추운 날씨에도 갠지스에 몸을 씻고 있으니, 날이 더워지는 여름에는 얼마나 많은 사람들이 목욕을 하고 빨래를 할까 하는 생각이 들었다.

저녁을 먹고 구시가지로 다시 나섰다. 바라나시의 명물인 이곳을 제대로 돌아보고 싶었다. 아침에 본 것과 별반 다르지 않았지만 사람들은 더 많이 늘어나 혼잡하였다. 어느 거리를 가나 소똥 냄새와 석탄과 나무를 태우는 매캐한 냄새, 이를 완화하기 위해 각 상점에서 피워놓은 향이 복합적으로 어울려 진동을 했다.

잊을 수 없는 열세 살 뱃사공의 눈동자

어젯밤 일찍 잠에 들었지만, 갠지스 강에서 몰려오는 짙은 안개와 을씨년스러운 날씨 때문인지 좀처럼 개운하지가 않았다. 자욱한 아침 안개를 보니 오늘도 해를 보기는 어려울 것 같았다. 오늘 부처가 온갖 수행을 한 끝에 득도를 하고 처음으로 설법을 행했다는 사라나트로 가면 안개가 걷히고 해를 볼 수 있을까 하는 기대를 갖고 숙소를 나섰다.

불교의 4대 성지 가운데 하나인 사라나트는 바라나시 외곽 15km 정도 떨어진 곳에 자리 잡고 있는데, 대중교통 수단이 마땅치 않아 보통 오토릭샤를 이용한다. 미로 같은 구시가지를 거쳐 시내 중심으로 나가니 오토릭샤 운전수들이 우르르 달려든다. 창군과 멜론이 흥정을 시작했다. 나는 뒤에서 아이들의 협상 장면을 카메라에 담으며 유유자적했다. 바가지를 쓰지 않기 위해 대체적인 오토릭샤 가격은 미리 파악해 두었다. 창군과 멜론은 생각했던 가격으로 떨어질 때까지 집요하게 가격을 깎았다. 결국 다섯 명이 150루피(약 3450원)에 사라나트를 구경하고 3시간 이내에 돌아오는 조건으로 낙찰을 보았다. 절대적인 가격은 매우 저렴하지만, 운전수나 우리나 만족스러운 흥정이었다. 운전수도 콧노래를 부르고 싱글벙글 웃으며 우리를 안내했다.

사라나트로 가는 길은 바라나시에서 보았던 것 이상으로 충격적이었다. 참혹한 모습이었다. 길옆으로 거의 무너질 듯한 판잣집들이 죽 늘어선 가운데 사람들이 길바닥에 솥이나 냄비를 걸고, 나무나 풀로 불을 지펴 음식을 만들고 있었다. 쓰레기들이 지천으로 널려 있고, 아이들은 그 속에서 먼지를 뒤집어쓰고 뛰어놀았다. 길에 풀어놓은 것인지, 아니면 야생으로 살아가는 것인지 알 수 없는 돼지들은 코를 쓰레기 더미에 처박고 양식을 찾았다. 어느 곳이나 길에 넘쳐나는 소와 염소들이 갈겨놓은 똥도 널려 있었다.

인도는 과연 어떤 나라인가. 인구 규모로 세계 2위인 12억을 거느린 서남아시아 최대의 아㊪대륙 국가. 세계 4대 고대문명 가운데 하나인 인더스 문명이 출현하고, 세계 4대 종교 가운데 힌두교와 불교 두 개가 탄생한 유서 깊은 나라. 1960~70년대 제3세계의 맹주를 자처하며 세계질서에 막대한 영향을 미쳤고, 1975년에는 제3세계에서 처음으로 인공위성(Aryabhatta)을 쏘아 올려 세계를 놀라게 한 나라. 핵무기를 보유한 나라. 동양의 시성(詩聖) 타고르(1913년 노벨 문학상)와 '성녀(聖女)' 테레사 수녀(1979년 노벨 평화상)를 비롯해 물리학, 의학, 경제학, 화학 등 다양한 분야에서 여덟 명의 노벨상 수상자를 배출한 나라. 유럽 전역을 합한 것과 맞먹는 광활한 국토를 가진 나라. 이토록 깊은 역사와 막강한 잠재력을 지닌 인도가 이처럼 남루하고 처참하게 무너져 있다니.

바라나시를 출발할 때의 기대와 달리 사라나트에도 안개가 끼어 있었다. 부처가 첫 설법을 행한 곳은 물론 새로 지은 사찰의 대형 부처상도 모두 안개에 휩싸여 있었다. 하지만 부처가 첫 설법을 행한 유적지 일대는 박물관으로 비교적 잘 정비되어 있었다. 그럼에도 생각과 달리 유적지가 주민들의 일상 속에 살아있는 것 같은 느낌을 주지는 못했다. 아무래도 인도 인구의 80%가 힌두교도이기 때문에 이곳을 찾는 사람도 많지 않은 듯했다.

부처가 처음으로 설법을 행한 곳을 중심으로 과거의 스투파와 사찰 유적들이 모두 허물어져 형체를 알아볼 수 없는 가운데, 기단부만 광범위하게 펼쳐져 있어 한때 이곳에서 불교가 번성했음을 보여주고 있었다. 이곳에도 룸비니에서 보았던 것과 같은 아쇼카 왕의 석주가 남아 있었다. 아쇼카 왕이 부처의 깨우침을 널리 알리기 위해 부처 유적지 곳곳에 세운 석주 가운데 대

사라나트 초대형 스투파 부처가 득도한 후 첫 설법을 행한 곳에 세운 직경 28m, 높이 43.6m의 대형 스투파로, 많은 사람들이 주변을 돌며 기도하고 있다.

표적인 것이다. 처음 이 석주를 세울 당시에는 15.25m였지만 지금은 부러져 기단부만 철책에 둘러싸인 채 보존되어 있었다. 또 마우리아 시대에 세워진 것으로 추측되는 대형 스투파가 있었는데, 우리가 방문했을 때 티베트인들과 티베트 승려들이 단체로 오체투지를 하며 순례하고 있었다.

사라나트 유적지를 둘러보고 숙소로 돌아오니 안개도 상당히 걷히고, 갠지스에는 햇살이 반짝 비추고 있었다. 겨울이라고 해도 바라나시는 위도가 낮기 때문에 해가 비추면 기온이 빠르게 올라간다. 기온이 올라가자 더 많은 사람들이 갠지스에 몰려들어 이곳저곳에서 목욕을 하고 있었다. 아예 가족 단위로 순례를 와 목욕을 하는 사람들도 눈에 띄었다.

우리는 보트를 타고 갠지스를 더 둘러보기로 했다. 갠지스 강과 강변에 끝없이 늘어서 있는 가트들, 사원들을 제대로 느끼려면 보트를 타는 것은 어쩌면 필수적일 듯싶었다. 걸어서 가트를 다 돌아본다는 것이 쉽지 않고, 특히 가트에 몰려 있는 수많은 호객꾼들에게서도 벗어날 수 있다.

가트로 내려가 보트 호객꾼들 중에서 가장 앳되게 보이는 한 아이를 따라갔다. 부모를 돕기 위해 가트에 나온 아이인 것 같았다. 그런데 우리가 작은 보트에 오르자 그가 직접 노를 젓는 것이 아닌가. 이렇게 작은 아이가 노를

라키 바라나시 갠지스 강에서 관광객을 위해 작은 보트의 노를 젓는 열세 살 소년. 포즈를 취해 달라는 요구에 옅은 미소를 짓고 있다.

젓는 보트를 탈 수 없다며, 그의 형쯤 되어 보이는 청년에게 노를 저을 것을 요구했다. 그러자 그들은 이것이 그의 직업이라며 그냥 탈 것을 요구했다. 그러고는 바로 노를 저어 강으로 나갔다.

라키(Laky)라는 이름의 그 아이는 열세 살로, 집안 대대로 노를 젓는 일을 하고 있었다. 학교에 가지 않느냐고 물었더니, 방학이라고 했다. 오랫동안 노를 저었는지 솜씨가 좋았지만 아무래도 아이라 힘에 겨워 보였다. 열세 살짜리 아이가 다섯 명을 태운 보트를 젓도록 하는 것은 어떤 이념이나 신념으로도 정당화될 수 없었다. 그는 신분에 의해 직업이 결정되고 그것이 대대로 '상속'되는 카스트 제도의 덫에 의한 희생자였다.

먼저 강 건너편으로 갔다가 가트 쪽으로 다시 돌아오는 길에 라키가 노를 계속 젓는 게 안쓰러워 노를 달라고 해서 내가 저었다. 라키보다는 힘이 셌지만, 숙련되지 않아서 그런지 배가 생각대로 움직이지 않고 이리저리 강을 헤맸다. 창군과 동군, 멜론도 저어 보겠다며 했지만, 노를 젓는 게 쉽지 않은 일이라 내가 계속 저었다. 나중에 아이들은 노를 나만 저었다고 불만을 쏟아냈지만, 나에게 있어 노를 젓는 것은 유희가 아니라 열세 살의 라키에게 노를 젓게 한 데 대한 미안함과 사죄의 표현이었다. 그런데 아이들도 나와 마찬가지로 미안한 마음에 힘겨움을 나누고 싶었다고 한다. 라키에게 미안하고, 내 생각만 한 것 같아 아이들에게 또 미안했다.

　노를 저어 가트 쪽으로 오면서 다시 북쪽의 버닝 가트로 향했다. 오후라 그런지 어제 오전보다 훨씬 많은 화장이 진행되고 있었다. 곳곳에서 연기와 불꽃이 피어오르는 것을 보면서 다시 가슴이 쿵쾅거렸다. 바로 죽음이 내 눈 앞에 펼쳐져 있었다. 사람이 꼭 한 번은 맞이해야 하는 죽음이지만, 거기엔 말로 표현할 수 없는 어떤 불안이나 공포가 잠재해 있다. 영원한 이별이 주는 슬픔을 뛰어넘어 가슴을 짓뭉개 버리는 듯한 허망함, 공허함, 회한, 또는 어떤 고통이 복합된 참담함 같은 것이다. 이런 불안을 달래기 위해 종교가 탄생하고 각종 의식이 행해지기도 하지만, 영원한 이별이 주는 슬픔은 사람인 한 어쩔 수 없다.

　인도인들은 갠지스에 와서 몸을 씻고 순례를 하면 죽음의 불안에서 벗어나 몸과 마음이 가벼워진다고 하지만, 나에게 갠지스는 감당하기에 너무 무거운 질문만 던져주는 것 같았다. 잠자리에 들어서도 무거운 마음이 떠나지 않았다. 그래서인지 바라나시에선 가족들과 대화, 특히 여행의 즐거움을 배가시키는 흥겨운 대화를 거의 나누지 못했다.

　혹자는 바라나시를 영혼의 땅이라며 삶과 죽음에 대한 영감을 준다고 하지만, 나에게는 혼란스런 곳으로 남았다. 올리브는 "바라나시는 날것 그대로를 보여주는 곳"이라며 있는 그대로 받아들이라고 말했다. 사실이 그러했다. 하지만 삶과 죽음, 인간 행위의 날것을 그대로 접하는 게 편안한 일은 아니었다. 어쩌면 인간의 존재, 삶과 죽음, 영혼이라는 것이 영원히 잡히지 않는 수수께끼 같은 그 무엇인지 모른다. 그것에 대해 해석을 하고, 설명을 하려 하면 할수록 더욱 미궁에 빠져드는 것인지 모른다. 그 혼돈을 날것 그대로 느끼게 하는 곳이 바라나시였다. 바라나시는 해석하려 하지 말고 느껴야 할 곳이었다.

바라나시~콜카타
8시간 연착한 기차와 시간 여행

배낭으로 달려드는 쥐떼와의 싸움

바라나시에서 홀린 듯한 3박 4일을 보내고 30시간에 걸쳐 콜카타로 이동하면서도 그 유령과 같은 바라나시와 갠지스의 악몽이 떠나지 않았다. 바라나시에 도착할 때에는 크리스마스와 연말 분위기가 한창 무르익을 때였고, 콜카타로 떠날 때에는 크리스마스 이브였지만, 그것을 전혀 느낄 수 없었다. 어디에서도 캐럴은 물론이고 연말 분위기도 느끼지 못했다. 우리는 전혀 다른 세계, 심령의 도시에 와 있었던 것이다.

바라나시 역(Varanasi Junction Station)에서 출발하는 기차 시간은 오후 7시 15분. 체크아웃 후 게스트하우스의 카페와 옥상에서 한가로운 시간을 보내다 오후 3시에 일찌감치 역으로 향했다. 그러나 이른 출발은 다 헛수고였다.

바라나시 역은 수많은 여행자들과 순례자들로 북새통을 이루고 있었다. 역 대합실이 비교적 컸지만 승객들로 꽉 들어차 있었고, 역 앞 광장까지 기차를 기다리는 승객들로 붐볐다. 역 광장에는 담요와 숄을 깔고 아예 드러누워 있는 사람들도 많았다. 역사가 붐비는 데에는 소들도 한몫했다. 소는 광장과 대합실은 물론 플랫폼까지 와서 어슬렁거렸다.

우리는 바라나시 역 한쪽에 자리 잡은 외국인 대합실(Foreigner's Waiting Room)로 들어갔다. 인터넷으로 구입한 티켓을 확인하기 위해서였는데, 일반 대합실과

바라나시 역 앞 광장 많은 인도인들이 바닥에 담요나 숄을 깔고 앉아 기차의 도착을 기다리고 있다.

는 달리 아주 조용하고 편안한 공간이었다. 푹신한 소파가 마련되어 있었고, 일부 외국인 여행자들과 한국인 여행자들도 있었다. 우리도 외국인 대합실의 한편을 차지하고 기차 시간이 되길 기다렸다. 하지만 오후 6시 30분이 되자 외국인 대합실이 문을 닫는다고 했다. 어차피 기차 시간도 얼마 남지 않아 우리는 플랫폼과 붙어 있는 일반 대합실로 자리를 옮겼다. 그런데 역의 전광판을 보고 깜짝 놀랐다. 우리가 탈 기차가 3시간 10분 연착된다는 표시가 떠 있었다. 출발 예상 시간은 밤 10시 25분으로 바뀌었다. 인도 기차가 연착을 밥 먹듯이 한다는 말은 많이 들었지만 그래도 처음 만나는 기차가 이토록 연착하리라고는 생각하지 못했다.

우리는 단단히 마음을 먹고 대합실로 향했다. 플랫폼 바로 옆의 대합실은 기차표 종류에 따라, 그리고 여성용과 남성용으로 나뉘어져 있었다. 남성용 대합실에는 여성들이 없었지만, 여성용에는 아이들과 남성들도 많았다. 가족 단위로 여행하는 사람들은 여성용 대합실을 쓸 수 있기 때문이다. 플랫폼에 담요를 깔고 기차를 기다리는 사람들이 많음에도 불구하고 대합실은 의외로 붐비지 않았다. 우리도 가족 단위 여행자이기 때문에, 올리브를 앞세워 여성 대합실에 들어가 한편에 배낭을 쌓아 놓고 자리를 잡았다. 돌아가면서 역의 구내 식당에 들러 저녁식사를 하고, 책을 보기도 하면서 본격적인 '장기전' 태세에 돌입했다.

그렇게 한참을 기다리는데, 역 이곳저곳을 돌아보던 창군이 대합실로 돌아와서는 의외의 이야기를 했다. 콜카타로 가는 기차가 더 늦어져 밤 12시에나 들어온다는 것이었다. 직접 역 직원에게 물어서 확인까지 해 보았단다. 원래 기차 시간이 오후 7시 15분인데 밤 12시에나 도착한다면 5시간이나 연착되는 것 아닌가. 우리는 전광판의 시간을 믿고 싶어했지만 창군은 자신이 알아본 기차 도착 시간을 확신하였다.

"아니. 10시 55분에 안 와. 12시 넘어야 와. 확실해. 역 직원은 알고 있는데, 그대로 발표하지 않고 조금씩 늦춰 발표하는 거야."

창군의 말은 정확했다. 한두 시간이 흐른 후 예정 시간은 0시 15분으로 수정되고 다시 1시 15분, 2시 15분 식으로 계속 늦어지더니 최종적으로 기차가 들어온 시간은 새벽 3시였다. 무려 8시간 연착으로, 우리는 역에 도착한 지 12시간 만에 기차를 탈 수 있었다. 취약한 철도 시스템에다 지독한 안개로 역무원조차 정확한 도착 시간을 알 수 없기 때문에 도착 시간을 조금씩 늦추었는지도 모른다. 하지만 그건 스스로 자신이 부정확하다는 점을 인정하는 것이며 신뢰도를 떨어뜨리는 것이었다.

연착 시간이 단계적으로 늦어지는 기차를 기다리면서 완전히 녹초가 되었다. 우리는 의자에 앉아 고개를 앞으로 처박기도 하고, 옆으로도 꺾어 보고, 뒤로 젖히기도 하면서 어떻게든 잠을 청해 보았다.

하지만 그게 마음대로 되지 않았다. 문제는 쥐였다. 밤이 되자 엄청난 쥐들이 역 구내와 플랫폼은 물론 대합실까지 들어와 승객들의 짐으로 달려들었다. 쥐들은 사람들이 이곳저곳에 버린 음식 찌꺼기를 먹어서 그런지 토실토실 살이 올라 있었다. 대합실 문 귀퉁이에는 쥐들이 뚫어놓은 구멍도 크게 나 있었다. 그 구멍으로 쥐들이 수시로 들락날락했다. 어떤 쥐는 의자에 누워 잠을 자는 인도인의 담요 위에까지 올라가 있었다. 그리고 보니 우리가 앉아 있던 의자는 바로 쥐들의 놀이터였다. 쥐도 윤회의 한 측면을 맡고 있다고 믿는 인도인들도 쥐는 싫은지, 가까이 다가오면 발을 굴러 쥐를 쫓아냈다. 하지만 쥐들은 집요했다. 잠깐 움찔했다가 다시 슬금슬금 다가왔다.

보다 못한 창군과 멜론이 쥐들을 대합실에서 쫓아낸 다음 쥐구멍을 신문지와 비닐로 틀어막았다. 하지만 사람들이 들락날락하면서 대합실 문을 열어놓기 일쑤였고, 문짝이 틀과 딱 맞지 않아 틈이 벌어져 있었다. 기다리고 있었다는 듯 쥐들이 고개를 디밀고 대합실 안을 빤히 들여다본 다음 쪼르륵 쪼르륵 들어왔다. 원천적인 차단이 불가능했다.

대합실 밖도 쥐가 들끓기는 마찬가지였다. 플랫폼 바닥이 시멘트로 되어 있었지만, 이곳저곳에 생긴 크고 작은 구멍과 틈바구니, 귀퉁이의 구멍엔 예외 없이 쥐가 들끓었다. 의자에 앉기도 꺼림칙했다. 의자 아래와 의자 뒤로 쥐들이 들락날락했다. 많은 인도인들은 그런 것엔 아랑곳하지 않고, 플랫폼 의자에 담요를 깔고 숄을 머리까지 뒤집어쓴 채 잠을 자고 있었다.

결국 플랫폼을 왔다 갔다 하며 기진맥진한 상태로 몇 시간을 버티자 새벽 3시 가까이 되어 드디어 기차가 도착했다. 조드푸르(Jodhpur)에서 출발한 기차였다. 8시간이라는 최악의 연착 기록을 세우며 우리와 첫 대면한 인도 기차가 힘겨운 숨소리를 토해내며 출발했다. 바라나시에서 콜카타까지 약 700km의 대장정이 시작되었다. 도착할 때부터 짙은 안개와 먼지, 쓰레기와 무질서로 마음을 심란하게 만들었던 바라나시는 떠날 때까지도 우리를 괴롭혔다. 지친 상태에서 도착했던 바라나시를 탈진한 상태에서 떠나야 했다.

다양성 사회의 축소판 인도 기차

인도 북부 우타르 프라데시(Uttar Pradesh) 지역에 안개가 잔뜩 끼어서 그런지 기차는 밤새 느리게 운행했다. 기차의 철커덕거리는 소리가 생각보다 컸고, 기차도 많이 흔들렸다. 아주 오래된 기차가 아주 힘겹게 달리는 것 같았다.

우리가 탄 슬리퍼는 한 구역에 모두 여덟 명이 탈 수 있도록 설계되어 있다. 3층짜리 침대가 양쪽에서 마주보도록 놓여 있고, 복도 쪽에 2층짜리 침대가 놓여 있는 형태다. 짐은 천장 쪽의 짐칸과 의자 밑에 넣도록 되어 있다. 침대를 모두 펴면 천장이 낮아서 앉아 있기가 힘들다. 따라서 가운데 칸의 침대를 접을 수 있도록 만들어 놓았는데, 이것을 접으면 의자의 등받이 역할을 한다. 우리도 밤에는 침대를 펴 잠을 자고, 낮에는 가운데 침대를 접어 의자로 사용했다.

열차 시설은 아주 열악했다. 우선 방송 시설이 제대로 갖추어져 있지 않아 기차가 언제 어느 역에 도착하는지 알기가 어렵다. 운행 안내문도 없다. 사람들이 알아서 타고 알아서 내려야 한다. 때문에 현지 정보가 부족한 사람은 다음 정차역이 어딘지 잘 살펴야 한다. 객실에는 열차를 관리하거나 문의 사항을 듣고 처리해 주는 차장도 보이지 않았다. 우리가 탑승했을 때에도 슬리퍼 고객을 체크하는 차장이 한 번 왔다 간 후 다시 나타나지 않았다.

기차의 침대엔 시트가 없어 개인 침낭이나 담요가 필수적이다. 우리는 서울에서 갖고 온 침낭을 아주 유용하게 사용했다. 침대를 비롯해 창문 등 거의 모든 기차 안의 시설은 때에 찌들어 있다. 창의 틈이나 침대 구석엔 오랫동안 쌓인 먼지가 쫀득쫀득하게 붙어 있어 창문을 열려면 손잡이를 손끝으로 조심스럽게 만져야 할 정도다. 멜론이 거무튀튀한 침대가 꺼림칙했던지 휴지로 쓱쓱 닦았더니 하얀 휴지가 금방 새카맣게 변했다.

승객들은 휴지나 쓰레기, 음식물 찌꺼기 등을 창문으로 휙휙 던지기도 하

인도 대륙을 횡단하는 기차 워낙 먼 거리를 연결하는 노선이라 그런지 차량의 끝이 보이지 않을 정도로 많은 객차를 달고 운행한다.

고, 일부는 아무 거리낌 없이 열차 바닥에 버렸다. 거리에 쓰레기를 버리는 것과 똑같았다. 기차가 역에 정차해 있을 때에는 플랫폼으로 쓰레기들을 획획 던졌다. 먹다 남은 음식물도 창문을 통해 플랫폼으로 탁 던졌고, 기차 안에서 마신 일회용 짜이 잔도 획 던졌다. 우리는 그런 모습에 깜짝 놀랐지만 인도인들은 하나같이 그걸 당연하게 생각하는 듯했다. 누구 하나 뭐라고 이의를 제기하지도 않고 눈을 흘기지도 않는다. 중국 취푸와 초청을 여행할 때 택시 운전수들이 아무렇지 않게 가래침을 창밖으로 연신 내뱉던 것과 크게 다르지 않다. 따라서 역의 플랫폼이나 기찻길 주변, 기차 바닥이 온통 쓰레기로 넘쳤다. 모든 곳이 휴지통이고, 쓰레기장이다. 그래도 우리는 비닐봉투를 하나씩 준비해 작은 쓰레기까지 모두 담아 기차가 정차할 때 잽싸게 내려 쓰레기통에 버리고 돌아왔다.

하지만 하루 평균 2000만 명의 인구가 이용하는 세계적인 철도망답게 인도의 기차는 여러 면에서 흥미로웠다. 무엇보다 한 번에 매달고 다니는 열차의 규모가 엄청나다. 한국에서는 5~6량, 많아야 9~10량 정도지만, 인도의 열차는 끝이 보이지 않을 정도로 길다. 기차에서는 매 끼니에 맞추어 식사 주문을 받은 다음 배달해 준다. 주요 메뉴는 야채튀김과 비리야니(Biriyani)라고 하는 인도식 볶음밥인데, 우리도 인도 기차 여행을 하면서 애용했다. 주요 역에서는 길게는 20~30분 정도 정차하며 물을 보충하기도 한다.

기차가 역에 정차하면 짜이나 바나나 튀김, 야채튀김, 옥수수 같은 먹거리와 장난감 등을 파는 상인들이 몰려든다. 대부분 창문에 대고 소리를 치며 장사를 하지만, 일부는 기차 안으로까지 들어온다. 그럴 때마다 활기가 넘쳤다. 인도 기차는 또 다른 하나의 세계였다.

오전 9시가 되자 기차는 비하르(Bihar)의 주도(州都)인 파트나(Patna)를 지났다. 새벽 3시 바라나시를 출발한 지 6시간 만이었다. 나중에 지도를 보니 달려온 거리가 260km였다. 평균 시속 45km가 안 되는 속도로 달린 셈이었다. 안개가 워낙 짙게 깔려 있어 서행을 한데다 다른 기차와의 교행을 위해 한참 정차했다 떠나야 했기 때문이다.

아침에 안개가 옅어지자 열차는 속도를 내기 시작했는데, 점차 속도를 올리는 기차가 편안하지는 않았다. 고속으로 설계된 기차가 아닌데 서둘러 달리다 보니 소음도 심했고, 엄청 흔들려 왠지 불안했다.

비하르에서 인도의 동쪽 끝에 자리 잡은 웨스트 벵골(West Bengal)의 콜카타까지는 끝없는 평원이 이어졌다. 끝을 가늠하기 어려울 정도로 넓은 인도 북동부의 평원엔 밀과 유채, 감자 등의 농작물이 한창 자라고 있었다. 겨울철이지만 낮에 햇볕만 비추면 따뜻해지기 때문에 사철 농사가 가능한 곳이다. 인도의 광활한 국토와 막대한 잠재력을 확인하기에 충분했다.

하루 종일 달린 기차는 저녁 노을이 비칠 때 웨스트 벵골로 진입했다. 우리는 다시 잠자리에 들었다. 목적지까지는 아직 한참을 더 가야 하고 이 열차가 도착하는 콜카타의 하우라 역(Howrah Junction Station)이 종점이니 기차가 역을 지나칠까 봐 걱정할 필요도 없어 안심하고 잠에 빠져들 수 있었다. 어수선한 소리에 눈을 떠 보니 도시의 불빛 사이로 남루하고 헐벗은 주거지 모습이 펼쳐졌다. 드디어 콜카타에 진입하기 시작한 것이다.

밤 11시 40분, 바라나시를 출발한 지 거의 21시간 만에 하우라 역에 도착했다. 영국 식민지 초기의 수도답게 하우라 역은 영국의 큰 역을 방불케 했다. 역사 자체가 근대 영국식으로 지어진데다 기차가 정차하는 플랫폼을 영국의 역과 같이 거대한 돔으로 덮어 놓았다. 한쪽 끝에는 근대적인 패스트푸드점들도 보였다. 문이 열려 있었다. 배가 출출했던 차라 패스트푸드점으로 향했다. 하루 종일 기차에 시달렸지만, 아이들은 어디에서 힘이 솟는지 전혀 피곤한 기색이 없었다. 밖으로 나오니 늦은 시간인데도 택시들이 즐비하게 서 있었다. 한 택시 운전수와 흥정을 마치고 여행자 숙소가 밀집해 있는 중심부의 서더 스트리트(Suder Street)로 직행했다. 우선 숙소를 찾아야 했다.

하우라 역을 출발한 택시는 후글리 강(Hooghli River)을 가로질러 콜카타로 쏜살같이 달려갔다. 한밤중이었지만, 서더 스트리트엔 가로등이 환하게 켜져 있고, 길모퉁이의 한 구멍가게는 아직도 영업을 하고 있었다. 먼저 론리 플래닛을 보고 점찍어 놓았던 게스트하우스 모던 롯지(Modern Lodge)로 갔다. 파티를 하는지 음악과 함께 떠드는 소리가 새어나왔다. 직원이 나오더니 '풀(full)'이라며 방이 없다고 했다. 발길을 돌려 차선책으로 점찍어 놓았던 그 옆의 파라곤 게스트하우스(Paragon Guesthouse)를 찾았다. 다행히 방도 있고 가격도 저렴했다. 바로 체크인을 했다.

나와 올리브가 한 방을 쓰고, 창군과 동군, 멜론이 다른 방을 쓰기로 했다. 벌써 새벽 1시였다. 바라나시에선 크리스마스 분위기를 전혀 느낄 수 없었는데 확실히 콜카타는 분위기가 달랐다. 바라나시의 게스트하우스를 출발한 지 날짜로는 3일 만에, 시간으로는 33시간 만에 새로운 숙소에 도착하여 모두 "메리 크리스마스!" 하고 인사를 나누고 각자 침대로 향했다.

인도 기차는 인도 사회의 축소판이었다. 육중한 열차가 광활한 대륙을 연결하는 것은 거대한 아㉞대륙 국가 인도를 닮았다. 낡은 기차와 제대로 관리되지 않는 객실은 사회간접자본이 취약한 인도의 현실을 보여준다. 연착을 밥 먹듯이 하면서도 거기에 무감각한 것은 인도 사회를 닮았다. 그럼에도 정해진 목적지로 어김없이 달리는 기차는 무질서해 보이는 속에서도 나름의 리듬을 갖고 있는 인도인의 삶을 닮았다. 인도에서의 첫 여행지 바라나시에서 콜카타로 이동한 33시간의 첫 기차 여행은 그 일면을 맛본, 고단하지만, 뜻 깊은 여정이었다.

식민지 유산 위에서 살아가는 콜카타

여행을 하면서 시간이 어떻게 지나가는지 느끼지 못할 때가 많다. 한 곳에 정주한 채 직장을 다니든, 학교를 다니든, 무엇인가를 하게 되면 그 리듬에 따라 시간을 인식하게 된다. 대체로 주간이나 월간 단위로 시간이 흘러가고, 기념일이나 절기, 시험이나 학기의 변화에 따라 시간의 흐름을 느끼게 된다. 하지만 새로운 여행지로 끝없이 이동하는 장기 여행자의 경우 그러한 시간 감각은 희미해지고 여행 목적지만이 눈앞에 보인다. 요일은 거의 잊어먹다시피 하고, 여행지에 따라 날씨가 달라지기 때문에 계절 감각도 희미해진다. 결국 객관적인 시간은 존재하지 않으며 자신의 처지와 조건에 따라 달라지는 주관적이고 상대적인 시간이 존재할 뿐이다.

바라나시에서 콜카타로 이동하면서 그것을 선명하게 느낄 수 있었다. 여름이 막 끝나가고 가을이 시작될 때 여행을 시작해 벌써 크리스마스가 되었지만 바라나시에선 그것을 전혀 느끼지 못했다. 한국 같으면 거리마다 크리스마스 캐럴이 넘치고, 크리스마스 트리를 비롯한 온갖 장식이 시간의 변화를 알렸겠지만, 바라나시에선 그 어떠한 것도 찾을 수 없었다. 날씨도, 뜨거운 여름도 아니고, 그렇다고 추운 겨울도 아닌, 한국의 날씨로 보면 봄과 여름 또는 여름과 가을 사이의 어중간한 날씨였다. 우리는 이때가 크리스마스 시즌이란 걸 까맣게 잊고 있었다. 바라나시는 완전히 다른 시간이 존재하는 세계였다. 콜카타에 도착해서야 그걸 알 수 있었다.

우리는 콜카타에 8일 동안 머물렀다. 비교적 오랜 머문 편이다. 콜카타라는 도시가 궁금하기도 했지만, 이곳의 마더 테레사 센터에서 진행하는 봉사활동에 참여하기 위해서였다. 그래서 일정도 토요일 오후에 도착해 그 다음 주 월요일부터 금요일까지 일주일 동안 봉사활동에 참여하고, 그 기간을 전후로 2~3일 정도 콜카타를 돌아볼 생각이었다. 기차가 연착하는 바람에 도

콜카타의 건물 오래되어 퇴색한 건물을 새로 단장하지 않고 그대로 사용하고 있어 이 도시의 현주소를 상징적으로 보여주는 것 같다.

착 시간이 늦어지긴 했지만, 일정에는 큰 지장이 없을 것 같았다. 한밤중에 도착한 콜카타는, 여행자들이 와자하게 떠들고, 만나는 사람들마다 "메리 크리스마스!" 하고 외치는 것이, 비로소 우리가 익숙했던 시간이 돌아가는 곳으로 온 것 같은 느낌을 갖게 했다.

하지만 콜카타에는 우리가 생각하는 시간과 또 다른 시간이 존재하고 있었다. 콜카타는 인도가 영국 식민지가 되었을 때의 첫 수도로 18~19세기에 급성장한 도시다. 이후 인구 증가에 따라 수많은 도시문제가 노출되고 콜카타를 중심으로 인도 독립운동이 활발히 일어난데다, 식민통치에 대한 지정학적 불리함 등으로 영국이 수도를 델리로 이전하면서 급격히 쇠퇴하였다. 1950년 영국으로부터 독립한 이후에도 이슬람과 힌두교 사이의 종교 갈등, 사회주의자와 마오주의자 등 좌익의 폭력활동과 잦은 스트라이크, 웨스트벵골 지역의 주기적인 기근과 방글라데시 독립전쟁 등에 따른 난민의 유입,

반복되는 정치적 혼란 등 불안정한 상황이 지속되면서 경제는 쇠퇴하고 사회는 엉망이 되었다. 1985년 당시 라지브 간디 총리가 콜카타를 '죽어가는 도시(Dying City)'로까지 표현했으니, 그 처참한 상황을 짐작할 수 있다. 물론 콜카타는 그 이후 많이 변화했지만, 어려움에서 완전히 벗어나지는 못하고 있었다. 그래서 그런지 콜카타는 20세기 전반기의 시간에 멈추어 있는 듯했다. 시간과 계절의 변화를 느낄 수 있는 콜카타로 왔지만, 콜카타의 시간은 과거에 멈추어 있었던 것이다.

도착 직후 잠이 들었다가 아침 7시에 눈을 떴다. 밖에 나가 보니 날도 따뜻하고, 며칠 동안 바라나시에서 우리를 괴롭혔던 안개도 없었다. 한결 상큼했다. 까마귀인지 갈매기인지 모를 새들의 지저귐을 들으며 아침을 맞았다.

올리브와 함께 숙소를 나서 거리를 산책했다. 아침을 맞는 콜카타는 치열한 삶의 전쟁터 같았다. 숙소 근처에 엄청나게 큰 닭시장과 꽃시장 등이 들어서 있는데 상인들도 분주하게 움직이고, 단연 활기를 띠고 있었다. 하루 종일 짙은 안개와 함께 실체를 알기 어려운 '영적인 분위기'에 휩싸여 있었던 바라나시와 비교할 수 없을 정도의 활력이었다. 바라나시에서는 볼 수 없었던 크리스마스 트리와 장식, 크리스마스 마켓도 눈에 띄었다. 영국 식민지의 흔적도 곳곳에 남아 있었다. 거리에 넘치는 쓰레기는 여전했지만, 그래도 인도 제2의 도시답게 상당히 정비가 되어 있는 느낌이었다. 도로들도 비교적 잘 포장되어 있고, 먼지도 많지 않았다.

숙소로 돌아와 아이들과 함께 본격적인 콜카타 탐방에 나섰다. 바라나시에서의 그 음울하고 음습한 기억에서 벗어나, 여행의 활력을 되찾으려면 어느 정도 '관광 모드'로 들어가는 게 나을 것 같았다. 숙소 인근의 성 토마스 성당(St. Tomas Church)으로 향했다. 오늘이 크리스마스 아닌가. 영국 식민지 시절인 1930년 건립된 이 성당에선 크리스마스 미사가 막 시작되기 전이었다. 성당 앞에는 예수의 탄생을 형상화한 작은 모형물도 전시해 놓고 있었다. 성당 규모는 상당히 컸지만, 미사에 참석한 사람들은 많지 않았다. 30~40여 명 정도로 전체 수용인원의 10분의 1도 안 되는 느낌이었다.

미사 참석은 특히 멜론에게 의미 있는 일이었다. 멜론은 한국에 있을 때 성당에서 신부의 미사 집전을 돕는 복사까지 할 정도로 신앙심이 두텁다. 할아버지, 할머니는 물론 엄마, 아빠까지 모두 독실한 천주교인으로, 전통적인 천주교 분위기에서 자랐다. 하지만 중국에서 네팔을 거쳐 인도로 오는 동안 줄기차게 불교와 힌두교 사원만 다니고, 우리의 대화도 불교와 힌두교의 전통과 그들의 종교 및 정신 세계에 집중되어 있었다. 다른 종교의 사상과 신념 체계를 이성적으로 인식하고, 자신이 믿는 종교와의 차이점을 객관적으로 파악하는 데 아직 어려움이 있을 멜론으로서 마음 한편이 불편했을 수도 있다. 성당에서 멜론의 얼굴을 힐끗 쳐다보니 무언가 깊은 상념에 잠겨 있는 듯했다. 마음에 위안이 될 게 분명했다.

인도 박물관(Indian Museum)은 콜카타의 '시간'을 확인할 수 있는 곳이었다. 박물관 입구엔 엄청난 인파가 몰려 있었다. 일요일인데다 크리스마스까지 겹쳐 가족 단위로 온 사람들이 박물관 입구는 물론 앞길까지 가득 메우고 있었다. 매표소에서 표를 구입하여 인파를 헤치며 긴 줄의 끝을 찾아가는데 박물관 직원이 우리에게 손짓을 보냈다. 먼저 들어가라는 거였다.

어리둥절하면서 입구로 향했다. 직원은 문 입구에 가득 몰려 있던 인도인들을 한쪽으로 몰아세우고 우리에게 길을 터주었다. 덕분에 기다리지 않고 바로 입장할 수 있었다. 알고 보니 외국인들에겐 별도의 입장료를 받고 따로 입장을 시켰다. 인도 사람들은 입장료가 1인당 10루피(약 230원)지만, 외국인에게는 그 15배인 150루피(약 3450원)를 받는 대신 혜택을 주고 있었던 것이다.

인도 박물관에 갈 때엔 대체적인 인도 역사, 특히 콜카타와 영국의 인도 지배 등 근대 역사를 돌아보고, 인도가 자신의 식민지 시대를 어떻게 해석하고 있는지 확인하고 싶었다. 하지만 인도 역사에 대한 그들의 해석과 그들이 추구하는 인도의 장래에 대한 시각은 눈에 띄지 않았다. 유장한 역사를 가진 진짜배기 인도를 보고 싶었는데, 아쉬움이 컸다. 다만, 몇 가지 측면에서는 아주 인상적이었다.

첫째는 인도의 다양한 식물과 동물 및 고고학적인 유물들이 많이 있다는 점이었다. 식물의 경우 식용 농작물에서부터 의약으로 사용되던 식물, 염료로 사용되던 식물, 사탕수수, 삼, 고무나무 등 특용식물에 이르기까지 셀 수 없이 다양한 식물과 함께 그것을 재배하고 가공하는 모습을 작은 모형으로 전시해 놓았다. 이거 하나만 갖고도 엄청난 박물관을 만들 수 있을 것 같았다. 고고학적 가치가 높아 보이는 화석 유물도 엄청나게 많았다. 수십억 년 전 지구에서 생명이 처음으로 탄생되던 당시의 화석에서부터 공룡과 고대 동물들의 화석이 어마어마했다.

둘째는 그러한 어마어마한 수집품들이 극도로 부실하게 관리되고 있다는 점이었다. 그러한 수집품들 대부분, 아니 진귀한 수집품들은 모두 과거 영국 식민지 시절에 수집된 것이었고, 마치 그때 전시되었던 것을 수십 년이 지나도록 그대로 놓아둔 듯한 인상을 받았다. 식물 표본들엔 먼지가 수북하였고, 어떤 곳은 유리가 파손된 채 그대로 방치되어 있었다.

그러고 보면, 인도 박물관에 왜 인도 역사, 특히 영국의 식민지 지배와 관련한 콜카타의 역사가 전혀 전시되어 있지 않은지 알 수 있을 것 같았다. 인도 박물관은 영국이 인도를 지배하던 1814년, 인도에서 처음으로 만들어진 박물관이다. 영국은 인도를 지배하면서 식물과 동물의 어마어마한 다양성에 놀라 그것을 분류하고 체계화하는 데 관심을 기울였다. 그것이 이 박물관을 만들도록 하였고, 지금 인도는 그걸 전시하고 있는 것이다. 이 박물관은 인도인이 인도의 자연과 문화를 정리해 만든 '인도의 박물관'이 아니라, 외지인인 영국인이 인도의 놀라움을 정리해 만든 '영국의 인도 박물관'이었던 것이다.

박물관에 이어 서더 스트리트에서 여행자들이 가장 많이 모이는 스카이 블

콜카타 뉴 마켓의 인파 크리스마스를 맞아 수많은 주민들이 중앙 대로를 가득 메우고 있다.

루 레스토랑에서 식사를 하고 인도 정통의 라씨도 한 잔씩 마신 후 콜카타의 대표적인 볼거리인 빅토리아 메모리얼(Victoria Memorial)로 향했다. 그곳으로 가려면 서더 스트리트와 거의 붙어 있는 뉴 마켓(New Market)을 통과해야 했다. 시장에는 발 디딜 틈이 없을 정도로 많은 인파가 몰려 있었다. 인도가 인구 12억의 대국이라는 사실이 새삼스럽게 다가왔다. 인도 인구는 2011년 인구센서스 결과 12억 1019만 3422명으로 집계되었지만, 등록되지 않는 불가촉 천민 등을 포함하면 중국보다 더 많은지도 모른다.

빅토리아 메모리얼이 자리 잡은 빅토리아 공원(Victoria Park)은 끝이 없었다. 축구 경기장의 몇 배는 되어 보이는 공원이 이곳저곳에 있고, 공원은 후글리 강으로 연결된다. 공원에도 휴일을 즐기는 인파로 북적거렸다. 특히 크리켓을 즐기는 사람들이 엄청났다. 모습도 다양해서 흰색의 말쑥한 크리켓 복장을 하고 팀을 나누어 경기를 하는 시민들부터 반팔에 청바지를 입은 청소년들에 이르기까지 수효를 헤아리기 어려울 정도였다. 영국에 유학했을 때에도 이렇게 많은 사람들이 크리켓을 하는 것을 보지 못했는데, 인도에서 이런 모습을 보는 것이 이색적이었다. 영국 귀족들이 즐기던 크리켓이 이곳 인도에선 대중 스포츠로 바뀌어 있었다. 하지만 이 공원에도 어김없이 쓰레기들과, 한

푼이라도 구걸하려는 사람들로 넘쳐났다. 인도의 최대 '특산품'인 그 극단적인 다양성에 점점 익숙해져 가고 있지만 아무래도 마음이 편치는 않았다.

공원을 가로질러 빅토리아 메모리얼 입구에 도착했지만, 거기엔 더 많은 인파가 몰려 있었다. 중국 천안문 광장과 자금성, 마오쩌둥(毛澤東) 기념관에 몰려든 인파보다 더 많은 듯했다. 입장권을 사기 위한 줄도 끝이 없었고, 입장을 대기하는 사람들도 끝없이 이어졌다. 길은 차량과 사람들로 뒤범벅이 되어 제대로 걸을 수도 없었다. 결국 메모리얼 방문은 뒤로 미뤘다.

빅토리아 메모리얼을 지나 멜론이 관심을 보인 항공기 전시관 플레인티움(Planetium)으로 향했지만, 그곳도 마찬가지였다. 어마어마한 인파가 뒤섞여 아수라장이었다. 그것도 다음으로 미루고, 숙소를 향해 걷기 시작했다. 거리 역시 사람의 바다여서 거의 떠밀리다시피 하면서 길을 걸을 수밖에 없었다. 좀 쉴 곳을 찾다가 '파크(Park)'라는 한 고급 카페로 들어갔다. 카페에선 입장하는 사람들의 가방은 물론 몸까지 검색했다. 카페로 들어오자 안락함과 편안함이 몰려왔다. 그러나 차 한 잔 가격이 한 끼 식사비를 웃돌 정도로 비쌌다. 그곳은 바깥 거리와는 다른 세계였다. 우리는 너무 비싼 가격에 혀를 내두르며 "여기서 차 한 잔 하는 것은 사치다"라는 결론을 내리고 철통 같은 경비를 펴는 문을 박차고 나왔다.

카페를 나서 바로 옆에 붙어 있는 옥스퍼드 서점(Oxford Bookshop)에 들어가 책도 구경하며 여유를 즐길 수 있었다. 옥스퍼드 서점엔 깔끔하게 장정된 영어책이 주로 판매되고 있었고, 분위기도 조용해 어수선한 밖의 세계와 확연히 달랐다. 서점을 나와 숙소 인근에서 크리스마스를 기념하여 닭고기 구이인 탄두리와 카레, 볶음밥 등으로 푸짐한 식사를 했다. 단돈 몇 루피와 빵 한 조각을 구걸하는 사람들이 밖에 우글거리는 것을 보고 온 뒤라 식사를 하면서도 마음이 편하지만은 않았다. 콜카타의 첫날은 '다양성'과의 만남, 다른 '시간'과의 만남이었다.

멜론의 배탈, 처음으로 찾은 병원

다음 날은 테레사 센터를 방문할 계획이었는데, 모두가 컨디션이 좋지 않았다. 창군은 아침을 건너뛰고 숙소에서 쉬겠다며 퍼져 버렸고, 멜론은 배탈이 났다며 힘든 표정이었다. 어제 먹은 인도 음식, 특히 라씨와 사탕수수 음료는 익히지 않은 것들이라 음식에 민감한 멜론이 탈이 난 것 같았다.

결국 오전 늦은 시간에야 테레사 센터를 방문했는데, 그 후에도 멜론의 상태가 나아지지 않았다. 올리브가 멜론 손을 잡고 열심히 주무르며 속을 가라앉히기 위해 애를 썼다. 아무래도 기력을 회복하려면 한식을 먹어야 할 것 같았지만, 어디에 한식당이 있는지 알 수가 없었다. 혹시 차이나타운이라면 한식당 비슷한 것이 있지 않을까 하여 지도를 보고 올드 차이나타운(Old China Town)으로 향했다. '공업의 거리'인 레닌로(Lenin Sarani)를 통과해 1시간 가까이 걸었지만 차이나타운은 흔적도 없었다. 콜카타의 환경이 악화되면서 중국인들이 시 외곽으로 이전해 버렸던 것이다. 결국 보다 쾌적한 환경과 식당이 컨디션 회복에 도움이 될 것 같아 솔트레이크(Saltlake) 신도시로 방향을 돌렸다.

솔트레이크는 콜카타의 주거 및 교통 여건이 더 이상 지탱할 수 없을 정도로 악화되자 동북쪽 외곽에 새로 건설되고 있는 계획도시였다. 중앙공원(Central Park)을 중심으로 방사형으로 구역을 나누어 단계적으로 개발이 진행 중이었는데, 주요 관공서와 기업은 물론 현대식 주거시설이 들어설 계획이다. 콜카타 중심부와 연결하는 전철도 계획되어 있었다. 택시를 타고 콜카타 외곽의 판잣집들이 다닥다닥 붙어 있는 빈민가를 지나쳐 솔트레이크로 갔다.

솔트레이크의 대형 쇼핑몰인 시티센터(City Centre)는 입구부터 경비들이 들어오고 나가는 사람들을 일일이 검색했는데 우리와 같은 외국인은 그냥 통과시켰다. 안으로 들어가니, 지금까지 본 인도와는 전혀 다른 세상이 있었다. 콜카타 어디서나 볼 수 있는 힌두어나 벵골어 간판 대신, 모든 간판이 영어로 되어 있었다. 마치 영국의 어느 쇼핑몰에 와 있는 듯한 착각이 들었다. 쇼핑몰엔 유명 브랜드 의류와 피자, 커피, 패밀리 레스토랑이 있었고, 젊은이들이 계단 곳곳에 편안하게 앉아 데이트를 즐겼다.

올리브와 창군, 동군은 햄버거를 먹겠다며 옆으로 빠지고, 나와 멜론은 시티센터의 푸드코트에서 서양인들 입맛에 맞게 만들어 우리에게도 익숙한 시즐러와 시즐러 콤보를 주문했다. 각각 175루피(약 4025원), 165루피(3795원)로, 인도 물가에 비하면 아주 비쌌다. 숙소 주변의 간단한 음식에 비하면 거의 10배나 되는 금액이지만, 아픈 멜론을 위해선 향신료가 강한 현지 음식보다 이런 음식이 괜찮을 것 같았다. 멜론도 한국에서 먹던 퓨전음식과 비슷하다며 잘 먹었다. 넓은 식당엔 빈자리가 거의 없을 정도로 손님이 많았다. 가족 단위로 식사를 하는 사람들도 많았고, 친구들과 함께 나온 부유한 인도 중산층의 자손인 듯한 젊은이들도 많았다.

그런데 멜론의 상태가 다음 날에도 호전할 기미를 보이지 않았다. 아침 일찍 멜론의 상태를 확인하러 아이들 방으로 간 올리브가 한참이 지나도록 돌아오지 않았다. 테레사 센터에서의 자원봉사를 위해 아침 6시에 숙소를 출발하기로 한 날이라 걱정스러운 마음으로 아이들 방을 찾았더니 우려대로 '사고'가 나 있었다.

멜론이 침대에 축 늘어져 누워 있고, 올리브는 그 옆에 앉아서 멜론의 손과 배를 열심히 주무르고 있었다. 옆 침대의 창군과 동군이 불안한 표정으로 나와 올리브, 멜론을 번갈아 바라보았다. 심상치 않은 분위기가 느껴졌다.

"멜론 배탈 났어. 밤에도 설사했대…." 올리브가 눈물을 떨어뜨릴 것만 같은 얼굴로 말했다.

멜론이 힘없는 눈길로 나를 쳐다보고 인사를 하더니, 이내 쓰러지듯이 다시 누워 버렸다. 그나마 다행스럽게 배만 아플 뿐 다른 증상은 없어 식중독은 아닌 것 같았다. 응급실까지 갈 만큼 위급한 상황은 아니라는 생각이 들어 일단 올리브가 멜론의 손에 수지침을 놓고 평소 속이 좋지 않을 때 쓰는 안복행법(安腹行法)으로 배를 꼼꼼히 주물러 주고 쉬도록 했다. 시간이 지나도 배가 가라앉지 않으면 병원으로 가기로 했다.

이런 상황에서 봉사활동은 무리였다. 멜론의 배탈이 가라앉을 때까지 숙소에서 쉬기로 하고, 나는 만일에 대비해 숙소 직원으로부터 근처의 병원이 어디에 있는지 미리 알아 두었다. 시간이 지나도 멜론의 상태가 그대로여서 병원으로 가기로 했다. 여행하면서 병원은 처음이라 막막했지만, 일단 부딪쳐 보기로 했다. 지금까지의 여정이 항상 미지의 세계에 대한 도전과 모험이었듯이, 우리의 삶도 매일 미지의 세계로 들어가는 것 아닌가. 필요하면 일단 부딪쳐 보는 것이 지금까지 여행에서 얻은 교훈이었다.

숙소에선 인근에서 가장 크고 시설도 좋다는 '어셈블리 처치 호스피털(Assembly Church Hospital)'을 소개해주었다. 택시를 타고 도착해 확인해 보니 정식 명칭이 '머시 호스피털(Mercy Hospital)'이었다. 담장이 허물어진 채 방치되어 있었지만, 병원 내부는 깔끔했고, 직원들도 친절했다.

우리는 병원으로 가면서 여권과 한국에서 가입한 보험증명서 등을 일일이 챙겼다. 올리브는 병원에서 멜론의 증세를 영어로 설명하려면 복잡하다면서 증세를 하나하나 확인하고 이를 기록했다. 언제부터 배가 아팠고, 어제는 무엇을 먹었고, 어느 부위가 얼마나 아프고, 설사는 몇 번 했고, 현재의 상태는 어떠한지를 모두 기록하고, 영어 설명도 준비했다. 영어 설명이 어려운 부분은 미리 단어를 확인했다. 두 아이를 낳고 키워온 엄마의 섬세함이 놀라웠다.

병원에 도착해 증상을 말하니 바로 응급실로 안내했다. 응급실에 들어가니 수련의로 보이는 젊은 의사가 멜론을 침대에 눕힌 다음 배를 누르며 진찰했다. 올리브가 미리 기록해 둔 메모를 보면서 멜론의 증세를 설명했다. 젊은 의사는 멜론의 표정과 올리브의 설명을 듣더니 단순한 배탈로 결론내렸다. 심각한 상태는 아니라며 약을 먹으면 되므로 처방을 내려주겠다고 했다. 그러는 사이에 40대 후반에서 50대 초반으로 보이는 중년의 전문의가 응급실로 들어왔다. 멜론의 증세에 대해 설명을 듣더니 싱긋 미소를 지었다. 시원시원하고 활달한 이 의사는 단순한 배탈이니 걱정하지 않아도 된다고 했다. 그리고 배가 다시 아프면 먹이라며 약 처방을 해주었다.

우리는 약 처방전을 들고 수납을 한 다음, 병원 한쪽의 약국에 가서 약을 받았다. 인도의 의약 시스템 역시 한국과 비슷했지만, 분업이 이루어지지 않은 상태여서 병원에서 바로 약을 받을 수 있었다. 비용도 많이 들지 않았다. 아침부터 멜론의 배탈에 민감해져 있던 가족 모두 상태가 심각하지 않은 단순 배탈이라는 데 안도했다.

"멜론 덕분에 인도 병원도 다 구경했네. 근데 인도 병원도 괜찮지 않냐? 멜론 진찰한 의사도 멋있었지? 그지?" 계속 긴장해 있던 가족의 분위기를 누그러뜨리기 위해 내가 병원을 나서면서 큰 소리로 말했다. 모두들 안도하는 표정으로 미소를 되찾았다.

역시 건강은 알찬 여행을 위해선 필수다. 지금까지 중국에서 네팔, 인도를 거쳐 오면서 험난한 과정이 많았지만 병원 신세를 진 것은 이번이 처음이었다. 그만큼 서로 건강에 대해 신경을 많이 써 왔지만, 아무래도 여행이 길어지면서 조심성이 떨어져 탈이 난 것 같았다.

그런 가운데서도 멜론이 배탈로 힘들어하자 모두 멜론을 위로하고, 힘을 내도록 배려하고, 도와주려는 모습을 보였다. 평소에는 잘 몰랐지만, 멜론이 힘들어하자 모두 신경을 집중하면서 전폭적인 사랑을 보여주었다. 멜론의 배탈로 일정에 차질이 생겼지만, 그것 이상으로 더 많은 것을 얻었다. 덕분에 여행하면서 체험하기 어려운 인도 병원도 알게 되었다. 멜론은 병원을 다녀온 후 약을 먹지도 않았는데도 상태가 빠르게 호전되었다. 역시 심리적 영향이 컸다.

콜카타
테레사 센터에서의 봉사활동

'성녀' 테레사가 뿌린 기적의 씨앗

  장기 해외여행을 하는 중에 다국적 여행자들과 섞여 자원봉사를 한다는
것은 결코 낭만적인 일이 아니다. 콜카타에 와서도 모든 것이 막막하기만 했
다. 인터넷과 론리 플래닛을 통해 여러 차례 관련 내용을 확인했지만, 마음
한 구석에는 실체를 알기 어려운 불안감이 있었다.
  첫째는 모르는 사람들과 어울려야 한다는 마음의 부담감이었다. 여행을
하면서 아무리 스스럼이 없어졌다 하더라도 낯선 사람과 만나 대화를 나누
거나 봉사활동을 하는 것은 아무래도 쉽지 않다. 둘째는 우리가 가진 것이
라고는 봉사활동을 하고자 하는 의욕 하나뿐이라는 점이었다. 기술이 있는
것도 아니고, 특별한 재능이 있는 것도 아니다. 우리가 무엇을 해줄 수 있을
지 막연하기만 했다. 셋째는 영어가 서투니 봉사활동을 진행하는 사람은 물
론, 외국인 봉사자들과 어떻게 어울려 의사 소통을 해야 할지 자신감이 없었
다. 한국이라면 다른 사람에게 물어볼 수도 있겠지만, 여기는 다국적 봉사자
들이 모이는 곳 아닌가. 혹시라도 어떤 예기치 않은 상황이 발생한다면 어떻
게 할 것인가. 넷째로 현지 사정에 어둡고, 봉사활동이 어떻게 이루어지는지
에 대한 정보가 부족한 점도 불안감을 가져다주었다. 테레사 센터의 수녀님
들과는 의사 소통이 잘 될지, 봉사활동을 한다고 폐만 끼치는 것은 아닌지

막연히 불안했다.

콜카타에서 자원봉사를 하자고 호기롭게 얘기하고 가족을 이끌고 왔지만, 나 역시 이런 불안과 두려움을 떨쳐낼 수 없었다. 가족 누구에게도 말하지 않았지만, 멜론의 배탈이 '혹시 봉사활동에 대한 부담감에 꾀병을 부리는 것은 아닐까?' 하는 생각이 들기도 했다. 그렇지만 해보고 싶었다. 한번 부딪쳐 보기로 했다. 밑져야 본전 아닌가. 시도하지 않으면 테레사 센터가 어떤 곳인지 알 수도 없고, 우리의 능력도 알 수 없다.

콜카타는 인도에서도 가장 취약한 지역으로, 테레사 수녀는 이곳에서 50년 동안 빈민과 어린이를 돕는 활동을 펼쳐 성녀(聖女)라는 칭호까지 얻었다. 이 공로로 1979년 노벨 평화상을 수상했고, 그 뜻을 잇는 봉사활동이 전 세계에 확산되어 있다. 특히 콜카타에서는 특별한 재능이 없는 사람도 참여할 수 있는 다양한 봉사 프로그램이 있어 전 세계에서 봉사자들이 몰려드는 곳으로 유명하다. 론리 플래닛에는 월요일과 수요일, 금요일 오후 3시에 자원봉사자 등록을 한다고 되어 있었다. 우리는 등록에 앞서 그곳이 어떤 곳인지 파악할 겸 콜카타에 도착한 다음 날인 월요일에 센터를 방문했다. 멜론이 배탈로 병원을 찾기 전날이었다.

이곳의 정식 명칭은 '사랑의 선교회(Missionaries of Charity) 마더스 하우스(Mother's House)'다. 줄여서 '마더 하우스'라고도 하며, 테레사 센터라고도 부른다. 우리가 머물고 있는 서더 스트리트와 멀지 않아 걸어서 20분 만에 도착하였다. 우리는 주택가의 작은 골목을 통과했는데, 사람들이 길거리에서 수돗물을 받아 목욕을 하고, 길옆 도랑에는 오물로 뒤범벅이 된 시커먼 물이 흥건했다. 어린이든, 노인이든, 남자들은 거기에 오줌을 누었고, 길에는 쓰레기가 지천이고, 집들은 거의 허물어질 듯했다. 바라나시와 마찬가지로 최소한 10~20년 사이에 집을 새로 짓거나 수리한 곳이 없어 보였다. 시큼한 냄새가 코를 찌르는 쓰레기장에는 돼지와 사람들이 뒤섞여 쓰레기 더미를 뒤지고, 석탄을 망

콜카타 마더 하우스를 알리는 작은 간판 마더 하우스는
테레사 수녀가 살면서 봉사활동을 펼쳤던 곳이다.

치로 두들겨 깨트리는 사람들, 길
거리에서 시커먼 기름에 음식을 튀
기는 사람들이 곳곳에 있었다.

그런 골목을 지나 노란색 팻말
을 따라 마더 하우스에 도착하
니 12시 가까이 되었다. 마더 하우
스는 12시에 문을 닫으므로 가까
스로 문을 닫기 전에 도착해 마더
하우스를 돌아보고 봉사활동 참
여 방법을 확인했다. 알고 보니 봉
사활동은 굳이 월, 수, 금요일 오
후 3시에 등록을 하지 않아도 가능했다. 봉사활동이 없는 목요일을 제외하
고 오전 7시까지 이곳으로 오기만 하면 누구나 봉사활동에 참여할 수 있다.
6시 이전에 오면 수녀들의 미사에도 참여할 수 있다. 자원봉사는 오전에 진
행되고 오후에는 자유로운 시간을 가질 수 있다.

마더 하우스에 들어서니 조용하고 경건한 공기가 전체를 감싸고 있었다.
옷깃을 여미게 하는 분위기였고, 우리를 맞은 수녀들도 아주 낮은 소리로 말
했다. 건물 1층에 테레사 수녀의 무덤이 있고 참배하러 온 사람들이 무덤 앞
에서 기도를 올렸다. 옆의 작은 방은 기념관으로 만들어 테레사 수녀의 일생
을 되돌아보게 하였다.

마더 테레사는 1910년, 지금은 마케도니아의 수도인 소코프제에서 독실한
가톨릭 신자였던 알바니아계 부모 밑에서 태어났다. 부모는 테레사가 태어
나자마자 세례를 주었고, 그녀는 '꽃봉오리'라는 의미를 가진 곤시아 아그네
스라는 세례명을 얻었다. 어려서부터 천주교에 심취한 아그네스는 18세 되던
1928년 수녀의 길을 가기로 마음먹고 아일랜드 더블린의 수도원으로 들어

가, 거기서 '테레사 자매(Sister Teresa)'라는 새로운 이름을 얻었다. 2개월에 걸친 기본 교육을 마친 다음 그녀가 희망했던 인도로 넘어왔다. 인도에선 북동부 벵골의 로레토 수녀원에 들어가 2년 동안 수련 생활을 했다. 독서하고, 공부하고, 기도하던 시간이었다.

수련 생활을 마치고 1931년 콜카타로 돌아와 세인트 메리 벵골리 미디엄 스쿨(St. Mary's Bengali Medium School)에서 집 없이 떠도는 어린이들에게 지리와 교리문답을 가르치기 시작했다. 인도의 열악한 환경과 어린이들의 비참한 삶을 확인한 테레사는 1937년 가난한 사람들과 함께 봉사하는 삶을 살기로 맹세했으며, 이때부터 '마더 테레사(Mother Teresa)'로 불리게 되었다. 이곳에서 13년째 봉사활동을 하던 1944년 이 학교의 교장이 되었다.

가난한 사람 가운데서도 가장 가난한 사람들을 위한 삶을 살기로 결심한 테레사는 38세 되던 1948년 검은 수녀복 대신 파란색 테두리를 한 흰 무명 사리(Sari, 인도 여성들이 몸에 두르는 천)를 입고 빈민가로 들어갔다. 처음에는 혼자서 빈민들에게 먹을 것을 주고, 청소를 하고, 환자들을 돌보았지만, 시간이 지나면서 수녀와 자원봉사자들의 동참이 늘어났다. 1949년에 어린이들을 위한 첫 학교를 열었는데, 나무 아래가 교실이었고 흙바닥이 칠판이었다.

인도가 영국의 식민지배에서 독립한 1940년대 후반~1950년대 초반 콜카타의 상황은 최악이었으며, 테레사가 활동하던 빈민가는 눈을 뜨고 보기 어려운 지옥이 되고 있었다. 당시 인도에서 힌두교와 이슬람 세력이 종교 갈등을 빚다가 순수 이슬람 세력이 파키스탄으로 분리 독립하면서 인구의 대이동이 일어났다. 이슬람교도 가운데 원하는 사람은 파키스탄으로 이동했으며, 파키스탄 지역에 있던 비이슬람교도들은 콜카타로 대거 유입되었다. 사회기반 시설이 갖춰지지 않은 상태에서 인구가 폭증하자 사상 최악의 기아 사태가 발생했다. 돌보는 사람도 없이 길거리에서 사람들이 굶어죽는가 하면, 죽은 사람의 시체를 쥐가 뜯어먹고, 구더기가 들끓었다. 테레사는 이 비참한 상황

테레사 수녀의 무덤 마더 하우스 건물 1층에 자리 잡고 있으며, 꽃으로 '세상에 기쁨을'이라는 글귀가 쓰여져 있다.

을 두 눈으로 보면서, 온 힘을 다해 버려진 사람들을 돌보았다.

　도움이 필요한 사람이 늘어나고 테레사의 활동에 동참하는 사람들이 늘어나자 1953년에 콜카타 빈민가에 수녀들이 거주할 수 있는 공간을 얻어 문을 열었다. 이것이 오늘날 테레사 센터라고 불리는 '사랑의 선교회 마더스 하우스'의 원조다. 마더 테레사의 활동이 알려지면서 같은 운동이 1959년엔 델리와 봄베이 등 인도의 다른 도시로 확산되었고, 1965년 베네수엘라를 시작으로 전 세계로 확산되는 등 참여하는 사람이 늘어났다.

　빈자들을 위해 평생을 헌신해온 마더 테레사는 국제 사회의 관심을 받아, 1979년 노벨 평화상을 받았다. 이는 테레사 수녀의 활동에 대한 관심을 증폭시키는 역할을 했다. 세계 곳곳에서 강연 요청이 쇄도하였고, 가난한 사람들을 돕는 데 도움이 된다면 어느 곳이나 달려갔다. 쇠약해진 몸에도 가난한 사람들을 위한 활동을 멈추지 않았던 테레사 수녀는 1997년 87세를 일기로 콜카타에서 조용히 숨을 거두었다. 테레사는 전 세계인의 애도 속에 평생 활동한 콜카타 빈민가 한가운데 세워진 마더 하우스에서 영면에 들었다.

2011년 현재 전 세계 120여 개국에 750개의 센터가 설립되어 가난한 사람들을 도와주고 있다. 한국에도 인천과 안산, 광주 등 세 곳에 센터가 있다. 질병이나 전쟁, 지진, 홍수 또는 기근으로 지구 어느 곳에서든 고통 받는 사람이 있다면 이제 '마더 테레사'가 그들과 함께하는 것이다. 한 사람의 숭고한 헌신과 봉사가 엄청난 변화를 몰고 오고, 사람들에게 영향을 주고, 영감을 주고 있는 것이다. 신의 기적이 있다면, 바로 이것이 아닐까. 시작은 미약하고 소박했지만, 한 사람의 헌신이 세계를 바꾸는 기적 말이다.

'테레사의 아침식사'로 시작되는 봉사활동

우리는 마더 하우스를 방문한 다음 날부터 봉사활동에 참여할 계획이었으나, 멜론의 배탈 때문에 하루 쉬고 수요일에야 시작할 수 있었다. 당초 생각했던 것보다 봉사활동 기간이 줄어들어 아쉬웠지만, 참여에 의미를 두기로 하고 아침 6시 20분께 숙소를 나섰다. 이틀 전 처음 방문할 때 갔던 남루한 길을 따라 마더 하우스에 도착하니 많은 자원봉사자들로 앞뜰이 붐비고 있었다. 프랑스와 이탈리아, 영국 등 유럽인들이 많았지만, 한국인들도 많이 눈에 띄었고, 일본인들도 보였다. 7시가 되자 작은 홀에서 자원봉사자들의 식사가 시작되었다. 빵과 바나나, 짜이로 이루어진 소박한 식사였다. 테레사 수녀가 평소에 먹었던 메뉴로, '테레사의 아침식사(Teresa's Breakfast)'라고 불린다. 하지만 다른 어떤 산해진미보다 만족스럽고 달콤했다. 마시고 난 찻잔은 봉사자들이 직접 씻었다.

식사를 마치자 한 수녀가 나와 간단한 기도를 한 다음, 오늘의 일정을 소개했다. 거기엔 오늘이 자원봉사 마지막 날인 사람도 있었고, 우리처럼 처음 온 사람도 있었다. 오늘이 마지막 날인 사람들을 가운데로 불러 모은 다음, 감사의 마음과 이별의 아쉬움을 담은 노래를 불러주었다. 그들과 함께 봉사 활동을 했던 사람들은 포옹을 하면서 작별 인사를 나누었다. 마더 하우스의 경건한 분위기와 달리 봉사자들이 모인 곳이라서 그런지 활기가 넘쳤다.

그런 다음 각자 봉사활동을 하는 곳으로 떠나기 위해 마더 하우스를 나섰다. 처음 온 사람들에게는 어느 곳으로 가면 되는지 즉석에서 장소를 배정해 주었다. 우리 가족은 어린이와 장애우들이 지내는 다야단(Dayadan)에 배정되었다. 장소를 배정받고 문을 나서니 한 봉사자가 'Dayadan'이라고 적힌 팻말을 들고 있었다. 우리는 그 옆으로 가서 출발하기를 기다렸다.

다야단으로 출발하는 사람들과 인사를 나누고 사람들이 다 모이자 시내 버스 정류장으로 향했다. 봉사활동을 잘 아는 사람들이 새로 참여한 사람들을 안내해주었다. 버스 차장도 매일 아침 봉사자들이 탑승하는 것을 알고 있어서 그런지 아주 친절했다. 20여 분 달리자 함께 탄 자원봉사자가 우리에게 "다야단! 다야단!" 하고 외치며 내리라고 손짓을 했다. 신속하게 내려 기다리던 오토릭샤에 올라탔다. 오토릭샤 운전수 역시 봉사자들을 잘 알고 있었고, 릭샤 가격도 1인당 6루피(약 140원)로 정해져 있었다.

마더 하우스에 도착할 때에만 해도 잔뜩 긴장했지만, 모든 일들이 자율적으로 척척 진행되었다. 특별히 봉사자들을 이끌거나 지도하는 사람은 없었지만, 어떤 혼란도 일어나지 않고 모든 일이 물 흐르듯이 진행되었다. 버스나 오토릭샤를 타고 내리는 것 모두 자원봉사자들 상호간의 신뢰와 애정, 도움 속에서 이루어졌다. 우리에게 말을 해 주거나, 눈짓이나 손짓으로 '이쪽으로 가자'고 알려주는 자원봉사자들 역시 처음에는 우리처럼 아무것도 모르는 사람들이었을 것이다. 하지만 이런 과정을 통해 이제는 신참자들을 이끌고 있다. 이게 자원봉사가 지닌 자율의 힘이다. 특히 창군과 동군, 멜론은 눈

봉사활동을 한 다야단 인근 거리 모습 수리한 흔적이 거의 없는 낡은 건물들이 즐비한 가운데 인력거가 주요 교통 및 물자 운송 수단으로 쓰이고 있다.

치가 빨랐다. 어떻게 하면 되는지 상황을 재빠르게 파악하고 나와 올리브를 이끌다시피 했다.

다야단에 와서도 상황은 비슷했다. 우리에게 무엇을 하라고 지시하는 사람은 없었다. 때문에 처음에는 무엇을 어떻게 해야 할지 막막했다. 전반적인 상황을 살피고, 다른 사람들이 어떤 일을 하나 지켜보기도 하면서 무슨 일을 어떻게 해야 할지 파악을 하는 게 중요했다.

다야단은 신체 또는 정신적 장애가 있는 아이들을 돌보는 시설이었다. 1층에는 장애가 다소 경미한 어린이들이, 2층에는 도움이 필요한 6~14세의 아이들 34명이 지내고 있었다. 우리는 2층에서 봉사활동을 했다. 대부분 거리에 버려져 있던 가여운 아이들이었다. 센터에서는 아이들의 사진과 이름을 적은 큰 게시판을 만들어 놓았다. 자원봉사를 할 때 아이의 얼굴과 이름을 미리 파악할 수 있게 한 것으로, 그래야 이름을 부르면서 아이들을 돌볼 수 있다.

처음에는 어떻게 해야 할지 몰라 어정쩡할 수밖에 없었다. 먼저 다른 사람들이 어떻게 하는지 이리저리 살펴보았다. 외국인 봉사자들은 아이를 각각 한 명씩 맡아 돌보고 있었다. 창군과 동군, 멜론은 시설을 이리저리 왔다 갔다 하더니, 빨래를 돕기 위해 옥상으로 올라갔다. 아이들의 적응력과 순발력이 빨랐다. 올리브는 한국에 있을 때 어린이집에서 장애우들과 많이 놀아본 경험이 있어서 그런지 능숙하게 움직였다. 올리브는 손과 발이 마비되어 잘 움직이지 못하는 아이의 손발을 열심히 주물러주었다. 그러자 아이가 갑자기 올리브를 와락 껴안았다. 올리브는 애정을 받지 못하고 자란 아이가 좋아서 그러는 것 같다며 따뜻하게 감싸안았다.

나도 용기를 내어 휠체어에 탄 한 아이의 손을 잡고, 발을 주무르면서 마음을 나누기 시작했다. 가능하면 나 자신을 버리고, 아이의 입장에서 교감을 주고받자고 생각했다. 자세히 보니 피부병인 듯도 하고, 심한 아토피나 부스럼 같기도 한 딱정이가 아이의 손과 발에 잔뜩 나 있었다. 상처는 거의 아물어 건조하고 딱딱해져 있었지만, 또래 아이들의 보드라운 피부가 아니었다. 몸도 제대로 가누지 못하고, 말도 하지 못하는 몸으로 이들이 겪었을 고생을 생각하니 딱하고 안타까웠다. 하지만 아이의 눈은 샘물처럼 맑았다.

다야단에 와서 처음에는 여기에서 지내는 아이들이 안타깝고 딱하게 보여 마음도 착잡하고 좀 우울하기도 했다. 하지만 아이의 이름을 부르고, 대화—물론 내가 거의 일방적으로 한국어와 영어를 섞어가면서 하는 얘기였지만—를 나누고, 손을 맞잡기도 하고, 손과 발을 주무르기도 하고, 흘러내리는 침을 닦아주면서 아이들과 마음이 서서히 통하는 것 같았다. 그러자 처음에 무겁기만 했던 마음도 좀 가벼워지고 따뜻해지기 시작했다.

내가 열심히 말을 걸고, 손과 발을 잡고 주무르자 아이도 고개를 끄덕이기도 하고, 얼굴을 일그러뜨리고 미소를 보내면서 나에게 말을 걸어왔다. 몸을 마음대로 움직일 수 없어 휠체어에 몸을 맡긴 상태였지만, 교감이 이루어지기 시작한 것이다. 우리의 대화는 인간이 만든 언어 이전의 언어, 바로 느낌을 통해 이루어지고 있었다.

아이들과 대화를 하고 있는 사이에 식사 시간이 되었다. 봉사자들은 아이들을 한 명씩 맡아서 식사를 도와주어야 했다. 옥상으로 올라가 빨래를 돕던 창군과 동군, 멜론도 어느 순간에 2층으로 내려와 각자 아이를 한 명씩 맡아서 식사를 도와주었다. 다른 봉사자들과 어울리면서 금방 익숙해져 있었다. 다야단 아이들은 생각보다 왕성하게 식사를 했다. 음식을 듬뿍 떠 입에 넣어주기 무섭게 꿀꺽꿀꺽 삼키고는 음식을 빨리 더 달라고 입을 벌리며 거친 숨소리를 토해냈다. 오랫동안 제대로 식사를 하지 못한 데 따른 일종의 정신적 상처 또는 배고픔에 대한 공포가 이들의 내면 깊숙한 곳에 자리 잡아 음식에 대한 욕구를 만들어 내는 것 같았다. 마음이 더 짠해졌다. 그래도 이 아이들은 여기서 이렇게 식사를 하고, 깨끗하게 씻고, 따뜻한 침대에서 편안하게 잘 수 있다는 것이 다행이다 싶었다.

그렇게 아이들과 함께 놀고 배식을 하면서 자원봉사의 방법과 자세에 대해서도 하나씩 이해할 수 있었다.

무엇보다 첫 번째 중요한 것은 아이들과 함께 즐겁게 보내려는 마음이다. 눈높이를 아이들에 맞춰 낮추고, 이들을 세심하게 관찰하면서 나의 긍정적이고 즐거운 에너지를 공유하도록 하는 것이다. 그러기 위해서는 나 자신이 '즐기는 자세'가 필요하다.

둘째는 자신의 생각대로 행동하지 말고, 도움을 필요로 하는 사람의 입장에서 생각하고 행동해야 한다는 것이다. 이들은 신체의 일부가 마비되어 있거나 오랫동안 치료를 받지 못하고 방치되어 있던 상태여서 감각기관 등이 비장애인과 다를 수 있다. 때문에 손이나 발을 주무르거나 걷기 운동을 시킬 때에도 이들의 상태를 우선적으로 고려해야 한다.

셋째는 봉사활동을 한다고 이것저것 '간섭'하기보다는 하나를 하더라도 집중해서 끝내야 한다는 것이다. '봉사활동 참가자는 어떤 일을 하더라도 자신이 활동하는 기간에 끝낼 수 있는 일을 해야 한다'는 것은 가장 기본적인 원칙 중의 하나다. 자신이 맡은 것은 끝까지 수행하되, 중간에 끝내야 할 때에는 현지 스태프에게 그 사실을 정확하게 알리고 움직여야 한다.

넷째는 한 아이에게만 지나친 애정을 주지 않도록 해야 하며, 돈이나 선물 같은 것을 남기지 말아야 한다는 것이다. 자원봉사자는 일정 기간이 지나면 떠나는 존재다. 특정한 아이에게 지나친 애정을 주고 훌쩍 떠난다면 아이는 또 다른 상실감을 가질 수 있다.

다야단의 장애우 시설에는 자원봉사자들을 위한 작은 방이 하나 마련되어 있다. 봉사자들은 이 방에서 짜이도 나누어 마시고, 간식도 하면서 봉사자들 사이에 대화를 나눌 수도 있다. 올리브는 그 방을 둘러보더니 자원봉사자의 자세를 담은 게시물을 찾아내고는, 나와 아이들에게 하나하나 설명해주었다. 이곳에서의 자원봉사는 나 자신의 평소 행동을 돌아보는 중요한 계기가 되었지만, 특히 덤벙대고 함부로 날뛰던 아이들이 주변에 신경을 쓰는 것을 배우는 좋은 기회가 되기도 했다. 평소처럼 막 행동하는 것은 여기선 금물이기 때문이다.

나도 아이들에게 의욕만 갖고 이것저것 손을 대려 하지 말고, 하나를 잡으면 다른 사람, 특히 여기 스태프들이 신경 쓰지 않아도 되도록 끝까지 책임져야 한다는 것을 여러 차례 강조했다. 아무래도 아이들이 봉사활동을 하려는 의욕이 강하다 보니, 여기 저기 손을 대는 것이 마음에 걸렸기 때문이다. 작은 일을 하더라도 집중해서 책임지고 끝내는 자세는 봉사활동을 하면서 얻은 귀중한 경험 중의 하나였다.

배식을 마치고 입 주변을 깨끗이 닦아준 다음, 아이들을 각자의 침대로 이동시켰다. 식사를 한 다음 휴식을 취하도록 하는 것이다. 점심까지 배불리 먹어서 그런지 아이들은 아주 행복해했다. 일부 아이는 품에서 떠나지 않으려고 봉사자를 꽉 끌어안아 난감하게 만들기도 했다. 그럴 경우 살짝 안아 마음을 안정시킨 후 천천히 몸을 일으키면서 작별 인사를 해야 했다. 창군과 동군, 멜론도 아이들을 하나씩 맡아 정성스럽게 침대로 옮겼다.

배식과 침대 이동까지 끝내니 벌써 12시 가까이 되었다. 별로 한 일도 없는 것 같은데, 봉사활동 시간이 훌쩍 지나가 버렸다. 말도 통하지 않고, 무엇을 해야 할지 우왕좌왕하기도 했지만 귀중한 경험이었다. 이곳의 봉사활동이 어떻게 이루어지는지도 대략적이나마 이해할 수 있었다. 사실 봉사자들 한 사람 한 사람이 하는 일이 별일이 아니라고 할 수도 있지만, 그 일들은 수녀 들과 직원들에겐 엄청난 일거리다. 자원봉사가 필수적인 곳이다.

해외 봉사활동에도 '한류' 바람?

오전 자원봉사를 마치고 다야단 인근 식당에서 식사를 한 다음 숙소 근처 의 파크 스트리트를 돌아다니다 오후 3시에 다시 테레사 센터로 향했다. 신 규 자원봉사자 등록과 오리엔테이션에 참가하기 위해서였다. 자원봉사는 목요일을 제외하고 오전 7시에 테레사 센터에 오면 참여할 수 있지만, 봉사 자의 관리를 위해 월, 수, 금요일 오후 3시에 신규 참여자 등록과 오리엔테이 션을 한다. 신규 자원봉사자가 모두 모이니 100명 가까이 되었다.

오리엔테이션은 각 국가별 또는 지역별로 진행되는데, 한국은 자원봉사자 들이 많아 별도로 이루어졌다. 인원이 몇 안 되는 국가는 공동으로 진행되는 는데 이럴 때는 영어를 사용한다. 한국인 참여자들은 20명이 넘어 한국어로 오리엔테이션을 진행했다. 대부분 대학생들이었고, 가족 단위는 우리가 유일 했다. 우리 가족이 세계일주 여행을 다니고 있으며, 봉사활동을 위해 콜카타 까지 왔다고 하니 모두들 감탄사를 쏟아냈다. 봉사활동을 제대로 하고 있는지 확신을 하지도 못하는 상황에서 관심을 받으니 겸연쩍었다. 오리엔테이션은 여기서 1개월 이상 봉사활동을 하고 있는 다른 봉사자가 진행했다.

콜카타에서 일반인들이 자원봉사할 수 있는 센터는 일곱 개다. 어린이와 장애우를 수용하고 있는 시슈바반과 다야단, 장애가 있는 성인과 질병으로 고생하는 사람들을 위해 슬럼가에 만든 프렘단, 중증 환자를 수용해 일종의 호스피스 역할을 하고 있는 칼리가트, 남성 경증 장애인을 위한 나보지본, 장애 여성을 수용하는 샨티단 등이었다.

각각의 센터에서는 거기서 생활하는 사람들의 연령 및 상태에 따라 조금씩 다른 일들을 한다. 장애 어린이들을 수용하는 시슈바반과 다야단에서는 주로 빨래와 기저귀 갈기, 씻기기, 점심 배식, 설거지 등의 봉사활동을 한다. 콜카타에서 가장 큰 센터로 300명을 수용하는 프렘단에서는 물청소와 빨래 및 약품 공급 등의 활동을 하고, 콜카타에서 가장 먼저 생긴 칼리가트에서도 청소와 환자들 씻기기, 빨래 등의 일을 한다. 나보지본과 샨티단에서도 청소, 빨래, 씻기기 등을 한다. 따라서 특별한 기술이 없는 사람도 도와줄 수 있는 일들이 많다.

봉사활동을 하면서 확인한 것이지만, 이들 센터에 수용되어 있는 사람들은 모두 도움을 필요로 하는 사람들로서 해야 할 일들이 많다. 사실 봉사자들 없이 그 모든 것을 수녀들이 한다는 것은 불가능하다. 기본적으로 빨래와 청소 일이 많다. 이들 센터에서 생활하는 사람들은 모두 장애를 갖고 있어 빨래거리가 엄청나게 많이 나온다. 매일 빨래와 청소를 해야 이들이 그나마 청결한 환경에서 지낼 수 있다. 배식을 하는 것도 스스로 식사를 할 수 없는 사람들이 많아 도와주어야 하며, 씻기고 침대에 눕히는 것도 봉사자들을 필요로 한다.

센터에서는 또 매주 목요일을 봉사자의 날로 정해 이들 센터에서 봉사활동을 하지 않는 대신, 나병 환자촌을 방문하거나 봉사자들이 친목을 다질 수 있는 활동을 진행하고 있다.

　봉사자들은, 최소한 1주에서 3~4주 정도 봉사를 하는 사람들이 대부분이다. 우리가 머물고 있는 파라곤 게스트하우스에도 한국에서 온 봉사자들이 많이 숙박하고 있었는데, 겨울 방학을 이용해 3~4주 봉사활동을 한 다음 한두 군데 여행을 하고 한국으로 돌아가려는 젊은이들이 많았다. 2007년 말 서해안에서 유조선 기름 유출 사태가 발생하자 수많은 사람들이 자원봉사에 참여해 감동을 준 '태안의 기적'이 떠올랐다. 자원봉사에 적극적으로 나서는 젊은이들이 많고, 사람들의 관심이 많은 한, 한국에 희망이 있을 것이란 생각이 저절로 들었다.

　등록과 오리엔테이션을 마치니 벌써 날이 어둑어둑해졌다. 숙소로 돌아오는 길에 서더 스트리트 근처의 홍콩반점(香港飯店)에서 식사를 하는데 마침 한국 대학생 세 명이 식당으로 들어왔다. 마더 하우스에서 자원봉사 오리엔테이션을 함께 받은 대학생들이었는데, 우리 가족을 금방 알아보았다. 이들은 대학의 봉사서클 선후배들로 겨울방학을 이용해 봉사를 하기 위해 왔다고 했다. 만난 지 시간이 얼마 지나지 않았는데도 마치 오랜 친구를 만난 것처럼 반가웠다. 함께 같은 길을 가고 있다는 공감대 때문이었을 것이다. 사랑이란 서로를 마주보는 것이 아니라 같은 방향을 향하는 것이라 했던가.

　숙소로 돌아오니 피로가 몰려왔다. 그러고 보니 오늘은 아침 6시에 일어나 오전에는 봉사활동을 하고, 오후에는 등록과 오리엔테이션에 참여하는 등 하루 종일 테레사 센터에서 지낸 셈이 되었다. 일찌감치 씻고 침대에 들었다. 맛보기 수준이지만 봉사활동에 참여했고, 그럼으로써 콜카타에 온 목적을 조금씩 이루어가고 있다고 생각하니 뿌듯했다. 여행도 여행이지만, 의미 있는 일을 하는 게 더 큰 만족감을 주었다.

콜카타
'아이들의 눈빛이 달라졌어요'

영국 식민지의 그늘을 벗어나지 못한 인도

봉사활동을 하겠다고 콜카타까지 왔는데 실제 봉사활동은 3일밖에 하지 못하는 상황이 되었다. 월요일엔 봉사활동이 이미 끝난 시간에 테레사 센터를 방문해 봉사활동에 참여하지 못했고, 화요일엔 멜론의 배탈로 건너뛰고, 수요일이 되어서야 비로소 봉사활동에 참여했지만, 다음 날인 목요일은 봉사활동이 없는 날이었다. 우리는 일요일 아침에 기차를 타고 델리로 이동할 계획이어서, 남은 건 금요일과 토요일 이틀밖에 없었다. 당초 일정대로 델리로 이동할지, 아니면 델리 이동 일정을 조금 늦추어 봉사활동을 더 해야 할지, 결정을 내리지 못하고 목요일 아침을 맞았다.

그런데 숙소가 이상할 정도로 조용했는데, 오늘 테레사 센터의 자원봉사 활동이 없기 때문인 것 같았다. 저렴한 숙소인 이곳 파라곤 게스트하우스에는 봉사활동을 하는 사람들이 많이 묵고 있었다. 거기엔 한국인 봉사자들도 있었다. 봉사활동에 참가하려면 아침 6시에는 일어나야 하는데, 오늘은 봉사활동이 없으니 일찍 일어날 필요가 없는 것이다.

우리는 일전에 갔다가 되돌아온 빅토리아 메모리얼을 비롯해 주요 명소들을 돌아보기로 했다. 아이들도 봉사활동이 없어 마음이 가벼워져서 그런지 일찍 일어났다. 아침식사를 위해 서더 스트리트를 돌아다니다가 흥미로운 식당을 발견했다. 창군이 한국인 자원봉사자들로부터 괜찮은 식당이라고 소개받은 곳이었는데, 허름한 길거리 식당이었다. 평소에도 사람들이 많이 붐비기도 했지만, 너무 허름한데다 위생 상태에 대해서도 확신이 들지 않아 눈여겨보지 않았었다. 이날 아침에도 손님이 적지 않았다. 창군이 괜찮다고 해서 간판을 살펴보니 'Korean Food'라는 글자와 함께, 김치볶음밥과 밥을 곁들인 김치 수프 같은 한국 요리가 영어로 쓰여 있었다.

티루파티(Tirupati)라는 이 음식점에서 우리도 가지김치밥, 김치찌개 등을 주문해 먹었다. 밥 위에 김치와 가지볶음을 얹거나 김치찌개를 얹은 요리였다. 요리의 핵심은 김치였고, 생각보다 맛있었다. 모처럼 뜨끈하고 얼큰한 김치찌개 국물이 들어가니 속이 확 풀리는 것 같았다. 가격도 저렴해서, 평소 식사값의 3분의 1 정도인 35루피(약 800원)에 불과했다. 식당—길거리에서 음식을 만들어 주고, 사람들은 길거리에 죽 늘어앉아서 먹는 포장마차나 마찬가지지만—엔 손님들로 항상 붐벼서 주문하고 한참을 기다려야 했다.

사연이 궁금해 식당 사장에게 물어보니, 20년 전 한국인 친구가 김치 요리법을 가르쳐주어 김치 요리를 제공하고 있다고 했다. 친절하며 여유가 넘치는 사장은 아홉 명의 자녀를 두고 있으며, 손주가 넷이나 된다고 했다. 지금처럼 겨울철엔 다양한 야채가 생산되고 공급도 충분해 문제가 없지만, 몬순 시즌에는 야채 값이 크게 올라 김치 만드는 데 어려움이 있다고 했다. 네팔 포카라의 소비따네와 같은 사연을 지닌 흥미로운 곳이었다.

빅토리아 메모리얼은 이번에도 엄청난 관람객들이 줄지어 서 있었다. 이 기념관은 '해가 지지 않는 대영제국'을 건설한 빅토리아 여왕의 서거(1901년)를 추모하기 위해 1906년 착공되어 1921년 완공된 건축물이다. 여왕의 손자로 차후 왕으로 즉위한 조지 5세가 웨일즈 왕자로 불리던 시절에 만든 것으로, 중앙 홀을 대리석으로 만들고 거대한 돔 형태로 덮은 콜카타의 대표 건물이다.

건물은 중앙 홀을 중심으로 네 개의 날개가 H자 형태로 배치되어 있다. 빅

빅토리아 메모리얼 콜카타의 대표적인 건축물로 빅토리아 여왕을 추모하기 위해 조지 5세가 1921년 완공하였다.

토리아 시대의 전통적인 건축 양식이다. 인도를 지배하던 당시 영국의 영화를 보여주는 듯했다. 돔 맨 위쪽에 조각해 얹은 4.9m(16피트) 높이의 〈승리의 천사(Angel of Victory)〉 상을 포함해 전체 높이가 56m(184.7피트)에 이르며, 건물의 규모가 가로 103m, 세로 69m에 이른다.

중앙 메인홀에서는 영국의 식민지배 당시인 1770~1835년 사이의 콜카타 모습을 화폭에 담은 예술가들의 작품전이 열리고 있었다. 런던에 있는 '캘커타 300주년 기금(Calcutta Tercentenary Trust)'과 유럽 및 미국의 지원을 받아 열린 전시회로, 영국 지배 당시 '캘커타'의 아름다움과 번성하는 모습을 담고 있었다. 전시회 안내문엔 "손에 잡힐 듯한 순수한 모습을 보여주고 있으며 이를 드러내는 예술가들의 환희가 담겨 있다"고 설명하고 있었다. 하지만 당시 인도인들이 겪었던 빈곤과 억압의 아픔이나 민족적 차별에 대한 언급은 없었다.

빅토리아 메모리얼을 돌아보면서 이것이 인도의 본래 모습인가 하는 의문이 떠나지 않았다. 인도의 시각으로 과거를 기억하는 것이 아니라 식민지배에 아련한 향수를 가진 영국인들의 시각으로 과거를 기억하는 것 아닌가. 진짜 인도는 어디에 있고, 인도인의 정신은 어디에 있는 것일까? 며칠 전 인도박물관에서도 떠올랐던 똑같은 질문이 여기서도 떠나지 않았다. 다른 한편으로 대제국을 건설하면서 세계 곳곳의 풍물과 지리, 생태를 철저히 조사하고, 기록하고, 자신들이 귀중하다고 생각하는 것을 보존하려는 영국인들의 열정도 놀라웠다. 함께 돌아보던 올리브가 뼈 있는 한마디를 했다.

"역사적으로 언제나 기록하는 자가 승리하게 되어 있어. 왜냐하면, 기록은 성찰을 주고, 성찰은 더 나은 미래를 만드는 발전의 원동력이 되기 때문이지. 기자(記者)가 이기는 거야."

"하하하. 그래 기자. 내가 기자야." 내가 맞장구를 쳤다.

빅토리아 메모리얼의 한편에 마련된 캘커타 갤러리(Calcutta Gallery)가 그나마 아쉬움을 달래주었다. 그 갤러리에는 캘커타의 성장과 캘커타 주민들의 민족적 자각, 정치적 대응 및 현재의 모습을 기록해 놓고 있었다. 영국의 식민지배에 많은 혜택을 받고 동시에 가장 큰 어려움에 처했던 도시가 바로 캘커타였으며, 인도의 독립을 위해 많은 사람들이 노력했다는 점을 다양한 역사적 사실들을 들어 설명하고 있었다. 동시에 새로운 캘커타 건설을 위한 노력들이 지금도 계속되고 있음을 보여주었다. 그런데 전시 방법이 좀 독특했다. 처음부터 인도의 독립과 민족적 각성, 새로운 캘커타를 건설하기 위한 노력에 초점을 맞추어, 말하자면 관람객의 정서적 반응을 이끌어내기 위해 의도적인 전시 기법을 쓰는 것이 아니라, 역사적 사실을 있는 그대로 소개하되 마무리하는 곳에서 인도의 시각을 간단히 보여주는 방법을 채택하고 있었다. 관람객들을 지루하게 만드는 전시 기법일 수도 있지만, 자신의 과거와 현재를 '객관적으로' 바라보기엔 더 나은 방법일 것 같았다.

그럼에도 불구하고 아쉬움이 많이 남는 빅토리아 메모리얼이었다. '캘커타'

라는 도시 명칭도 마찬가지였다. 원래 이곳의 이름은 '콜카타'였으나, 영국의 식민지가 되면서 '캘커타'로 바뀌었다. 그러다가 인도가 독립한 후 한참이 지난 1995년 전통 명칭인 '콜카타'로 이름을 바꾸었다. 그런데 빅토리아 메모리얼에선 식민지배 당시의 이름인 '캘커타'를 그대로 쓰고 있었다. 자신의 뿌리 찾기를 위해 콜카타를 쓰기로 했으면 이곳에서도 그렇게 하는 것이 마땅하지 않을까? 빅토리아 메모리얼은 100여 년 전 영국이 그나마 잘 만들어 놓아 관광명소가 되었을 뿐이지, 아직도 진정으로 인도의 것은 아닌 것 같았다.

일회용 흙컵에 담긴 인도의 오늘

빅토리아 메모리얼 탐방을 마치고 콜카타의 또 다른 명물로, 세계에서 가장 큰 보리수인 '그레이트 반얀트리(Great Banyan Tree)'를 보기 위해 식물원 보태니컬 가든(Botanical Garden)으로 향했다. 복잡한 버스를 타고 물어물어 가야 했지만, 사람들이 친절하고 영어가 통해 큰 문제는 없었다. 이 식물원은 전 세계의 주요 식물들을 전시하고 있었는데, 유명해진 이유가 바로 어마어마한 보리수 때문이었다. '반얀트리'란 인도가 원산지인 보리수의 일종으로, 벵골 보리수라고도 불리며 인도 북부 어디서나 볼 수 있다.

그레이트 반얀트리는 하나의 나무라기보다는 거대한 숲이었다. 나무에서 뻗어 나온 가지가 땅으로 내려와 뿌리를 내리고, 그것들이 얽히고설키면서 장관을 이루었다. 나무가 심어진 시기는 정확히 알 수 없으나 19세기의 여행 기록에도 언급되어 있는 것으로 보아 최소한 250년을 넘은 것으로 추산되고 있다. 이 나무는 오랜 기간 동안 자라면서 갖은 풍상을 겪어 1864년과 1867년에는 대형 사이클론의 피해를 입어 중심 가지가 부러지기도 했다고 한다. 현재의 나무 크기는 지름이 450m로, 웬만한 축구 경기장 몇 개를 합한 것만

그레이트 반얀트리 중앙에서 뻗어 나온 가지가 다시 땅에 뿌리를 내려 터널을 이루고 있다.

큼 크다. 아시아 최대다. 나무에서 뻗어 땅에 내린 뿌리가 2880개를 넘으며 지금도 계속 성장 중이다.

그레이트 반얀트리는 하나의 '경이'라 할 만했다. 신비스럽기도 하고, 신성시하기에 충분해 보였다. 보리수는 네팔에서부터 이곳저곳에서 보았지만, 이토록 큰 나무는 처음이었다. 하늘에서 내려와 땅에 내린 뿌리들은 다시 가지가 되었고, 그 사이로 사람들이 왕래했다. 우리도 그 나무 사이를 걸으며 경이적인 자연의 선물에 감탄사를 연발했다. 나무 안쪽의 중심 가지는 나무에 가려 보이지 않았다. 마치 엄청나게 많은 사람의 손과 발이 땅에 뿌리를 내린 듯했다. 멀리 뻗은 가지가 땅에 뿌리를 내리면서 나무가 이동하는 것 같은 환상을 불러일으켰다.

그레이트 반얀트리 주변의 공원에는 인도인들과 관광객들이 평화로운 시간을 보내고 있었다. 우리도 공원을 천천히 걸으면서 자연과 식물이 주는 평화로움과 여유를 즐겼다. 멜론은 길게 늘어진 나뭇가지에 매달려 타잔 흉내를 내기도 하고, 창군은 풍광을 카메라에 담느라 여념이 없었다. 올리브는 공원 중앙에 만들어진 호수와 그 호수를 장식하고 있는 연꽃을 하염없이 바라보며 명상에 잠기고, 동군은 별로 볼 것이 없다고 삐죽거리면서도

토기(土器)에 담긴 짜이 인도의 대표적 차로, 일회용 흙컵에 담아 판매하고 있다.

올리브와 착 달라붙어서 인도에 대한 대화를 이어갔다.

식물원을 나와 버스 정류장으로 가면서 흥미로운 것을 발견했다. 공원 입구의 상점에서 짜이를 팔고 있었는데, 그 짜이를 담은 잔이 진흙으로 빚은 컵이었다. 석기시대부터 사용해왔음직한 토기(土器), 흙으로 빚어 말린 일회용 컵이었다. 우리도 한 잔씩 마셨는데, 처음에는 괜찮지만 시간이 조금 흐르면서 뜨끈한 짜이에 흙이 살짝 녹아내리는 것 같았다. 이 컵이 얼마나 깨끗할지 위생 상태에 의문이 들기도 했지만, 이는 오늘날 인도를 읽는 가장 대표적인 상징물이라는 생각이 들었다.

흙컵을 사용한다는 것은 현대적 설비로 생산한 종이컵보다 저렴하고 경제적이기 때문일 것이다. 이는 종이컵 생산 설비가 마땅찮다는 것을 보여주며, 그만큼 취약한 인도의 산업생산 수준을 보여주는 것이기도 하다. 흙컵을 만드는 비용이 종이컵을 생산하는 비용보다 저렴한 것이다. 흙컵은 사람들이 일일이 손으로 빚어 그늘에 말린 것이다. 한 사람이 하루에 손으로 빚을 수 있는 흙컵의 양은 제한적일 수밖에 없다. 흙으로 컵을 빚으려면 괜찮은 흙을 파서 운반해야 한다. 그럼에도 그 모든 비용이 종이컵을 만드는 것보다 저렴하다면, 과연 흙컵을 만드는 사람의 인건비는 얼마나 될까. 최저 생계비에도 미치지 못할 것이 분명하며, 그렇다면 그들의 삶은 얼마나 곤궁할지 불문가지(不問可知)였다.

사람들은 짜이를 마신 후 흙컵을 길바닥에 휙휙 던지거나 가게 옆의 커다란 통에 버렸다. 우리도 마시고 남은 흙컵을 커다란 통에 던져 넣었다. '딸그락' 소리를 내며 흙컵이 통에 쌓였다. 폐기된 흙컵은 원래 그가 나왔던 대지로 다시 돌아갈 것이다. 자연에 흡수되는 시간도 얼마 걸리지 않을 것이다. 종이 컵보다 친환경적이라고 생각하기엔 거기에 담긴 고단함이 너무나 슬프게 다가왔다. 공산품 제조 기술이 발달하기 이전의 석기시대 물품이 지금도 사용되는 곳, 그게 바로 오늘날 인도의 한 단면이다.

다시 버스를 타고 콜카타 중심부로 돌아오니 어둠이 내려앉았다. 숙소로 돌아오던 길에 옷 가게에 들렀다. 창군이 바라나시에서부터 그토록 갖고 싶어 하던 '알라딘 바지'를 사기 위해서였다. 얇은 면이나 합성섬유 천을 원료로 바지의 품을 펑퍼짐하게 만들고 발목 부분을 동여맨 아주 편리한 스타일의 옷이다. 화려한 꽃무늬나 원색의 디자인 문양을 넣어 이국적인 느낌을 준다. 숙소 앞의 '선 샤인(Sun Shine)'이라는 작은 가게에 들렀는데, 가격도 괜찮고 종업원도 친절해 많은 여행자들이 이용한다고 했다.

창군이 들어가자 올리브와 동군, 멜론도 함께 들어가 한참 동안 옷을 살피고, 입어 보고, 흥정도 했다. 가격도 저렴하고 품질도 괜찮아 모두 알라딘 바지를 하나씩 사서 입고 나오는데, 방랑기를 잔뜩 머금은 인도 배낭여행자의 모습 그대로다. 뭐랄까, 약간 빈궁한 듯도 하고, 그러면서 영적으로, 정신적으로 무언가 새로운 것을 추구하는 듯한 분위기다. 이대로 한국으로 돌아간다면 다들 쳐다보겠지만, 인도에서는 딱 어울리는 복장이다. 인도를 돌아본 지 얼마 되지 않았지만, 우리는 인도에 서서히 중독되어 가고 있었다.

간절함을 담은 아이들의 눈빛

다음 날 아침 올리브는 새벽 6시에 시작하는 수녀들의 미사에 참석하기 위해 일찍 숙소를 나섰다. 올리브는 나중에 테레사 센터의 이 아침 미사 이야기를 여러 차례 했다. 새벽 대기에 퍼지는 수녀들의 낭랑하고 경건한 노랫소리와 기도문 외는 소리가 참석한 사람들을 신비스런 믿음의 세계로 인도하는 것 같았단다. 우리 부부가 종종 참석하던 크리스마스 미사보다 훨씬 경건하고 정결했다며 입에 침이 마르도록 경탄했다. 올리브가, 인도가 주는 어떤 영적인 분위기에 점점 빠져들고 있는 것 같기도 했다.

나와 아이들은 마더 하우스에 7시에 도착했다. 이틀 전과 마찬가지로 빵과 바나나와 짜이로 이루어진 '테레사의 아침식사'를 먹고 향후 일정을 소개받았다. 다음 주 목요일 자원봉사자의 날에는 나병 환자촌을 방문할 것이라며 그곳에 대해 설명했다. 또 올해 마지막 날인 내일 밤 11시부터 간단한 파티와 그에 이어 신년 자정미사가 진행된다며 봉사자들의 참여를 환영한다고 말했다. 나환자촌까지는 일정상 어렵지만, 신년 자정미사에는 우리도 관심이 많았다. 한 해를 마더 하우스에서 마감하고 새해를 맞는 것은 특별한 경험이 될 것 같았다.

버스와 오토릭샤를 갈아타고 다야단에 도착했다. 이틀 전 자원봉사 첫날에는 무엇을 해야 할지 상황을 파악하는 날이었다고 한다면, 오늘은 도착하자마자 할 일이 많았다. 어제가 자원봉사 활동이 없는 날이어서, 나와 있는 빨랫감이 엄청 많았다. 우리는 도착하자마자 다른 봉사자들과 함께 빨랫감이 쌓여 있는 3층 옥상으로 올라갔다.

팔을 걷어붙이고 빨래를 시작했다. 누가 무어라 할 것도 없이 한 사람은 세제를 넣은 통에 빨래를 집어넣고 발로 밟아 세탁을 했고, 다른 사람은 그것을 물에 헹구고, 다른 사람은 그것을 비틀어 짜고, 또 다른 사람은 그것을 옥상에 거미줄처럼 쳐져 있는 빨랫줄에 널었다. 각자 주변을 돌아보고 할 일이 보이면 망설임 없이 달려들어 일을 하면서 자연스레 역할 분담이 이루어졌다. 모두 봉사하려는 마음 한 가지로 왔으므로, 일이 이심전심으로 진행되었다.

아이들은 신이 났다. 창군은 발을 걷어붙이고 빨래 통에 들어가 튼튼한 발로 꾹꾹 밟아서 이불과 옷에 묻은 먼지와 때를 뽑아냈다. 동군과 멜론과 나는 다른 외국인 자원봉사자들과 함께 이를 물에 헹구고 비틀어 짜서 빨랫줄에 너는 일을 했다. 재빠르게 몸을 움직이는 아이들은 여기서도 인기가 높았다. 다야단의 현지인 아줌마는 우리 가족이 모두 와서 봉사활동을 하는 것에 많은 관심을 보이며, 특히 창군이 믿음직스러웠는지 연신 엄지손가락을 치켜세웠다.

빨래가 많아서 널 때에는 체계적으로 널어야 했다. 이불은 이불대로, 바지는 바지대로, 셔츠는 셔츠대로 널어야 나중에 그걸 쉽게 정리할 수 있기 때문이다. 우리가 빨래를 엉뚱한 곳에 널면 그 인도인 아줌마가 "노~ 노~" 하면서 과장되게 소리를 쳐 분위기를 활기 있게 만들기도 했다.

우리가 도착했을 때 텅 비어 있던 옥상이 빨래로 가득 찼다. 아이들이 덮는 작은 담요에서부터 알록달록한 셔츠, 두터운 잠바, 바지, 속옷, 크고 작은 수건 등등 빨래걸이가 부족해 담장에도 걸쳐 널어야 했다. 다행히 콜카타의 햇볕이 강하고 바람도 적당히 불어 빨래가 마르는 데는 최적이었다.

엄청난 빨래 다음은 옥상 청소였다. 우리가 빨래를 헹군 물을 떠다 옥상 바닥에 좍 뿌리면 인도인 아줌마가 빗자루로 구석구석 쓸어냈다. 콜카타는 매연과 먼지가 심해 옥상에 먼지가 많았고, 그것이 구석구석에 뭉쳐서 때가 두텁게 쌓여 있다. 오늘 같이 자원봉사자가 많은 날을 택해 이것들을 청소하였다. 나도 옥상 한 구석에 놓인 빗자루를 들고 먼지와 때를 싹싹 벗겨냈다. 창군과 동군, 멜론은 연신 물을 퍼 날랐다. 인도인 아줌마는 싱글벙글 하면서 "굿~, 베리 굿~"을 연신 토해냈다.

청소까지 마치니 짜이 시간이 되었다. 대체로 10시 30분에서 11시 사이인데, 2층의 자원봉사자들을 위해 마련된 작은 방에서 한 잔씩 했다. 다야단에는 우리 가족과 일본인 세 명, 이탈리아인 부부, 프랑스인 등 10여 명이 자원봉사를 했다. 거기엔 창군이나 동군 또래의 일본인 고등학생도 한 명 있었는데, 놀랍게도 자원봉사를 위해 혼자서 콜카타까지 왔다. 일본인들의 평균 실력(?)에 비해 영어도 잘했는데, 나이에 걸맞지 않게 진지하고 순수한 청년이었다. 내가 학교를 졸업하면 어떤 일을 하고 싶으냐고 물었다.

"기업인도 되고 싶고, 교사도 되고 싶어요. 하고 싶은 것이 많은데, 아직 잘 모르겠어요." 꿈 많은 청년이었다.

"모두 멋진 일이야. 고등학생이니 서두를 필요는 없어. 차분히 생각하고 목표를 정하도록 하게. 여기서 봉사활동 하는 것도 세상을 이해하고 꿈을 키우는 데 많은 도움이 될 거야."

내가 그 청년과 이런저런 대화를 나누자 옆에서 창군과 동군, 멜론이 잠자코 듣고 있었다. 그런 대견한 외국인 청년을 보는 것만으로도 많은 생각을 할 게 분명했다.

장애우들의 식사는 첫날 경험한 적이 있어서 어려움은 없었다. 식당에서 기다렸다가 배식 준비가 되면 한 명씩 맡아 식사를 도와주었다. 내가 맡은 아이는 식사를 아주 잘해 수월했지만, 동군이 맡은 아이는 계속 잠만 자려고 해 어려움을 겪었다.

동군은 아이가 식사를 하도록 음식을 뜬 수저를 입가에 가져가서는 "오케이, 오케이" 하면서 정성을 다했다. 그런 모습은 평소의 다소 덜렁거리는 모습과 확연히 달랐다. 창군과 멜론 역시 각자 맡은 아이들에게 집중했다. 그들의 눈빛에는 진지함과 간절함이 넘쳤다. 컴퓨터 게임을 비롯해 주로 흥밋거리에만 관심을 갖던 그들에게선 평소 볼 수 없던 눈빛이었다. 진짜 자원봉사자의 눈빛이고, 다른 사람을 도와주고자 하는 간절함이 담긴 짠한 눈빛이었다.

식사를 마치고는 아이들에게 물을 먹이고 입 주변을 깨끗이 닦아준 다음 아이들을 침대로 옮겼다. 휠체어를 침대 가까이 옮기고, 아이를 정성스럽게 안아 침대에 눕혔다. 그들은 도움이 필요한 상대방의 동작과 표정을 진지하게 살피고, 돌보는 아이들이 무엇을 원하는지 읽기 위해 열중했다. 자신이 아니라 외부의 대상에 집중하는 것은, 그들에게도 새로운 경험이었다.

그들이 지금까지 살아오면서 상대방에게 이렇게 집중한 적이 과연 얼마나 될까. 자원봉사는 자신이 가진 것, 자신의 재능이나 물질을 상대에게 주는 '일방적인' 행위가 아니다. 자신이 가진 것을 상대방과 나눔으로써 더 많은 것을 얻는 것이 자원봉사다. 창군과 동군, 멜론은 바로 그것을 여기서 경험하고 있는 것이다. 그들은 이미 달라져 있었다.

봉사활동 둘째 날은 첫째 날에 비해 훨씬 많은 진전이 이루어졌다. 봉사를 마치고도 시간이 충분해 콜카타를 가로질러 흐르는 후글리 강의 끝, 과거 영국 식민세력의 진출로였던 다이아몬드 하버(Diamond Harbour)까지 돌아보고 숙소로 돌아왔다. 버스는 남북으로 뻗어 있는 2차선 도로를 험상궂게 질주했다. 곡예운전의 정수였다. 남루한 마을들, 쓰러질 듯한 집들, 얼기설기 만들어진 가설 판매대들, 쓰레기와 오물로 뒤범벅이 된 마을 입구의 연못, 그리고 들판이 끝없이 이어졌다. 버스는 오토바이, 오토릭샤, 트럭 등으로 붐비는 도로를 연신 클랙슨을 울려대고 중앙선을 왔다 갔다 하면서 달렸다. 중앙선을 넘어 추월하다 앞에서 자동차나 오토릭샤가 나타나면 핸들을 확 꺾어 가까스로 충돌을 피했다. 교통사고의 천국 인도를 실감하였다.

숙소에 돌아오니 왁자지껄했다. 마더 하우스에서 자원봉사를 하면서 서로 알게 된 다국적 젊은이들이 기타를 치고, 노래를 부르면서 콜카타의 밤을 즐기고 있었다. 열정과 낭만을 가득 실은 젊은이들의 왁자한 웃음소리와 잔잔한 노랫소리가 낮게 깔렸다. 콜카타 곳곳엔 가난과 궁핍의 분위기가 물씬 풍기지만, 이처럼 낭만과 열정도 넘치고 있었다. 사랑과 봉사는 이를 연결하는 매개체였고 그 속에 우리 가족도 있었다.

다국적 봉사자의 길잡이가 된 가족

아주 짧은 콜카타에서의 '맛보기 자원봉사'가 끝나는 날이자, 한 해의 마지막 날이 밝았다. 우리는 콜카타에서 봉사활동을 시작한 이후 한 가지 문제를 가지고 몇 차례 논의했다. 원래 예정대로 토요일까지 봉사활동을 하고 델리로 이동할 것이냐, 아니면 콜카타에 더 머물며 봉사활동을 연장할 것이냐의 문제였다. 올리브는 봉사활동 기간을 늘리자는 의견을 냈다. 실제 활동 기간 3일로는 부족하며 일주일 정도를 해야 제대로 알 수 있을 것이라는 게 이유였다. 그러나 아이들은 미적미적했다. 의견을 적극적으로 개진하진 않았지만, 침묵의 배후에는 원래의 계획대로 델리로 이동하면 좋겠다는 생각이 자리 잡고 있었다. 사실 콜카타에 일주일을 더 머물 경우 향후 일정에 혼선이 생길 수 있었다. 결국 예정대로 움직이기로 했다.

어제 새벽미사가 너무 좋았다고 자랑을 늘어놓는 올리브를 따라, 어둠이 가시지 않은 오전 5시 30분 숙소를 나섰다. 콜카타 시내도 깊은 잠에서 서서히 깨어나고 있었다. 다시 지저분한 골목을 가로질러 6시에 마더 하우스에 도착해 바로 미사가 열리는 2층으로 올라갔다. 숙연하면서도 진지하고 평화롭고, 무엇인가를 간절히 갈구하는 듯한 미사가 시작되었다.

미사가 열린 2층 홀 입구엔 파란 테두리에 흰 무명천으로 만든 사리를 입은 테레사 수녀가 무릎을 꿇고 기도하는 모습을 실물 크기로 만든 조각이 놓여 있었다. 언뜻 봐서 혹 바람이 불면 쓰러질 듯 마르고 가녀린 모습이지만, 가난한 사람들을 위해 평생을 바친 성녀의 광채가 우러나오는 듯했다. 지금도 마더 테레사는 이곳에서 가난한 사람들을 위해 간절히 기도하고 있는 듯했고, 그 조각상이 성당의 분위기를 더욱 숙연하게 만들었다. 나와 올리브도 두 손을 모으고 마더 테레사가 그토록 염원했던 세상, 굶주리는 사람이 없고 더 이상 소외받고, 상처받고, 길거리에 나도는 사람이 없는 세상이 되길 간절히 기원했다.

7시에 미사가 끝나고 1층으로 내려오니 창군과 동군, 멜론이 밝은 모습으로 나와 있었다. 역시나 '테레사의 아침식사'를 마치고 간단한 기도에 이어 자원봉사자들을 인도하는 수녀가 오늘이 봉사 마지막 날인 사람들을 홀 중앙에 모이도록 했다. 짧은 기간이었지만, 우리도 오늘이 마지막이기 때문에 가운데로 갔다. 모든 자원봉사자들이 손뼉을 치면서 그동안의 봉사에 감사하고, 이별을 아쉬워하는 노래를 불러주었다. 봉사 기간이 3일밖에 안 되는 마당에 이렇게 환송의 노래까지 들으니 쑥스러울 뿐이었다.

일정에 대한 간단한 소개가 끝나고, 마더 하우스 입구에서 출발 준비가 끝나기를 기다렸다. 창군이 오늘 새로 봉사활동에 참여하는 사람들을 위해 'Dayadan'이라고 쓰인 팻말을 들었다. 며칠 전 우리가 여기에 처음 왔을 때에는 다른 서양인 자원봉사자가 들고 있던 팻말이었다. 창군이 오늘은 새로 참여한 봉사자들을 이끄는 향도 역할을 맡은 것이다. 창군이 잠시 홀로 들어가는 사이 내가 그 팻말을 받아 드는데, 한 외국인이 다가왔다.

이탈리아에서 왔다는 그와 인사를 나누고 여행과 봉사활동에 대한 이야기를 나누었다. 시간이 많지 않아 짧은 대화에 그쳐야 했지만, 그 대화를 통해 처음에는 긴장한 표정이 역력하던 그의 얼굴에 한결 여유가 생겼다.

나도, 우리 가족도 처음에는 이들과 똑같은 처지였다가 이제는 처음 온 사람들을 다야단으로 인도하는 일을 맡고 있었다. 내일, 이틀이나 사흘 후에는 그 이탈리아인이 다시 이 역할을 맡게 될 것이다. '낯선 사람이란 우리가 지금까지 만나지 못했던 친구'라고 했던가. 처음에는 낯설지만 마음이 통하면 친구가 되는 것 아닌가.

마더 하우스에는 한국인 수녀도 한 분 계셨는데, 우리 가족에게 각별한 관심을 가져 주셨다. 다야단으로 출발하기에 앞서 수녀님을 찾아가 작별 인사를 했더니, 마더 테레사에 관한 소개와 테레사 수녀의 사진과 목걸이 등을 선물로 주셨다.

　다야단에 도착해서는 어제와 마찬가지로 옥상에서 빨래를 하고, 널고, 어제 널어서 잘 마른 빨래를 개는 일을 했다. 힘도 세고, 튼튼하고, 열심히 일하고, 밝은 표정의 창군은 인기가 최고였다. 다야단에서 일하는 인도인 아줌마들은 창군에게 "브라더! 브라더!" 하며 부르고, 나에게는 "커즌! 커즌!" 하면서 이것저것 요청을 했다. 그런 요청이 더 많은 의욕을 불러 일으켰다. 불과 사흘밖에 되지 않았는데 한 가족처럼 친해져 있었다.

　빨래를 마치고 2층으로 내려와 아이들을 돌보았는데, 이젠 많이 익숙해져 함께 즐기는 마음으로 아이 이름을 부르며 손을 맞잡고, 발도 주물러 주고, 안아주기도 하고, 침을 닦아주었다. 창군이나 동군, 멜론도 덤벙거리지 않고 차분하게 아이들과 시간을 보냈다. 우리와 3일 동안 함께 자원봉사를 한 일본인들과 이탈리아인 부부, 프랑스인은 아주 오래된 친구처럼 느껴졌다. 자원봉사란 자신이 가진 것을 나누는 것만이 아니라 주변의 사람들에게 마음을 열고, 서로를 알아가는 일이기도 했다.

동방의 빛 '타고르 신화' 넘어서기

　다야단 봉사활동을 마치고 나오자 아이들은 숙소로 돌아가고 나와 올리브만 인근의 타고르 하우스로 향했다. 아이들에게도 권했지만, 고리타분한 '위인'과의 만남에는 별 관심을 보이지 않았다. 타고르는 한국을 '동방의 등불'이라고 노래했던 인도의 시성(詩聖) 아닌가. 콜카타는 타고르의 고향이자 주요 활동무대였다. 나와 올리브는 그 현장을 돌아보고 싶었다. 타고르 하우스까지 걸어가면서 다야단 주변의 골목을 다시 한번 돌아볼 수 있었다. 여전히 집들은 허물어질 것 같았고 지나는 사람들은 남루하기 이를 데 없었다.

라빈드라나스 타고르의 동상과 기념관 '인도의 시성' 타고르가 태어나고 활동했던 저택으로 지금은 대학 캠퍼스 겸 기념관으로 활용되고 있다.

그런 길을 따라 한참 걸어가자 남루한 거리와 달리 잘 정돈된 정원에 안정감 있게 자리 잡은 타고르 하우스가 나타났다. 라빈드라나스 타고르(Rabindranath Tagore)가 태어나고 활동했던 곳이다. 지금은 라빈드라 바라티 대학(Rabindra Bharati University)으로 개조되어 있었다. 대학은 문화예술 분야를 주로 교육하고 있는데, 우리가 방문했을 때는 학생들의 전시회가 열리고 있었다. 밖의 가난한 거리에서 다른 세계로 들어온 것 같았다.

타고르 하우스를 돌아보면서 그에 대한 한국인들의 인식이 한편으로는 편협하고, 다른 한편으로는 과장되었다는 것을 확인할 수 있었다. 그는 고등학교 교과서에 실린 것처럼 한국을 '동방의 등불'이라고 노래했지만, 한국의 독립운동을 지지한 인물은 아니었다. 1900년대 초반 인도의 문예부흥에 큰 역할을 한 시인이자, 철학자, 희곡 작가, 작곡가이기도 한 다재다능했던 당대의 지식인이었지만, 독립운동과는 거리를 두었다.

타고르는 1861년 콜카타의 유서 깊고 부유하며, 오랜 예술적 전통을 지닌 가문에서 태어났다. 그가 태어난 집은 웬만한 영주의 주택을 뛰어넘을 정도로 컸다. 그 주택과 부지가 대학 캠퍼스와 기념관으로 개조되어 활용되고 있으니, 그 크기를 가늠할 수 있다. 특히 그의 집안은 예술가 집안으로, 가족들의 도화집이 있을 정도로 깊은 예술적 전통을 지니고 있었다.

산스크리트 대학에서 힌두 문학과 사상, 서구 예술과 음악을 공부한 그는 힌두교와 벵골 지방의 전통을 서구의 근대적 예술 스타일과 접목시켜 새로운 작품을 선보임으로써 서구의 관심을 끌었다. 대외적으로도 왕성한 활동을 했다. 전시관에선 그의 해외여행 편력을 소개하고 있었는데, 1910~20년대에 영국과 프랑스, 독일, 이탈리아, 스웨덴, 노르웨이, 그리스 등 유럽은 물론 일본, 중국, 미국, 남아공, 폴란드, 유고슬라비아, 심지어 러시아, 이라크까지 세계에서 안 가본 곳이 없을 정도로 다양한 국가들을 여행했다. 세계를 순회하며 자신의 그림 전시회를 열고, 인도의 전통과 그의 작품 세계에 대해 강연을 하고, 아인슈타인, 헬렌 켈러, 로맹 롤랑 등 당대의 지식인들과 교류했다.

타고르는 특히 일본에서 선풍적인 인기를 끌었는데, 1916년과 17년, 24년, 29년 등 네 차례에 걸쳐 일본을 방문하고, 일본 주류 사회의 문화예술계 인사들과 교류했다. 일본에서는 그를 동양의 '시성'이라고 치켜세우고, 그는 일본을 아시아의 문화예술 및 정신세계를 한 단계 고양시킬 수 있는 곳으로 칭송하는 등 아주 친밀감을 보였다. 그가 일본과 활발히 교류하던 시기에 한국은 일본의 엄혹한 식민지배를 받고 있었고, 특히 독립운동에 대한 일제의 탄압이 강화되던 시기였다. 독립운동을 하다 일제의 박해를 받은 사람들은 독립운동가뿐만 아니라 문화예술계 인사도 많았다. 한국의 고등학교 교과서에 실리기도 했던 그의 시 〈동방의 등불〉만을 보고 그가 한국의 독립을 지지했다고 평가하는 것은 편협하고 과장된 것이다.

타고르는 문예진흥을 위한 활동도 활발히 하여 1905년 캘커타의 예술학교

부총장이 되었고, 1907년엔 인도 동양예술회(Indian Society of Oriental Art)를 설립하기도 했다. 그의 집은 인도의 학자와 국가 지도자들의 회합 장소이기도 했는데, 마하트마 간디도 이곳을 방문해 타고르를 비롯한 많은 사람들과 대화를 나누기도 했다. 그래서 타고르 하우스 안내문에는 이곳이 벵골 문예부흥의 상징이라고 소개하고 있었다.

나는 콜카타에 도착한 다음 날 옥스퍼드 서점에서 인도에 대한 책을 한 권 사서 틈 날 때마다 읽고 있었다. 1998년 노벨 경제학상을 받은 아마르티아 센이 인도의 다양성에 대해 쓴 《The Agumantative Indian》라는 책이었는데, 거기서 센 교수는 근대 인도에 큰 영향을 미친 인물로 타고르와 간디를 들고 이 둘을 상세하게 비교하였다. 간디가 기득권을 버리고 무소유의 삶을 살았다면 타고르는 자신이 가진 부와 예술적 재능을 활용하며 대중에게 영향력을 미치는 삶을 살았다. 인도 독립에 대해서도 두 사람은 사뭇 다른 태도를 취한다. 간디가 대중적인 정치 활동을 전개했다면, 타고르는 정신적·문화적 자각을 강조했다. 간디가 수없이 감옥에 수감되면서도 비폭력 저항운동을 이끄는 등 정치에 직접 간여하고, 물레를 돌리면서 민중들의 삶의 변화를 위해 노력했다면, 타고르는 직접적인 독립운동과 거리를 두고 전통 문화와 정신의 고양을 강조했다. 타고르가 조선과 중국 등 동아시아 민중들의 삶을 도탄에 빠뜨렸던 일본 제국주의 시기에 일본의 상류 문화예술계 인사들과 활발히 교류했던 것도 직접적인 정치활동 또는 독립운동과 거리를 두었던 그의 태도와 연결된다.

타고르 하우스를 돌아보며 그에 대한 '신화'의 허구성을 절감한 다음 전철을 타고 숙소로 돌아오다 '돈 보스코(Don Bosco)'라는 흥미로운 카페를 발견했다. 올리브와 함께 차나 한잔 하자며 우연히 들렀는데, 19세기 가난한 지역의 소외된 어린이들을 위해 활동한 이탈리아 신부 돈 보스코의 뜻을 따르는 단체가 운영하는 작은 카페였다. 단체 이름은 '돈 보스코 프리스쿨(Don Bosco

Free-School)'로, 후글리 강 건너 하우라에 본부를 두고 600여 명의 어린이와 청소년들에게 교육과 직업훈련 등을 제공해 이들이 자립할 수 있도록 지원하고 있었다. 카페에서 벌어들이는 수익금도 돈 보스코 프리스쿨의 운영자금으로 투입된다고 했다.

카페에서 일하는 사람에게 물어보니 돈 보스코 프리스쿨도 각계의 기부금과 수많은 자원봉사자들로 운영되는데, 유럽인은 물론 한국인도 자원봉사 활동에 많이 참여하고 있다고 했다. 한 한국인 자원봉사자가 깨알 같은 글씨로 봉사활동 참가 후기를 적어 놓은 노트도 전시되어 있었다. 카페 종업원은 봉사자들이 가정을 직접 방문해 아이들과 놀기도 하고, 그림 그리기도 하고, 공작 만들기 등 다양한 활동을 하며, 특별한 재능 없이도 자원봉사에 참여할 수 있다고 했다. 마더 테레사 하우스 이외에도 이러한 다양한 자원봉사 활동이 이루어지는 곳, 한국을 비롯한 전 세계 자원봉사자들이 모여드는 곳, 콜카타의 새로운 모습이었다.

밤하늘에 울려 퍼진 "Happy New Year!"

해외여행을 하면서 맞는 송년 저녁에는 특별한 이벤트를 하고 싶었다. 그래서 선택한 것이 마더 하우스의 송년 및 신년 미사였다. 어차피 콜카타에 봉사활동을 하러 왔으니, 그곳에서 진행되는 미사에 참석하는 게 한 해를 마감하는 멋진 행사가 될 것 같았다. 컴컴한 골목길을 걸어 밤 11시 30분 마더 하우스에 도착했다.

막 미사가 시작되고 있었다. 미사를 올리는 강당 입구에는 흰 무명사리를 입은 테레사 수녀의 조각상이 자리를 잡고 있고, 앞쪽에는 수녀들이, 뒤쪽으로 일반인들이 무릎을 꿇고 미사를 올리고 있었다. 숨소리도 크게 내기 조심스러운 숙연한 분위기였다.

강당의 숙연한 분위기와 달리 밖에선 인도 청년들이 오토바이를 타고 길을 질주했다.

"Happy New Year!"

청년들의 외침과 자동차 경적, 오토바이 소리가 요란했다. 그 소리가 신년 미사를 진행하고 있는 건물 안에 울려 퍼졌다. 수녀가 성경을 봉독할 때에도 "Happy New Year!" 하고 비명 같은 청년의 외침이, 성가를 부를 때에도 자동차와 오토바이의 경적 소리가 강당을 무참하게 침범했다. 마더 하우스로 올 때부터 소란스럽더니 자정을 넘으면서 더욱 시끄러워졌다.

인도 청년들이 거리를 질주하면서 절규처럼 외치는 소리에는 새해에 대한 기대와 함께 현재의 절망감이 묘하게 혼합되어 있는 듯했다. 거리의 청년들이 외치는 "Happy New Year!" 소리가 격렬하면 격렬할수록 무언가를 기원하는 강당의 분위기는 더욱 간절해지는 듯했다.

나도 간절한 마음으로 기원했다. 첫째는 콜카타의 가난한 사람들을 포함해 소외되고 고통 받는 이들에게 빛이 비추고 이들이 즐겁고 행복한 한 해가 되길, 둘째는 우리도 여행의 즐거움을 되찾아 건강하고 유익하게 여행을 마무리할 수 있기를, 셋째는 모든 이들이 건강하고 행복한 한 해가 되길 간절히 기원했다. 며칠 동안 봉사활동을 했던 다야단의 아이들에게도 내년엔 올해보다 더 나은 해가 되길, 테레사 수녀가 품었던 꿈이 활짝 피어 더 이상 가난과 질병과 소외로 고통 받는 어린이가 없기를 간절히 기원했다. 이렇게 무언가를 간절하게 기원하며 한 해를 마감하기는 이번이 처음이었다.

마더 하우스를 나와 숙소로 돌아오는 길에서도 인도인들은 우리에게 "Happy New Year!"를 외쳤다. 컴컴한 길을 걸어가야 해서 잔뜩 긴장이 된 상태라 그럴 때마다 깜짝깜짝 놀랐다. 하지만 그런 청년들을 잇달아 만나게 되니 불안과 두려움도 조금씩 사라졌다. 우리도 길거리의 인도인들에게

"Happy New Year!" 하고 외쳤다. 그러자 자신감이 생기고, 마더 하우스를 나설 때 가졌던 불안이 사라지는 듯했다. 다시 한 번 크게 소리쳤다.

"Happy New Year!"

시간은 새벽 1시를 넘어가고 있었지만 콜카타의 거리는 새해 희망을 외치는 소리로 잠들 줄 몰랐다. 우리도 서로에게 "Happy New Year!" 하고 외치며 행복한 새해가 되길 기원했다.

콜카타에서의 짧은 자원봉사 일정이 모두 끝났다. 하지만 그 여운은 길게 남았다. 평생 잊지 못할 귀중한 경험이었다. 그것은 남을 도와주는 봉사활동이 아니라 자신을 돌아보는 성찰의 시간이었다. 한마디로 표현하기는 힘들지만, 자신이 지금까지 살아온 삶을 총체적으로 되짚어보고, 과연 어떻게 살아가는 것이 진정으로 '잘 사는' 것인지 생각하는 시간이었다.

자신만을 위한 삶, 자신의 욕망을 채우기 위한 삶은 일종의 결핍과 불만족의 느낌을 수반하게 된다. 욕망이라는 것, 어떤 목표를 향한다는 것 자체가 현재의 결핍이나 불만족, 불충족을 전제로 하는 것이다. 반면 봉사라는 것은 내가 아무리 가난하다 하더라도 내가 무엇인가를 갖고 있다는 것, 내가 나누어줄 게 있다는 것을 전제로 한다. 봉사, 나눔으로써 충족의 느낌을 갖게 되는 게 아니라 봉사와 나눔의 출발점이 충족인 것이다. 이게 봉사의 마력이요, 거기에 숨어 있는 비밀코드인 것이다. 콜카타에서의 봉사활동은 그것을 느끼는 값진 경험이었다.

희망은 작은 실천에서 시작된다_
인도(2)

콜카타~델리

'나도 가족에서 해방되고 싶어요'

내면을 키워가는 여행

장기 배낭여행자에게도 새해가 밝았다. 지금쯤 한국에서는 한 해를 보내고 맞는 들뜬 분위기에 휩싸여 있겠지만 우리에게 '오늘'은 어제와 크게 다르지 않은 '새로운 하루'일 뿐이다. 매일 매일 새로운 풍경과 사람을 만나고, 새로운 경험을 하듯이 오늘 우리에겐 또다시 '새로운' 여정이 기다리고 있을 뿐이다. 매일 매일의 새롭고 신선한 경험이 절기의 변화에 대한 감각을 떨어뜨리지만 새해는 새해다.

8일간 머문 파라곤 게스트하우스와 이별을 고하고 하우라 역으로 향했다. 바라나시에서 콜카타로 올 때 8시간의 끔찍한 연착이라는 악몽을 떠올리며, 1시간 미리 역으로 나가 기차를 기다리기로 했다.

인도의 침대열차는 예약자의 침대 배치표를 역 플랫폼과 각 열차의 출입문에 부착해 승객이 침대 위치를 찾아갈 수 있도록 한다. 일반적으로 기차표를 구입 또는 예매하면 좌석(침대)을 배정한 표를 주는데, 여기에선 나중에 좌석이나 침대를 배정하여 게시하는 형태다. 우리 가족의 이름도 S8 침대칸의 57~61번 침대에 정확히 들어가 있었다. 기차에 연결된 차량은 엄청나게 길었다. 하기야 30시간 이상 인도 북부를 동서로 횡단하는 장거리 열차니 차량을 많이 달고 달릴 수밖에 없을 것이다.

열차에 일찍 오른다고 출발 30분 전에 올랐는데, 인도인들은 벌써 모두 기차에 올라 의자 밑에 짐을 넣고 출발 시간을 기다리고 있었다. 우리 가족은 같은 칸을 사용하게 되어 편리했다. 지난번에는 동군의 침대가 다른 칸에 배정되어 이야기를 나누거나 식사를 하려면 다른 칸으로 이동해야 했다. 델리행 기차는 하우라 역에서 출발하는 관계로 지난번처럼 연착되지 않았다.

예정 시각인 오전 8시 20분, 하우라 역을 출발한 기차는 전속력으로 질주했다. 웨스트 벵골과 비하르를 거쳐 우타르 프라데시로, 면적이 한국보다 큰 몇 개의 주를 넘어 장장 1464km를 달리는 여정이다. 콜카타에서 델리까지 거리는, 우리가 티베트 고원을 넘어갈 때 탔던 칭짱 열차의 시닝~라싸 구간 약 2000km(정확히 1972km)보다 500km 정도 짧지만, 시간은 더 많이 걸린다. 시닝~라싸가 24시간인 반면, 하우라~델리는 29시간이다. 칭짱 열차는 고속으로 달려도 안정감을 주었는데, 인도 기차는 덜컹덜컹하면서 크게 흔들리고, 소음도 많이 났다. 영화에서 보는 것처럼 낡은 기차가 거의 허물어져가는 선로 위를 기우뚱기우뚱하면서 난폭하게 달리는 기분이었다. 3층 침대칸에 탔던 나는 기차가 기우뚱기우뚱하는 것이 이러다 넘어가는 게 아닌가 하고 걱정할 정도였다. 그럼에도 꿋꿋하게 잘 달렸다.

이 기차는 주요 역에만 섰기 때문에 속도도 그만큼 빨랐다. 지난번 콜카타로 올 때 20시간이나 걸렸던 바라나시까지 불과 11시간 만인 오후 7시 20분에 도착했다. 인도 북부의 동쪽 끝에서 중부 내륙으로 올수록 날이 어두워지면서 날도 흐려지더니 비가 내리기 시작했다. 바라나시에도 비가 추적추적 내리고 있었다. 그럼 매연과 먼지가 씻겨나가고 공기도 상쾌해질 것이라 기대할 수 있지만, 기차 밖 풍경을 보니 그보다는 오히려 땅바닥 상태가 걱정되었다. '비가 조금만 와도 길 옆 도랑이 넘칠 텐데, 그 도랑엔 쓰레기와 오물이 그득하고, 소똥을 비롯한 오물이 지천인데, 비가 오니 그런 모든 것들이 범벅이 되어 길바닥을 채울 텐데…'

기차는 바라나시에서 30여 분간 정차하며 물을 보충하는 등 차량 시설을 정비했다. 객차 안에서 바라보자니 우리가 일주일 전 무려 8시간 동안 기차를 기다리며 지겹게 왔다 갔다 했던 역이 오히려 정겹게 느껴졌다. 우리가 어슬렁거렸던 플랫폼엔 갠지스와 바라나시를 체험하고 떠나는 외국인 여행자들과 인도인 승객들, 갠지스 순례자들이 서성이고 있었다. 소들도 플랫폼을 서성거리고 포동포동한 쥐들도 어디선가 먹이를 노리고 있을 것이다.

바라나시를 떠난 기차는 긴 기적을 울리며 인도 북중부의 캄캄한 어둠 속을 헤쳐 나갔다. 기차에선 차장이 바구니를 들고 다니며 식사를 팔았다. 카레가 든 일종의 볶음밥인데, 야채만 든 베지터블(Vegetable)이 55루피(약 1270원), 닭고기가 들어간 논-베지터블(Non-Vegetable)이 65루피(약 1500원)로 매우 저렴했다. 우리도 볶음밥을 하나씩 주문해 한 잔에 10루피(약 230원) 하는 짜이와 함께 먹었는데, 양이 무척 많은데다 내용물이 뻑뻑해서인지 한동안 속이 그득하여 불편했다.

새해 첫날이 저물고 있다. 각자의 꿈과 우리 사회의 희망을 찾아 세계를 돌고 있는 우리 가족은 과연 그 꿈을 향해 가고 있는 것일까. 이 여행이 우리 가족 모두에게 새로운 힘을 줄 것인가, 아니면 한때의 즐거운 기억으로 남을 것인가. 내가 매일 만나는 새로운 세계에서 새로운 영감을 얻듯이 가족들도 각자 자기 내면에 엄청난 세계를 만들어갈 것이다. 여행이 진행될수록 그것이 시루떡의 켜가 쌓이듯이 쌓일 것이다. 그러면 더 단단한 사람이 될 것이다.

중국인 노부부와의 극적인 만남

기차가 심하게 흔들리고 소음도 요란하고 시설도 열악하지만, 잠을 자는 데는 문제가 없었다. 서울 남대문시장에서 사서 가져온 오리털 침낭에 들어가 있으니 추위도 별로 느껴지지 않았다. 옆 침대의 올리브와 아래 칸의 창군, 멜론도 잠을 푹 잔 것 같았다. 7시 가까이 되자 창밖으로 아침이 막 밝아왔다. 마더 하우스에서 먹었던 '테레사의 아침식사'를 닮은 잼 바른 빵과 오렌지, 짜이로 간소한 아침식사를 했다. 내가 '테레사의 아침식사'를 칭송하자 올리브도 '좋다'고 맞장구를 쳤다. 우리는 풍요의 시대, 비만의 시대를 살면서 오히려 음식의 소중함을 잊고 지내지 않는가. 하지만 창군과 동군, 멜론은 별 말이 없었다. 마음에 들지 않는 눈치였다.

7시 30분 바라한 역(Barahan Junction Station)에 도착했다. 그리고 보니 부처님이 인도 북부를 주유하면서 득도한 보드가야를 조금 전 지나쳤다. 시간이 충분하지 않아 그냥 지나칠 수밖에 없었다. 바라한에서 다른 기차와 교행하기 위해 약 20분 정도 대기한 후 긴 기적을 울리며 다시 출발했다. 우리는 중간층 침대를 뒤로 젖혀 의자로 만들고 옹기종기 모여앉아 델리의 숙소들을 점검했다. 중국에서는 항상 숙소를 예약하고 이동했지만, 네팔을 거쳐 인도로 넘어오면서 예약을 하지 않고 다니고 있다. 목적지에 도착해서 숙소를 알아봐도 충분하기 때문이다. 창군이 론리 플래닛 영문판을 읽으면서 정보를 알려주면, 나와 올리브, 동군, 멜론이 평가하면서 점검하는 방식이었다. 청결도나 스태프의 친절도, 교통 여건, 와이파이 여부, 화장실이 객실에 붙어 있는지 여부 등이 주요 점검 사항이었지만, 가장 중요한 건 역시 가격이었다.

"여기는 2인실, 4인실, 8인실이 있는데, 화장실은 공용. 델리 중심부에서 조금 떨어진 곳. 가격은 4인실이 1인당 900루피, 조금 비싸…" 창군이 이런 식으로 설명하면, "화장실이 공용인데 900루피나 한다고? 패스!" 이렇게 평가해 나갔다.

론리 플래닛에 나온 숙소들을 단칼에 재평가했다. 론리 플래닛은 전 세계 배낭여행자들이 거의 빠짐없이 들고 다니는 책자이니 우리 스스로 그 위력을 실감할 수 있었다. 이런 과정을 거쳤지만, 우리의 경우 역시나 가격이 중요했다. 우리가 델리에서 묵은 나마스카르 호텔(Hotel Namaskar, 실제는 게스트하우스)도 론리 플래닛이 저렴한 숙소로 소개한 곳이었다.

델리에 접근하면서 기차는 다른 열차와 교행하기 위해 작은 역에서 정차하기를 계속했다. 그러는 바람에 도착 시간이 하염없이 늘어졌다. 아무래도 교통량이 많은 대도시에 가까워진 때문인 것 같았다. 한정된 선로에 많은 열차를 투입하다 보니 다른 기차가 지나가도록 한참 기다려야 해 연착이 자주 발생하고 있었다.

결국 예정 시간보다 1시간 이상 지체된 오후 1시 30분에 뉴델리 역에 도착했다. 29시간이 조금 더 걸린 셈이다. 만 하루가 더 걸린 장기간의 기차 여행이지만, 이제 이 정도엔 상당히 적응되었고, 기차에서 어떻게 시간을 보낼지도 터득했다.

뉴델리 역도 붐비긴 마찬가지였다. 승객들 대부분이 엄청나게 큰 짐을 하나씩 들고 기차에서 내렸다. 도착하자마자 역의 외국인 여행자 센터를 방문해 본격적인 인도 내륙 여행을 위해 열차 예약 등 기본적인 정보를 알아본 다음 계단을 내려오다 기막힌 인연에 직면했다. 2주 전인 작년 12월 17일, 올리브와 동군이 네팔 박타푸르를 떠나 카트만두에서 룸비니로 가는 버스에 함께 탔던 초로의 중국인 부부를 다시 만난 것이다. 네팔에서 번다가 발생해 몇 시간 동안 발이 묶여 있을 때 만난 60대 중반의 부부였다. 이들 중국인 부부는 네팔에 이어 인도를 여행하고 있었는데, 영어에 능통하지 않음에도 가이드북을 들춰가며 건강하고 씩씩하게 여행하고 있었다. 젊은이도 어려워하는 인도 배낭여행을 즐기는 '신세대' 중국인 중년부부였다.

기막힌 인연에 대한 놀라움과 반가움을 담아 인사를 나누었다. 우리가 바라나시~콜카타를 거쳐 델리로 오는 동안 이들 부부 역시 인도 북부를 종횡무진 여행하고 델리에 막 도착했던 터였다. 넓고 넓은 인도에서 이렇게 다시 만난 것은 보통 인연이 아닌 듯싶어 정말 반가웠다. 하지만 그들은 그들대

빠하르간즈의 메인 바자르 델리의 대표적인 여행자 거리로 여행자 숙소와 상점, 식당 등이 밀집되어 있고 여행자와 상인으로 항상 붐빈다.

로, 우리는 우리대로 정해진 여정이 있어 금방 헤어져야 했다. 그런데 이들과의 인연은 이것이 끝이 아니었다. 몇 주 후 델리에서 2800km 이상 떨어진 인도 남부 케랄라(Kerala) 주 코치(Kochi)에서 다시 기적적으로 만났다. 그러고 보면 인도 대륙의 북쪽 끝에서 시

신성한 소 델리 빠하르간즈 거리를 어슬렁거린다.

작한 만남이 남쪽 끝까지 이어진 것이다. 계획에도 없던, 계획할 수도 없는 만남이었다.

중국인 부부와 헤어져 여행자 거리인 빠하르간즈의 메인 바자르로 진입했다. 예상했던 대로 엄청난 인파와 상점들로 북새통을 이루고 있었다. 게다가

오토릭샤나 호텔, 상점 등의 고객을 잡기 위한 호객 행위도 극성을 부려 연신 "No~"를 외치며 걸어야 했다. 창군과 멜론이 앞장서 중심부로 걸어가고, 나와 올리브는 호객꾼들을 요리조리 피하면서 따라갔다.

그러다 보니 짜증스럽기도 하고 젊어진 배낭은 더 무겁게 느껴졌다. 잠시 쉴 곳을 찾던 중에 메인 바자르를 한참 걸어가다 왼쪽에 니르바나(Nirvana)라는 간판이 걸린 깔끔한 식당이 하나 눈에 띄었다. 우선 배고픔을 해결한 후, 모두가 한꺼번에 움직이는 건 비효율적이라는 판단 아래 숙소 정하는 일을 아이들에게 맡겼다. 아이들은 이제 그 정도는 할 수 있을 정도로 충분히 훈련이 되었다. 창군과 동군, 멜론이 론리 플래닛에서 확인한 정보를 바탕으로 일대의 숙소들을 탐방하러 나서고, 나와 올리브는 식당에서 짐을 지켰다.

조금 기다리니 창군을 선두로 아이들이 돌아왔는데 표정이 밝았다. 숙소 탐방이 흥미로웠던 모양이다. 창군은 론리 플래닛에서 보았던 저렴한 숙소가 바로 식당 건너편 골목에 있다며 직접 보고 최종 결정을 내려달라고 했다. 2인실이 400루피, 3인실이 550루피, 4인실이 650루피였는데, 4인실에 침대 한 개를 더 넣고 750루피(약 1만 7250원)에 머물기로 했다. 1인당 1박 비용이 원화로 3500원이 채 안 되는 가격이었다. 숙소 시설은 다소 취약해 보였지만, 가격을 가장 중요한 요소로 친 결정이었다. 그곳이 우리가 델리의 근거지로 잡은 나마스카르 게스트하우스였다.

끊임없이 감시하고 감시 당하는 가족

델리의 나마스카르 게스트하우스에서 우리 가족은 한 방에 묵었다. 네 명을 수용할 수 있는 널찍한 방이었지만, 다섯 명이 함께 사용하니 비좁게 느껴졌다. 콜카타에서는 나와 올리브가 작은 방에 함께 묵고, 아이들은 다른 방에 묵었는데, 델리에 와서 모두 한 방에서 북적대다 보니 신경 쓰이는 것이 한 두 가지가 아니었다. 의도치 않게 모든 사람의 일거수일투족을 서로 서로 감시 아닌 감시를 하는 꼴이었다. 화장실을 다녀오는 것이든, 노트북을 펴놓고 여행기를 정리하는 것이든, 여행 메모를 하는 것이든, 심지어 짐을 정리하는 것도 모두 관심의 대상이었다. 숙소에서 잠시 조용한 시간을 갖고 싶어도 그럴 수가 없었다. 그러다 보니 "뭐해?" 하고 무심코 묻는 질문에도 신경이 곤두섰다. 이렇게 되면 숨 쉴 구멍이 없다. 한 가족이 장기여행을 하다 보면 불가피한 일이지만, 이런 것들이 여행에 피로감을 더하게 된다.

숙소에서 발견한 '호호(HoHo) 델리 투어'라는 여행 팸플릿은 우리에게 약간의 희망을 주었다. 델리 시내의 주요 관광지를 한 바퀴 도는 버스였는데, 1인당 300루피(약 6900원)만 내면 어디서나 내렸다 탈 수 있는 버스였다. 델리 시내 전체를 한 바퀴 돌 수도 있고, 중간에 내려 유적지를 돌아본 후, 다음 버스를 타고 다음 목적지로 이동할 수 있다. 이 버스를 이용하면 부족한 '자유'를 느낄 수 있을 것 같았다. 최소한 버스에서만이라도 서로에게 신경을 쓰지 않아도 될 것 아닌가. 우리는 아침 8시 일찌감치 숙소를 나서 호호 버스 출발지로 향했다. 길거리에는 배가 불룩하고 뼈가 앙상하게 드러난 소들이 어슬렁어슬렁 걸어 다녔다. 그런데 버스의 출발 지점을 찾기가 어려웠다. 좀 편안한 여행을 하려고 선택한 호호 관광버스가 복잡한 델리를 배회하는 힘겨운 여행의 출발이 될 줄은 그때까지도 잘 몰랐다.

팸플릿 지도에는 호호 관광버스의 출발 지점이 우리가 머물고 있는 메인 바자르에서 멀지 않은 곳으로 표시되어 있었다. 하지만 걸어도 걸어도 그 출발지가 나타나지 않았다. 길거리에는 'Tourist Information Service' 또는 'Tourist Information and Reservation Centre'라는 번듯한 간판을 내건 사무실들이 많은데 모두 공공기관 흉내를 내는 사설 여행사들이다. 거기에 들어가 호호 버스에 대해 물어봐도 그에 대해선 명확하게 가르쳐주지 않고 이리저리 말을 돌리다가 자신들이 알선하는 버스나 택시를 이용하라고 했다.

결국 가게나 경찰에게 지도를 들이대며 목적지를 물어물어 숙소를 나선 지 1시간 만에 관광버스 출발 지점에 도착했다. 그러나 관광버스는 물론 안내판조차 찾을 수 없었다. 지도상으로는 정확히 우리가 도착한 지점에 버스가 있어야 했다. 허탈한 심정으로 발길을 돌리는데, 한 극장—정확하게 표현하면 극장 간판을 내건 건물—앞에 서 있던 한 청년이 "Happy New Year~"라고 하며 관심을 보였다. 우리도 인사를 건네며 호호 관광버스 출발 지점을 찾고 있다고 했다.

"바로 여기에요. 여기서 출발합니다." 그 청년은 우리를 극장 건물로 안내했다. 드디어 찾았구나 하며 그 청년을 따라 건물 입구로 들어섰는데, 주변을 두리번거려도 버스는 보이지 않았다. 뭔가 이상했다. 건물 안은 각종 기념품들로 가득 차 있었고, 그 청년이 안내해준 데스크의 매니저는 우리에게 기념품을 돌아볼 것을 권유했다. 이곳은 관광객들을 유인해 영업하는 일반 쇼핑몰이었다. 그 잘생긴 청년의 뻔뻔한 거짓말이 황당했다.

우리는 호호 관광버스 찾기를 포기하고 즉석에서 회의를 하여 오늘은 뉴델리 중심에 자리 잡은 인디아 게이트(India Gate)와 국립박물관, 어제 시간이 늦어 가지 못한 후마윤의 묘를 돌아보기로 했다. 그리고 내일은 무척 가보고 싶었던, 간디가 마지막으로 머문 스므리티(Gandhi Smriti)와 레드포트(Red Fort)를 돌아보기로 했다. 사실 이 정도가 델리에서 가볼 만한 필수적인 코스이며, 델리 여행의 백미는 아무래도 빠하르간즈에서 만나는 다양성의 바다라 할 것이다. 일단 그 정도로 델리 여행 일정을 마련했다.

아침부터 거리를 헤맨 탓에 지친 우리는 두 대의 오토릭샤에 나누어 타고 인디아 게이트로 향했다. 가까운 거리여서 금방 도착했다. 게이트 앞 광장에선 인도의 최대 국경일인 독립기념일(1월 26일)을 앞두고 군 의장대의 예행 연습이 한창 진행 중이었다. 초록색 유니폼을 입은 군인들이 열을 맞추어 행진하

인디아 게이트 짙은 안개에 휩싸여 부옇게 보인다. 게이트 안쪽 뒤편에 작게 보이는 것이 인도가 세운 파키스탄 전쟁기념비다.

고 있었고, 주변의 경계도 삼엄했다.

인디아 게이트는 방사형으로 설계된 뉴델리의 중심에 자리 잡은 커다란 기념물로, 마치 파리의 개선문을 보는 것 같았다. 뉴델리의 모든 도로가 퍼져 나가는 중심이다. 게이트는 얼마나 높은지 마침 안개가 끼어 있어 끝이 제대로 보이지 않을 정도였다. 높이가 42m라고 하니 15층이 넘는 웅장한 규모다. 게이트엔 1차 세계대전에 참전해 사망한 9만 명의 인도 병사들 이름이 새겨져 있다. 당시 영국은 독일과의 전쟁이 벌어지자 인도가 참전하면 전쟁 후에 인도를 독립시켜 주겠다고 약속했다. 그러나 세계대전이 끝나자 영국은 약속을 헌신짝처럼 던져 버렸다. 그러자 이에 대한 인도인들의 격분이 독립 운동으로 불타올랐다. 영국은 전쟁에 나갔다 희생된 사람들을 위로하고 인도인을 달래기 위해 이 거창한 인디아 게이트를 지어주었다. 씁쓸한 역사다.

인디아 게이트 옆에는 파키스탄 전쟁기념비가 있는데, 인디아 게이트와 확실히 비교가 되었다. 크기나 위용 면에서 인디아 게이트가 압도적이어서, 그와 나란히 서 있는 파키스탄 전쟁기념비는 더욱 왜소하고 초라해 보였다. 파키스탄 전쟁기념비는 인도가 독립한 이후 종교적·정치적 갈등을 빚어온 파키스탄과의 전쟁에서 사망한 사람들을 위로하기 위해 건립한 것이다. 인도가 독립한 후 만든 기념물이 식민지 시대에 영국이 만든 기념물에 압도당하는, 그래서 인도가 아직도 영국 식민지배의 그늘에서 벗어나지 못한 것 같은 기분이 들었다.

다시 발길을 국립박물관으로 돌렸다. 멀지 않기 때문에 군 의장대가 행진 연습을 하는 광장을 따라 천천히 걸어갔다. 국립박물관은 독립 직후인 1949년 대통령궁을 개조해 만든 것으로, 인더스 고대문명부터 시작해 5000년이 넘는 인도의 역사를 보여주는 대표적인 박물관이다. 특히 기원전 3300~1700년 사이에 활짝 꽃핀 인더스 문명과 관련한 전시는 여기가 아니면 볼 수 없다. 인더스 문명은, 지금은 파키스탄 영토가 된 인더스 강을 중심으로 형성된 문명으로, 그 중심은 하류의 모헨조다로와 상류의 하라파라는 곳이다. 국립박물관은 이 가운데서도 기원전 1300년까지 존속한 하라파 문명(Harappan Civilization)을 상세히 소개하고 있었다. 인도 역사를 공부한다는 생각으로 천천히 돌아보았다.

하지만 박물관에 많은 흥미를 느끼기는 어려웠다. 하라파 문명을 새롭게 접한 지적인 희열이 있었고, 4000여 년 전의 점토판 등 진귀한 유물들도 많았지만, 가이드도 없이 영어 설명문을 하나하나 읽어가면서 돌아보는 것은 피곤했다. 기차로만 30시간이나 걸린 기나긴 여정의 여독이 제대로 풀리지도 않은데다 숙소에서 한 방을 쓰며 부대낀 데서 온 피로감과 스트레스가 겹친 듯했다. 그런 상태에서 박물관을 보니 전시 내용이 더욱 빈약해 보였다. 인류 4대 문명의 하나인 인더스 문명이 탄생한 곳이고, 세계 4대 종교 가운데 두 개인 힌두교와 불교가 탄생한 곳 치고는 너무 빈약했다. 찾는 사람도 많지 않았다. 영국인들이 자신들의 시각으로 만들어 놓은 콜카타의 인도 박물관보다도 찾는 사람이 적었다. 식당이나 카페, 스낵코너, 휴게실 같은 부대시설도 취약해 휴식을 취하기도 쉽지 않았다.

피로도가 높아져만 가는 상황에서 벗어나려면, 일단 가족으로부터 '해방'

될 필요가 있는 것 같았다. 일찌감치 박물관 식당에서 점심식사를 마치고 먼저 숙소로 돌아가겠다고 선언했다. 다행히 나를 제외한 모두는 쌩쌩해서 서운해 하면서도 크게 이의를 제기하지 않았다. 올리브와 아이들은 계획대로 후마윤의 묘를 돌아보기로 하고 박물관 앞에서 헤어졌다.

가족여행의 목적지는 과연 어디인가?

차분히 나 자신을 돌아보며 나와 가족의 미래에 대해 생각해 보자고 나선 세계여행인데, 여행이 피곤하게 느껴진다면 큰일이다 싶었다. 하루 종일 가족과 부대끼기 위해 여행에 나선 것은 아니지 않은가. 숙소로 먼저 돌아가겠다고 했지만, 사실은 잠시라도 가족들로부터 벗어나 나 혼자만의 시간을 갖고 싶었다.

박물관을 나서 인디아 게이트에서 서쪽으로 이어진 광장 중앙도로인 '왕의 길(Raj Path)'을 따라 걸었다. 이 길을 따라 걸어가면 인도 중앙정부청사와 국회의사당, 대통령궁 등이 모여 있는 인도 정치 1번지 '시크리태리엇(Secretariat) 지구'가 나온다. 발길은 자연스럽게 시크리태리엇 지구로 옮겨졌다.

다른 곳보다 다소 높은 라이시나 언덕(Raisina Hill)에 자리 잡은 정부청사는 무굴 제국 시대에 지어진 건물로, 멀리서 보아도 웅장하기 이를 데 없었다. 이들 건물이 자리 잡은 곳이 인디아 게이트에서부터 이어진 광장 끝의 언덕이어서 멀리서도 아주 잘 보였다. 하지만 최근의 불안한 정정과 테러 등에 대한 우려로 경계가 강화되어 그런지 찾는 사람이 거의 없었다. 정부청사를 지나 중앙도로가 끝나는 지점 한가운데 대통령궁이 있었다. 대통령궁은 식민지 시절인 1913~30년에 건설된 것으로, 당시 인도 총독의 집무실 겸 관저로 사용되었다. 영국 고전주의 기법과 무굴 제국의 웅장한 스타일이 결합된 건축물

델리 시크리태리엇 지구 인도의 중앙 행정기관들이 모여 있는 곳으로, 대통령궁과 의회 건물도 정부청사와 인접해 있다.

이라는데, 문이 굳게 닫혀 있어 가까이서 확인하기는 어려웠다. 정부청사 앞에는 국회의사당이 원형 경기장처럼 자리를 잡고 있었다.

12억 인도의 내무와 재무, 교육, 외교, 국방 등과 관련한 핵심 현안들이 논의되고 결정되는 시크리태리엇 지구의 건물들은 보는 사람을 압도할 정도로 거대했다. 그 건물들을 보면서, 아직도 가난에 시달리고, 제대로 교육을 받지 못하고, 복지와 관계가 먼 상태에서 살아가고 있는 많은 인도인들이 스치고 지나갔다. 이들이 더 이상 소외되지 않고 행복한 사회가 될 수 있도록 정책을 펼치길 바라는 마음이 간절했다. 나아가 인도가 서남아시아의 정치적 패권에 집착하지 않고, 인접 국가와의 분쟁을 대국적 견지에서 해결하고, 지역 평화는 물론 그 오래된 평화의 사상을 전 세계에 확산할 수 있도록 정치적 리더십을 발휘하길 바라는 마음도 간절했다.

모처럼 만에 얻은 '자유' 때문인지 정부청사와 대통령궁을 돌아보고 숙소로 돌아오는데 마음이 한결 가벼웠다. 숙소로 돌아와 짜이도 한잔 하고 메인 바자르가 내려다보이는 식당에서 커리로 식사도 하고, 카페에 앉아 차도 마시면서 편안한 시간을 보냈다. 이렇게 한가한 시간을 갖는 것이 에너지 충전과 기분 전환에 확실히 도움이 될 것 같았다.

올리브와 아이들은 후마윤의 묘가 책에서 묘사했던 것처럼 감동적이지는 않았지만, 한번 가볼 만한 곳이라며 즐거워했다. 짧은 시간이지만 '따로 또 같이' 일정이 여행에 활력을 불어넣어 준 것은 분명했다.

끝나지 않은 간디의 평화 행진

마하트마 간디는 인도 여행 계획을 세우면서 꼭 만나고 싶었던 인물이다. 간디야말로 현대의 인도가 낳은 가장 위대한 인물로, 그가 주장한 자유와 평등의 정신은 잠자던 인도를 깨워 독립운동의 주춧돌을 놓았고, 그가 투쟁 방식으로 견지한 비폭력과 평화는 세계를 감동시켰다. 특히 비폭력과 평화 사상은 21세기 들어 더욱 필요한 사상으로 다시 주목받고 있다. 우리는 간디의 발자취를 제대로 되짚어 보기 위해 한국을 출발할 때부터 간디의 일생을 소개한 작은 책자를 갖고 와 시간 날 때마다 돌려가면서 읽었다.

'인도의 국부'인 마하트마 간디는 정치적 입장을 떠나 모든 인도인들로부터 사랑과 존경을 받고 있다. 인도 곳곳에서 그의 정신을 기리는 기념물이나 그의 이름을 딴 도로, 지명도 무수히 만날 수 있다. 특히 우리가 관심을 갖고 있던 것은 두 곳이었다. 하나는 델리에 있는 간디 스므리티로, 그가 한 광신적인 힌두교도에 의해 저격되기 직전까지 마지막을 보낸 곳에 만들어진 기념관이다. 다른 하나는 그가 인도의 독립을 위해 투쟁하면서 가장 많은 시간을 보내고, 유명한 '소금 행진(Salt March)'을 시작한 구자라트(Gujarat) 주의 아마다바드(Ahmadabad)에 있는 '아슈람(Ashram)'이다. 물론 간디의 발자취는 인도 곳곳에 있어 그걸 따라가기엔 끝이 없을 정도지만, 가장 핵심이라 판단한 그 두 곳을 인도 여행의 주요한 목적지로 삼았다.

간디 스므리티가 있는 뉴델리 지역은 정비가 잘되어 있었다. 외국의 대사관을 비롯한 외교 공관들과 대기업들이 많이 들어선 곳으로, 길은 깨끗하게 정비되어 있었고, 인도와 차도도 구분되어 보기에도 시원했다. 거리에는 다른 곳에서 흔히 보이는 릭샤도, 걸인도, 잡상인도 없고, 자동차와 오토바이, 오토릭샤들만 쌩쌩 달렸다. 조깅을 즐기는 사람들도 이따금 보였다. 선진국의 어느 멋진 거리에 와 있는 듯했다.

간디는 인도가 영국의 식민지배를 받던 1869년 구자라트 주의 포르반다르에서, 대대로 소왕국의 총리를 지낸 유복한 집안에서 태어났다. 젊은 시절 힌두교의 율법을 어기는 자유분방한 생활을 하던 간디는 19세 때인 1888년 집안의 반대에도 불구하고 영국으로 건너가 서구적 생활양식을 즐기며 생활하다 1891년 변호사가 되어 봄베이로 돌아온다. 곧이어 한 상사(商社)와 계약하여 영국의 식민지인 남아프리카공화국으로 넘어가 변호사로 활동한다.

이것이 간디의 삶을 바꿔놓는다. 남아공에서 변호사 일을 하며 영국인과 인도인 사이의 인종차별이 심하다는 사실을 잇달아 확인하게 된 것이다. 특히 열차 1등석에 타려다 인도인이라는 이유로 탑승을 거부당하는 수모를 겪으면서 자신이 '인도인'이라는 사실을 새롭게 자각하였다는 일화는 유명하다. 영국 유학 시절 양복을 입고 머리에 기름을 발라넘기는 등 '멋진 영국신사'처럼 행세하기도 했지만, 그는 엄연히 인도인이었고, 인도는 영국의 식민지였다. 그는 차별받는 식민지의 아들이란 사실을 자각하게 되었다.

당시 영국 식민지 남아공에는 인도인 노동자가 많았는데, 간디는 이들에 대한 부당 대우와 차별을 철폐하기 위한 소송을 맡으면서 인권에 눈을 떴다. 그는 순수함과 성실성을 바탕으로 진실을 추구하되, 모든 소송과 투쟁을 합법적이고 평화적으로 펼침으로써 인도인들은 물론 영국인들에게도 감명을 주었다. 남아공에서 영국과 네덜란드 사이에 보어전쟁이 일어났을 때 영국 편에 서서 환자 수송병을 자원한 것은 그가 정치적 입장에 초연해 있었음을 잘 보여준다.

간디는 이 과정에서 합법 투쟁과 비폭력의 원칙을 일상의 실천적 행위들로 연결시키면서, 자신의 삶을 근본적으로 바꾸어 나갔다. '영국화된 인도인'의 상징인 양복 대신 인도의 전통적인 흰 면옷을 입고, 자기 옷을 직접 세탁하고 천민의 일로 여겨왔던 화장실 청소까지 직접 했다. 46세 때인 1915년 인도로 돌아온 후 그는 인도의 대변인이 되었다. 동부 비하르 주에서 농민들의 착취에 대항한 소송을 성공으로 이끌며 타고르로부터 힌두어로 '위대한 영혼(great soul)'이란 의미의 '마하트마(Mahatma)'라는 별명을 얻었다. 1920년대부터는 독립 투쟁의 중추적 역할을 한 국민회의에 참여해 비폭력 저항운동을 이끌었다.

간디의 사상과 투쟁은 기존의 투쟁 방식과 달랐다. 한편으로는 불가촉 천민을 포함한 모든 사람이 자급자족과 자기개혁을 해야 한다며 이를 실천하는 집단생활의 장으로 구자라트 아마다바드에 아슈람을 열고, 시민불복종 운동인 '사티아그라하(satyagraha)'를 펼쳤다. '사티아(satya)'는 '진리', '아그라하(agraha)'는 '힘'이라는 뜻으로 사티아그라하란 '진리의 힘'을 말한다. 간디가 발견한 '위대한 깨달음'이었고, 그것은 점차 세상에 큰 반향을 불러일으킨다.

이러한 간디의 투쟁은 '위대한 정신과 영혼의 승리'라고 할 만했다. 끝없는 체포와 투옥, 연금의 와중에도 간디는 비폭력과 평화의 원칙을 굽히지 않았고, 베틀로 스스로 옷감을 짜 입는 절제되고 단순한 생활을 실천함으로써 감동을 주었다. 그에겐 '진실'이라는 가장 강력한 무기가 있었다. 이러한 간디의 사상과 실천은 인도의 독립투쟁을 이끄는 원동력이 되었다.

2차 세계대전이 끝난 후 힌두교와 이슬람교 사이의 대립으로 독립은 지연되었고, 사회적 갈등도 심화되었다. 인도의 대통합을 주장하던 간디는 1947년 9월 9일 콜카타(당시는 캘커타)에서 델리로 와 바로 이곳 스므리티에서 마지막 144일을 보냈다. 간디는 1948년 1월 30일 오후 5시 17분 지지자들과 스므리티에서 기도 모임을 하다 한 힌두교도의 총탄에 맞아 쓰러졌다.

종교적 색채는 약하지만, 힌두교도였던 간디가 힌두교와 이슬람교 사이의

간디 스므리티에 전시된 간디의 어린 시절부터 말년까지 모습 젊은 시절 '멋진 영국신사' 같은 모습을 보이다 민족적 자각을 하면서 변화하는 그의 모습이 잘 드러나 있다.

종교 갈등이 한창일 때 힌두교도의 총에 맞아 사망한 것은 역사의 아이러니였다. 인도 전역은 큰 슬픔에 빠졌지만, 그의 사망 후에도 종교적 갈등을 해소하지는 못했다. 결국 '순수한 이슬람의 나라'를 주장하는 이슬람교도들이 파키스탄으로 분리되어, 힌두교도들은 인도로, 이슬람교도들은 파키스탄으로 이동한 후 1950년 1월 16일 독립국가 인도가 출범하게 된다.

델리의 스므리티에는 간디가 델리에서 마지막 144일을 보내면서 머문 집을 당시 모습 그대로 복원 전시해 놓고 있었다. 방안에는 간디가 쓰던 가구가 놓여 있었는데, 침구와 작은 앉은뱅이 책상 하나, 필기구가 전부였다. 그야말로 무소유와 소박한 삶을 살다 간 모습 그대로였다. 그 소박한 침구와 책상에 전 세계를 진동시킨 위대한 사상과 실천이 깃들어 있다고 생각하니 감회가 새로웠다. 그 힘은 무엇일까. 바로 진실의 힘이다. 인도인들의 인간적 삶에 대한 염원과 간디의 진실한 마음이 세계를 뒤흔든 것이다.

바람이 훅 불면 쓰러질 것 같은 가냘픈 몸매의 한 노인이 잠자던 대륙 인도를 뒤흔들어 민족적 자각을 일깨우고, 당시 해가 지지 않는 세계 최강 대영제국의 인도 지배에 요란한 파열음을 내게 한 것이야말로 간디 정신의 위대한 승리이자, 그가 말한 진실의 힘이 아니었을까. 간디의 표상은 콜카타에서

스므리티 간디가 1948년 1월 30일 기도 모임을 하다 한 힌두교 광신도의 총탄에 맞아 숨을 거둔 곳으로, 바닥에 간디의 마지막 발자국을 표시해 놓았다.

보았던 테레사 수녀의 모습과 겹쳐졌다. 그녀가 가진 순수함과 진실함, 끊임없는 실천, 그 실천을 이끄는 내면의 힘이 다른 무엇보다 강력한 힘을 가졌고, 증오보다는 사랑의 마음이 결국 큰 반향을 불러일으키지 않았는가. 모두 인간 정신의 승리라 할 것이다.

그 방을 나오면 그가 오후의 마지막 기도를 위해 걸어갔던 길에 한 발짝 한 발짝 걸어간 발자국 표시를 새겨 놓아 간디의 마지막 모습을 생생하게 떠올릴 수 있도록 했다. 대중들과 함께 기도하던 연단에는 "나는 빛이 어둠을 물리치기를 기원합니다. 비폭력에 대한 믿음을 갖고 살아가는 사람들이 저와 함께 기도하기를 바랍니다"라는 글귀가 세워져 있다. 간디가 앉았던 자리엔 누군가 갖다 놓은 작은 들꽃 한 송이가 놓여 있어 뭔가 애잔한 마음을 불러일으켰다.

간디 스므리티에서는 인도와 간디의 독립투쟁 과정을 상세히 설명해 놓았는데, 특히 보통 '세포이의 반란'으로 알려진 인도 전역의 봉기를 '1857년의 대항쟁(Great Uprising of 1857)'이라고 하여 큰 의미를 부여하고 있었다. 인도 국민이 독립을 자각하게 된 결정적 계기이자 역사적인 전환점이었다는 것이다. 당시 세포이 용병들에 대한 차별을 철폐하기 위한 투쟁이 발단이 되어 인도 전역에서 항쟁이 벌어졌다. 스므리티의 설명문은 이에 대해 "영국의 식민지배로 인도 국민들이 심각하게 차별받고 있음을 보여준 결정적인 계기로 국민적인 독립투쟁의 도화선이 되었으며, 1920년대와 1930년대의 무장혁명 세대를 일깨워 영국의 지배를 무너뜨리기 위해 총을 들게 만들었다"고 평가하고 있었다. 영국의 식민사가들이 이를 '세포이의 반란(Sepoy Mutiny)'이라고 한 것은 의도적인 평가절하이며, 이 항쟁이야말로 인도의 첫 독립전쟁이었다고 해석했다.

1980년대 한국의 역사학계와 시민운동가들이 당시까지만 해도 '동학란' 또는 '갑오정변'이라고 불렸던 1894년의 농민봉기를 반봉건·반외세를 기치로 내건 전국적인 해방투쟁이었다며 '갑오농민전쟁'이라고 새롭게 명명했던 것을 보는 듯했다. 역사적인 사건을 어떻게 해석하고 명명하느냐에 따라 그 사건은 전혀 다른 성격을 띠게 된다. 영국의 입장에선 '반란'이 인도의 입장에선 '대항쟁'이 되듯이, 일제의 입장에선 '난동'이 조선의 입장에선 '해방전쟁'이 된다. 세포이 항쟁에 대한 새로운 해석과, 간디와 인도 국민들의 독립투쟁을 구체적으로 설명해 놓은 전시장을 둘러보면서 '살아있는 인도의 정신'을 보는 것 같아 반가웠다.

거기엔 간디의 정신을 계승하기 위해 직접 물레를 돌리고, 옷을 만드는 사람들도 있었다. 간디가 주창한 단순하고 소박한 삶과 절제된 생활을 실천하는 사람들이었다. 그들은 글로벌 자본주의의 거센 물결이 환경 재앙과 생명의 위기, 인간적인 삶과 공동체의 위기를 불러오는 오늘날 '지속 가능한 삶'의 원형을 보여주는 듯했다. 간디가 몸소 실천한 비폭력과 평화의 사상 역시 약육강식과 승자독식의 경쟁 논리가 지배하는 오늘날 인류를 구원할 사상으로 재조명받고 있다.

무엇이든 반대는 쉽지만, 구체적인 대안을 만드는 것은 어려운 일이다. 하지만 아주 작더라도 그 대안을 만들고 실천하는 것에서 새로운 역사는 시작된다. 오늘날 신자유주의의 대안을 찾는 것도 마찬가지다. 자본주의의 비인간화에 반대하는 것만으로는 역사를 진전시키기 어렵다. 간디가 소박하고 단순한 삶을 실천했듯이 작더라도 새로운 삶의 가능성을 보여주는 것만이 희망을 줄 수 있다. 이것이 오늘날 간디가 가르치고 있는 것이다. 스므리티와 물레를 돌리는 '간디의 후예'들은 단순한 반대를 넘어 실현 가능한 '대안'에 대해 다시 생각할 것을 주문하고 있었다.

레드포트로 넘어가는 붉은 태양

간디 스므리티를 돌아본 다음, 올드 델리(Old Delhi)의 가장 대표적이고 유명한 관광지인 레드포트, 즉 붉은 성으로 향했다. 올드 델리로 가는 길은 뉴델리와 달리 엄청난 인파가 만드는 북새통의 현장이었다. 거리는 지저분하고, 곳곳에 쓰레기들이 널려 있고, 온갖 상인과 호객꾼들이 아수라장을 이루고 있었다. 레드포트 입구는 혼잡의 극치를 보였다.

그 혼잡 저쪽 너머로 붉은 색의 거대한 성채가 보였다. 레드포트는 무굴 제국의 5대 왕이자 '건축광'인 샤 자한(Sha Jahan)이 1639~48년에 지은 왕궁이다. 화려했던 무굴 제국의 영화와 뛰어난 건축술을 잘 보여주는 기념비적 작품이지만, 기구하고 슬픈 이야기를 갖고 있다.

샤 자한은 화려하기가 극치에 달하는 아그라(Agra)의 '타지마할(Taj Mahal)'을 건설한 왕이다. 타지마할은 그가 사랑하던 부인의 무덤이다. 부인의 무덤을

레드포트 16세기부터 19세기 중엽까지 인도 대륙을 장악했던 무굴 제국의 궁전이자 요새로, 붉은 사암으로 건설되어 웅장하기 그지없다.

어마어마한 대리석으로 지을 정도이니 그의 사랑이 얼마나 간절했는지 놀라운 일이지만, 다른 한편으로는 무모한 왕이었다. 그는 타지마할 건설에 이어 제국의 수도를 아그라에서 델리로 옮기기로 하고, 막대한 재정을 투입해 레드포트를 건설했다. 하지만 그의 무모한 건축과 그로 인한 재정 위기에 반발한 아들 아우랑제브(Aurangzeb)가 반란을 일으켜, 아버지를 강제로 퇴위시키고 아그라 성(Agra Fort)에 유폐시켰다. 이 바람에 샤 자한은 레드포트에 발을 들여놓지 못했다.

레드포트는 이후 무굴 제국의 왕궁으로 반짝 영화를 누렸지만, 1707년 아우랑제브가 사망하면서 무굴 제국은 급격하게 쇠퇴했다. 각 지역의 제후들이 잇따라 반란을 일으켜 독자적인 왕국을 선포하고 통치하는 일종의 '무정부 시대' 또는 '춘추전국시대'가 펼쳐졌고, 이런 와중에 포르투갈과 네덜란드를 비롯한 서구 제국주의 세력이 몰려와 인도를 잠식하기 시작했다. 19세기에 접어들어 사실상 영국의 식민지가 되면서 무굴 제국도 사라진다.

　이런 역사의 격랑 속에서 레드포트는 지속적으로 훼손되었다. 성채의 내부 시설이나 장식품 등은 모두 사라졌다. 그럼에도 그 위용은 여전해서 1948년 네루가 이곳에서 인도의 독립을 선포했고, 이를 기념해 매년 8월 15일 총리가 이곳에서 독립 기념사를 낭독하고 있다.

　기구한 역사를 아는지 모르는지 레드포트는 예전의 모습 그대로 웅장하게 서 있었다. 붉은 사암으로 건설된 왕궁은 들어가는 입구부터 사람들을 압도했다. 웬만한 외부의 공격으로도 끄떡없을 것 같았다. 성곽이나 성채의 출입문은 고개를 완전히 꺾고 젖혀야 제대로 볼 수 있었고, 성채의 끝은 흐릿한 안개에 끝을 감출 정도로 길고 장엄하게 서 있었다.

　성채 내부도 건설 당시의 화려함과 섬세함을 잘 보여주었다. 왕의 집무실에는 항상 물이 흐르게 하여 습도와 온도를 조절하도록 했다. 한여름 40도를 오르내리는 찜통더위가 몰려오더라도 왕의 집무 공간엔 시원한 바람과 물소리가 들려올 듯했다. 성 한가운데로도 돌을 깎아 물길을 만들어 놓는가 하면 넓은 정원을 조성해 환경을 쾌적하게 만들고 있었다. 건축학을 공부하는 창군은 연신 카메라 렌즈를 들이대며 사진 찍기에 여념이 없었다.

　레드포트를 나올 때 태양이 서쪽 하늘로 기울어 햇살의 힘이 약해지고 있었다. 오늘 해가 지면 내일 또 다른 해가 뜰 것이다. 그렇게 시간은 흐르고, 많은 것들이 잊혀지고, 또 새로운 것이 탄생한다.

　그런 과정에서 남는 것은 무엇일까.

　오늘 우리는 인도의 위대한 인간 정신의 승리라 할 수 있는 간디의 발자취와, 외형적 거대함과 견고함을 추구하다 허망하게 몰락해간 무굴 제국의 마지막 걸작인 레드포트라는 상이한 두 가지를 돌아보았다. 과연 우리가 추구해야 할 가치는 무엇인가?

델리~아그라~조드푸르~자이푸르
델리 삼각지대 탐험

최고의 건축물 타지마할에 깃든 쓸쓸함

3박 4일 간 델리에 머물며 주요 명소들을 돌아본 다음, 일주일 동안 인도 북부의 이른바 '델리 삼각지대' 여행에 나섰다. 타지마할이 있는 아그라, '블루 시티(Blue City)'라는 별명을 갖고 있는 조드푸르(Jodpur), '핑크 시티(Pink City)'인 자이푸르(Jaipur)를 돌아 다시 델리로 돌아오는 일정이다. 델리 남부의 역사와 문화 유적, 아름다움을 갖추고 있는 곳을 돌아보는, 여행이라기보다는 관광이라는 표현이 적합한 일정이다.

기차는 공간 이동의 수단이기도 하지만, 시간 여행의 수단이기도 하다. 행선지가 달라지면 그곳이 가진 다른 시간의 역사와 문화가 나타난다. 그래서 기차를 타면 시간을 거슬러 올라가는 듯한 느낌을 주기도 한다. 중국 베이징에서 기차를 타고 뤄양과 시안으로 이동했을 때 고대 중국을 만났듯이, 인도 바라나시에서 콜카타로 이동했을 때 시간 감각이 달라지는 것을 느꼈듯이, 이번 델리 삼각지대 여행에서도 기차를 타고 다른 시간으로 이동했다. 이런 공간과 시간의 이동이 기차를 더욱 낭만적인 여행 수단으로 만든다.

어둠이 가시기 전인 새벽 5시, 모두 일어나 짐을 챙겼다. 저녁에 잠자리에 들 때 아침에 일찍 일어나야 한다고 얘기했더니 아이들도 군소리 하나 없이 일어나 각자 짐을 챙겼다. 큰 배낭은 숙소인 나마스카르 게스트하우스에 맡기고 필수적인 짐만 갖고 가야 했다. 오랫동안 여행을 하고 있기 때문에 어떤 짐을 챙겨야 할지 잘 알고 있지만, 그래도 짐을 챙길 때는 항상 고민이 된다. 원칙은 분명하다. 가져가야 할지 말지 고민이 되는 물건은 놓고 가면 된다. 실제 그런 고민을 안겨준 물건은 가져가 봐야 짐만 된다. 세면도구와 갈아입을 속옷, 여권과 메모 노트, 카메라와 여행 가이드북 등이면 충분하다. 거기에 읽을 만한 책은 서비스다.

곤히 잠든 숙소 직원을 깨워 체크아웃을 한 다음 배낭을 창고에 집어넣고, 거기에 체인까지 감아 아무도 우리 짐을 못 건드리게 단단히 갈무리해 두었다. 메인 바자르를 통과해 역에 도착하니 줄줄이 연착(delayed) 표시가 떠 있다. 안개 때문에 2시간 이상 연착된다는 자막도 보인다. 바라나시에서 8시간 연착을 경험한 우리에게 이 정도는 그리 경악할 것도 아니다. 다행히 아그라 행 열차는 델리에서 출발하는 관계로 예정대로 6시 18분 정시에 출발했다.

인도에서 처음으로 에어컨이 있는 1등석 열차인 ACCC(Air Conditioned Chair Car)를 탔다. 아주 쾌적하다. 의자 사이의 간격도 충분하고, 청소도 깔끔하게 되어 있다. 지정 좌석 열차로 입석 승객은 탑승이 불가능하기 때문에 붐비지도 않는다. 에어컨을 얼마나 세게 틀어놓았는지 추울 지경이다. 서비스도 괜찮다. 물부터 시작해 차와 식사도 제공한다. 아침에는 식빵과 버터, 잼, 야채에 커리를 넣어 미트볼처럼 만든 코프타(Kofta)로 구성된 식사가 제공되었다.

안개로 서행한 탓에 기차는 200km 거리를 4시간 정도 걸려 10시 30분 아그라에 도착했다. 기차는 우리를 17세기 중반 인도 대륙을 장악했던 무굴 제국 시대로 데려다 놓았다. 역은 타지마할이 있는 최대 관광지답게 많은 관광객들로 북새통이었다. 역 앞도 택시와 오토릭샤 호객꾼들로 정신이 없다.

택시를 타고 타지마할로 향했다. 웨스트 게이트 앞에서 내려 입장권을 구입했다. 250루피(약 5800원)의 입장료에 아그라 발전기금(ADA) 500루피를 합친 1인당 750루피(1만 7300원)는 인도 여행 중에 지불한 가장 비싼 입장료였다. 이어

타지마할 무굴 제국의 5대 황제 샤 자한이 아내 뭄타즈 마할의 묘지로 만든 인도의 대표적인 이슬람 건축물로, 전체를 하얀 대리석으로 만들어 화려하기 이를 데 없지만 무모한 욕망의 산물이 아닐 수 없다.

짐 보관소에 가방을 맡겼다. 타지마할에는 가방을 들고 들어가지 못한다.

인도 최고의 건축물이라고 하는 타지마할은 델리의 레드포트를 건설한 무굴 제국의 왕 샤 자한이 세 번째 아내 뭄타즈 마할(Mumtaj Mahal)을 안치하기 위해 만든 무덤이다. 뭄타즈는 샤 자한의 열네 번째 아이를 낳다가 1631년에 사망했다. 샤 자한이 그녀의 죽음에 상심한 나머지 하룻밤 사이에 머리카락이 회색으로 변했다는 일화도 전해진다. 아무리 생각해도 샤 자한은 단순한 '건축광' 또는 괴짜라고 말하기엔 허황됨의 도가 지나치다는 생각이 든다.

타지마할은 뭄타즈의 사망 1년 후에 착공해 8년 만에 지어졌으며, 내부를 포함한 모든 공사는 그로부터 10여 년이 더 지난 1653년에 완료되었다. 타지마할을 만들기 위해 인도는 물론 중앙아시아에서 총 2만 명의 인력이 동원되었고, 디자인을 위해 유럽의 대리석 전문가들도 초청되었다. 전체를 하얀 대리석으로 만들어 화려함이 지구상 어떤 건축물과 비교할 수 없을 지경이다.

타고르는 이를 '영원의 볼에 흐르는 눈물'이라고 했고, 키플링은 '모든 순수함의 결정체'라고 노래했다. 샤 자한은 이를 '태양과 달이 흘리는 눈물'이라고 말했다고 한다.

하지만 타지마할을 보며 그저 경탄만 하기에는 모든 것이 '인간적인 수준'을 뛰어넘었다. 한마디로 기가 막히는 건축물이었다. 순수의 결정체라기보다는 무모하고 허망한 인간 욕망과 망상의 결정체였다. 왕비의 무덤을 위해 이토록 엄청난 비용을 들였다면, 그로 인한 국민들의 고통은 어떠했을까. 더구나 그는 한 왕국을 다스리는 국왕이다. 국왕이라면 왕국의 한정된 자원을 효과적으로 배분하고 왕국의 조직을 관리할 책임이 있다. 결국 샤 자한이 아들 아우랑제브의 반란으로 유폐당하고, 무굴 제국이 아우랑제브를 끝으로 급격한 몰락의 길을 걸은 것은 당연한 역사적 귀결이 아니고 무엇이랴. 건축을 연구하거나 그 외적 아름다움을 노래하는 시인의 눈에는 위대한 문화유산으로 보일지 모르지만, 나에겐 그저 '허망한 신화'일 뿐이었다.

중국에서부터 새로운 유적을 만날 때마다 그 역사적 의미에 대해 끊임없이 설명해왔던 올리브도 타지마할에서는 무모하다는 말 이외에 할 말을 잃어 버렸다. 아이들도 처음에는 유명한 타지마할을 보게 되었다는 데 흥분한 모습이더니, 이야기가 거기에 깃들어 있는 역사와 사회적 의미로 흐르자 좀 심드렁한 반응을 보였다.

타지마할에는 불가사의한 이 건축물을 보기 위해 엄청난 인도인들과 관광객들이 몰려들었다. 처음 우리가 입장할 때에만 해도 뿌옇게 끼었던 안개도 시간이 흐르면서 서서히 걷혔다. 타지마할이 햇빛에 하얗게 빛나며 전모가 더욱 선명하게 드러났지만, 이 건축물을 아름답다고 해야 할지 의문이 몰려왔다. 과연 진정한 아름다움이란 무엇인가. 건축물의 규모나 거기에 들어간 재료, 건축 기법, 다양하고 화려한 조각들만 갖고 아름다움을 평가한다면 그것은 반쪽의 평가일 뿐이다. 거기에 들어 있는 역사·사회적 의미까지 담아내야 진정한 아름다움이라고 이야기할 수 있다. 그런 면에서 타지마할의 아름다움은 재평가되어야 한다.

타지마할 관람을 마치고 가방을 찾아 강 건너편의 아그라 성으로 가기로 했다. 그런데 짐을 찾으면서 어처구니없는 일을 경험했다. 보관소에선 가방에 매달려 있는 침낭까지 한 개의 짐으로 계산해 개당 20루피씩 아홉 개, 총 180루피를 요구했다. 그런데 입구의 설명문에는 보관료가 보관함(캐비넷) 사용료 20루피에 가방 한 개당 10루피로 적혀 있었다. 아무 생각 없이 창구 직원이 말하는 대로 돈을 지불한 나에게 창군이 설명문을 가리키며 말했다.

"여기엔 보관함 사용료가 20루피고, 가방 한 개당 10루피로 되어 있잖아."

내가 멈칫 하면서 설명문을 살피는 사이 창군이 창구 직원에게 직접 문제를 제기했다.

"우린 캐비넷 한 개를 사용하고 가방은 다섯 개입니다. 그러니까, 캐비넷 사용료 20루피와 가방 다섯 개 비용 50루피, 합해서 70루피만 내면 됩니다."

창군의 이야기를 들은 직원은 씩 웃으며 100루피를 나에게 돌려주었다. 10루피가 부족하다고 하자 직원은 약간 애교를 보이면서 말했다.

"10루피? 그건 서비스예요." 그 말에 고개를 끄덕여 수긍했다.

자세히 살피지 않으면 뻔히 보는 앞에서 100루피를 날릴 뻔했다. 사실 큰 돈은 아니지만, 인도에서는 항상 주의하고 철저히 확인해야 불필요한 자금 지출을 줄일 수 있다.

무굴 제국이 서구 세력에 무너진 이유

타지마할을 나서 천천히 걸어 아그라 성으로 이동했다. 무굴 제국의 전성기를 이끈 3대 왕 악바르가 처음 건축하고, 이후 지속적으로 증축과 확장이

아그라 성 무굴 제국의 전성기를 이끈 3대 악바르 왕이 1566년 건축한 성으로, 1648년 델리의 레드포트로
천도하기 전까지 무굴 제국의 본거지 역할을 했다.

이루어진 무굴 제국의 본거지다. 타지마할을 만든 샤 자한이 델리에 레드포
트를 건설하기 전까지 왕궁으로 사용되었다. 하지만 샤 자한이 그의 아들
아우랑제브에 의해 폐위된 후 이곳에 유폐되고, 아우랑제브가 왕궁을 레드
포트로 이전하면서 왕궁의 역할을 상실했다. 샤 자한은 1666년 사망할 때까
지 여기에 갇힌 채 부인이 잠들어 있는 타지마할을 바라보는 데 만족해야 했
다. 그도 사후 타지마할의 부인 곁에 묻혔다.
  아그라 성은 델리의 레드포트와 마찬가지로 붉은 사암으로 지어져 멀리
서도 아주 위엄 있게 보인다. 인도 대륙을 호령했던 무굴 제국의 강건함과 위
용을 보여주는 듯하다. 깊은 해자에 높고 견고한 벽을 갖추고 있어 어떠한
외부의 공격에도 끄떡하지 않을 것처럼 보였다. 하지만 지금까지 중국과 인
도 곳곳을 여행하면서 보았던 것처럼, 아무리 강고한 성채도 내부로부터 허
물어지는 것을 막을 수 없는 법이다. 아그라 성도 그것을 웅변하는 듯했다.

성 위로 올라가니 멀리 강 건너에 흰 대리석의 타지마할이 보였다. 이곳에 유폐되어 마지막 나날을 보내며 타지마할을 바라보던 샤 자한은 무슨 생각을 했을까? 죽은 부인에 대한 애틋한 사랑과 권력의 허망함에 눈물을 흘렸을까? 백성에 대한 안위보다 자신의 헛된 욕망을 위해 왕국의 재산을 탕진한 데 대한 회한의 눈물을 흘렸을까? 자신을 폐위시킨 아들에 대한 원망과 한탄의 시간을 보냈을까? 아그라 성과 타지마할은 아무런 말이 없이 그대로 서 있을 뿐이었다.

2시간 가까이 아그라 성을 돌아보고 뒤돌아섰을 때 해가 성채로 막 넘어갔다. 옅은 안개 때문에 태양은 붉은 반점처럼 서녘 하늘에 위태롭게 걸려 있었다. 타지마할과 아그라 성에 드리운 애잔함과 쓸쓸함, 허망함이 함께 걸려 있는 것처럼 보였다. 인도 대륙을 호령하던 무굴 제국이 샤 자한과 아우랑제브를 끝으로 역사의 뒤편으로 사라진 것을 흐느끼는 듯했다.

영욕의 무굴 제국은 깊은 인상을 남겼다. 똑같은 제국이라 하더라도 그 힘을 어떻게 사용하느냐에 따라 제국의 운명이 달라진다. 제국의 힘을 국가와 국민을 위해 사용하느냐, 아니면 황제 개인이나 왕실의 위용을 위해 사용하느냐에 따라 전혀 다른 길을 가게 된다.

무굴 제국 최후의 전성기를 구가한 샤 자한과 아우랑제브가 타지마할과 레드포트 등 거대한 토목공사를 진행하고 권력투쟁을 벌이던 때는 17세기 중엽으로, 당시 유럽에서는 산업혁명의 맹아가 싹트고 있었다. 유럽에선 생산력의 발전에 힘입어 상품화폐경제가 급성장하고 그 성장의 흥분 속에서 새로운 세계를 탐험하는 모험과 도전의 분위기가 팽배했다. 중세 암흑기에서 벗어나 신흥 부르주아(시민계급)가 부상하면서 기술과 과학을 발전시키고, 새로운 세계의 개척에 나섰다. 유럽 열강들이 도전 정신으로 힘을 키울 때, 인도를 비롯해 아시아와 아프리카 등의 왕국에선 내부 권력투쟁과 재정의 남용으로 왕국의 힘을 스스로 약화시키고 있었다. 결국 많은 아시아와 아프리카 국가들이 유럽의 식민지로 전락했다. 무굴 제국 영욕의 역사가 서려 있는 아그라는 이러한 역사의 궤적을 확연하게 느끼게 하는 곳이었다.

또 하나는 역사나 문화유적에 대한 기억 방식이다. 후대에 길이 남고, 역사적으로 높이 평가받는 유산이란 과연 무엇인가? 아그라의 타지마할과 델리의 레드포트는 모두 희대의 '건축광'인 샤 자한의 작품이다. 중국의 만리장성이나 병마용은 동양의 대표적 폭군인 진시황의 작품이다. 이집트의 피라미드도 이집트 왕들의 허망한 신념과 과도한 욕망의 산물이다. 이러한 유적들은 백성의 희생과 고혈을 바탕으로 만들어진, 피와 눈물의 결정체다. 이에 대한 올바른 '기억'의 방식은 무엇일까? 역사상 중요한 문화유산일지라도 바람직한 역사인식을 가질 수 있도록 그 역사적 의미를 제대로 '기억'하는 것이 필요하다. 사실 대부분의 유적에서 그런 '시각'을 갖고 유적을 설명하는 곳은 찾기 어렵다. 똑같은 역사유적이라 하더라도 그것을 어떻게 평가하고 전시하느냐에 따라 그 의미가 달라진다. 아그라는 역사와 문화유적에 대한 새로운 접근의 필요성을 잘 보여주는 곳이기도 했다.

내놓음으로써 모든 것을 얻은 왕족의 후예

새벽의 어둠이 막 가시기 시작한 오전 7시 조드푸르에 도착했다. 야간 열차를 타고 아그라를 출발하여 10시간 정도 걸렸다. 기차 안에선 쌀쌀하더니 역에 내리니 오히려 포근한 느낌이었다. 역을 나와 조드푸르의 중심지인 시계탑(Clock Tower)을 거쳐 숙소 후보로 점찍어 둔 힐뷰 게스트하우스(Hill-View Guesthouse)로 향했다. 조드푸르가 한눈에 내려다보이는 언덕 위에 위치한 게스트하우스다. 잠들어 있던 게스트하우스 직원을 깨워 옥상의 루프−톱(roof-top) 식당에 자리를 잡은 다음, 아침식사를 주문하고 느긋하게 기다렸다.

메헤랑가르 성에서 내려다본 조드푸르 '블루 시티'라는 별명답게 주택과 건물의 지붕과 벽면이 푸르게 채색되어 아름답게 빛난다.

마침 해가 막 떠오르며 멋진 풍광이 펼쳐졌다. 조드푸르의 지붕과 담이 푸르게 빛나며 블루 시티의 면모를 보여주기 시작했다. 조드푸르는 인구 85만 명의 작은 도시로, 인도 서북부 라자스탄(Rajastan)의 주요 도시다. 서쪽으로 조금만 가면 라자스탄 사막이 펼쳐지고, 동쪽으로는 인도 북부 평원이다. 조드푸르는 예로부터 델리를 중심으로 한 북부 주요 도시와 라자스탄 사이의 교역 중심지로 성장했다. 교역 품목은 주로 향신료였으며, 이것이 조드푸르의 명물이다.

조드푸르는 특히 브라만 계급이 다른 계급과 구분하기 위해 집을 파란색으로 칠해 블루 시티라는 별칭을 갖고 있다. 지금은 누구나 파란색을 칠해 도시 미관을 관리하고 있다. 이 블루 시티의 아름다움이 관광객들을 끌어모으고 있다. 도시 뒤편의 언덕에 우뚝 서 있는 메헤랑가르 성(Meherangarh Fort)에서 바라보는 도시의 야경은 아주 낭만적인 것으로 유명하다. 낙타를 타고 사막을 거니는 '낙타 사파리'도 유명하지만, 우리는 특히 이곳이 세계 최초의 환경론자로 꼽히는 비슈노이(Bishnoi)의 고향이라는 데 관심이 많았고, 그곳을 방문하고 싶었다.

게스트하우스의 옥상 식당에서 아침식사를 하고 한참을 빈둥거리고 있으니 12시경 활달한 주인아줌마가 큰 방을 하나 내주었다. 다섯이 들어가기엔 다소 비좁고 화장실이 하나뿐이라 좀 불편하겠지만, 문을 열고 나오면 바로 블루 시티를 내려다볼 수 있는 널찍한 테라스로 연결되어 있어 괜찮았다. 짐을 풀고 시계탑과 인근 시장, 시내를 돌아보기 위해 숙소를 나섰다.

조드푸르의 방향타 역할을 하는 시계탑 인근은 대규모 시장이다. 각종 야채와 과일, 향신료는 물론 의류와 생활용품, 기념품, 종교용품 등을 파는 상점들이 빼곡히 모여 있고, 짜이와 커리 등을 파는 음식점들도 부지기수로 많다. 시장을 보러 나온 주민들도 많아 시계탑 인근이 북적거렸다. 시장 뒤로는 메헤랑가르 성이 위용을 자랑하듯 우뚝 서 있다. 이 시계탑과 메헤랑가르 성은 도시 어디에서나 볼 수 있어, 조드푸르의 이정표 역할을 한다.

시장의 남문을 통해 보이는 시계탑과 메헤랑가르 성은 아름다웠다. 사람들은 이 찬란한 역사유적 속에서 살아가고 있었다. 시가지로 통하는 남문 앞에는 관광용 마차들이 옛날의 영화를 보여주듯 도열해 있다. 그 아래로는 대형 향신료 가게들이 즐비하게 들어서 조드푸르가 향신료의 본고장임을 알리고 있다. 시가지에는 인도의 어느 도시에서나 볼 수 있듯이 신성한 소들이 거리를 활보하고 있고, 아예 길 한가운데 누워 따뜻한 햇살을 즐기기도 했다.

메헤랑가르 성은 15세기 중엽부터 인도가 독립한 1950년까지 조드푸르 일대를 사실상 통치해온 메와르(Marwar) 왕국의 궁성이다. 조드푸르 뒤편의 산에 견고한 성채를 짓고, 그 안에 궁전을 지어 밖에서 보면 아주 단단해 보인다. 델리의 레드포트나 아그라의 아그라포트와 마찬가지로 붉은 사암으로 만들어져 더욱 강건한 모습이다.

메헤랑가르 성 조드푸르 시장 너머 산 꼭대기에 우뚝 서서 조드푸르를 굽어보는 듯하다. 시장 오른쪽에 이 정표 역할을 하는 시계탑이 보인다.

성에 오르니 성채 아래로 조드푸르 시가지가 한눈에 내려다보였다. 멀리 조드푸르 외곽의 평원에 세워진 메와르의 새로운 왕궁도 보인다. 지금은 호텔로 바뀌었지만, 거기엔 메와르의 마지막 왕이 살고 있다고 한다.

메헤랑가르 성은 규모가 아주 크지는 않지만, 다채로운 장식과 조각으로 유명하다. 왕과 왕비의 처소에서부터 왕의 집무 공간, 각 부문의 의견을 청취하던 공간, 외부 사절이나 손님을 맞는 공간 등 필요한 공간이 모두 갖추어져 있고 보존 상태도 양호하다. 지방권력의 궁성답게 모든 시설의 규모가 작지만, 섬세한 조각과 장식이 독특한 아름다움을 선사했다. 이러한 시설들이 위압적이지 않고 오히려 친근감을 주는 것 같았다. 무엇보다 감동적인 것은 메와르 왕조의 탁월한 공존 능력과 마지막 젊은 왕이 만든 '반전'이었다. 그것은 인도 지방권력의 몰락과 재기의 역사를 보여주는 한편의 드라마였다.

메와르는 타르 사막(Thar Desert) 지역에서 힘을 키워온 지방의 토착권력으로

15세기 중엽인 1459년 라오 조다(Rao Jodha) 왕이 메헤랑가르 성을 짓고 수도를 조드푸르로 이전하면서 통치 영역을 확대했다. 이후 무굴 제국 시기와 서구 열강들의 인도 공략 및 영국 식민시기를 거쳐 인도가 독립한 1950년까지 조드푸르 지역을 통치하였다.

메와르는 위기가 닥칠 때마다 외교적 수완을 발휘해 권력을 유지했다. 무굴 제국과는 무굴 왕자와의 정략적 결혼을 통해 우호적 관계를 맺었다. 인도 북부 전역과 아프가니스탄으로 영토를 확장하며 무굴 제국의 전성기를 이끈 3대 악바르 왕이 비이슬람 교도들에 대해서도 우호적인 정책을 쓰자 메와르가 사돈 관계를 맺었다. 힌두교도인 메와르가 이슬람 세력인 무굴과 사돈 관계를 맺어 이 지역에 대한 통치권을 유지해 나간 것이다. 이어 무굴 제국이 몰락하고 서구 열강의 침략이 이어지는 혼란기에도 정치·외교적 수완을 발휘해 외부 세력과도 우호적인 관계를 맺어 권력을 유지했다.

그러나 인도의 독립과 공화국 선포에 따라 1950년대 초 왕조는 막을 내렸다. 1970년대에는 인도 헌법에 따라 왕족들이 모든 권한을 박탈당하고 평민으로 강등되었다. 메와르 왕조가 역사의 저편으로 영원히 사라질 운명에 처했던 것이다. 이를 바꾸어 놓은 것이 평민으로 강등되었던 마지막 왕 마하라자 가즈 싱 2세(Maharaja Gaj Singh Ⅱ)였다. 영국 이튼 칼리지와 옥스퍼드에서 철학과 정치경제학 학위를 받은 그는 1990년대 이 왕궁을 박물관으로 바꾸어 일반에 개방하기로 하고, 마스터 플랜을 만들어 외부 자금을 끌어들였다. 그의 계획이 알려지면서 성의 역사와 아름다움, 새로운 계획에 공감한 각계의 지원으로 기금이 만들어졌다. 이를 바탕으로 방치되었던 성을 복원하고, 사료들을 모아 박물관을 만들면서 잊혀져가던 메와르 왕조를 부활시켰다.

옛 영화를 상실하고 평민으로 강등된 자신의 처지를 비관하거나 한탄하는 게 아니라, '발상의 전환'을 통해 상황을 역전시킨 것이다. '자신의 것'을 독점하고 과거의 영화를 되찾으려는 것이 아니라, 자신의 것을 내놓고 대중과 공유하고자 한 것이 왕조를 살려냈다. 이를 통해 가즈 싱 2세는 찬란했던 왕조의 문화를 되살리고, 의회 상원의원을 지내는 등 영향력을 발휘했다고 한다.

여기에서 또 하나 놀란 것은 한국어 오디오 가이드였다. 인도 내륙의 작은 성에 한국어 오디오 가이드가 있다니, 의외였다. 우리도 이어폰을 끼고 설명을 들으면서 하나하나 돌아보았다. 이곳의 오디오 가이드는 우리가 지금까지 들어본 오디오 가이드 가운데 가장 완벽했다. 압권이었다. 인도는 물론 세계 최고의 오디오 가이드가 아닐까 싶었다. 덕분에 우리 가족은 각자 오디오 이어폰을 하나씩 꽂은 채 천천히 구석구석을 관람할 수 있었다.

오디오의 설명은 하나의 완벽한 스토리였다. 거기엔 지금까지 생존해 있는 메와르 왕조의 후손은 물론 과거 이 성에서 살았던 시종이나 요리사, 관료 등의 생생한 육성까지 들어가 있었다. 이들이 들려주는 이야기는 마치 하나의 드라마 같았다. 그것도 현장을 직접 돌아보면서 듣는 드라마니 생생하기 그지없었다. 타임머신을 타고 중세시대로 돌아간 느낌이었다. 조드푸르를 방문하는 여행자에게 꼭 권하고 싶은 한국어 오디오 가이드다.

해가 뉘엿뉘엿 넘어가면서 석양이 몰려오고 도시에 조명이 비추기 시작하자 블루 시티의 면모가 더욱 뚜렷이 나타났다. 낮에 메헤랑가르 성으로 올라올 때에만 해도 파란색이 제대로 보이지 않았는데, 해가 넘어가면서 도시 전체가 파란색으로 옷을 갈아입은 듯했다. 도시 색깔을 이렇게 하나로 통일하고 거기에 조명을 가함으로써 관광 상품으로 만들 수 있다는 것도 놀라웠다.

숙소로 돌아오자 여러 나라의 여행자들로 북적이고 있었다. 우리가 머문 방 앞의 테라스엔 각국의 여행자들과 게스트하우스 직원들이 어울려 '알까기 장기놀이'를 하는 등 흥거운 시간을 보내고 있었다. 한국인 여행자들도 몇 명 보였다. 창군과 동군, 멜론은 이들 여행자들과 금방 어울렸고 알까기 놀이도 함께 즐겼다. 아래론 지붕과 담에 조명을 비추어 조드푸르 전체가 파랗게 빛나고, 테라스에선 알까기 소리가 요란했다.

최초의 환경론자 비슈노이를 만나다

비슈노이는 오늘날 전 세계적으로 활발히 펼쳐지고 있는 환경운동의 원조이자 최초의 환경론자로 받아들여지고 있는 중세 인도의 성인이다. 그는 15세기 자이나교(Jainism) 성직자로, 야생동물의 포획은 물론 벌목까지도 반대한 철저한 환경론자였다. 벌목을 하라는 왕의 지시에 반대해 나무를 지키기 위해 끝까지 싸웠고, 그를 따르던 300명의 지지자들이 나무를 지키기 위해 순교한 것은 그가 얼마나 철저한 환경론자였는지 잘 보여준다. 그 비슈노이가 활동했던 지역이 바로 조드푸르 인근에 있었고, 우리가 조드푸르에 온 가장 큰 목적은 그곳을 방문하는 것이었다.

비슈노이 투어는 유럽을 중심으로 세계에 알려지면서 찾는 사람들이 늘어나 관련 투어 프로그램도 많이 개발되어 있다. 론리 플래닛에는 비슈노이 마을을 비롯해 낙타털을 이용해 카펫을 생산하는 살라와스(Salawas), 토기를 제작하는 장인마을 카쿠니(Kakuni)와 오시안(Osian) 등을 연결하는 프로그램을 소개하고 있다. 우리는 이왕이면 공식 기관의 투어에 참여하는 게 좋겠다며 조드푸르에 도착하자마자 관광 안내소를 찾아 투어를 예약했다.

우리가 참가한 투어는 주정부의 인가를 받은 안투 여행사(Antoo Tours & Travels)에서 진행하였는데, 비슈노이 마을을 포함한 5개 마을을 오전 9시부터 오후 2시까지 돌아보는 5시간짜리 프로그램이었다. 가격은 다섯 명이 총 1100루피(약 2만 5300원)로 아주 저렴했다. 투어라고 해도 우리 가족이 지프 한 대에 타고 진행하는 것이기 때문에 사실상 단독 여행이나 마찬가지다.

오전 9시 남문 밖의 약속 장소로 나가니 안투 여행사 사장이 투어를 진행할 가이드와 함께 나와 있었다. 가이드는 라자스탄의 전통복장에 긴 목도리를 걸치고 멋진 터번을 쓴 중노년의 인도인이었다. 그는 직접 운전을 하며 가이드 역할을 했다. 잘 다듬어진 콧수염에 숱이 무성한 구레나룻을 한 모

비슈노이 투어를 안내한 '터번' 가이드 멋진 구레나룻에 터번을 쓴 모습이 아라비안 나이트에 나올 법한 풍모다.

습이 영화에 나오는 인도인 같았다. 그 옆에는 황무지도 거침없이 질주할 것 같은 단단한 지프가 서 있었다.

조드푸르 시내를 벗어나자 바로 평원이 나타나고, 그 평원을 약 30분 정도 달리자 소들이 한가롭게 풀을 뜯는 초원이 이어졌다. 초원 곳곳에는 비슈노이와 주민들이 목숨을 걸고 지킨 '신성한 나무(Holy Tree)'가 서 있었다. 조금 더 가자 낙타, 산양 등이 나무 아래에서 풀을 뜯거나 쉬고 있는 모습이 나타났다. '터번' 가이드는 이들 모두 야생동물이며, 아무도 이들을 해치지 않는다고 설명했다. 초원과 야생동물, 그리고 신성한 나무는 끝없이 이어졌다.

조드푸르 외곽의 풍경은 동물이나 식물이 살기에 그리 좋은 환경이 아니었다. 강수량이 적어 반(半)사막화가 진행되고 있었는데, 여기에서 서쪽으로 60~80km 정도 더 가면 라자스탄 사막이 본격적으로 시작되는 것으로 보아 이 지역은 라자스탄 사막과 인도 중북부 평원의 중간 정도 될 것 같았다. 그런 환경에서 인간이 살아가려면 자연이 절대적으로 중요하기 때문에 비슈노이가 목숨을 걸면서 나무와 동물을 지키려 했던 것이다. 비슈노이의 그런 노력이 있었기에 지금 조드푸르 외곽의 환경이 그나마 보존되어 동물들도 살수 있게 되었다. 그런 희생이 있었기에 주민들도 자연을 보호해야 한다는 인식을 갖게 되었고, 사람이 자연과 공존하는 방법도 터득할 수 있었다. 탁월한 선각자의 헌신이 후대에까지 큰 가르침을 주고 있는 것이다.

우리를 안내한 '터번' 가이드는 한참을 달리다 차를 세우고는 머리에 쓴 터번을 벗어 우리가 써볼 수 있도록 친절을 베풀기도 했다. 터번은 뜨거운 햇볕으로부터 머리를 보호하는 역할도 하지만, 그 사람이 속한 부족과 계급, 카스트를 보여주기도 한다. 그는 왕족의 후예지만, 지금 자신의 일에 만족한다며 시종 친절하게 우리를 안내했다.

한참을 달려 드디어 비슈노이 사원(Bishnoi Temple)에 도착했다. 그

비슈노이 사원의 부조 벌목에 반대해 나무에 매달려 자연을 지키려는 주민들의 모습을 형상화했다.

의 뜻을 기리는 곳으로, 작고 아주 소박했다. 그가 평생 환경보호를 주창하고 그것을 위해 목숨까지 바쳤는데, 환경을 해치면서 거대한 사원을 짓는 것은 어울리지 않을 것 같았다.

오래된 비슈노이 사원 뒤로 새로운 사원이 한창 건설되고 있었다. 이곳을 탐방하는 사람들이 늘어남에 따라 그의 사상을 좀더 체계적으로 알리기 위한 것이라고 했다. 옛 사원에는 비슈노이의 사상과 활동에 대한 특별한 설명 없이 건물만 있었지만, 새로 짓는 사원에는 다양한 형태로 그의 뜻을 전하고 있었다. 비슈노이와 주민들이 '신성한 나무'를 지키기 위해 목숨을 걸고 투쟁하는 장면을 다양한 조각(부조)으로 만들어 벽면을 장식하고 있었다.

가이드는 공사가 진행 중인 새 사원의 내부로 우리를 안내했다. 이곳저곳에 벽돌과 나무가 어지럽게 나뒹굴고 있었다. 둥근 돔으로 설계된 사원 중앙의 천장 공사를 위해 나무 받침대가 얼기설기 이어져 있었다. 긴 칼을 든 관군의 위협에도 신성한 나무에 매달려 벌목을 막기 위해 몸부림치는 주민들의 모습을 담은 조각 작품들도 사원 한편에 잔뜩 쌓여 있었다. 사원이 다 완공되어 저 조각들이 벽면을 장식하게 되면 멋진 볼거리이자 환경교육의 현장이 될 것 같았다.

새 비슈노이 사원까지 구경한 다음, 우리는 몇 개의 마을을 방문했다. 외

국인 관광객들이 늘어나면서 몇 개의 전통 민속마을을 지정하여 방문할 수 있게 한 것인데, 모두 따뜻하게 맞아주었다. 한 마을에선 주인 부부와 친척, 어린이들까지 10여 명이 우리를 맞았다. 한국처럼 곡물을 맷돌로 갈아 밀가루를 만들고, 화덕을 이용해 자파티를 굽기도 했다.

한 집에선 이곳의 전통적인 손님맞이 음료인 아편을 만들어 주기도 했다. 아편을 조금 떼어내어 물에 타서 주었는데, 손바닥에 받아 마시도록 했다. 창군과 동군, 멜론은 아편이라는 말에 잔뜩 경계하면서 머리를 절레절레 흔들었다. 그릇이나 손에 먼지가 잔뜩 묻어 있어 마시고 싶은 생각이 들지 않았지만, 여행단을 이끄는 가장의 책임감과 주인의 권유가 워낙 간곡해 입에 살짝 대보았다. 맛은 씁쓸했는데, 아주 미량이어서 그런지 신체상의 어떤 변화도 느끼기 어려웠다.

민속마을은 아주 남루해 보였다. 아이들은 신발도 신지 않은 채 골목을 뛰어다녔고, 우리가 방문하자 남편이 없어 생계가 어렵다면서 몇 루피를 달라고 손을 벌리는 여성 주민들도 있었다. 민속마을이라고 하지만, 보여주기 위해 만든 마을이 아니라 실제로 현지 주민들이 살아가고 있는 마을이었다. 라자스탄의 전통적인 생활방식을 탐방한다면서 마을을 휘젓고 다니는 우리가 갑자기 불편해졌다. 하지만 그것 역시 라자스탄 사람들의 삶의 일부일 듯싶었다.

민속마을을 떠나 다시 메말라가는 초원으로 달려 '터번' 가이드의 집에 도착했다. 아까 방문했던 마을의 집들과 달리 그의 집은 아주 널찍했다. 1층의 천정도 아주 높아 겨울에는 햇볕을 충분히 활용하되, 온도가 40도 이상 올라가는 여름에는 바람이 잘 통하도록 한 구조다. 그는 관광객이 늘어나는 것에 발맞추어 2년 전부터 홈스테이를 운영하고 있었다. 가이드 부인이 직접 자파티와 커리를 만들어 내놓았다. 맨흙으로 된 부엌 바닥에서 밀가루를 반죽하고, 나무를 태우는 화덕과 시커먼 프라이팬을 이용해 구워서 그런지 자파티에선 흙인지 먼지인지 작은 알갱이들이 어석어석 씹히기도 했지만, 구수한 맛이 일품이었다. 진짜배기 살아있는 인도 음식이었다.

조드푸르로 돌아오는 길에는 '터번' 가이드의 20대 후반 '신세대' 아들이 핸들을 잡았다. 아직 뚜렷한 직장이 없이 아버지가 운영하는 여행 가이드의 보조 역할을 하고 있다고 했는데, 아주 활달한 젊은이였다. 운전도 조심스러웠던 아버지와는 달리 아주 박진감 넘쳤다. 그는 여기에서의 일엔 별반 흥미를 느끼지 못하고, 새로운 직업을 찾아 큰 도시로 나가고 싶어 했다. 젊은이들이 기존 사회의 오래된 관습에서 벗어나 새로운 희망과 자유, 뜨거운 사랑을 찾고 싶어 하는 것은 어디나 마찬가지인 듯하다.

간단하고 소박한 투어였지만, 의미가 많은 일정이었다. 최초의 환경론자로 새롭게 조명받고 있는 비슈노이를 만난 것이나, 라자스탄의 민속마을을 직접 둘러보고 그들의 생활을 이해할 수 있었던 것 모두 신선한 경험이었다. 아이들은 라자스탄에서 가장 유명한 자이살메르 '낙타 사파리'를 경험하지 못한 것에 좀 아쉬워하는 눈치였지만, 모처럼 지프를 타고 라자스탄의 거친 황야를 달려본 것도 만족스러웠다.

버스 차장과의 아찔했던 충돌

델리 삼각지대 탐방의 마지막 코스는 자이푸르였다. 조드푸르에서 새벽 어둠이 가시기 시작할 때 열차를 타고 5시간을 달려 11시쯤 자이푸르에 도착했다. 자이푸르는 영국 식민지 시절 이 지역을 다스리던 카치와하(Kachwaha) 왕조가 영국과 우호의 표시로 도시 전체를 분홍색으로 칠해 '핑크 시티'라는 별명을 갖고 있다. 라자스탄의 주도인 이곳은 인도에서는 보기 어려운 계획 도시다. 시내 중앙에 있는 왕궁(City Palace)을 중심으로 구시가지가 정방형 구조로 되어 있으며, 외곽에는 웅장한 아메르 성(Amer Fort)이 있다.

　여행 안내소의 소개로 문라이트 호텔(Moon Light Hotel)에 여장을 풀고, 컨퍼런스에 참여하기 위해 시내로 나간다는 호텔 사장의 차를 얻어 타고 시내로 나가 요거트와 과일 주스가 혼합된 라씨를 한 잔씩 마시고 시티 팰리스를 돌아보는 등 여유 있는 시간을 가졌다.

　왕궁에 이르는 거리는 반듯반듯하게 구획되어 있었고, 도로를 따라 역시 건물이 길게 이어져 있었다. 1700년대 초 카치와하 왕조의 마하라자 자이 싱 2세(Maharaja Jai Singh Ⅱ)가 왕궁을 건설하면서 만든 도시다. 약 300년 전에 이런 도시를 만들었다는 것이 인상적이었다. 자이 싱 2세는 11세 때 아버지가 갑자기 사망하자 권력을 이어받아 40여 년 동안 통치하면서 이 왕조의 경제와 문화를 크게 발전시켰다고 한다. 반듯반듯하게 지어진 건물에는 작은 상점들이 빼곡히 들어차 의류와 신발, 생활 및 종교용품, 기념품 등을 팔고 있었다. 특히 연을 파는 가게들이 많았는데, 자이푸르는 국제 연날리기 대회가 열리는 '연의 도시'이기도 하다.

　시티 팰리스는 그 규모보다 섬세한 조각과 장식품이 더 인상적이었다. 특히 흥미를 끈 것은 거대한 은 항아리였다. 인도가 영국의 식민지가 된 이후 카치와하의 왕이 영국의 왕자로부터 초대를 받았다고 한다. 왕은 영국 본토를 여행하고 싶었지만, 바다를 건너면 카스트(왕으로서의 지위)를 잃게 된다는 힌두의 믿음이 걸림돌이었다. 그래서 이 거대한 은 항아리를 만들어 거기다 갠지스 강물을 담아 영국에서도 그것만 마셨다고 하는 일화가 전한다.

　다음 날 아메르 성을 찾았다. 이 성은 카치와하 왕조의 옛 왕궁으로, 무굴 제국 시기인 1592년 마하라자 만 싱이 건설해 100여 년 동안 왕궁으로 사용하였다. 하지만 인구가 늘고 왕국의 규모가 커지면서 그 수요를 감당하기 어려워지고 물도 부족해지자 1700년 마하라자 자이 싱 2세가 왕궁을 앞서 돌아본 시티 팰리스로 이전하면서 역사의 뒤편으로 밀려났다.

아메르 성은 자이푸르에서 북동쪽으로 약 11km 떨어져 있다. 택시나 오토릭샤를 이용할 수도 있지만, 현지 주민들이 이용하는 일반 버스를 타기로 했다. 버스로 자이푸르 외곽을 돌아보는 것도 흥미로울 것 같았다. 자이푸르 시내 중심가로 나온 다음, 물어물어 29번 로컬 버스를 타고 아메르 성으로 향했다. 거리엔 정류장 표시도 없고, 버스에는 행선지 표시도 제대로 되어 있지 않아 처음엔 혼란스러웠지만, 차장과 다른 승객에게 행선지를 거듭 확인하면서 차에 올랐다. 그런데 이 차에서 예기치 않은 해프닝이 발생했다.

사실 인도를 여행하기 전까지만 해도 안전에 대한 걱정이 많았다. 그러나 북부 지역을 동서남북으로 종횡무진 여행하며 그것이 기우였다는 것을 깨달아가고 있었다. 인도 사람들은 생각보다 친절했다. 거스름돈을 은근슬쩍 덜 준다거나 뻔한 거짓말을 늘어놓는 사람도 있었지만 치안이 불안하다고는 느끼지 못했다. 게다가 여행이 4개월째 이어지다 보니 우리의 안전 의식도 점차 희미해져 가고 있었다. 이런 상황에서 발생한 자이푸르 버스 차장과의 아찔한 순간은 이를 다시 생각하게 만드는 계기였다.

우리는 차에 오르기에 앞서 차장에게 아메르 성까지 차비가 얼마인지 여러 차례 물었다. 창군과 동군은 차비를 확인하고 타자고 했지만, 나는 공공 버스이니 정해진 가격이 있지 않겠냐면서 일단 타자고 했다. 하지만, 그것은 나의 '순진한' 생각이었음이 곧 드러났다.

차에 타기 전에도 타고 난 후에도 차비에 대해서는 일절 얘기하지 않던 차장은 버스가 아메르 성에 거의 도착할 즈음 "100루피!"라고 말했다. 지금까지 인도의 몇 개 도시를, 그것도 버스를 숱하게 이용하면서 여행했지만 불과 20~30분 거리에 이렇게 비싼 차비는 본 적이 없었다. 어이가 없어진 나는 인도 사람은 차비를 얼마나 내는지 물었다. 답변을 하지 않고 우물쭈물하는 차장이 이상해서 다시 목소리 톤을 높이며 차장과 주변 승객들을 둘러보았다. 인도인들도 나와 차장을 번갈아보며 상황을 주시하였다. 나는 승객들이 확실히 듣도록 목소리를 더 높였다.

"100루피라니, 믿을 수 없어요. 지금 외국인이라고 차별하는 겁니까?"

차장은 여전히 입을 닫고 있었고, 한 인도인 신사는 나에게 은근한 눈짓을 보내며 '잘 하고 있다'고 고개를 끄덕였다. 상황은 분명해졌다. 그는 외국인을 상대로 돈을 조금 더 받아 볼 생각이었다. 그러는 사이에 차가 아메르 성에 도착했다.

"나는 1인당 6~8루피로 알고 있다. 우리 다섯 명의 차비로 30루피면 충분할 것이다."

차장에게 이렇게 말하고 30루피를 쥐어주고는 차에서 내렸다. 차장은 아무 말도 하지 못하고 내미는 차비를 받아 쥐었다. 우리는 황당하다며 아메르 성으로 천천히 발걸음을 옮겼다. 그때였다. 막 떠나려던 차에서 차장이 내리더니 우리에게 뛰어왔다. 그러더니 당혹스런 표정으로 말했다.

"35루피!"

우리 가족 다섯 명의 요금이 35루피이므로 5루피를 더 내라는 것이었다. 1인당 7루피라는 얘기였다. 그 말을 듣자 아까 차 안에서 당했던 모욕감이 치밀어 오르면서 화가 났다.

"그럼 왜 100루피라고 얘기했나? 지금도 당신의 말을 못 믿겠다." 나는 항의를 하며 저쪽에 경찰도 있으니 여차하면 경찰에게 달려갈 생각도 했다. 차장은 나의 말에는 답변하지 못하고 그저 "35루피!"라는 말만 연발했다. 그러면서 내가 발걸음을 앞으로 옮기자, 차장도 옆걸음질을 치다 그 앞에 있던 멜론을 밀쳤다. 차장의 속임수에 화가 나 있던 멜론도 반사적으로 자신의 가슴을 차장에 들이대며 맞섰다. 갑자기 분위기가 험악해졌다. 비록 중학교 3학년이지만 멜론의 성격도 만만치 않다. 화들짝 놀라 다급하게 외쳤다.

"멜론, 그러지 마! 진정해! 몸으로 하면 안 돼!"

꿈과 희망을 찾아 세계를 돌고 있는 우리가 인도의 한 작은 마을에서 시답지 않은 일로 한판 붙을 수는 없는 일 아닌가. 더구나 인도에서 버스 차장을 할 정도라면 그의 '성깔'도 만만치 않을 텐데 여기서 상황이 더 악화되면 우리에게 득이 될 게 없었다. 인도 버스에서 희한한 일들이 많이 일어난다는 것은 뉴스에서도 많이 보았었다.

멜론이 나의 외침에 인상을 한번 '팍~' 쓰더니 옆으로 비켜섰다. 그러자 버스 차장도 더 이상은 시비를 걸지 않고 막 출발하는 버스를 향해 뛰어갔다.

그것으로 해프닝은 일단락되었다. 몇 푼 안 되는 작은 금액이지만, 차장의 태도는 괘씸하기 그지없었다. 그렇다고 해서 감정적으로 대응하는 것은 매우 조심해야 한다.

"우리는 여행하는 사람들이니까, 이런 일이 벌어지면 조심해서 대응해야 해. 우리 주장을 조목조목 얘기해야지, 힘으로 대응하는 것은 금물이야. 잘못하면 일이 복잡하게 꼬일 수도 있어. 작은아빠도 앞으로 더 조심할 거야."

차장 한 사람 때문에 지금까지 인도에 대한 좋은 이미지에 중대한 오점이 생겼지만 우리도 앞으로 안전에 더욱 신경을 써야 하는 과제를 안게 되었다.

아메르 성은 자이푸르 북동부를 감싸고 도는 산 위에 자리 잡아 마치 유럽의 고성을 보는 것 같았다. 외곽 성벽은 주변의 험준한 산으로 굽이굽이 이어져 있었다. 시간의 마모를 견디지 못하고 일부 허물어진 곳이 눈에 띄기도 했지만, 성이 지어진 지 400년이 넘었음에도 위용이 만만치 않았다. 역사의 저편으로 사라져간 카치와하 왕조의 옛 영화를 보여주는 듯했다.

성 입구엔 마오타 호수(Maota Lake)라는 작은 인공호수가 있어 언덕 위의 성을 더 멋지게 보이게 했다. 위에서 내려오는 물을 저장해 성에 공급하는 수원지 역할을 하고, 왕실 가족이 보트 놀이를 즐기던 곳이기도 하다. 호수에 비친 성의 웅장한 모습도 볼 만했다.

성은 코끼리 같은 거대한 동물을 앞세운 적들이 쉽게 공격하지 못하도록 구불구불한 길과 계단을 통해서만 접근할 수 있었다. 정문을 통과해 안으로

아메르 성 자이푸르 외곽의 산 중턱에 자리 잡고 있다. 라자스탄 일대를 통치해 온 카치와하 왕조의 궁성으로 여러 개의 문을 통과해야 성 안으로 들어갈 수 있다.

들어가니 대규모 군대가 주둔할 수 있는 광장이 나타났다. 왕궁의 중요한 행사를 치르거나 외국의 사절이 오면 환영식을 하는 공간이었다. 그 광장을 지나 다시 커다란 문으로 들어가니 왕궁이 나타났다.

시설은 다른 왕궁과 거의 비슷했다. 왕의 집무실과 주거 공간이 있고, 대신들과 회의를 진행하던 곳, 신하들로부터 왕국의 현황은 물론 주변 정세에 대한 의견을 청취하던 곳, 왕이 휴식을 취하던 곳 등등이 배치되어 있었다. 특히 이곳이 여름철에는 40도를 오르내리는 아주 뜨거운 지역인 만큼 통풍에 많은 신경을 써 건설했음을 보여주고 있었다.

왕궁에는 또 무수한 부속건물들이 미로로 연결되어 있었다. 왕비를 비롯한 여성들이 거처하던 공간, 각종 곡물과 연료 등을 저장하던 창고, 식사를 준비하던 곳, 하인들이 기거하던 곳 등등을 연결하는 통로가 미로처럼 끝없이 이어져 있었다. 한번 들어가면 길을 잃기 십상이어서 우리도 여러 차례 길을 잃고 헤맸다. 창군은 건물 탐험에 신이 났는지 이 방에서 저 방으로, 1층에서 2층과 3층을 오르락내리락 했다. 지금은 모두 텅 비어 있지만, 실제 왕궁으로 사용될 때는 많은 사람들로 북적였을 것이다.

자이푸르 시내로 돌아와서는 기차가 출발하는 새벽 1시까지 시간이 많이 남아 '핑크 시티'를 어슬렁어슬렁 돌아다녔다. 영화나 한 편 볼까 하고 영화관을 찾았으나, 마땅히 볼 만한 영화가 없었다. 영화관엔 손님도 별로 없었다. 중국에서는 시안에서 중국어로 더빙된 할리우드 영화를 보면서 흥미로웠는데, '발리우드'라는 명성까지 갖고 있는 인도 영화를 보지 못한 것이 못내 아쉬웠다.

영화관을 나와 인도의 중산층이 커피를 마시며 담소하고, 인도의 정치와 문화에 대한 이야기꽃을 피우던 전통적인 공간인 인디언 커피하우스에 들러 여유를 즐기고, 자이푸르의 야경과 상가를 둘러본 다음 자이푸르 역으로 향했다. 새벽 1시, 기차는 예정대로 델리를 향해 출발했다.

델리에서 출발해 일주일 동안 3개 도시를 달리다시피 여행하며 인도의 다양한 면들을 체험했다. 화려한 건축미의 극치를 보여주는 타지마할은 권력자의 허망한 욕망과 몰락을 보여주었고, 메헤랑가르 성에선 왕에서 평민으로 강등된 자신의 처지를 비관하지 않고 성을 박물관으로 바꾸고 대중에 내놓음으로써 오히려 왕조의 명예를 되살린 지혜를 배웠다. 최초의 환경론자이자 실천가인 비슈노이는 환경 문제가 전 지구적인 과제로 떠오른 오늘날 새롭게 주목받는 인물이었다. 여기에다 아메르 성으로 향하는 버스에서 차장과의 아찔했던 충돌까지 가는 곳마다 신선함과 사건의 연속이었다. 우리 가족이 인도의 다양성 속으로 더욱 깊숙이 들어간 여정이었다.

자이푸르~델리~데라둔

나브단야 농장에서 찾은 대안의 '빛'

인도 같지 않은 농촌, '비자 비디야피트' 농장

델리 빠하르간즈의 메인 바자르에 있는 나마스카르 게스트하우스는, 시설은 별것 없지만, 일주일 전에 묵었던 곳이라 그런지 마치 고향에 온 것처럼 편안했다. 자이푸르를 출발해 아침 6시 30분에 델리에 도착, 전철을 타고 빠하르간즈로 와 나마스카르에 체크인을 했다.

지난 일주일 동안 '빡세게' 돌아다니며 피로가 쌓인데다 다음 일정도 확실하지 않아서인지 모두들 좀 힘이 빠진 것 같았다. 게다가 조드푸르와 자이푸르에 이어 델리에서도 한 방에 다 같이 묵다 보니 어쩔 수 없이 이리저리 부딪히는 일이 많은 것도 스트레스였다. 무언가 기분 전환이 필요했다.

그래서 저녁엔 한국 음식점인 '인도방랑기'를 찾았다. 델리에 처음 도착했을 때 너무 붐벼서 발길을 돌렸었는데 이번에도 한국인들로 득시글거렸다. 식사는 한참을 기다려야 했지만 돼지고기 고추장볶음 덮밥과 짬뽕밥으로 모처럼 제대로 된 한국 음식을 만나니 모두 왕성한 식성을 보이며 기운을 회복했다. 역시나 우리는 맵고 얼큰한 음식으로 여행의 활력을 얻는 것 같았다.

다음 날 새벽 5시, 모든 짐을 챙겨 나마스카르 게스트하우스를 나서 나브단야(Navdanya)의 실험 농장이자 교육 센터인 비자 비디야피트(Bija Vidyapeeth) 농장으로 향했다. 델리에서 북쪽으로 240km 떨어진 우타라칸트(Uttarakhand)의

254

주도 데라둔(Dehradun)까지 기차를 타고 간 다음, 데라둔에서 다시 외곽으로 가야 하는 길이다. 데라둔 행 열차는 일주일 전에도 탔던 에어컨 있는 1등석 열차 ACCC였다. 신문도 주고, 짜이도 주고, 식사도 주는 이 열차를 타니 가난한 배낭여행자가 갑자기 럭셔리 여행자가 된 것 같았다.

기차는 인도 북서부를 관통해 달렸다. 나무가 우거진 숲과 산이 펼쳐졌다. 콜카타와 델리는 인도 북부지역의 광대한 평원에 자리 잡은 도시로 숲이 우거진 산을 보기가 어려운데, 새로운 풍경이었다. 라자스탄의 건조하고 탁한 공기와 먼지에 고생을 해서인지 숲과 맑은 공기가 가슴을 확 트이게 했다.

나브단야는 위기를 맞고 있는 인도 농업을 지키고 새로운 활로를 모색하기 위해 씨앗 은행(Seed Bank)을 운영하고, 생물 다양성과 유기농업, 공정무역 등을 추구하는 NGO다. 한국에도 잘 알려진 인도의 환경운동가 반다나 시바(Vandana Shiva)가 설립해 20여 년 간 이끌어오고 있으며, 이를 실천하는 농장까지 운영하고 있다. 나와 올리브는 데라둔 외곽의 비자 비디야피트 농장에서 일주일 동안 자원봉사를 하면서 이들의 활동을 구체적으로 알아보고 체험도 하고 싶었다. 인도 첫 여행지인 바라나시에 머물 때 이메일을 보내 자원봉사 신청을 했지만 회신이 없어 열흘 전 델리에 처음 도착한 날 직접 사무실을 찾아가 자원봉사를 신청했다.

델리에는 나브단야 사무실과 유기농산물 매장이 있었다. 사무실은 뉴델리 하우스 카즈(Hauz Khaz) 지역의 잘 정비된 중산층 거주지의 건물 2층에 자리 잡고 있었다. 길거리 어느 곳에도 표지판이 없어 한참을 헤매야 했다. 반다나 시바가 인도에서는 물론 세계적으로 유명한 환경운동가이자 저술가인데다, 나브단야는 새로운 세계를 꿈꾸는 사람들이 많이 찾는 곳임에도 사무실은 작고 소박했다. 애초부터 사무실이 화려할 것이라고는 생각하지 않았지만, 그 명성에 비해 의외로 한산하고 찾는 사람도 많지 않았다.

직원이 우리를 반갑게 맞았다. 나브단야에 대해서는 이미 인도로 넘어올 때부터 주요 목적지로 계속 이야기를 해왔고, 한국에서 가져온 반다나 시바의 책《누가 세계를 약탈하는가(Stolen Harvest)》를 돌려가며 읽기도 했다. 나와 올리브에 이어 창군도 바라나시에서 콜카타로 이동하는 기차 안에서 그 책을 다 읽었고, 동군도 대체로 훑어본 상태였다. 멜론만이 별 관심이 없었다.

자원봉사에 대해서도 조금씩 입장이 달랐다. 동군은 관심을 보이며 참가 의사를 보였지만, 창군과 멜론은 시큰둥했다. 그래도 창군은 반다나 시바의 책을 읽으면서 생각이 조금 바뀐 것 같았지만, 멜론은 이렇다 할 변화가 없었다. 그래서 나와 올리브, 동군은 일주일 동안 봉사활동에 참가하고, 그 사이에 창군과 멜론은 델리 인근 지역을 따로 여행하는 것도 좋겠다는 이야기를 나누기도 했다.

사무실에서 올리브가 사진과 자료를 보여주며 나브단야에 대해 설명하고 한국의 유기농 활동과 비교하면서 이야기를 하는데, 잠자코 듣기만 하던 멜론이 자신도 봉사활동에 참가하고 싶다고 나섰다. 올리브가 '한살림'이나 '두레생협'에서 파는 한국의 유기농 생산지와 비슷하다는 말에 멜론의 마음이 움직인 듯했다. 한살림은 멜론도 익히 알고 있는 곳인데다, 그곳에 대해 좋은 이미지를 갖고 있어 흥미가 생긴 것 같았다. 나와 올리브는 당연히 반가워하며 멜론을 격려했고, 특히 올리브는 신이 난 듯 유기농의 중요성과 인도 농민들의 위기, 나브단야의 활동에 대해 열기를 뿜으며 설명을 해 나갔다. 그러자 창군도 봉사활동에 참여하는 것으로 분위기가 자연스럽게 흘렀다. 멜론의 결정으로 온 가족이 전부 참여하는 일정이 된 셈이다.

우리 가족의 이야기를 들은 나브단야 직원은 봉사활동을 하는 데 문제가 없다면서, 직접 농장에 이메일을 보내 확인한 다음 우리에게 다시 이메일을 보내주기로 했다. 그리고 규정상 만 18세 이상이 되어야 자원봉사 활동을 할 수 있지만, 가족과 함께라면 18세가 안 된 멜론이나 동군도 가능하다고 알려주었다. 그렇게 해서 나브단야의 봉사활동 계획이 확정되었다.

우리를 태운 기차는 델리를 출발한 지 7시간 만인 오후 2시, 데라둔에 도착했다. 데라둔 역은 다른 인도의 중소 도시와 마찬가지로 복잡하고 어수선하고, 지저분했다. 오토릭샤 운전수들의 끈질긴 호객 행위를 뚫고 역 앞의 비교적 큰 식당인 로열 레스토랑(Royal Restaurant)에서 식사를 하며 나브단야의 비자비디야피트 농장으로 이동하는 방법을 논의했다.

택시와 오토릭샤는 편리하지만 비용이 대략 600루피 정도 든다. 공공 버스를 이용하면, 정해진 노선을 운행하는 오토릭샤인 비크람을 타고 버스 정류장까지 간 다음 거기서 시외버스로 갈아타고 40분 정도 더 가야 한다. 비용은 택시의 10분의 1 정도지만 아무래도 복잡하다. 검토 끝에 현지 대중교통을 이용한다는 여행 원칙에 따라 공공 버스를 이용하기로 했다. 이는 잘한 선택이었다. 오토릭샤 운전수와 시외버스 정류장의 상점 주인 등 친절한 인도인들의 도움을 받아 크게 헷갈리지 않고 농장을 찾을 수 있었기 때문이다. 특히나 마침 농장으로 가던 서양인 두 명도 같은 버스에 올라 이들과 동행할 수 있었다. 관광객이 전혀 없는 시골의 작은 마을에서 외국인 동행을 만난 것이 아주 반가웠다.

나브단야 농장은 지저분하고 남루한 인도의 농촌 마을과 확실히 달랐다. 한국의 한적한 시골 분위기를 연상시켰다. 조용하고 평화로우며 잘 정돈되어 있었다. 인도 어디서나 지천으로 보이던 쓰레기도 별로 보이지 않았다. 나브단야 농장으로 들어가는 길에는 수령이 30년 이상 되어 보이는 망고나무들이 그림처럼 서 있었다. 그 망고나무 사이로 길이 나 있었다. 평소 감정표현을 잘 하지 않는 멜론까지 마음에 든다며 만족감을 표했다.

해가 넘어갈 즈음 농장에 도착해 숙소를 배정받았다. 나와 아이들이 방 하나에 함께 묵고, 올리브는 여성 전용 도미토리에 외국인들과 함께 묵었다.

일이 많지 않은 1월 중순 겨울철이었지만 17명의 자원봉사자들이 들어와 있었다. 미국과 영국, 이탈리아, 캐나다, 프랑스 등 서양인들이 많았으며 동양인은 우리 가족과 홍콩의 사회운동가 출신 여성 한 명이 전부였다. 특히 미국인들이 많아 의외였다. 미국은 유전자 변형 농산물(GMO)의 선봉에 있는 국가이면서 시장 개방이라는 미명 아래 저개발국 농업을 가장 괴롭히는 나라이지만, 깨어 있는 사람도 많음을 반영하는 것이었다.

짐을 풀고 산책을 나갔다 돌아오는데, 숙소 뒤편의 작은 운동장에서 현지 인도인들과 서양인 방문객들이 어울려 배구를 하고 있었다. 이들은 우리에게도 같이하자며 손짓을 했다. 운동장이라고 해봐야 숙소 뒤편의 약간 넓은 공터였고, 거기에 배구 네트만 쳐 놓았다.

초면인데다 배구공을 잡아본 것도 아주 오랜만이어서 처음엔 어색했지만 큰 소리를 외치며 땀을 흘리다 보니 금세 친해졌다. 몸도 오히려 개운해지는 것 같았다. 공기가 맑으니 몸도 힐링이 될 것 같았다. 인도에서 항상 따라다니던 나무나 석탄 태우는 연기와 매연, 먼지 뒤섞인 매캐한 냄새도 없었다. 함께 머물고 있는 외국인들은 물론 현지 인도인들도 활기가 넘치고 아주 친절하였다. 나브단야에 도착하기 전에 가졌던 '우리가 봉사활동을 제대로 할 수 있을까' 하는 막연한 불안감이 한결 줄어들었다.

씨앗 은행을 갖춘 실험 농장 돌아보기

나브단야가 추구하는 일은 몇 마디의 말로 설명하기 어려운 다소 복잡한 사회적 의미를 지니고 있다. 가장 좋은 예가 '시드뱅크'라고 하는 '씨앗 은행'이다. 인도의 농민들은 지난 수천 년 동안 다양한 종자를 개발하고 이를 카레나 향신료 같은 식품이나 의료용, 차와 같은 음료용, 염료용 및 생활용품 등 여러 방면에서 활용해왔다. 그 종자의 다양함이란 문서로 정리하기 힘들 정도로 복잡하고, 경우에 따라선 현대의 과학기술이 따라가지 못하는 신비

함도 갖고 있다. 그러나 그 종자의 개발과 재배 과정은 일상 생활 속에 녹아들어 있을 뿐, 유전자와 같은 현대 과학으로 정립되거나 체계적으로 기록되지 않은 상태다. 자연에서 발견하거나 새로 만들어낸 종자도 그 지적재산권을 주장하는 일 없이 공동체 구성원들이 씨앗을 나누어 자유롭게 재배해왔다. 말하자면 과학기술이 이들의 전통적인 삶 속에 녹아들어 있는 것이다.

그러나 몬산토와 같은 다국적 생명공학 회사들이 종자와 관련한 기술을 특허로 등록하고 권리를 주장하면서 국제적인 문제가 되고 있다. 다국적 기업이 기존 종자까지 특허를 주장할 수는 없지만, 약간의 변형을 가해 새로운 환경에 적합하도록 개발한 경우 특허를 획득하게 된다. 인도 농민들이 이런 종자를 도입해 한번 농사를 짓게 되면, 다국적 기업이 쳐놓은 그물에 걸려들게 된다. 몇 년도 되지 않아 전통적인 지혜가 농축된 종자를 상실하고, 다국적 기업이 제공하는 씨앗을 구매해 농사를 짓지 않을 수 없게 되는 것이다. 특히 다국적 종자 회사들의 종자를 사용해 수확한 다음, 이듬해 거기서 나온 씨앗을 심으면 제대로 자라지 못하도록 유전자를 조작해 매년 종자를 새로 구입해야 한다. 농민들이 다국적 회사에 종속되는 것이다.

이런 문제는 인도를 비롯해 네팔이나 아시아, 아프리카의 농업을 위주로 하는 저개발 국가들에게 실제로 치명적인 타격을 안기고 있다. 게다가 이들 저개발 국가의 농민들이 서구의 생명공학 회사들에서 개발한 GMO 품종을 도입해 농사를 지으면서, 농민들의 경험과 지혜가 농축된 전통적인 품종들은 사라질 위기에 처해 있다. 시간이 갈수록 저개발국 농민들은 다국적 기업들이 개발한 품종과 농약에 더 의존할 가능성이 많다. 수천 년, 아니 수만 년에 걸쳐 형성된 심오한 생태 질서를 무너뜨리는 GMO 품종이 장차 환경적 또는 생태적 문제를 야기할 경우, 자신의 종자를 상실한 농민들은 자생력을 상실하면서 결정적 위기를 맞을 수 있다. 이에 대응해 인도 농업의 새로운 길을 모색하기 위해 설립한 것이 나브단야다.

나브단야의 비자 비디야피트 실험 농장 입구 나브단야는 씨앗 은행을 운영하며 인도 농업의 새로운 활로를 모색하는 비정부기구로, 정면에 보이는 건물이 방문자들의 숙소다.

　나브단야는 1991년부터 인도 각 지역에 '씨앗 은행'을 설립해 전통 종자를 보존하고 공동체에 공급하는 일을 해왔다. '씨앗 은행'은 나브단야가 펼치는 다양한 활동의 핵심이지만, 전부는 아니다. 궁극적으로는 인도를 비롯한 제3세계 농업이 자립적인 기반을 갖고 생물 다양성과 문화 다양성, 민주주의를 회복하는 것을 목표로 다양한 활동을 펼치고 있다. 농민교육 프로그램을 운영하고, 농촌 공동체의 보존과 유기농 기술의 개발, 농민과 소비자의 공정 무역, 생산자와 소비자의 유대 강화 프로그램을 운영하고 있다. GMO에 반대하는 활동도 활발히 벌이고 있다.

　이 나브단야의 활동을 구체적으로 살펴보고, 농장 일을 체험하는 것이 우리의 목표였다. 우리는 비자 비디야피트 농장에 7박 8일 머물렀는데 둘째 날 간단한 등록 절차를 마친 다음, 일종의 오리엔테이션이 진행되었다. 인도인 스태프가 우리 가족을 농장 곳곳으로 데리고 다니며 이곳에서의 활동을 자

비자 비디야피트 농장을 찾은 하루 한 걸음 가족과 다국적 자원봉사자들 만난 지 얼마 되지 않았지만 오래된 가족처럼 따뜻한 마음으로 소통하고 교감할 수 있었다.

세히 소개해 주었다.

'씨앗 학교'라는 의미를 가진 비자 비디야피트 농장의 전체 규모는 47에이커(약 5만 7500평)로 매우 넓었다. 자원봉사자와 여기에서 교육을 받는 사람들이 묵을 수 있는 숙소가 두 동 있다. 40~50명이 동시에 묵으며 농장에서 경작을 체험하고 강의를 듣고 각종 프로그램에 참여할 수 있다. 씨앗 은행, 도서관, 100명 정도가 들어갈 수 있는 강의실, 토양을 연구하는 토양 연구실 등도 갖추고 있다. NGO지만, 상당한 규모와 체계를 가지고 농업의 새로운 미래를 개척해 나가고 있는 조직이었다.

이곳의 핵심인 '시드뱅크'는 별도의 건물에서 종자 보존을 위해 깨끗하고 세심하게 관리되고 있다. 생각보다 많은 종류의 종자가 체계적으로 정리되어 빼곡히 들어차 있어 놀라웠다. 쌀의 경우 600종 이상, 야채 종류는 120가지 이상의 씨앗이 보존되어 있으며, 밀 종자도 130가지 이상이었다. 기름을 짜서

비자 비디야피트 농장에 마련된 씨앗 은행 다양한 농작물의 씨앗을 매년 채집해 종자가 사라지지 않도록 한다.

먹을 수 있는 씨앗 종류는 30가지, 향신료를 포함한 스파이시(Spices) 종류도 40가지를 넘었다. 대부분 수확한 씨앗 가운데 품질이 좋은 것들을 통이나 자루에 담아 보관하고, 일부는 줄기를 포함해 천장에 매달아 놓기도 했다.

씨앗 은행은 비자 비디야피트 외에도 인도 16개 주에 60개가 있다. 씨앗은 매년 실험 농장에 심어 다시 수확하여 새로운 씨앗을 보관한다. 우리를 안내한 직원은 이 일은 만만치 않지만 꼭 필요한 일이라고 강조했다. 과거처럼 농촌 공동체가 유지되어 각 농가 또는 공동체에서 씨앗을 보존하면 문제가 없지만, 갈수록 많은 농가가 '상업적 농업'으로 전환하면서 전통 종자들이 잊혀지고 있다. 다양한 종자를 보유함으로써 앞으로 다국적 자본의 공세에 버틸 기반을 다지려는 것이다.

별도의 건물에 자리한 토양 연구실에서는 유기농업과 간작, 거름을 이용한 토지의 성질과 성분 등을 연구하고 있었다. 특히 화학비료와 농약을 사용하는 경우 토지에 미생물이 사라져 사실상 '죽은 토양'이 되는 반면, 거름을 사용하고 유기농업을 하는 경우 각종 미생물이 서식하면서 살아있는 토양이 되는 것을 확인할 수 있었다. 토양 연구실은 농민들에게 살아있는 토양, 지속 가능한 토양을 교육하는 핵심적인 교육장이기도 하다.

작은 도서관에는 나브단야에서 발간한 각종 농업 및 농업기술 현황과 관련한 자료와, 나브단야의 활동, 각국의 유기농 자료 등이 비치되어 있었다. 외국인 자원봉사자들도 이 도서관에서 책과 디지털 자료를 열람하며 공부 또는 연구를 하고 있었다. 막대한 자본이 투입된 대형 도서관에 비하면 보잘것없어 보일 수 있고, 또 비치된 자료나 관리 상태도 아직 부족한

비자 비디야피트 농장의 작물 시험 재배 현장 다양한 작물을 섞어 재배하여 효율적인 재배법을 연구한다.

점이 많지만, 그 의미는 어느 대형 도서관보다 더 크고 긴요해 보였다.

실험 농장에는 씨앗 은행에 보관할 작물을 재배하는 농지가 넓게 펼쳐져 있었다. 대형 운동장 십여 개에 해당하는 넓은 농장이었다. 동시에 하나의 농토에 어떤 농작물을 섞어서 함께 재배해야 효율성이 높아지는지 등을 연구하기 위한 파종 실험도 진행하고 있었다. 지렁이를 이용한 음식물과 소똥의 퇴비화 실험, 각종 유기질 퇴비 제조 등의 실험도 진행 중이었다. 강의실에서는 유기농의 필요성과 경작 방법에 대한 강의가 진행되는 등 전체 농장이 하나의 실험실이요 강의실이었다. 그래서 이 농장을 캠퍼스라고도 부른다.

한국인 가족이 바꾸어 놓은 농장 정원

농장에서의 생활은 단순하다. 체류비로 1인당 하루 700루피(약 1만 6100원)를 지불하면 숙박과 세 끼 식사를 제공한다. 오전과 오후엔 간식으로 짜이도 나온다. 식단은 이 농장 및 인근 마을에서 생산한 유기농 재료로 만든 인도 전통요리로, 밥과 커리, 감자, 자파티, 과일(주로 바나나)로 구성된다. 고기는 먹지 않고, 채식의 원칙을 지킨다. 의외로 맛이 괜찮고, 이만한 건강식이 없을 듯싶었다. 우리는 매끼마다 푸짐하게 식사를 했다.

농장에서의 봉사활동 참여는 자유다. 농사일에 참여하거나, 정원을 돌보거나, 책을 보거나, 토양을 연구하거나, 글을 쓰거나, 그렇지 않으면 아무것도 하지 않고 쉬어도 된다. 인근 마을을 돌아다니거나, 아니면 여행을 다녀도 된다. 자원봉사자가 참여할 수 있는 일은 매일 식당 옆의 칠판에 게시되므로 그걸 보고 결정하면 된다. 겨울철이지만 퇴비 만들기와 봄철 파종을 위한 밭 고르기, 밭의 잡초 제거, 일부 농작물의 파종 등의 일들이 매일 진행되었다.

농사일에 참여하는 자원봉사자들은 거의 없었다. 미국인들은 토양 연구실에서 화학비료를 사용한 토양과, 퇴비와 유기농으로 농사를 하는 토양을 비교하는 연구를 진행하고 있었다. 다른 서양 자원봉사자들 가운데 일부는 아무 일도 하지 않고 이곳의 평화롭고 조용한 분위기를 즐기며 독서와 사색으로 시간을 보냈다. 바쁜 일상에서 벗어나 여유로운 시간을 갖는 것도 좋을 것 같았다. 농장은 또 다른 형태의 힐링의 공간이었다.

하지만 농장에서는 몇 가지 지켜야 할 수칙이 있다. 무엇보다 환경에 영향을 주는 화학제품 사용이나 쓰레기 배출을 자제해야 한다. 농사도 유기농으로, 화학비료나 농약을 사용하지 않는다. 온수는 태양열을 이용한다. 시설과 숙소 곳곳에 친환경적인 생활을 권유하는 안내문을 붙여놓아 경각심을 높이고 있었다. 친환경적인 '느림의 삶'을 체험하는 현장인 것이다.

우리는 인도인 스태프로부터 농장에 대한 소개를 받은 다음, 무엇을 해야 할지 한동안 고민해야 했다. 어떤 일을 하라고 추천해주는 사람도 없었다. 철저히 자원봉사자의 자유의사에 따라 참여하도록 하기 때문이다. 중요한 것은 무슨 일이든 할 수 있지만, 단 자신이 머무는 기간 내에 끝낼 수 있는 것만 하도록 권유하고 있다. 아무리 중요한 일이라 하더라도 벌여 놓기만 하고 훌쩍 떠나면, 그 뒤치다꺼리는 농장 직원들의 '일'이 되기 때문이다.

우리는 무엇을 하면 좋을까 생각하면서 농장 이곳저곳을 돌아다니다, 인도인 스태프가 혼자 정원 손질을 하는 게 눈에 띄었다. 크게 어려워 보이지 않고 재미도 있을 것 같아서 우리가 거들고 나섰다.

처음에는 정원의 풀 뽑기 정도를 생각했으나, 다섯 명이 한꺼번에 달려들면서 일이 자꾸 확대되어 나중에는 정원의 리모델링 수준으로 늘어났다. 인도인이나 외국인 자원봉사자들도 우리 가족의 일솜씨에 혀를 내둘렀다. 몇 개월 여행을 하다가 한 곳에 정착해 '가드닝(Gardening)'을 하는 것은 신나고 즐거운 체험이었다. 농장 구석에 처박혀 있던 도구들을 꺼내, 올리브나 아이들이나 몸이 근질근질하던 차에 물 만난 고기처럼 정원 일에 매달렸다.

일주일 동안 매일 오전에는 정원을 손질하고, 오후에는 인도인과 외국인 참가자들과 간이 축구도 하고, 족구도 하고, 배구도 하는 등 여유와 즐거움을 만끽했다. 가드닝을 하다 지루하다 싶으면 농장을 산책하기도 하고 인근 숲을 돌아보기도 했다. 부담이 없는 상태에서 적절한 노동과 휴식이 결합되니, 중국~네팔~인도를 여행하며 쌓인 피로도 확 풀렸다.

농장 체류 이틀째 오후엔 인도인의 안내로 인근 숲을 산책했다. 사슴과 노루, 멧돼지 등 야생동물이 서식하고 있었는데, 낮에는 사람들을 피해 산으로 올라갔다가 저녁 나절에 내려온다고 했다. 그래서 저녁식사를 하기 전 숲에서 내려오는 야생동물들을 구경하러 간 것이었다. 야생 공작을 발견했지만, 아쉽게도 다른 포유동물들을 보지 못했다. 그렇지만 숲을 산책하는 것만으로도 흥미로운 경험이었다. 숲에서 돌아오니 인도인 직원이 "한국 가족들이 없어서 배구를 못했다"며 아쉬워했다. 우린 벌써 농장에서 유명해졌다.

정원을 손질하는 일은 쉬워 보였지만, 적잖은 노동력을 필요로 하는 일이었다. 그래서 이곳에 동행이 없이 혼자 온 자원봉사자들이 가드닝에 쉽게 손을 대지 못했던 것 같았다. 자신의 노동력만으로 완료할 수 없기 때문이다. 다행히 우리 가족은 이런 일을 할 수 있는 조건을 갖추고 있었다. 다섯 명이

일주일 간 머물 예정이기 때문에 얼마든지 완료할 수 있었다.

가드닝 3일째 날 오전까지는 주로 잡초 제거에 치중하다 오후에 정원의 빈 공간에 알로에를 심었다. 잡초만 제거하던 마음이 훨씬 편안해졌다. 원래 잡초와 화초는 똑같은 식물이다. 단지 인간의 자의적인 기준에 따라 그렇게 구분될 뿐이다. 그때까지 우리의 가드닝은 잡초로 분류한 식물을 정원에서 뽑아 버리고, 화초로 분류한 식물만 남기는 것이었다. 우리의 손에 따라 식물의 운명이 갈렸다. 한편으론 미안했다. 하지만 잡초로 분류한 식물을 뽑아내는 것에서 심는 것으로 일을 넓히니 확실히 기분이 좋아졌다.

정원을 손질하기 시작한 지 나흘이 넘으면서 전체 정원의 모습이 완전히 달라졌다. 우리가 처음에 도착했을 때만 해도 잡초와 화초가 잔뜩 우거져 정원이 수풀을 이루고 있었지만, 잡초를 제거하고, 나무들을 손질하고, 정원 사잇길을 정돈하고, 알로에와 들꽃을 새로 심으면서 완전히 다른 정원으로 탈바꿈했다. 아무도 생각하지 못했던 정원 리모델링을 마무리한 것이다. 며칠 사이에 확 달라진 정원을 본 사람들은 '한국인 가족'의 가드닝 솜씨에 연신 찬사를 아끼지 않았다. 비자 비디야피트의 농장이 우리 가족의 손으로 완전히 다시 태어난 셈이었다.

자본주의 대안의 씨앗을 뿌리는 반다나 시바

5일째 되는 날 나브단야 설립자로, 세계적으로 유명한 환경운동가이자 사회운동가인 반다나 시바가 농장을 찾았다. 주로 델리에 머물며 연구와 강연 활동을 펼치고 있는 그는 이 농장에 한 달에 한 번 정도 방문한다고 했다. 마침 우리가 머물 때 그의 방문 일정과 겹쳐 그를 만나 강연을 듣고 대화하는 기회를 갖게 되었다.

반다나 시바와 점심을 같이하면서 인사를 나누고, 오후엔 강의실에서 농장 체류자들과 대화의 시간을 가졌다. 둥그렇게 의자를 배치하고 앉아서 나브단야의 설립 배경과 활동 등에 대해 1시간 정도 강연을 들은 다음, 대화를 나누는 방식으로 진행되었다. 인도의 전통 의상을 입은 시바 박사는 평범한 인도의 중년 여성으로 보였지만, 확신에 찬 목소리와 반짝이는 눈동자가 오늘날 세계 지성계에 미치는 그의 영향력을 보여주는 것 같았다.

반다나 시바는 유럽의 재정위기 등 세계적인 금융위기가 끊이지 않으면서 글로벌 자본주의가 한계를 드러내는 것이 오히려 나브단야의 성장을 촉진하고 있다는 말로 이야기를 시작했다.

"현재의 지배적인 시스템은 잘 아시다시피 글로벌 자본주의입니다. 신자유주의 논리가 전 세계를 지배하고 있죠. 이런 자본주의 공세로 인도를 비롯한 저개발국의 농업 및 식량 위기가 심화되었습니다. 여기에 대응하기 위해 나브단야를 설립한 지 20년이 넘었죠. 최근에는 유럽 재정위기로 글로벌 자본주의의 구조적 결함이 또다시 드러나면서 유기농과 나브단야에 대한 관심이 다시 높아지고 있어요. 세계의 위기가 나브단야에겐 기회가 되고 있어요."

시바 박사는 인도와 부탄 정부의 유기농 프로젝트를 소개하며 목소리를 높였다. "인도의 우타라칸트 주는 전역을 유기농 지역으로 선포했고, 부탄 정부는 국가 전체를 유기농 국가로 만들기 위한 프로젝트를 진행하고 있습니다. 우리도 이 프로젝트에 큰 기대를 걸고 있습니다. 나브단야는 이들 프로젝트에 참여하고 있으며 성공하기 위해 협력하고 있습니다."

시바 박사는 이어 농업 시스템의 변화를 주장했다. 농업이 각 사회나 공동체의 기본적인 식량 수요를 충족하는 데 집중하지 않고 상업적인 농업으로 바뀌면서 오히려 빈곤 문제가 심화되고 있다는 것이다. 지역 주민이 먹을 밀이나 벼를 재배해야 할 땅에 구매력 있는 선진국 소비자들의 기호를 겨냥해 커피나 와인, 차 등을 생산하고 있다. 세계적으로 10억 이상의 인구가 빈곤에 허덕이는 것은 이러한 농업의 구조적 문제 때문이라고 강조했다.

또한 상업적 농업이 농민의 삶을 개선하는 데 기여하기보다 농민을 더 심한 어려움에 빠뜨리고 있다고 강조했다. 단기적인 생산량 확대를 위해 화학비료와 농약을 사용하지만, 그것이 오히려 토양의 질을 떨어뜨리고, 그러면 더 많은 비용을 투입해 비료와 농약을 사용해야 하는 악순환이 거듭되고 있다는 것이다. 이런 악순환이 결국 인류의 위기를 부채질하고 있다.

"글로벌 자본주의의 위험은 이미 이곳저곳에서 명백하게 드러나고 있습니다. 나브단야는 농업을 변화시키는 것뿐만 아니라 이러한 자본주의 위기를 극복하기 위한 삶의 총체적인 변화를 지향하는 운동입니다. 생물과 문화의 다양성을 기반으로 농업의 본래 기능을 회복하고, 공동체를 복원하고, 상업적 논리에 파괴되고 있는 민주주의를 실현하는 것에 앞으로 인류의 미래가 달려 있습니다."

반다나 시바는 강연 내내 에너지 넘치고 확신에 찬 카랑카랑한 목소리로 세계 자본주의 체제의 한계와 대안운동의 필요성을 강조했다.

인도든, 한국이든, 아무리 기술이 발달해도 농업이 굳건하게 뒷받침되지 않으면 언제든 위기에 처할 수 있다. 국가 단위든, 지역 단위든 지속 가능한 농업은 건강한 삶과 지속 가능한 사회의 출발점이다. 시바 박사와 나브단야는 자본의 논리와 상업적 이윤의 크기에 따라 그 가치가 결정되면서 오히려

반다나 시바와 함께 시바 박사가 강연을 마친 후 우리 가족이 깔끔하게 단장해 놓은 정원에서 함께 포즈를 취하고 있다.

심각한 위기를 맞고 있는 오늘날 농업의 대안을 제시하고 있었다. 물론 농업 개혁 운동은 다른 부문의 운동과 결합되어야 진정으로 사회를 변화시킬 수 있다. 그 결합을 위해선 각 부문의 독립적인 대안운동이 활발히 이루어져야 한다. 비판만으로는 새로운 세상을 만들 수 없다. 대안적 삶을 추구하는 깨어 있는 사람들의 작은 실천이 세상을 바꿀 수 있는 것이다.

반다나 시바는 정원을 손질하고 있는 우리 가족에 많은 관심을 보였다. 강연을 하고 난 다음 날 오후에는 우리가 손질해 새롭게 탄생한 정원을 함께 돌아보았다. 그는 우리 가족의 정원 가꾸기 실력이 놀랍다면서 멋진 정원에 만족해했다. 그와 함께 사진을 찍고, 우리가 돌려가면서 읽은 그의 저서 번역본에 사인도 받고, 사무실에서 책과 자료를 소개받기도 했다. 봉사활동을 계획할 때는 기대하지 못했던 시바 박사와의 만남은 뜻 깊은 일정이었다.

여유가 준 자기성찰의 시간

농장에 8일 동안 체류하면서 여유 있는 시간을 갖다 보니 아이들과도 많은 대화를 나눌 수 있었다. 그도 그럴 것이 농장에는 TV나 라디오가 없다. 인터넷도 잘 되지 않는다. 별다른 오락거리가 없으니 여러 주제에 대해 대화를 나누는 게 일상 생활이 될 수밖에 없었다. 누구랄 것도 없이 어떤 주제를 꺼내면 그에 대해 각자 의견을 나누면서 이야기가 전개되었다.

나브단야의 활동과 우리가 하고 있는 가드닝, 친환경적인 삶의 중요성에 대한 이야기에서부터, 앞으로 여행을 어떻게 진행할 것인지, 여행하면서 공부는 어떻게 할 것인지 등등의 이야기를 두서없이 나누었다. 특히 환경위기, 친환경적인 삶과 유기농의 필요성 같은 '거창한' 문제에는 특별한 관심이 없던 아이들이 이곳 분위기 때문인지 대화에 활발히 참여했다. 나나 올리브도 어떤 제한이나 한계를 두지 않고 아이들과 동등한 입장에서 이야기를 펼쳤다. 나브단야에서의 이색 체험이 각자의 사고나 삶에 영향을 줄 것이 분명했다.

농장에 도착한 지 6일째 되는 날 저녁, 우리 가족여행단의 막내인 멜론이 말했다.

"디자인에 관심이 많은데, 서울에 디자인 가르치는 고등학교가 있어요?" 자기 이야기는 좀처럼 하지 않던 멜론이 스스럼없이 자신의 관심사와 진로 이야기를 꺼냈다.

구체적으로 이야기를 해보니 멜론이 관심을 갖고 있는 분야는 의류 디자인 또는 의상 코디네이터였다. 당초 자동차에 관심이 많아 기계공고로 진학할 생각을 갖고 있었으나 의류에 관심이 많아졌다는 거였다.

"디자인이나 코디네이터라니, 정말 멋지겠다. 그거 미래 유망 직업일 것 같은데. 사회가 갈수록 전문화되니까 그런 사람이 점점 더 필요할 거야." 잠자코 있다가 내가 말했다.

"맞아. 요즘 특성화 고등학교가 많아. 자동차 같은 기술을 가르치는 곳도 있고, 애니메이션만 가르치는 데도 있어. 아마 의상 디자인을 가르치는 고등학교도 찾아보면 있을 거야." 올리브도 멜론을 지지하며 말했다.

처음에는 다소 긴장된 표정이던 멜론의 얼굴이 밝아졌고 나는 멜론이 자신의 마음을 털어놓은 것이 무척 기뻤다. 의상 디자인이나 코디네이터의 필요성에 대해 이야기를 하고, 멜론이 자신감을 갖고 적극적으로 나서도록 독려하기 위해 노력했다.

올리브는 의상 코디네이터가 되려면 단순히 디자인을 좋아하는 차원을 넘어 패션의 흐름을 읽고 그것을 사회·문화적 맥락에서 해석하는 능력이 필요하다는 점을 강조했다. 훌륭한 디자이너나 의상 코디네이터가 되려면 인문학적 기초지식이 필요하며 이번 여행이 큰 도움이 될 것이라는 점도 이야기했다. 때문에 실업계 고등학교에 들어가 디자인 기술을 배울지, 아니면 훌륭한 코디네이터가 되기 위해 이러한 기초를 다지고 전문지식을 키울 수 있는 인문계~대학 코스를 선택할지를 생각해야 할 것이라고 말했다. 나와 올리브는 멜론이 단순히 디자인 고등학교에 진학하는 것이 아니라 긴 안목에서 진로를 생각하도록 독려했다.

멜론이 우리의 이야기에 얼마나 공감할지는 당장 확인하기 어렵지만, 중요한 것은 자신의 진로에 대한 고민을 털어놓았다는 것 자체였다. 이번 여행은 멜론에게 스스로 생각하고 대화를 나눌 기회를 만들어주었다. 여행을 하면서 마음이 통하고, 각자 이야기를 자연스럽게 나누다 보니 이런 기회가 온 것이다. 우리 여행의 큰 수확이 아닐 수 없었다. 다음 날 올리브는 "이제 멜론에게 때가 왔어!"라며 고등학교와 대학, 디자인 등에 대해 많은 이야기를 나누어야겠다고 말했다. 멜론이 자신의 진로에 대해 진지하게 생각하고 있는 지금이야말로 대화를 나눌 때인 것이다. 나브단야 농장에서의 휴식과 봉사활동이 귀중한 자기성찰의 시간을 함께 준 것이었다.

데라둔~델리~아마다바드~코치

간디 아슈람과 36시간의 기차 여행

야간 열차 침대에서 보낸 이틀 밤

이제 8일 동안 머물렀던 나브단야의 비자 비디야피트 농장에서 떠날 시간
이 되었다. 우리는 이 농장에서 사람과 자연이 조화를 이루는 '지속 가능한
삶'의 한 원형을 체험했다. 8일째 되는 날 함께 머물렀던 외국인 게스트들과
일일이 작별 인사를 나누었다. 대부분 1~3개월 머무는 사람들이었다. 국적은
다양했지만 오랜 친구같이 정이 들었다. 따뜻한 마음을 가진 사람들이었다.
이런 사람들이 늘어날수록, 세상은 더 따뜻해질 것이다. 우리가 정성들여 가
꾼 정원과도 인사를 했다. 앞으로 이곳을 방문하는 사람들은 '하루 한 걸음'
가족의 정성이 깃든 정원을 즐기게 될 것이라 생각하니, 떠나는 발걸음도 가
벼웠다.

오후 2시 30분 나브단야 농장을 출발해 오후 4시, 데라둔 역에 도착했다. 그
런데 문제가 발생했다. 올리브가 오전에 나브단야 관련 자료를 복사하기 위
해 도서관에 갔다가 깜빡 잊고 USB를 도서관의 컴퓨터에 꽂아 놓은 채 그냥
온 것이다. 결국 올리브와 동군은 그걸 찾으러 농장으로 다시 갔다가 와야
했다. 그 사이 나와 창군, 멜론은 데라둔 역 인근의 인터넷 카페에서 미리 예약
해 둔 기차표도 출력하고 그동안 늘어난 짐을 부치러 우체국에도 들렀다.

그런데 우체국에 갔다가 돌아오는 도중에 황당한 경험을 했다. 창군에게

짐을 지키게 하고 나와 멜론이 역 인근의 우체국을 찾았는데, 이곳에서는 오후 5시까지만 업무를 본다고 했다. 시내의 중앙우체국은 오후 7시 30분까지 연다고 해서 비크람을 타고 데라둔 중앙우체국까지 갔다. 하지만 이곳도 일반 우편은 오후 5시에 마감하고, 긴급우편만 7시 30분까지 취급한다고 했다. 일반 우편이 1700루피(약 3만 9100원)인 반면 긴급우편은 그 두 배인 3000루피(약 6만 9000원)나 되어 우리는 델리에 가서 소포를 부치기로 하고 돌아섰다.

비크람을 타고 기차역으로 돌아오는데, 사건이 벌어졌다. 비크람 뒷좌석은 세 명이 앉을 수 있는데 내 바로 옆에 한 아줌마가, 그 옆으로 딸로 보이는 작은 아이가 탔다. 그런데 아이가 내 옆의 아줌마 등 뒤로 손을 뻗어, 내가 등에 메고 있던 가방을 뒤졌다. 낌새를 눈치채고 가방을 앞으로 돌려보니 지퍼가 열려 있고, 거기에 들어있던 수면용 안대가 의자 뒤쪽에 떨어져 있었다. 지퍼 안쪽에 있던 명함 봉투는 지퍼 밖으로 나와 있었다.

내가 그 아이에게 가방을 보여주며 "네가 이걸 열었니?" 하고 물었더니 아니라며 고개를 저었다. 가방 뒤쪽 지퍼 안에는 딱히 중요한 물건도 없었고 다행히 없어진 물건도 없었다. 하지만 기분이 영 언짢았다. 이들은 비크람에 탈 때부터 매우 남루한 차림에 냄새까지 심하여 거리에서 구걸하며 살아가는 사람이 아닐까 싶었다. 하지만 나는 이들이 비크람에 타자 좌석까지 비켜주면서 나름 호의를 베풀었다.

내가 가방과 안대를 들어 보이며 약간 따지듯이 다시 가방을 열었냐고 물으니 옆의 아줌마는 불안한 눈동자를 이리저리 굴리고 아이도 당황하는 기색이 역력했다. 결국 잠시 후 이들은 비크람에서 내려 버렸다. 인도를 여행하면서 거짓말로 금전적 이익을 얻으려는 사람들은 어렵지 않게 보았지만 이런 경험은 처음이었다. 나브단야를 떠나는 마당에 기분이 영 개운치 않았다.

다시 여행자 모드로 돌아가야 할 시간이다. 데라둔에서 델리까지 야간 열차로 이동한 다음, 델리에서 몇 시간 쉬었다가 다시 야간 열차를 타고 간디의 아슈람이 있는 구자라트 주의 아마다바드로 가는 2박 3일의 기차 여행이 시작되었다. 나브단야에서의 휴식과 잘 짜여진 '채식 식단'으로 기력도 충분히 보충한 상태여서 에너지가 넘쳤다.

우리는 델리 삼각지대 여행과 나브단야 농장에서 봉사활동을 하면서 향후 일정에 대해 수없이 대화를 나누었다. 중부와 남부엔 가고 싶은 곳이 아주 많았다. 간디의 아슈람이 있는 아마다바드, 인도 최대 도시이자 영국 식민지 경영의 거점이었던 뭄바이(Mumbai), 아름다운 해안과 해수욕장으로 유명한 고아(Goa), 고대 석굴이 있는 아잔타(Ajanta)와 엘로라(Ellora), 힌두의 폐허 유적으로 유명한 함피(Hampi), 남부의 열대우림이 우거진 케랄라, IT(정보기술)의 메카로 뜨고 있는 벵갈루루(Bengaluru), 남부의 중심도시 첸나이(Chennai) 등이 후보지였으나, 모두 갈 수는 없었다. 선택과 집중이 필요했다.

몇 차례의 논의 끝에 아마다바드를 돌아본 다음, 바로 인도 대륙 남쪽 끝 케랄라의 코치로 이동하기로 했다. 케랄라는 열대우림과 해안이 아름다운 휴양도시이며, 제3세계의 새로운 개발 모델로 주목받는 곳이다. 인도의 마지막 여행지는 뭄바이로 이미 잡혀 있었다. 뭄바이에서 터키의 이스탄불로 넘어갈 계획이었다. 때문에 케랄라를 돌아본 다음 뭄바이로 올라가면서 관심 지역을 여행하기로 했다. 중부지역 여행의 구체적인 일정은 다시 잡기로 했다.

기차는 저녁 9시 데라둔을 출발, 거의 12시간 만인 아침 8시 30분 델리 역에 도착했다. 델리에서 데라둔으로 올 때 탄 ACCC가 7시간 만에 달린 거리를 12시간 동안 달린 것이다. 그만큼 기차 종류에 따라, 또 그때의 교통이나 날씨 사정에 따라 시간이 고무줄이다.

델리에서 아마다바드로 가는 기차는 낮 2시 니자무딘 역(Nijamudin Junction Station)에서 출발한다. 5시간 정도 빈 시간이 생겨 델리 역에 도착하자마자 바로 전철을 타고 뉴델리 역으로 이동해 메인 바자르의 '인도방랑기'로 갔다. 한식으로 배를 채우고 나와 동군은 델리 중앙우체국으로 가 데라둔에서 부

**아마다바드 역사의 벽면을
장식하고 있는 간디 초상화**
아마다바드는 '간디의 도시'
라고 할 만큼 간디의 발자취
가 배어 있는 곳이다.

치지 못한 소포를 부치니 벌써 1시가 넘었다. 메인 바자르로 돌아와 오토릭
샤 두 대에 나누어 타고 니자무딘 역으로 달렸다. 기차가 출발하기 20여 분
전인 1시 40분에 역에 도착했다. 기차 출발 시간에 임박해서 이렇게 가까스로
도착한 것은 이번이 처음이었다.

기차는 오후 2시 조금 넘어 출발했다. 어제 저녁부터 기차에서 연속 2박을
한 셈이지만, 모두 씩씩하고 건강했다. 하지만, 이때는 몰랐지만, 계속되는
장거리 이동과 여행으로 몸이 조금씩 축나고 있었다.

신자유주의 시대에 더 필요한 '아슈람'

다음 날 아침 7시 30분 아마다바드에 도착했다. 17시간을 달렸다. 역에 도
착하자, '인도의 국부' 마하트마 간디의 대형 사진이 역사의 한쪽 벽면을 장
식하고 있었다. 이곳에 온 이유가 간디인데, 역에 큰 사진이 걸려 있어 아주
반가웠다. 아마다바드는 간디의 도시다. 구자라트의 주도인 간다나가르
(Gandinagar)와 붙어 있는 역사적인 도시로, 구자라트 주에서 태어난 간디가 절

아마다바드 이슈람에 있는 간디의 집 강을 바라볼 수 있는 마루가 중앙에 있고 그 옆의 침실과 부엌으로 이루어져 있다.

제와 금욕, '단순한 생활'을 실천하는 집단생활의 공간인 아슈람을 처음으로 열고, 인도 독립운동의 정점을 이룬 '소금 행진'을 벌인 곳이기도 하다.

저렴한 캐딜락 게스트하우스(Cadilac Guesthouse)에 여장을 푼 다음 간디 아슈람으로 직행했다. 아슈람은 간디가 남아공에서 인도로 돌아와 합법적이며 비폭력적인 독립운동을 본격적으로 펼치던 1917년에 세워 1933년까지 운영했던 곳이다. 진실과 비폭력, 사랑, 봉사, 무소유, 불가촉 천민에 대한 차별의 철폐, 육체적 노동 등의 덕목을 실천하기 위해 만든 일종의 '집단생활 공간'이다. 8시간 노동을 통해 자급자족을 실천하고, 기도와 명상, 교육으로 영적인 성취를 도모하는 공간이었다. 엄격한 카스트 제도가 유지되던 당시 불가촉 천민도 들어오는 것을 허용하고, 간디도 직접 화장실 청소를 하는 등 당시로서는 '생활의 혁명'이 진행되던 곳이었다.

강옆에 만들어진 아슈람에는 간디가 1918~30년까지 거주한 집도 보존되어 있었다. 작은 집이었다. 강을 바라볼 수 있는 마루가 가운데 있고, 그 옆에 붙어 있는 침실과 부엌이 전부였다. 간디가 직접 돌리던 물레와 침구, 그가 사용한 지팡이와 신발도 전시되어 있었다. 여기서 마른 몸에 흰 천 하나만 걸친 간디가 소박한 생활을 실천하면서 잠자던 수억의 인도를 깨우고, 해

간디의 집 내부 자급자족의 상징인 물레와 책상 등 간소하기 그지없는 내부 모습이 간디의 소박하지만 위대한 삶을 웅변하고 있다.

가 지지 않는 대영제국을 뒤흔들었다고 생각하니 감회가 새로웠다.

전시관에는 1930년 간디의 소금 행진 장면을 재현한 밀랍인형을 만들어 놓아 그 역사적 의의를 되새기고 있었다. 흰 무명옷에 지팡이를 짚은 가냘픈 몸매의 간디가 허리를 굽혀 소금을 직접 줍는 모습이었다. 아주 상징적인 이 한 장면의 사진이 인도를 발칵 뒤집어 놓았다. 당시 세계 대공황으로 경제적 어려움에 처했던 영국 정부는 인도인의 자유로운 소금 채취를 금지하고, 소금에 무거운 세금을 부과하는가 하면, 영국 정부가 공급하는 소금을 구매하도록 하는 등 통제를 강화했다. 1929년 인도 국민회의가 투표를 통해 1년 내에 독립하기로 의결하는 등 독립에 대한 열기가 뜨거워지던 상황에서 소금문제가 최대 이슈로 부상했다. 간디는 이 문제에 뛰어들어 비폭력 불복종 운동을 전개하기로 하고 유명한 '소금 행진'을 벌였다.

간디는 아마다바드에서 25일 동안 걸어서 바닷가의 소금 채취 현장으로 가 소금을 직접 집어 들었다. 소금 행진에 나서면서 간디는 "인도가 독립하기 전까지 돌아오지 않겠다"고 맹세하고 아슈람을 떠났다. 처음에는 78명이 행진에 참여했지만, 나중에는 수천 명으로 불어났다. 간디가 소금을 직접 채취하는 모습은 자유로운 소금 채취와 판매를 원하는 인도인들의 열망을 보

간디의 소금 행진 장면을 재현한 밀랍인형 25일간의 행진 끝에 도착한 구자라트 주의 단디 해변에서 소금을 직접 집어든 간디의 이 행동이 비폭력 저항운동의 상징이 되었다.

여주는 것이었으며, 영국의 인도 통치에 대한 부당성을 알리는 상징적인 행위였다. 그것은 인도 독립에 대한 염원이었으며, 그가 일관되게 주장하고 실천한 비폭력 불복종 운동의 표시였다. 이로 인해 간디가 구속된 것을 시작으로 6만여 명이 투옥되었으며, 간디는 투옥 후 단식투쟁을 하면서 자신의 신념을 인도와 국제 사회에 알렸다.

간디 아슈람에는 시민들은 물론 어린이들과 학생들이 단체로 방문해 간디의 뜻을 되새기고 있었다. 간디의 뜻을 잇기 위해 활동하는 단체도 있었다. 인도의 젊은이들과 세계에서 온 자원봉사자들이 소외된 어린이들에게 음식을 제공하고 공부를 가르치는 단체로, 간디 아슈람 한 귀퉁이에 자리 잡고 있었다. 아슈람 어디에도 소개된 곳이 없어 그런 단체가 있는지도 모르고 우연히 방문했는데, 가서 보니 흥미로운 활동을 하고 있었다. 이렇게 곳곳에서 깨어 있는 젊은이들이 뜻있는 활동을 하고 있다는 것이 반가웠다.

간디 아슈람은 불평등과 폭력이 난무하던 약 100년 전 새로운 가치의 실현 장으로 만들어져 많은 인도인들에게 희망을 주었다. 그 아슈람의 정신, 아니 희망의 아슈람은 오늘날 더 절실하다. 식민통치와 신분제라는 눈에 보이는 형식적 압제는 사라졌지만, 신자유주의로 무장한 자본의 논리가 우리의 물질적 삶과 정신에 보이지 않는 구조적 폭력을 가하는 오늘날, 이를 뛰어넘을 대안과 그것을 실현하는 현장이 필요한 것이다. 사실 많은 사람들이 신자유주의의 무한경쟁과 비인간화로부터 '심리적 탈주'를 하고 있으나, 그 대안을 찾지 못해 경쟁의 폭주기관차에 몸을 내맡기고 있는 상태다. 그런 현대인들에게 희망을 주는 신(新)간디 아슈람이 더욱 절실하게 다가왔다.

약 2시간 동안 아슈람을 돌아보고 아마다바드 박물관(City Museum)으로 향했다. 아마다바드가 구자라트의 핵심 도시인 만큼 구자라트의 역사와 현재를 확인하고 싶었다. 하지만 전시 내용이 빈약하고, 찾는 사람이 없어 실망감을 안겨주었다. 콜카타나 델리의 박물관에서 받았던 것과 비슷한 실망감이었다. 다만 구자라트가 힌두교와 이슬람교, 불교, 기독교, 조로아스터교, 자이나교 등 다양한 종교가 혼합된 지역임을 보여주듯, 각 종교를 소개하는 전시장이 눈길을 끌었다. 구자라트에선 종교 간 갈등으로 2000년대에도 테러가 발생하는 등 분쟁이 지속되고 있다. 간디가 피살되기 직전 주장했던 종교 간 평화가 아직도 이루어지지 않은 것이다. 다양한 종교를 보여주는 이 박물관이 평화적 공존에 기여하길 바라는 마음뿐이었다.

이어 타운홀 근처의 한 흥미로운 서점을 찾았다. 미술 관련 서적만 취급하는 전문서점으로 론리 플래닛에 소개되어 있어 방문했는데, 작은 건물 2층에 미술과 디자인 관련 서적이 가득 차 있었다. 인도의 작은 도시에 이토록 멋진 전문서점이 있다는 것이 놀라웠다. 인도의 다양한 건축과 그림, 장식은 물론 섬유와 의류 디자인, 종교, 자연과 관련한 서적을 팔고 있었다. 골목 안쪽에 있는 작은 서점이지만, 우리가 방문할 때 외국인들도 계속해서 들어오고 나갔다. 아마다바드의 명물로 손색이 없었다.

아마다바드는 '간디의 도시'이기도 하지만, 아름다운 모스크, 즉 이슬람 사원이 눈길을 끄는 곳이기도 하다. 서점을 나서 엘리스 다리(Ellis Bridge)를 건너 숙소로 돌아오다 아흐메드 샤 모스크(Ahmed Shah Mosque)라는 아주 오래된 이슬람 사원을 방문했다. 여행 가이드북엔 1414년 아마다바드를 건설한 아흐메드 샤가 지은 모스크로 기록되어 있었다. 오로지 귀족과 왕족의 기도 장소로 사용하기 위해 지은 모스크였는데, 우리가 방문했을 때에도 많은 사람들이 기도를 하고 있었다. 마지막으로 숙소 인근에 있는 해브모어(Havmor)라는 아마다바드의 유명한 아이스크림 전문점에 들러 아이스크림도 맛보았다.

인도 서부 해안을 따라 달리는 남행열차

아마다바드를 떠나 인도의 '남쪽 나라' 케랄라로 이동하는 날이 밝았다. 이동거리가 만만치 않아 기차를 타고 꼬박 이틀을 달려야 한다. 올리브와 아이들은 아침 일찍 큰 배낭을 역에 맡기고 숙소로 돌아왔다. 아마다바드의 이슬람 사원을 돌아보려면 가벼워야 하기 때문이다. 먼저 술탄 시대 말기에 건설된 시디사이드 모스크(Siddisayid Mosque)를 둘러보았다. 숙소 근처에 있는 이 사원에는 아마다바드의 상징물이기도 한 '생명의 나무(tree of life)'가 있다. 바위 하나를 나무 모양처럼 조각해 창문을 만든 것으로, 거기에 햇살이 아름답게 비치고 있었다. 돌을 깎아 이처럼 아름다운 나무를 형상화한 장인 정신이 빛나는 모스크였다.

이어 인도에서 가장 아름다운 모스크라고 하는 잠마 마스지드(Jamma Masjid)를 방문했다. 술탄 아흐메드 샤가 1423년에 건설했다는 모스크로, 지은 지 600년이 가까이 지났지만 보존 상태가 아주 뛰어났다. 특히 모스크 밖과 안이 너무 극적으로 대조를 이루어 흥미를 끌었다. 모스크 안에까지 들어가 살살이 훑어보았다.

사실 밖에서만 보면 특색을 찾기 어려운 그저 그런 모스크처럼 보인다. 입구도 그리 크지 않다. 청소가 비교적 깨끗하게 되어 있는 것을 빼면 특별해

아마다바드의 아름다운 모스크인 잠마 마스지드 아침 햇살이 비스듬히 비추는 긴 회랑에 한 노인이 기도를 드리고 있다.

보이지 않는다. 하지만 신발을 벗고 입구를 지나 안으로 들어가니 다른 세계가 펼쳐졌다. 광장과 같은 넓은 마당이 펼쳐져 있고, 그 가운데 참배객들이 손과 발을 씻을 수 있도록 작은 연못이 있다. 멋진 건축물이 그 연못을 덮고 있었다. 돌을 깎아 바닥을 만든 거대한 운동장 한가운데 ㅁ자형의 누각이 서 있고, 그 누각 안에 연못이 있는 형태였다. 자세히 보니 마당 주변으로도 수도 시설이 갖추어져 있었다. 참배객들이 많이 몰릴 때를 대비해 손발을 씻을 수 있도록 만든 것이었다.

사원 안으로 들어가니 바위로 된 커다란 기둥이 촘촘히 서 있었다. 모든 모스크가 그렇듯이 특별한 조형물은 없이 그저 기도를 할 수 있는 공간만 마련되어 있었다. 곳곳에 이슬람의 경전인 코란이 비치되어 있었고, 차가운 돌바닥에 깔고 앉을 수 있도록 카펫이 준비되어 있었다. 하지만 지금은 참배객이 없어 카펫은 돌돌 말아서 한 곳에 쌓아놓았다. 사원의 돌기둥 사이로 아침 햇살이 아름답게 비추면서 모스크가 무언가 모를 신성한 기운을 내뿜는 것 같았다.

확실히 모스크는 불교의 사원인 절이나 기독교의 사원인 성당 또는 교회와 달랐다. 무수한 신으로 장식된 힌두 사원과도 달랐다. 모스크에는 유일신으로 믿는 알라 신의 조각은 물론 그림도 없다. 어디에서도 신을 형상화한 조형물은 물론 그림을 찾을 수 없다. 모스크의 장식은 모두 기하학적 형태를 띠고 있다. 그럼에도 절이나 성당, 교회에서와 같은 경건함이 묻어났다.

모스크를 한 바퀴 돌고 나오는데, 저쪽 회랑에 혼자서 기도를 하는 노인이 보였다. 전통 이슬람 복장을 한 노인이었는데, 모스크에 비스듬히 내리쬐는 아침 햇살을 받으며 등을 약간 구부린 채 기도하고 있었다. 그가 무엇을 위해 기도하는지 알 수 없었지만, 내 마음까지 숙연해졌다.

아마다바드의 마지막 모습을 둘러본 다음 역에 도착해 아침에 맡겨 놓은 배낭을 찾고 대합실로 들어가니 언제나처럼 많은 사람들로 붐비고 있었다. 간디의 대형 사진이 대합실을 오가는 사람들을 내려다보고 있었다. 오늘날의 인도는 간디가 꿈꾸고 건설하기 위해 그토록 노력했던 것과 아직 거리가 먼 모습이지만, 간디에 대한 인도인들의 존경심은 어디서나 확인할 수 있다.

기차를 타기 위해 플랫폼에 나가니, 청소가 한창 진행되고 있었다. 기차에서 내버린 오물과 쓰레기를 물로 청소해 내는 작업이었는데, 사람들이 기차에서 배설한 오물도 엄청 많았다. 인도에서는 승객들이 기차에서 배설한 오물을 철로에 그대로 버렸다. 기차가 정차해 있을 때에는 화장실을 사용하지 말라는 권고문을 붙여 놓았지만, 이를 지키는 승객은 거의 없었다. 오랫동안 철로 청소를 안 해서 그런지 물과 함께 쓸려나가는 오물이 엄청났다. 그게 특별한 정화 과정이 없이 그대로 강으로 유입될 것이라고 생각하니 기가 막혔다.

우리가 탄 기차는 예정보다 30분 정도 연착되어 오전 11시 50분 아마다바드 역을 출발했다. 케랄라의 코치로 향하는 이틀간의 대장정이 시작된 것이다. 오늘 점심부터 시작해 내일 저녁까지 다섯 끼를 기차에서 먹어야 한다. 세계일주 여행에 나선 이후 가장 긴 시간을 기차에서 보내는 여정이다.

기차가 인도 서쪽 해안을 향해 서남쪽으로 이동하면서 풍경이 시시각각 변했다. 구자라트 지역은 건조한 모습이었지만, 한참을 내려가자 곳곳에 야자수가 보이기 시작하면서 날씨의 변화를 실감케 했다. 창밖의 풍경을 감상하고, 책을 읽기도 하면서 시간을 보냈다. 인도를 여행하면서 주간과 야간 기차를 엄청나게 타고 있다. 그러고 보니 나브단야 농장을 떠난 이후 케랄라 코치에 도착하기까지의 4박 5일 가운데 하룻밤만 아마다바드의 캐딜락 게스트하우스에서 자고 나머지 3박을 기차에서 보냈다. 야간 열차가 시간과 비용 절약에 도움이 되는 것은 분명하지만 너무한 것은 아닐까.

출발한 지 5시간 정도가 지나 오후 6시가 되자 해가 뉘엿뉘엿 지기 시작했다. 아름다운 석양이 펼쳐졌다. 기차에서 파는 비리야니와 야채튀김으로 저녁을 먹었다. 매번 기차에서 먹는 음식이다. 오후 9시 가까이 되어 바사이 로드(Vasai Road) 역에 도착했는데, 뭄바이와 멀지 않은 역이다. 기차는 그곳에 한참 정차해 물을 보충하고 정비를 마친 다음, 어둠을 가르며 다시 남쪽으로 달렸다. 인도 중서부 해안을 본격적으로 달리는 것이다. 기차를 감싸고 있는 공기도 달라졌다. 우리가 처음 기차에 오를 때엔 서늘한 기운이 감돌았는데, 저녁이 되자 공기가 훈훈해졌다. 아열대에서 열대로 넘어온 것이다.

기차는 인도의 서부 해안을 따라 밤새 남쪽으로, 남쪽으로 달렸다. 오전 7시에서 8시 사이에 인도에서 가장 아름답다는 해변을 끼고 있는 고아를 지났다. 날씨도 갈수록 따뜻해진다. 우리도 기차를 탈 때 입었던 두꺼운 옷을 벗고 얇은 옷으로 갈아입었다. 남쪽으로 내려오면서 주변 풍경도 확연히 달라졌다. 황량하고 건조한 모습은 완전히 사라지고, 야자와 바나나 나무가 울창하게 우거진 열대우림이 나타났다. 가장 남쪽인 케랄라 인근으로 내려오

아마다바드에서 남쪽 코치로 36시간을 타고 간 기차 기차가 역에 정차할 때마다 승객들이 플랫폼으로 나와 바람을 쐬며 열차 여행의 지루함을 달랜다.

자 오른쪽으로 바다를 끼고 달렸다. 열대우림 사이로, 언뜻언뜻 비치는 바다 경치가 그야말로 환상적이었다. 기차에 탄 상태에서 추운 겨울과 따뜻한 온대지방, 그리고 뜨거운 열대지방을 동시에 체험하는 아주 특별한, 인도가 아니면 느끼기 어려운 장거리 기차 여행이었다.

기차에서 아침과 점심, 저녁을 먹으며 서부 해안을 질리도록 구경하자 다시 해가 넘어가기 시작했다. 같은 기차에서 해가 넘어가는 것을 두 번 보는 셈이다. 정말이지 기차 여행은 질리도록 하고 있다.

그렇게 달리고 달린 끝에 드디어 저녁 10시 30분, 우리의 최종 목적지인 코치의 관문 에르나쿨람 역(Ernakulam Junction Station)에 도착했다. 어제 낮 12시 정도에 아마다바드를 출발했으니, 무려 36시간이나 걸린 셈이다. 이번 여행에서 최장 기차 여행의 기록을 세우는 순간이었고, 언제나 그렇듯이 새로운 영감과 신선함, 모험을 만나는 순간이었다.

4부

홀로 여행에 나선 아이들의 용기_
인도(3)

Kochi
Mumbai
Riyad

코치

제3세계의 개발 모델,
'케랄라의 역설'

경찰관과 사라진 오토릭샤 운전수

당초 인도 여행을 계획할 때만 해도 우리는 케랄라에 대해 잘 알지 못했다. 인도 남부라고 하면 벵갈루루나 첸나이 정도가 잘 알려져 있었을 뿐이고, 나와 올리브는 첸나이 인근의 세계적인 명상 공동체 오로빌(Auroville)에 관심이 많았다. 그곳을 방문하고 싶기도 했다. 하지만 인도를 여행하면서 케랄라에 대해 조금씩 알게 되자 관심이 급속히 쏠렸다. 1950년 인도의 독립 이후 공산당이 케랄라 지방정권을 장악해 사회개발에서 놀라운 성과를 보이고 있다는 것을 알게 되었고, 백워터(back water) 투어 등 다양한 여행 프로그램도 알게 되었다. 특히 올리브와 아이들이 필리핀에서 영어 연수를 할 때 영국 출신의 학원 원장이 케랄라를 강력하게 추천한 바 있어 올리브와 동군은 벌써부터 케랄라와 백워터 노래를 부르고 있었다.

사실이 그러했다. 케랄라 여정은 경이의 연속이었다. 그 놀라움은 에르나쿨람 역에 도착하면서부터 시작되었다. 숙소로 가기 위해 오토릭샤를 잡다가 '인도답지 않은 인도'의 모습을 경험하였다. 역에서 빠져나오는데 한 오토릭샤 운전수가 우리에게 접근했다. 인도에서 오토릭샤 운전수들의 호객 행위라면 수없이 보아 왔던 터라 우리는 그 운전수의 접근을 당연한 것으로 생각했다. 그는 우리에게 코치 항(Fort Kochi)까지는 200루피, 인근 에르나쿨람 숙소까지는 50루피에 갈 수 있다고 했다.

승차장을 보니 많은 사람들이 서서 오토릭샤를 기다리고 있었다. 그렇게 혼란스럽지도 않았다. 줄을 서서 기다리는 모습이 이례적이었다. 특히 한 줄로 서서 질서정연하게 서 있는 모습은 인도에 와서 처음으로 보는 현상이었다. 버스와 전철, 기차는 물론 티켓 판매소에서도 새치기가 많고, 질서를 찾아보기 어려웠지만, 코치는 무언가 다른 모습이었다.

36시간의 기차 여행에 지쳐 있었고, 시간도 밤 11시 가까이 되어 빨리 숙소를 찾아갈 생각으로 적당히 흥정을 마친 다음 그 운전수를 따라 오토릭샤가 서 있는 주차장으로 향했다. 그때였다. 경찰관이 다가오더니 우리를 그대로 두고 그 운전수를 어디론가 데리고 가는 것이었다. 무슨 영문인지 몰라 엉거주춤한 상태에서 경찰관과 함께 사라지는 오토릭샤 운전수를 물끄러미 바라보아야만 했다. 그러다가 퍼뜩 둔기로 맞은 것과 같은 충격과 함께 단어 하나가 머리를 스치고 지나갔다.

'질서!'

오토릭샤는 '질서' 있게 운행되고 있었고, 경찰이 '질서'를 잡고 있었다.

'인도에서 질서라니!'

우리는 이 새삼스런 현상에 깜짝 놀랐다. 인도에서 상상할 수 없는 일이 케랄라의 역에서 벌어졌던 것이다. 운전수가 경찰과 함께 사라지고, 주차장 한가운데 머쓱하게 남게 된 우리는, 스스로 질서를 깨려 했던 것에 부끄러워하면서 다시 승차장 줄의 맨 뒤로 가서 섰다. 한참 기다려 우리 차례가 되자 오토릭샤 부스에서 목적지에 따른 가격을 정해주었다. 코치 항까지 기본요금은 169루피였으나 다섯 명이 타는 데 따른 추가요금을 포함해 200루피(약 4600원)로 결정되었다. 그게 정찰가격이었다. 바가지가 없었고, 복잡하고 골치아픈 흥정도 필요 없었다. 도착하자마자 '질서가 있는' 케랄라를 경험하는 순간이었고, '새로운' 인도를 만나는 순간이었다.

오토릭샤는 다리를 건너 깊은 잠에 빠진 코치 항으로 향했다. 우리는 미리 점찍어 놓았던 로열 게스트하우스(Royal Grace Tourist Home)에 도착해, 문을 두드려 잠자고 있던 주인을 깨우고 여장을 풀었다. 이틀 전 아마다바드에서 출발한 1박 2일의 기나긴 이동이 끝나고 남부의 환상적인 여행지에 자리를 잡는 순간이었다. 그것은 새로운 경이의 시작이기도 했다.

대자본에 의지하지 않은 사회개발의 기적

바라나시에서 콜카타에 도착했을 때 시간이 어떻게 지나가는지 모르다가 크리스마스라는 것을 알고 시간의 흐름을 절감한 적이 있었는데, 코치에 오면서 비슷한 경험을 했다. 한국의 캘린더를 잊고 있었고, 여행이 4개월을 넘어서면서 한국에서 무슨 일이 일어나는지 잘 알지도 못하는 상태였다. 코치에 도착해 평소와 다름없이 아침을 맞았는데, 그날이 바로 음력 새해 첫날이었다. 본가와 처가의 부모님께 세배도 드리지 못하고, 전화로만 인사를 했다. 설을 맞아 가족이 모두 모였지만 우리만 빠져 있으니 허전하다고 했다. 부모님과 다른 가족들이 모두 건강하길 빌면서, 내년에는 세배를 곱빼기로 올리겠다고 약속했다. 한국은 이상한파로 전국이 꽁꽁 얼어붙었다고 하는데, 여기는 한여름이니 설을 맞는 맛이 색다르다.

그런 다음, 인도양을 보고 싶어 아침 일찍 올리브와 함께 산책을 나갔다가 기적과 같은 일을 또 경험했다. 인도로 건너오기 직전에 네팔 룸비니로 오는 버스에서 처음 만났다가, 그로부터 약 보름 후 델리에서 두 번째 만났던 중년의 중국인 부부를 거의 20일 만에 세 번째로 다시 만난 것이다. 이들 역시 인도 내륙을 거쳐 첸나이까지 갔다가 코치를 여행 중이었다. 모두 기적 같은 일에 환호성을 지르며 손을 맞잡고 반가워했다. 초로의 중국인 부부는 여전히 매우 건강했다.

숙소로 돌아와 아이들과 함께 코치 항 인근의 야외식당인 솔트 & 페퍼(Salt & Pepper)에서 아침 겸 점심을 먹은 다음 해변을 거닐었다. 아라비아 해가 아름답게 펼쳐진 가운데 중국어망이 이색적으로 해변에 펼쳐져 있었다. 코치는 인도의 다른 도시들과 확실히 달랐다. 도로는 물론 집들이 깨끗하게 단장되어 있었고, 사람들은 쓰레기를 함부로 버리지 않았다. 주민들은 대부분 인도 남부의 전통의상인 치마를 입고 있었고, 활기가 넘쳤다. 길거리를 배회하는 청소년이나 청년, 아이들을 찾아보기 어려웠다. 아이들은 모두 교복을 입고 학교로 가 공부를 했으며, 학교가 끝나면 운동장에서 축구를 하거나 크리켓을 하며 놀았다. 아이들 특유의 발랄함과 활기가 느껴졌다. 남루하고, 더럽고, 아이들을 길거리에 방치하고, 13세 소년이 노를 젓는 북부의 '처참한' 인도와는 확실히 달랐다. 우리는 이 새로운 인도에 점점 빠져들었다.

코치 항 인근의 골목길을 돌아다니다 아담한 찻집 오세아노스(Oceanos)에 들러 음료수도 마시고 헤리티지 하우스(Heritage House)라는 팻말을 내건 아름다운 집도 둘러보는 등 여유를 즐겼다. 헤리티지 하우스는 오래된 건물을 호텔로 개조한 곳이었는데, 게스트들이 묵을 수 있는 방이 단 네 개에 불과했다. 일종의 프리미엄 호텔로, 룸당 가격이 2500루피나 했다. 우리가 묵고 있는 로열 게스트하우스의 네댓 배에 달하는 금액이었다. 이어 수공예품 상점과 서점에서 책을 한참 구경하고, 케랄라와 관련한 책도 구입했다.

코치 항 일대엔 외국인 여행자가 많았다. 한국인들에게는 잘 알려져 있지 않지만, 서양인들 사이엔 휴양을 겸할 수 있는 평화롭고 깨끗한 여행지로 인기를 끌고 있었던 것이다. 서양 여행자들은 아름다운 골목과 작은 상점들을 들락날락하면서 인도 전통의상과 스카프, 수공예품 등을 구입하고, 인근의 깔끔한 카페 겸 레스토랑에서 인도 전통요리를 즐겼다. 이곳 식당에서는 인도 북부와 달리 '쇠고기' 스테이크도 팔았다. 그러고 보니, 이곳에서는 인도 북부 도시의 거리 한복판을 어슬렁거리는 '신성한 소'도 보이지 않았다.

코치의 하루는 이렇게 새로운 인도를 경험하는 순간의 연속이었다. 그 배경이 궁금했다. 오후 내내 서점에서 구입한 케랄라에 관한 책을 읽으면서 그 비결을 하나씩 확인할 수 있었다.

'인도 속의 다른 인도' 케랄라는 이미 2000년대 초부터 대자본에 의지하지 않은 사회개발의 사례로서 국제 사회의 지대한 관심을 끌고 있었다. 경제성장이 낮은 기운데서도 삶의 질을 측정하는 각종 지표들은 인도에서 가장 높아 학계에서는 케랄라를 '제3세계의 새로운 개발 모델'로 조명하고 있다.

구체적으로 케랄라 지역의 문맹률은 사실상 제로로, 모든 주민들이 읽고 쓸 수 있다. 달리 말해 모든 주민들, 특히 어린이들이 학교 교육의 혜택을 받고 있다. 케랄라의 기대수명은 인도 평균에 비해 거의 10년 이상 길다. 유아 사망률은 인도에서 최저이며, 출산할 때 전문의의 진료를 받거나 전문기관에서 출산하는 비율도 다른 지역에 비해 두세 배나 높다.

케랄라가 삶의 질을 높일 수 있었던 결정적인 이유는 바로 '교육'에 있었다. 학교 및 사회 교육을 확대해 문맹률을 낮추면서 변화가 나타나기 시작했다. 특히 여성들이 읽고 쓸 수 있게 되자 자연스럽게 결혼과 피임, 출산과 육아에 대해 새로운 인식을 갖게 되었다. 여성이 스스로 가족계획을 할 수 있게 되었고 나아가 자녀 교육에 대한 관심도 높아졌다. 문맹퇴치와 교육이 변화의 단초를 마련한 것이다. 각 가정의 '교육열'을 기반으로 인도의 가장 심각한 문제인 빈곤 문제를 해결하는 단초도 마련되었다. 이는 토지개혁이라든가 카스트 제도의 철폐와 같은 케랄라 주정부의 진보적인 정책과 어우러지면서 케랄라 사회를 바꾸는 결정적인 역할을 했다.

놀라운 것은 이러한 사회개혁과 삶의 질의 향상을 대기업의 투자라든가 시장개방, 외국자본의 유치 등을 통한 '경제성장' 없이 달성했다는 사실이다.

지금까지 빈곤 문제를 해소하고 삶의 질을 높이기 위해선 경제성장이 우선적으로 이루어져야 한다는 시각이 지배적이었고 대부분의 국가가 이 모델을 따랐는데, 이와 정면으로 배치되는 현상으로 '케랄라의 역설(Paradox of Kerala)'이라는 말까지 나왔다.

이러한 상황은 1950년 인도의 독립 이후 지금까지 60여 년에 걸쳐 주로 공산당이 이 지역의 권력을 장악하면서 이루어냈다. 공산당은 여러 차례 선거에서 권력을 잃기도 했으나, 가장 강력한 정치세력으로 오랫동안 집권하면서 케랄라 개혁의 기초를 놓았다. 특히 농민들의 토지 소유권을 확고히 한 토지개혁이 결정적이었으며, 부패를 방지하고 주민들의 의견을 정책에 반영할 수 있도록 개혁을 성공시킴으로써 사회·경제적 변화의 기초를 마련했다.

구소련이나 동유럽 등 혁명을 통해 정권을 장악한 사회주의 국가들과 달리 케랄라 공산당은 선거를 통해 권력을 장악하고, 또 선거에서 패배해 일시적으로 권력을 내주기도 했지만, 주민들과 지속적으로 소통하면서 사회개혁을 추진해왔다. 이를 통해 전통적인 공동체와 전통문화를 유지하면서, 시민사회의 지지와 지원을 바탕으로 개혁을 이룰 수 있었다. 물론 그러다 보니 개혁은 더디게 이루어질 수밖에 없었지만, 오히려 쉽게 무너지지 않는 저력을 갖게 되었다. 혁명을 통해 정권을 장악하고 일당독재 체제 아래에서 급진적인 개혁을 추진하다, 그 사회가 갖고 있던 모순이 폭발하면서 급격히 무너진 소련이나 동구의 공산당 정권과 달랐던 것이다.

그렇다고 케랄라의 사회개발 모델이 다른 나라에 그대로 적용될 수 있는 것은 아니겠지만, 어쨌든 기존의 경제성장 위주의 개발에서 벗어나 다른 대안이 얼마든지 있을 수 있음을 케랄라는 보여주었다. 경제성장에도 살아가기가 더욱 팍팍해져 가는 한국은 과연 어떤 길을 걷는 것이 바람직할 것인가. 갈수록 치열해지는 경쟁과 확대되는 빈부격차, 붕괴되는 공동체의 끝은 과연 어디인가. 케랄라는 많은 질문을 던져주는 곳이었다.

코치항 입구의 버스정류장 대자본에 의한 '개발'에 의존하지 않아서 그런지 오래된 아름드리 나무들이 마을 곳곳에 있다.

야자수가 손을 흔드는 체라이 해변

코치에 도착한 지 3일째 되는 날 올리브의 상태가 좋지 않았다. 36시간에 걸친 장기 기차 여행에다 코치에 도착하자마자 이리저리 돌아다닌 것이 탈을 일으킨 것 같았다. 그래서 오늘 깨끗하고 조용하기로 유명한 체라이 해변(Cherai Beach)으로 해수욕을 가기로 했지만 올리브는 포기하고 숙소에 남았다. 아쉬웠지만 나와 아이들이 해변에서 신나게 놀고 오는 사이 푹 쉬면서 기력을 회복하길 기대하는 수밖에….

체라이 해변은 코치 항 앞에 있는 바이핀 섬(Vypinn Island)에 있는 해변으로, 코치 항에서 배를 타고 바이핀 섬으로 넘어간 다음, 그곳에서 다시 시내버스를 타고 40분 정도 들어가야 한다.

이른 아침에 숙소 인근을 산책하면서 선착장으로 향했다. 역시 코치는 깔끔하게 잘 단장되어 있음을 다시 확인할 수 있었다. 지금까지 인도를 다니면서 최소한 수년 사이에 새로 페인트 칠을 한 주택을 보기가 무척 어려웠는데, 여기에는 새로 색칠한 집들도 많았다. 그냥 방치된 집이 별로 없었다. 담장이며 지붕까지 대부분의 집들이 잘 단장되어 있었고, 최근에 수리한 듯한 집들

292

도 많았다.

선착장에서 아이들을 만나, 항구—항구라고 해야 바로 앞에 있는 바이핀 섬으로 가는 배가 수시로 드나드는 작은 선착장이라는 표현이 어울리지만 —앞의 포장마차에서 감자와 야채튀김, 팬케이크와 짜이로 간단히 요기를 한 다음 바이핀 섬으로 가는 배에 올랐다. 요금은 2루피로 아주 저렴했다. 10분도 안 되어 섬에 도착, 바로 체라이 해변으로 가는 버스에 올랐다. 창군과 동군은 버스 중간 부분의 빈 좌석을 차지하고 앉았고, 나와 멜론은 운전석 바로 뒷좌석에 앉았다. 버스에는 아침에 등교하는 학생들과 주민들로 붐볐다. 창을 스쳐 지나가는 주변의 풍경과 승객들이 오르고 내리는 것을 한참 보고 있는데, 뭔가 조금 이상했다. 차량의 앞쪽에는 주로 여성들이 자리를 잡고 있었고, 남성들은 뒷부분에 몰려 있었다.

처음에는 인도에서 남녀를 유별나게 구별하는 관습 때문에 그런 것이려니 했는데, 남성들로 꽉 차 있는 차량의 뒷부분은 붐비고 앞쪽 자리가 비어 있는데도 남성들은 앞자리를 비워 두고 그냥 서 있었다. 앞쪽의 자리는 여성들의 자리였다. 그 사실을 뒤늦게 깨달은 나와 멜론은 얼른 자리에서 일어나 버스의 뒷부분으로 이동했다. 우리 자리는 비워 놓은 채였다. 그러고 나서 보니차의 앞문으로는 주로 여성들이, 뒷문으로는 남성들이 타고 내렸다. 남성 가운데 차의 앞쪽으로 가는 사람은 없었다.

한참 동안 여성 전용 좌석에 앉았던 것이 마음에 걸렸다. 인도인들이 여성을 위해 이렇게 신경을 쓰는 것이 새삼스럽게 느껴졌다. 인도 북부 라자스탄의 자이푸르 아메르 성을 여행했을 때, 버스가 무지 복잡하고 차장이 우리에게 요금 바가지를 씌우려 해 실랑이를 벌였던 일까지 겹쳐져, 이래저래 케랄라는 마음에 들었다.

체라이는 인도의 다른 작은 마을들과 크게 다르지 않았지만, 확실히 정돈이 잘 되어 있었다. 보통 이런 작은 마을에는 소가 우글거리고, 거리엔 소똥과 쓰레기로 넘쳐났지만, 체라이엔 그런 것들이 없었다. 소똥 냄새와 사람들의 오줌 냄새, 사람들이 피워 놓은 모닥불로 인한 매캐한 연기도 없었다. 구걸하는 사람도 보이지 않았다.

체라이 정선에서 해변까지는 작은 길로 또다시 30~40분을 걸어야 했다. 나중에 확인해 보니 정선에서 해변까지 2km이며, 오토릭샤로 30루피가 정찰가격으로 책정되어 있었다. 돌아올 때에는 오토릭샤를 탔다. 야자수와 바나나나무가 끝없이 이어진 섬에 집들이 점점이 흩어져 있고, 그 사이로 작은 길이 나 있었다. 다니는 차들도 많지 않아 우리는 숲과 마을을 구경하며 걸었다. 이제 본격적인 아침을 맞는 체라이 해변 마을은 평화롭기 그지없었다. 길을 걸어가는 우리를 보고 사람들이 반갑게 인사를 건네거나 미소를 보냈다.

체라이 해변에 도착하니 예상했던 대로 섬을 둘러싸고 백사장이 끝없이 이어져 있었다. 그 앞으로 한없이 넓은 아라비아 해가 펼쳐졌다. 마음이 확 트였다.

"와~ 바다다~"

모두 환호성을 질렀다. 동군은 얼마나 좋은지 가방을 둘러메고 바지를 입은 채로 바닷물에 뛰어들었다. 아침이라 그런지 사람은 많지 않았다. 워낙 해변이 길게 펼쳐져 있어 사람들이 없어 보이는 것 같기도 했다. 해변엔 쓰레기도 별로 눈에 띄지 않았다. 바닷물은 아주 맑지는 않아 약간 탁한 느낌을 주었지만, 수영하기엔 나무랄 데 없었다. 한국의 동해안과 서해안의 중간 정도 될까?

도착하자마자 해변 가장자리의 야자수 그늘이 있는 곳—물론 조금 지나해가 움직이면 모든 해변에서 그늘이 사라지게 되어 있지만—에 자리를 잡았다. 미리 수영복을 입고 온 아이들은 겉옷을 홀렁홀렁 벗어버리고 바다로 직행했다. 얼마나 기다리고 기다리던 바다요, 해변이요, 해수욕이었던가. 작년 9월 홍콩을 시작으로 광저우~상하이~베이징을 거쳐 뤄양~시안~시닝~칭짱 열차~티베트~히말라야~네팔 등 아시아의 내륙 오지들과 인도를 4개월여에 걸쳐 여행하면서 한 번도 보지 못했던 해변이 아니던가. 파도에 몸을 부딪치면서 그동안 쌓인 피로를 풀었다.

체라이 해변 코치 앞바다의 바이핀 섬에 있는 해변으로, 왼쪽 아라비아 해로 넘어가는 석양이 일품이다.

파도가 밀려오는 저 서쪽으로 계속 가면 중동 아라비아 반도 남부 해안이 나오고, 더 진행하면 아프리카가 나오는 곳, 1489년 세기적인 모험가 바스코 다 가마가 첫 항해를 한 이후로 동양과 서양이 만나던 뱃길이 난 곳이 바로 이 바다가 아니던가. 바다는 그 영욕의 역사를 아는지 모르는지 수백 년 전, 아니 수천 년 전과 마찬가지로 말없이 출렁이고, 그 해변으로는 그때와 마찬가지로 야자수가 바람에 흔들리고 있었다.

아이들이 벗어놓은 짐을 해변에 정리해 놓고, 나도 바다로 뛰어들었다. 바닷물은 차갑지도 따뜻하지도 않아 해수욕에 딱 안성맞춤이었다. 아이들은 수영을 하다가 모래성도 쌓고, 파도에 몸을 맡기기도 하고, 신나게 놀았다. 한적하고 평화로운 바다에서 이렇게 해수욕을 즐길 수 있다는 것이 참으로 행복했다.

바다로 나와서 해변을 보니, 야자수들이 그림처럼 죽 늘어서 멋지고 아름다운 장면을 연출하고 있었다. 바스코 다 가마가 아프리카 희망봉을 돌아 항해한 끝에 인도에 처음 당도했을 때 야자수의 물결을 마치 인도 사람들이 자신을 보고 환영하는 것으로 착각했다고 한다. 야자수는 그런 환상을 갖게 만들 정도로 아름답고 화려한 모습을 연출하여 널찍한 이파리들을 흔들고 있었다.

2시간 정도 바다 수영을 즐기고 식당을 찾아 나섰다. 해수욕장 입구의 큰 나무 그늘에선 이곳 주민들과 한 서양 여행자가 장기 알 튕기기 놀이를 하고 있었다. 네모난 작은 판의 각 귀퉁이에 작은 구멍을 뚫어놓고, 손가락으로 장기 알을 튕겨서 다른 알을 맞추어 그 알을 구멍에 집어넣는 게임으로 우리가 조드푸르의 게스트하우스에 머물 때 다른 여행자들과 섞여서 즐겼던 놀이였다. 시원한 그늘에서 장기 알 튕기기를 하는 주민들과 서양 여행자가 한가롭고 평화롭게 보였다. 시간도 천천히 가는 듯했다.

해수욕장 인근을 한참 돌아 겨우 문을 연 식당을 발견해 닭고기 구이와 치킨 커리 등으로 점심을 먹고, 다시 바닷물로 뛰어들었다. 오후가 되자 본격적으로 더위가 몰려오면서 해변에도 사람들이 늘어나기 시작했다. 간간이 서양 여행자들도 눈에 띄었다. 동양 여행자는 우리밖에 없어서인지 해변을 거닐던 호기심 많은 인도인들이 우리를 신기하게 바라보기도 했다.

우리가 수영을 하는 바닷가에서는 어부들의 고기잡이가 한창이었다. 망망대해에 그물을 펼쳐 고기를 잡고 있었는데, 그때 마침 멸치처럼 보이는 작은 물고기 떼가 우리가 수영하는 곳까지 밀려왔다. 물고기 떼는 우리 곁을 지나 바다를 가로질렀다. 멜론은 얼마나 신기한지 수영할 생각도 않고 물고기 떼만 쫓느라 정신이 없었다.

넘실거리는 파도를 타고 작은 물고기들이 찰랑찰랑 헤엄을 치며 지나갔다. 바닷가로 온 물고기 일부는 파도에 밀려 해변 모래까지 올라왔다가 제때 바다로 돌아가지 못해 모래 위에서 퍼덕거리기도 했다. 그 물고기들은 새들의 먹이가 된다. 까마귀들이 해변에서 기다렸다가 물고기가 모래로 올라오면 잽싸게 낚아채 물고는 하늘로 비상했다. 물고기 사냥을 하는 독수리들도 보였다. 독수리들은 바다에 바짝 붙어 날다가 물고기 떼들이 바다 표면으로 올라오면 날카로운 발로 작은 물고기를 잽싸게 낚아채 하늘로 올라갔다. 자연이 살아 숨 쉬는 멋지고 아름다운 풍경이었다.

한참 수영을 하는데 우리 주변에서 멸치들이 바다에서 공중으로 붕붕 뛰어오르고, 하늘로 치솟은 물고기들이 우리 몸에 부딪히기도 했다. 우리가 수영하던 때가 멸치들이 해안으로 몰려오는 때인 듯했다. 우리도 손가락 굵기의 싱싱한 멸치를 잡았다. '물반 고기반' 아라비아 해에서의 신기하고 흥미로운 경험이었다.

신나게 해수욕을 즐기고 하루 종일 숙소에서 쉰 올리브와 합류하여 저녁식사를 위해 레스토랑이 몰려 있는 여행자 거리로 향했다. 코치의 명물은 생선 요리다. 시장에서 생선을 사면 레스토랑에서 그것을 즉석에서 요리로 만들어 제공하는 시스템이다. 올리브와 아이들은 큰 새우 1kg(24마리)과 팔뚝만한 생선 세 마리를 골랐다. 가격은 900루피(약 2만 700원)였다. 바로 옆의 레스토랑에서 150루피의 비용을 받고 맛있는 구이 요리로 만들어주었다. 거기에 샐러드와 밥, 물 등의 450루피가 추가되어 총 1350루피(약 3만 1000원)로 입이 딱 벌어질 정도로 푸짐한 저녁이 되었다. 생선은 입에서 살살 녹을 정도로 맛이 좋았다. 인도에 와서 이처럼 호화로운 요리를 먹은 것은 처음이었다.

작은 어시장의 긴장감과 공존의 지혜

케랄라의 코치나 에르나쿨람 지역이 볼거리가 많은 곳은 아니다. 기념비적 건축물도 예술작품도 없다. 물론 이 지역이 오랜 역사를 갖고 있지만, 거대한 왕국이 있었던 곳이 아니다. 15세기부터 이 지역의 향신료와 커피, 차, 농산물 등을 노린 포르투갈, 네덜란드, 영국 등 유럽 열강들이 잇따라 들어와 사실상 반(半)식민지 상태가 되었기 때문에 이들 식민지 유적이 남아 있는 정도다.

거창한 문화유적은 없지만 다른 측면의 경쟁력이 있다. 특히 자연과 독특한 문화는 사람들을 잡아당기는 매력이 있다. 케랄라 주정부에서도 새로운 수익원으로 '굴뚝 없는 산업'인 관광산업을 발전시키기 위해 다양한 프로그램을 발굴하고 있는데, 주로 '자연'과 관련한 것들이 많다. 식민지 시대에 건설된 수많은 운하를 돌면서 자연과 문화를 체험하는 '백워터 투어'가 가장 유명하며, 식민지 시대에 건설된 차 플랜테이션(농장)을 돌아보는 투어, 정글 투어, 코끼리 사육지 체험 프로그램 등을 홍보하며 전 세계 여행자들의 관심을 끌고 있다.

특히 코치의 평화로운 분위기와 깨끗하고 한산한 해변은 이들 투어 프로그램의 가치를 높이는 요소다. 물가가 저렴하고, 영어가 통하고, 주민들도 친절하고, 사회가 안정되어 있기 때문에 이곳을 찾는 여행자나 관광객이 갈수록 늘어나고 있다. 인도 북부지역은 역사·문화 유적이 많고 물가도 저렴한 반면 걸인들을 비롯해 처참한 생활을 하는 사람들이 많아 여행자의 마음이 편치 않을 때가 많지만, 코치는 전반적으로 활력이 넘치고 사람들의 표정도 밝아 그런 불편한 마음을 가질 필요가 없다. 말하자면 세상사의 스트레스를 잊고 피로를 풀기 위해 오는 '휴양지'로, 세상의 근심과 걱정을 내려놓고, 때 묻지 않은 자연과 파란 하늘, 바다에 몸과 마음을 맡기기에 최적의 장소다. 우리도 이러한 코치의 매력에 점점 빠져들었다.

코치에 도착한 후 나흘째에는 특별한 일정 없이 각자 원하는 일을 하거나 쉬기로 했다. 아침에는 가보고 싶은 곳이 있었다. 어시장이었다. 먼저 어시장 주변 공원에 있는 포장마차에서 간단히 요기를 했다. 코치 항 주변엔 아침에 문을 여는 식당이 없어 거의 매일 선착장 입구의 포장마차에서 비슷한 메뉴로 아침을 먹었다. 주민들도 많이 몰려들어 튀김과 빵 등으로 식사를 했다.

어시장은 '근대적인' 시장이라고 말하기 무색할 정도로 아주 작고 소박했다. 하지만 주민들의 활기와 정겨움이 넘쳤다. 우리가 도착했을 때는 어민들이 잡아온 생선의 경매가 한창이었다. 경매는 두 곳에서 이루어지는데, 한 곳에선 비교적 큰 생선들이, 다른 곳에선 어른 팔뚝보다 작은 생선의 경매가 진행되었다. 작은 어선이 잡아온 생선들은 경매를 통해 도매상에게 넘어가고,

작고 소박한 코치의 어시장 어부들이 잡아온 생선이 종류별로 나뉘어져 경매를 기다리고 있다.

그 도매상은 바로 옆의 상점으로 넘긴다. 그러면 그 상점을 통해 일반 음식점과 소비자들에게 판매되는 구조다.

코치 어시장에서도 시장의 원리가 작동했다. 어부들이 생선을 정리해 배에서 내리면 어시장 사람들이 그것을 경매장으로 옮긴다. 장어 같기도 하고 갈치 같기도 한 대형 생선에서부터 게 종류, 넙치와 가오리처럼 생긴 생선은 물론, 작은 상어까지 다양한 어종이 경매에 올라온다. 경매가 진행되는 곳이라고 해 봐야 선착장 한편의 작은 공터로, 바닥에 시멘트가 깔려 있고 시설이라고 해야 무게를 달 큰 저울 정도가 있을 뿐이다. 경매 참여자도 10여 명에 불과하고, 작은 생선의 경우 경매 단위가 생선 한 바가지인 경우도 있다. 어부들이 잡아온 생선을 바닥에 분류해 놓으면 경매사가 품목과 규모를 설명하는 것으로 경매가 시작된다.

경매가 시작되면 분위기가 달라진다. 어부들은 자신이 잡아온 생선이 어떻게 처분될지 아주 진지한 눈길로 바라보고, 주변 사람들도 숨을 죽인 채 경매 과정을 지켜본다. 가격을 부르는 경매사의 박력 있으면서도 긴박한 목소리가 경매장에 울리면 도매상을 비롯한 참여자들의 치열한 계산이 시작된다. 경매는 몇 차례의 호가를 거쳐 채 몇 분도 걸리지 않아 금방 끝난다. 낙찰

된 생선을 도매상이 가져가면, 바로 다음 차례의 생선이 올라와 똑같은 방식으로 경매가 이루어진다. 짧은 순간이지만, 그 순간만큼은 진지하고 긴장감이 넘쳤다. 시장이 주는 특유의 활기와 홍성거림, 흥겨움이 있었다. 살아있는 시장, 사람 냄새가 나는 시장이었다.

인도에서 질리도록 보고 느껴왔던 고단하고 가난에 찌든 분위기는 찾기 어렵고, 따뜻한 남국의 어시장이 주는 낙천적이고 정겨운 분위기가 흘렀다. 숙명에 대한 순종과 윤회의 끝에 대한 절망적인 갈망보다는 지금 여기에서의 현실적인 삶에 대한 욕구와 의지, 살아있는 삶 자체에 대한 즐거움이 넘쳤다.

여기에 적용되는 시장의 원리도 대자본을 앞세운 약육강식의 전쟁터하고는 사뭇 달랐다. 물론 여기에도 나름대로의 치열함과 경쟁, 희로애락이 존재한다. 하지만 자본의 원리에 따라 시장이 움직이고, 그 이익이 대자본으로 귀속되는 살벌한 시장과는 다르다. 어부나 경매사, 도매상 등의 규모가 고만고만하고, 모두 주인처럼 서로 의지하면서 사업을 함께해 온 관계다. 일시적으로 어느 누가 더 많은 이익을 가져갈 수 있지만, 그렇다고 익명성을 무기로 다른 사람을 배척하면서 전리품을 챙기는 관계가 아니다. 치열한 경쟁이 존재하지만, 모두 승자가 되는 '적정한 규모의 시장'이 유지되고 있는 것이다. 그것을 지켜보는 우리의 기분도 좋아졌다.

이번에는 해변에 나 있는 제방을 따라 중국식 어망이 늘어선 곳으로 발걸음을 옮겼다. 마침 어부들이 어망을 들어 올리고 있어, 가까이서 보기 위해 다가갔다. 우리가 가까이 가자 아예 어망 작업대로 들어오도록 했다. 들어 올린 어망을 보니 작은 물고기 몇 마리와 바닷가 어디서나 볼 수 있는 수초를 제외하고는 아무것도 보이지 않았다.

어부들은 어망을 다시 바다에 집어넣고 우리가 들어 올릴 수 있도록 해 주었다. 순식간에 코치 어부들의 중요한 '산업 시설'인 중국식 어망이 우리 가족의 '삶의 체험' 현장이 되었다. 올리브와 창군, 동군, 멜론은 신기한 듯 어망에

중국식 어망 긴 나무에 연결된 어망을 바다에 넣었다 들어올려 물고기를 잡는 시설로 코치의 명물이다.

매달린 밧줄을 힘차게 잡아당겼다.

그렇게 힘을 크게 들이지 않았는데도 거대한 구조물이 움직이면서 바다 속에 있던 어망이 서서히 모습을 드러냈다. 신기했다. 어망을 금방 집어넣은 상태여서 고기는 잡히지 않았지만, 어쨌든 신나는 체험이었다. 우리는 어부들의 권유로 자연스럽게 어망 체험을 했지만, 그것은 이곳의 중요한 관광 상품이다. 어부들은 우리와 사진도 찍으며 즐거운 시간을 보낸 다음 '기부'를 요구했다. 말하자면 체험 비용이다. 기꺼이 50루피를 '기부'하였다.

중국식 어망 체험을 마친 다음 아이들은 숙소로 돌아가고, 나와 올리브는 식민지 유적인 마탄체리 궁(Mattancherry Palace)으로 향했다. 코치에서 거의 유일하게 돌아볼 수 있는 역사·문화 유적이다. 더치 팰리스(Dutch Palace), 즉 네덜란드 궁이라고도 불리는 이곳은 곁에서 보기엔 그저 큰 건물 정도로 보이지만 흥미로운 곳이었다. 이 지역을 다스려온 바르마 왕조와 이곳을 노렸던 주변

세력, 인도를 오랫동안 통치한 이슬람 세력, 15세기 이후 인도를 공략해온 유럽 제국들의 얽히고설킨 스토리를 간직하고 있었다.

이 성은 1555년 포르투갈이 건설해 케랄라의 전통적인 지배세력이었던 바르마 왕조에게 헌납한 것이다. 당시 바르마 왕조는 인근 코지코드(Kozhikode) 세력의 침략을 우려해 왕궁을 코치로 옮겨 정착해 있었으며, 이곳에 막 진출한 포르투갈에 공장 건설과 상업을 허용하는 등 우호적 관계를 유지했다. 말하자면 외세인 포르투갈을 이용해 주변 세력을 견제하려 했던 것이고, 이는 인도에 눈독을 들이고 있던 포르투갈의 이해와 맞아떨어졌던 것이다.

하지만 시간이 지나면서 사정이 역전되어 바르마 왕조는 포르투갈의 속국이 되었고, 그로부터 100년이 지난 1663년에는 네덜란드가 포르투갈을 격퇴하고 코치를 점령했다. 네덜란드는 이 궁을 개조해 이름을 '더치 팰리스'로 바꾸었다. 이후 코치는 인근 트라반코어 세력 및 티푸 술탄의 침략을 받아 1789년엔 술탄에 조공을 바치는 신세가 되었다가, 영국이 술탄을 물리치면서 인도의 다른 지역과 함께 영국의 수중에 넘어갔다. 이후 약 150년에 걸친 영국의 식민지배를 받은 이후 1950년에 독립하여 현재에 이르고 있다.

다소 복잡하긴 하지만, 마탄체리 궁은 바르마 왕조→ 포르투갈→ 네덜란드→ 술탄→ 영국→ 인도 독립으로 이어지는, 450여 년에 걸친 영욕의 인도 근대사를 간직한 현장인 셈이다. 올리브와 나는 마탄체리 궁에 들어서면서 인도 남부를 둘러싼 서구 열강의 침략이 어떻게 진행되었으며, 현대의 인도는 이를 어떻게 해석하고 받아들이는지 알고 싶었다.

하지만 궁을 돌아보면서 실망감이 몰려왔다. 궁은 정방형으로 된 근대 서양식 건물과 중앙 정원(中庭), 건물을 둘러싼 정원과 연못 등으로 이루어져 있었다. 1층은 힌두교 사원으로 개조되어 힌두교도가 아니면 들어갈 수가 없었고, 주변의 정원과 연못은 정비가 되지 않은 채 방치되어 있었다. 2층만이 박물관으로 개방되고 있었지만 기대 이하였다.

박물관도 우리의 기대와 달리 이곳의 역사를 평면적으로 전시하고 있었다. 이곳의 근대 역사가 어떻게 형성되고, 그 속에서 주민들은 어떻게 살고 대응해왔는지에 대한 설명은 찾아보기 힘들었다. 그 대신 20세기 중반까지 이어져온 바르마 왕조의 각 왕들에 대한 이야기나 그들의 사진, 의상 등은 장황하게 설명하고 있었다. 이곳 주민들이 이에 대해 얼마나 감동을 받을지는 모르지만, 우리는 "왜 이렇게밖에 박물관을 만들 수 없었을까?" 하면서 고개를 갸우뚱했다. 코치를 둘러싼 전반적인 역사의 흐름도 파악하기 어려웠다.

건물에는 16세기 중엽의 인도 문화를 엿볼 수 있는, 역사적 가치가 높은 벽화가 비교적 잘 보존된 상태로 남아 있었다. 주로 힌두교의 신들과 관련된 이야기들을 세밀한 필치로 형상화한 벽화로, 언뜻 보기에도 귀중한 문화유산이란 생각이 들었다. 하지만 그에 대한 설명은 찾아보기 어려웠고, 벽화에 나와 있는 신들의 이름만 단편적으로 소개하고 있었다. 힌두의 신 이름은 읽기도 어려워 금방 싫증이 나게 되어 있는데, 벽화에 대한 설명을 그런 것들로만 채워놓은 것이 못내 아쉬웠다. 한마디로, 소중한 역사와 문화 유산을 귀중하고 매력적이면서 감동적인 것으로 만들지 못한 것이 너무 안타까웠다.

마탄체리 궁이 준 안타까움을 뒤로하고 막 문을 열기 시작한 인근 상가를 둘러보았다. 마탄체리 상가들은 전시 상태가 취약한 궁과 달리 아주 매력적인 곳으로 탈바꿈하고 있었다. 상점들이 오밀조밀하게 들어선 상가에는 인근 특산물인 조각품, 의류, 직물 등 각종 수공예품으로 넘쳤다. 깨끗하게 청소가 되어 있었고, 상점에서 버린 쓰레기도 없었다. 길거리에 무분별하게 들어선 포장마차도 눈에 띄지 않았고, 상가를 휘젓고 다니는 소나 염소, 개들도 보이지 않았다. 유럽 작은 도시의 상가에 온 듯한 아름답고 평화로운 분위기였다. 보통 인도를 '천의 얼굴' 또는 '만의 얼굴'을 가진 다양성의 나라라고 하는데, 실제로 여기는 '다른 인도'라고 하기에 충분했다.

올리브와 나는 모기 퇴치용으로 쓰는 향을 비롯해 가족들에게 선물할 인

도 특산의 면 침대보 등을 구입한 다음, 옛날 공장을 개조해 만든 골동품 전시장 겸 카페로 들어갔다. 코치 항 주변에는 과거 이곳에서 면직물과 향신료, 커피 등을 거래하면서 상품을 저장하고 가공하기 위해 지은 공장과 창고가 많은데, 이를 상품 전시장 겸 레스토랑으로 개조해 영업하고 있었다. 건너편의 에르나쿨람 항구와 아라비아 해를 바라보며 마시는 차는 맛이 좋았을 뿐만 아니라, 그것 자체로 평화롭고 여유를 느끼기에 충분했다. 지금까지 인도에서 느끼지 못했던 낭만적인 분위기가 물씬 풍겼다.

저녁식사는 지역 주민들이 이용하는 로컬 식당에서 하기 위해 항구 반대편의 주택가와 이어진 상가로 향했다. 식당과 과일상점, 옷가게, 핸드폰 가게 등 각종 상점들이 늘어서 있고, 주민들로 활기를 띠고 있었다. 숙소 인근의 유기농산물 판매점에서 소개해준 식당(Eat & Pack)에 들어갔다. 일종의 패스트푸드점이었는데, 길거리에 내놓고 요리를 하고 있는 치킨 케밥이 먹음직스러워 하나씩 주문했다. 맛이 환상적이었다. 코치에 대한 이미지가 좋아서 그런지 보는 것, 만나는 것마다 정감이 갔다.

코치

백워터의 아름다움과 아이들의 결심

케랄라 사회 안정의 비결

백워터 투어는 케랄라 주의 서부해안 지대에 거미줄처럼 연결되어 있는 운하를 배로 이동하면서 야자수와 바나나 나무 등으로 우거진 자연을 감상하고, 원주민들의 삶을 체험하는 프로그램이다. 케랄라의 대표적인 관광 상품이다. 우리도 이걸 건너뛸 수 없었다. 코치에 도착한 후 5일째 날 백워터 투어에 참가했다.

같은 숙소에 머물고 있는 한국인 여행자 두 명과 함께 택시를 타고 중간 집결지에 도착, 승합차로 갈아타고 약 20km 정도 떨어진 작은 마을의 선착장으로 이동했다. 백워터 투어의 출발지다. 우리가 탄 승합차와 20여 명의 외국인 여행자들을 실은 차가 거의 동시에 도착했다. 이렇게 모인 30여 명으로 투어가 시작되었다.

배가 출발하자 가이드가 오늘의 투어와 주변 지형에 대해 간략히 설명했다. 백워터는 케랄라 동부, 그러니까 인도 남중부의 고원지대인 무나르(Munar) 지역에서 내려온 강물이 하구에 큰 호수를 만들면서 서쪽의 아라비아 해로 흘러들어가는 곳이다. 자연적으로 만들어진 큰 호수와 인공적으로 만든 작은 운하가 거미줄처럼 연결되어 있다. 이곳은 바닷물이 들어오지 않는 민물이라 민물에서 사는 조개류와 게 및 각종 생선이 풍부하다.

백워터 케랄라 동부의 무나르 고원지대에서 흘러내린 강물이 아라비아 해와 만나기 직전에 형성된 것으로, 좌우의 숲 속으로 작은 운하가 거미줄처럼 연결되어 있다.

참가자들을 태운 배는 잔잔한 호수를 미끄러지듯이 가르며 천천히 움직였다. 파도도 없을 뿐만 아니라 물결을 스치는 배의 흔들림도 거의 느낄 수 없는, 고요하고 평화로운 유영이다. 굽이굽이 이어져 있는 호수와 운하 주변으로는 야자수와 바나나 나무가 마치 손을 흔들듯이 잎사귀를 흔들고 있었다. 잔잔한 호수에 파란 하늘과 싱그러운 야자수 숲이 반사되는 가운데 오리들이 물살을 가르고 있었고, 새들의 지저귐이 교향곡처럼 울렸다. 호수에서 노니는 물고기들이 수면 위로 톡톡 튀어 오르기도 했다. 보통 아름다운 낙원, 파라다이스를 표현하는 그림에서 볼 수 있는 풍경이 우리 앞에 활짝 펼쳐졌다. 배에 함께 탄 관광객들이 낮게 탄성을 토해냈다.

호수에는 작은 배를 타고 호수 바닥의 흙과 모래를 퍼내는 사람들과 물고기를 잡는 사람들이 점점이 흩어져 있었다. 가이드는 호수 바닥의 흙과 모래는 농업에 사용한다고 했다. 물고기를 잡는 사람의 유형도 다양해 어떤 사

백워터 바닥의 흙과 모래를 파내는 주민들 바닥의 흙에는 농작물의 생육에 필요한 영양분이 풍부해 농업에 사용한다.

람은 조개를, 어떤 사람은 게만 잡는다고 했다. 물론 호수를 삶의 터전으로 삼아 호수 바닥을 파내거나 물고기를 잡는 일이 쉽지는 않겠지만, 호수에 점 점이 흩어져 있는 작은 배들 자체는 언뜻 보기에 무척 아름다웠다.

배가 호수 한가운데로 나가 진행을 계속하자 마을과 집, 주민들이 나타났 다. 그 마을과 집은 한 구역에 집중적으로 모여 있는 형태가 아니라, 호수 인 근의 야자수와 바나나 나무가 꽉 들어차 있는 숲 속에 흩어져 있는 형태였 다. 그런 풍경은 우리가 케랄라로 오는 기차 안에서 엄청나게 넓은 면적에 끝 없이 펼쳐져 있던 풍경이기도 했다. 이 정도로 넓고 비옥한 평원지대라고 하 면, 대규모 플랜테이션으로 탈바꿈하면서 주민들은 한 지역에 집중적으로 거주하는 형태를 보이는 게 일반적인데, 여기엔 이상할 정도로 집들이 띄엄띄 엄 있었다. 체라이 해변 마을의 모습도 마찬가지였다.

인도 독립 이후 케랄라 지역에서 정권을 장악한 공산당이 가장 먼저 실시

한 획기적인 농지개혁의 결과다. 1950~60년대 무수한 토론과 논쟁, 대규모 농장 소유주들의 반대를 극복하고 이루어 낸 케랄라의 농지개혁은 인도에서도 유일했던 것으로, 교육과 함께 이 지역의 경제와 사회 시스템을 바꾸는 데 결정적인 역할을 했다. 농지를 실제 농민들에게 돌아가도록 함으로써, 땅을 갖게 된 농민들이 각자의 땅에 자신의 집을 마련할 수 있었다. 지주와 소작인의 관계에서 벗어나 농민이 지역의 주인이 되는 계기를 만들었으며, 이후 대자본에 의지하지 않는 사회개발의 원동력이 된 것이다. 이것이 지금 보는 케랄라의 독특한 농촌 풍경을 만들어낸 것이다.

농지개혁, 특히 식민지를 경험한 국가들에 있어 농지개혁은 그 사회의 시스템과 발전을 결정적으로 좌우한다. 케랄라의 농지개혁은 식민지의 농업 노동자로 살아오면서 만성적인 빈곤에 허덕이던 농민들에게 자신과 가족의 삶을 돌볼 새로운 동기를 부여하는 역할을 했다. 자신의 땅과 집에 대한 애착은 주변 환경에 대한 관심을 낳았고, 자녀 교육과 케랄라의 독특한 민주주의 시스템인 '참여형 민주주의(participatory democracy)'를 정착시키는 데 영향을 미쳤다. 더딘 경제성장에도 불구하고 삶의 질과 관련한 각종 사회지표들이 인도에서 최고이며 일부 지표가 선진국 수준을 보이는 것도 이 때문이다.

아름답고 평화로운 풍경에 흠뻑 빠져 있는 사이, 한 마을에 도착했다. 마을에서는 한 주민이 야자수를 타고 올라가 야자수 꽃대에서 나오는 수액을 채집하는 과정을 직접 보여 주었다. 열대지역 주민들이 마시는 음료였다. 또 약용으로도 사용되는 식물을 정원 곳곳에 심어놓은 집을 방문해 각종 식물에 대해서도 자세히 설명을 들었다. 콜카타의 인도 박물관이나 나브단야의 비자 비디야피트 농장에서 인도의 엄청난 생물 다양성을 보고 놀란 적이 있었는데, 여기선 그것이 주민의 생활 속에 녹아 들어가 있었다.

다시 보트를 타고 출발지로 돌아와 케랄라식의 야채 커리와 밥으로 식사를 한 다음, 오후 투어 코스로 이동했다. 작은 인공 수로를 7~8인용 보트에

작은 운하 백워터 지역 내부에 미로처럼 만든 수로로, 주민들의 이동 통로로 사용되며 최근엔 관광 상품으로 인기를 끌고 있다.

나누어 타고 여행하는 코스였다. 1시 30분에 출발해 4시까지 여유와 평화를 만끽했다. 중간 중간에 마을도 방문했다. 한 마을에선 야자수 껍질을 가느 다란 섬유처럼 가공한 다음 이를 엮어서 밧줄로 만드는 과정을 보여주기도 했고, 다른 마을에선 주민들이 짜이와 간식을 제공하기도 했다. 평화롭고 여 유가 넘치는 마을이었다.

작은 보트를 타고 이 마을 저 마을 다니는데, 마침 오늘이 인도 독립기념 일(1월 26일)이라 학교에 가지 않은 학생들이 죽 나와 거꾸로 우리를 구경했다.

"헬로~"

"나마스떼~"

서로 손을 흔들기도 하고, 영어와 힌두어를 섞어 인사를 나누었다. 우리는 때 묻지 않은 자연과 그 속에서 살아가는 사람들을 구경하고, 그곳 아이들 은 우리를 흥미롭게 구경했다. 그런 아이들 가운데 일부는 우리에게 손을 흔 들며 펜을 달라고 말했다. 한편으로는 귀엽기도 했지만, 그렇게 작은 선물을 요구하는 아이들이 안쓰러웠다.

케랄라의 백워터 투어는 열대지역의 자연을 마음껏 감상하고 원주민들의 삶을 체험할 수 있다는 점에서 세계적인 관광지가 되기에 손색이 없어 보였다. 이탈리아의 베네치아나 중국의 쑤저우(蘇州), 태국 등에도 이와 비슷한 운하 투어가 있지만, 그것들은 도시 한복판에 만들어진 수로인 반면, 이곳은 자연 그 자체라고 할 수 있다. 아마 자연과 하나가 될 수 있는 수로 투어는 이것이 유일할 것이란 생각이 들었다. 물이 좀 더 투명했으면 하는 바람이 있었지만, 잘 관리하고 정비한다면, 앞으로 케랄라를 먹여 살릴 관광 상품이 되기에 충분해 보였다.

독립적인 여행을 결심한 아이들

환상적인 백워터 투어를 마치고 여행사에서 마련해준 버스와 택시를 타고 숙소로 돌아오니 오후 5시가 넘었다. 간단히 씻고 휴식을 취한 다음, 석양을 보기 위해 다시 코치 항으로 나갔다. 역시 아라비아 해로 넘어가는 석양은 장관이었다. 마침 휴일을 즐기기 위해 아주 많은 주민들이 가족이나 연인, 친구 단위로 해변에 몰려나와 북적대고 있었다. 지금까지 1개월 이상 인도를 여행하면서 좀처럼 볼 수 없었던 풍경으로, 유원지에 온 듯한 느낌이었다.

특히 눈길을 끈 것은 백사장과 인근 해안이 잘 차려입은 어린이들로 만원이라는 점이었다. 아주 좋은 옷은 아니지만 나름대로 신경을 써서 고운 옷을 입은 아이들이 엄마, 아빠, 할아버지, 할머니의 손을 잡고 해변에 나와 휴일을 즐기고 있었다. 어린이들을 겨냥해 아이스크림을 비롯한 빙과류와 과자류, 장난감을 파는 노점상들이 진을 치고 동심을 유혹하고 있었다. 상술의 덫에 걸려든 한 아이는 아빠에게 투정을 부리며 과자를 사달라고 조르고, 아빠는 난감해하면서도 주머니에 잘 넣어둔 돈을 꺼낸다.

갑자기 바라나시와 콜카타 등의 역에서 반소매나 반바지 차림에 신발도 신지 않은 채 쓰레기통을 뒤지고, 쓰레기를 치우고, 수천 년 전에 만들어진 카스트라는 '숙명적인 신분제도'의 덫에 걸려 어렸을 때부터 험한 일에 내몰려야 하는 아이들이 떠올랐다. 물론 케랄라의 코치에도 이런 아이들이 있겠지만, 지금 여기에서만큼은 아이들이 신나게 뛰어놀고, 달콤한 아이스크림과 과자의 유혹에 빠져 엄마 아빠에게

코치의 낙조 해가 바다를 붉게 물들이며 아라비아 해로 넘어가고 있다.

투정도 부리고 있다. 진짜 아이들의 모습을 보는 것 같았다. 해안 인근의 어린이 놀이터에도 휴일을 즐기는 아이들이 많았다. 천진난만하게 뛰어 노는 아이들의 그 당연한 풍경이 왜 이토록 소중하게 다가오는 것인지, 한편으로는 기쁘면서도 다른 한편으로는 안타까운 마음이 떠나지 않았다.

멋진 석양을 감상하고, 앞으로 남은 10일 정도의 인도 일정을 어떻게 마무리할 것인지 이야기를 나누었다. 케랄라에 와서 계속 이야기를 나누었는데, 아이들이나 우리 부부가 대범한 모험에 나서는 것으로 결론이 났다. '하루한 걸음' 여행단의 여정에서 가장 극적인 프로그램이 만들어졌다.

케랄라의 매력에 흠뻑 빠진 나와 올리브는 이곳 코치나 케랄라 북부의 카누르로 이동해 일주일 정도 더 머물며 여행기에 집중하고 싶었다. 그런데 아이들이 문제였다. 이곳에서 머물며 2박 3일짜리 야생동물 투어에 참여할 수도 있지만, 창군은 뭄바이와 아잔타, 엘로라 석굴 등을 둘러보고 싶어 했고, 동군은 함피를 보고 싶어 했다. 멜론은 뭄바이와 함피 모두에 관심을 보이는 등 각자 취향이 달랐다. 아이들만 여행하는 것이 과연 가능할지, 아이들은 어떻게 생각할지 궁금했다. 나와 올리브가 먼저 입장을 정해야 할 것 같았다. 내가 먼저 입을 뗐다.

"아빠와 엄마는 코치에 더 머물려고 해. 여기서 일주일 정도 더 머문 다음

인도의 마지막 여행지 뭄바이로 떠날 계획이야. 여기선, 지금 숙소에 그대로 있을 수도 있고, 글을 쓰기 더 좋은 숙소로 옮길 수도 있는데, 어쨌든 여기에 머물면서 글을 쓰는 데 집중할 생각이야."

아이들은 눈이 휘둥그레져서 나와 올리브 얼굴을 번갈아 바라보았다.

"너희들은 우리와 함께 머물면서 코치를 더 돌아보거나 코치의 다른 여행 프로그램에 참여할 수도 있어. 그렇게 하고 싶은 사람은 같이 남아도 돼."

아이들에게 선택권을 주었다. 자기가 가고 싶은 곳을 이야기하던 아이들이 진지한 표정으로 각자 생각에 잠겼다. 혼자 또는 아이들끼리 아잔타나 엘로라든, 함피든 다른 곳으로 여행할 것인가, 아니면 우리와 함께 여기에 머물 것인가, 아이들이 선택해야 할 차례였다.

어느 정도의 시간이 지난 다음, 동군이 먼저 입을 뗐다.

"나는 함피로 갈래. 함피로 갔다가 뭄바이로 갈래."

동군의 평소 성격대로 아주 쿨한 말이었다. 군더더기가 없었다. 사실 함피는 먼 곳이다. 중간에 벵갈루루를 거쳐야 한다. 코치에서 벵갈루루까지는 기차로 12시간, 벵갈루루에서 함피까지 다시 10시간이 걸리고, 함피에서 뭄바이로 가는 길은 20시간 이상이 걸리는 초장거리 여행이다. 여러 가지 생각을 한 후에 결정한 것이었다. 영어 의사 소통이 아직 쉽지 않지만, 여행을 시작한 지 4개월이 지나면서 생긴 자신감이 자신의 결정에 큰 힘이 된 것 같았다. 하고 싶은 일이 있으면 적극적으로 나서라는 말을 수없이 해온 나와 올리브의 이야기에 자극을 받은 것 같았다.

"누가 같이 가면 좋겠는데…." 그래도 동군은 혼자 함피로 가는 게 아무래도 마음에 걸리는지 주변을 돌아보며 말했다. 내심 형인 창군이 자신의 루트에 참여했으면 하고 바라는 눈치였다.

이때 창군이 나섰다.

"나도 함피를 가보고 싶기는 한데, 그냥 뭄바이로 갈래. 뭄바이에서 아우랑가바드로 가서 아잔타와 엘로라를 구경하고 다시 뭄바이로 돌아올래. 석굴 구경하고 싶어."

이전부터 아잔타와 엘로라 석굴에 강한 매력을 느껴 그곳에 가고 싶어 했던 창군이 자신의 생각을 확고히 했다. 동군은 다소 실망스런 표정을 지으며 불안한 눈빛을 보였다. 지금까지 여행을 해오면서 창군의 영어 실력이 부쩍 향상되어 의사 소통에 거의 문제가 없었고, 체력도 강해 창군과 함께 여행을 한다면 아무 문제가 없을 것으로 생각했는데, 창군이 자신과 다른 코스를 내놓자 적이 불안해진 것이다.

그때 멜론이 나섰다.

"나는, 동군 형하고 함피로 갈래. 함피로 갔다가 뭄바이로 갈래."

의외였다. 멜론이 더 믿음직스러운 창군이 아닌 영어가 부족한 동군과 함께하겠다고 한 것이다. 멜론 역시 자신의 힘으로 한번 여행을 하고자 하는 용기를 냈고, 멜론의 발언에 동군도 불안감이 다소 누그러지는 것 같았다.

이렇게 해서 새로운 여행 일정이 만들어졌다. 나와 올리브는 코치에 남아 있다가 일주일 후에 뭄바이로 가고, 창군은 아잔타와 엘로라를 구경한 다음에, 동군과 멜론은 벵갈루루를 거쳐 함피를 구경한 다음에, 각각 뭄바이에서 만나는 세 갈래의 여행 일정이 마련되었다.

각자 자신이 원하는 곳을 스스로 여행하려는 의지와 그런 용기를 낸 데 대한 뿌듯함과 약간의 불안, 긴장감 등이 복합적으로 교차했다. 대학생인 창군은 그렇다 치더라도, 아직 어리다면 어리다고 할 수 있는 고3 동군과 중3 멜론이 독자적으로 여행을 하겠다고 나선 용기가 가상했다. 나와 올리브도 불안한 마음이 없지 않았지만, 지금까지의 경험으로 미루어 능히 해낼 것으로 믿었다. 아니, 믿고 싶었다.

여행을 통해 아이들이 부쩍 성장하고 있음을 다시 확인할 수 있었다. 아이들이 독자적인 여행을 성공적으로 마무리하고 난 후에는 더욱 성장할 것으로 생각되었다. 4개월 전 여행을 시작한 초기에만 해도 모든 것 하나하나를 챙겨주어야 했는데, 어느 순간부터 아이들이 나와 올리브를 이끌고 다니더니 이제는 독자적으로 여행을 하려는 생각까지 하게 된 것이다. 여행을 통해 아이들의 성장을 확인하니 뿌듯하면서도 아이들의 새로운 모험을 긴장된 상태에서 바라봐야 했다. 오늘은 우리 여행의 기념비적인 날이 될 것이다.

"우리의 미션은 단 하나!"

일주일 동안 독자적으로 여행하기로 한 아이들이 아침 일찍 기차표를 사기 위해 에르나쿨람 역으로 향했다. 기차표를 사는 것이 독자 여행의 시작이기 때문에 아이들만 역으로 보냈다. 이미 중국에서 네팔로 넘어오면서부터는 창군이 기차표 예매나 버스편 확인, 숙소 예약 등을 처리했다. 동군도 식당에서의 음식 주문이나 음식 값 계산, 버스비 지불 등을 맡아서 처리해왔고, 멜론 역시 오토릭샤를 타거나 상점에서 물건을 구입하면서 흥정도 하고, 숙소에서는 외국인들과도 곧잘 어울렸다. 그러니 스스로 기차표 상황을 체크하여 각자 판단하고 예매할 수 있을 것이라 믿었다.

어제 인터넷을 통해 확인해 본 결과, 뱅갈루루나 뭄바이로 가는 열차표는 이미 매진되었기 때문에 타칼 표(Takal Ticket)를 구입해야 했다. 우리는 인도를 여행할 초기에만 해도 '타칼'이라는 제도를 잘 몰랐다. 그런데 창군이 델리에서 아마다바드와 코치로 가는 기차표를 예매하기 위해 인도 철도회사 홈페이지를 이리저리 검색하다 이 제도를 알게 되었다. 델리에서 아마다바드로, 다시 아마다바드에서 코치로 가는 기차표를 예매하지 못해 애를 태우던 우리는 창군의 그 '발견' 덕분에 기차를 이용할 수 있었다.

인도의 기차표는 일반적으로 인터넷이나 창구를 통해 예매를 하는데, 예매를 하지 못해 급하게 표를 구해야 하는 승객들을 위해 별도의 쿼터를 배정해 놓고 있었다. 이것이 타칼이라는 제도로, 출발 하루 전 오전 8시부터 예매가 가능하다. 이 타칼 표 역시 경쟁이 치열해 대체로 9시 이전에 매진된다. 아이들은 내일 각자 목적지로 출발하기 때문에 아침 일찍 역으로 가서 타칼 표를 사야 했다. 나중에 안 사실이지만, 타칼 표 역시 역에 직접 가지 않고 정부의 허가를 받은 여행사를 통해 예매할 수 있었다. 하지만 그때까지 이런 사실을 몰랐기 때문에, 아이들이 아침 일찍 7시에 에르나쿨람 역으로 갔던 것이다.

기차표를 사기 위해 숙소를 나서는 아이들, 특히 동군과 멜론은 상당히 긴장한 모습이었다. 오늘은 형이 함께 가지만, 내일부터는 스스로 여행을 하기 때문이었다. 아마도 그 부담감과 불안감을 완전히 떨쳐내기가 쉽지 않을 것이다. 에르나쿨람 역으로 가는 버스를 타기 위해 거리를 걸어가면서 올리브가 주먹을 불끈 쥐며 아이들에게 외쳤다.

"우리의 미션은 단 하나, 무슨 일이 있더라도 일주일 후에는 뭄바이로 온다! 우리는 일주일 후에 뭄바이에서 만난다. 알겠지? 그러면 미션은 성공!"

나와 올리브는 아이들이 여행을 무사히 마치고, 아니면 우여곡절을 겪더라도 뭄바이로 잘 올 것이라며, 그렇게 되면 엄청난 자신감을 갖게 될 것이라고 말했다. 아이들이 대견했다. 올리브는 6개월 전 한국을 떠나 필리핀으로 갈 때나 4개월 전 홍콩을 거쳐 광저우로 중국 여행을 처음 시작할 때만 해도 생각하지 못했던 일이라며 깊은 감회에 젖었다.

아이들은 12시가 넘어 '보무도 당당하게' 숙소로 돌아왔다. 각각 몇 장의 기차표를 쥐고 있었다. 창군은 내일 오전 8시 30분에 에르나쿨람 역을 출발해 36시간을 달려 모레 오후 9시 뭄바이에 도착하는 침대열차를 예매했다. 코치와 뭄바이 중간의 역에 자주 정차해 시간이 많이 걸렸지만, 그것밖에 없었다고 했다. 동군과 멜론은 내일 아침 9시 30분에 에르나쿨람 역을 출발해 당일 오후 7시 50분에 벵갈루루에 도착하는 2등석 열차(Non-AC Chair) 티켓과 그날 밤 10시에 벵갈루루를 출발해 다음 날 오전 7시 42분에 함피 여행의 관문 도시인 호스펫(Hospet)에 도착하는 침대열차 표를 각각 들고 왔다. 기차 좌석에서 10시간, 침대로 10시간을 각각 이동해야 하는 장거리 코스다. 숙소는 각자 현지에 도착해 알아서 잡기로 했다.

오후 내내 각자의 여행 준비에 매달렸다. 코치에 와서 풀어 놓았던 짐들을 정리해 배낭에 차곡차곡 집어넣는 것부터 시작해 뭄바이와 함피, 엘로라와 아잔타의 숙소와 여행지 정보 등을 책과 인터넷을 통해 점검했다. 이동의 편의를 위해 일주일 동안 여행하는 데 필요하지 않은 무거운 물건들은 남겨두어 올리브와 내가 나중에 뭄바이로 갈 때 들고 가기로 했지만, 대체로 자신의 짐은 모두 자신이 챙기도록 했다.

여권과 여행자보험 카드를 비롯한 각종 증명서도 다시 확인했다. 숙소에 도착하면 우선 인터넷에 접속해 페이스북에 근황을 올리고, 그것을 보고 서로 일정을 확인해 가면서 여행을 하기로 했다. 창군은 자신의 노트북이 있으므로 그것을 이용하기로 했다. 동군과 멜론에게는 내가 가지고 다니던 스마트폰을 쥐어주었다. 전화비가 비싸 그동안 잘 사용하지 않았지만, 비상시에는 언제든지 올리브의 핸드폰으로 통화할 수 있고 인터넷도 접속할 수 있다.

준비가 구체적으로 진행되면서 아이들의 긴장도 높아졌다. 기차표를 예매하고 숙소로 돌아올 때에만 해도 활기차고 흥분된 모습이었지만, 짐을 정리하면서 말수가 크게 줄어들었다. 앞으로 어떻게 숙소를 정하고, 버스나 오토릭샤를 타고 어떻게 이동하고, 식사는 어떻게 하고, 긴급한 상황이 발생했을 때 어떻게 대처해야 할지를 각자 생각하는 듯했다.

나와 올리브는 아이들의 일주일 여비를 은행에서 현금으로 인출해 각자에게 나누어주었다. 숙박비와 식사비, 여행 경비를 약간 넉넉하게 책정해 나누어 주었다. 또 비상시 연락을 취하고 우리가 만나기로 한 뭄바이로 이동해 최소한 하루 정도 묵을 수 있는 금액을 비상금으로 책정해 배낭 깊숙한 곳에 잘 간직하도록 했다. 여행할 때 최우선 고려 사항은 '안전'이라고 몇 번씩이나 강조했다.

일주일 여행 경비와 비상금으로 1인당 1만 루피(약 27만 원) 정도의 거금을 쥐어주자 아이들의 긴장도가 더욱 높아졌다. '홀로 여행'을 더욱 실감하는 눈치였다. 여행 준비를 마친 다음 저녁을 일찍 먹고 잠자리에 들었지만, 쉽게 잠이 오지 않았다. 아이들도 긴장을 하고 있지만, 아이들을 떠나보내는 나나 올리브 역시 긴장되지 않을 수 없었다. 아무리 '아이들이 잘 할 거야' 하고 스스로 믿음을 주려 해도 마음 한편의 불안과 긴장은 떨쳐버릴 수가 없었다.

아름다운 도전이 아름다운 인생을 만든다

중국 상하이에서부터 함께 여행을 시작한 지 109일째, 인도 여행 39일째. 지금까지 모든 것을 함께해 왔던 여행의 패턴에서 벗어나, 아이들이 두 팀으로 나뉘어 6박 7일 간 독자적인 여행을 떠나는 날이다. 먼저 출발하는 창군의 뭄바이 행 열차 출발 시간이 8시 30분이어서 아침 일찍 숙소를 나섰다. 이미 마음을 단단히 먹고 긴장도 한 탓인지 모두 일찍 일어났다.

아침 7시 아이들 세 명만 체크아웃을 하고 에르나쿨람 역으로 향했다. 창군이 탈 뭄바이 행 열차는 이미 1번 플랫폼에 들어와 있었다. 바로 침대열차의 지정된 좌석을 찾아 자리를 잡고 큰 배낭은 좌석 아래에 잘 밀어 넣었다.

"첫째도 안전, 둘째도 안전! 조심해서 여행하고, 일주일 후에 뭄바이에서 보자!"

역 구내식당에서 야채튀김과 음료수를 사서 창군에게 건네주고, 아이들과 함께 기념사진도 찍는데 출발 시간이 되었다. 기차가 서서히 역을 출발하자 창군이 창문을 열고 손을 흔들며 활짝 웃어보였다. 36시간의 대장정의 시작

독자적인 여행에 나서는 아이들 표정에 사뭇 긴장감이 감돈다. 먼저 떠나는 창군이 기차에 올라 있고, 멜론
(가운데)과 동군이 창문을 통해 형을 배웅하고 있다.

이었다.

이어 아침과 간식으로 먹을 야채튀김과 음료수를 산 다음, 동군과 멜론이
탈 벵갈루루 행 기차가 출발하는 4번 플랫폼으로 갔다. 마침 기차가 막 들어
오고 있었다. 좌석을 확인해 자리를 잡았다. 동군과 멜론도 잔뜩 상기된 모
습이다. 이제 기차가 출발하면 7일 동안 둘이서만 여행해야 하니 그럴 만도
하다. 하지만 기차에 올라 시간이 조금 지나자 여유를 찾았다. 농담도 하고,
장난도 치면서, 청소년 특유의 발랄함과 천진난만한 모습으로 돌아갔다.

나와 올리브는 열차 안에서 아이들과 하이파이브를 하고, 포옹을 하면
서 작별 인사를 하고 플랫폼으로 내려왔다. 앞으로 10시간 이상을 덜컹거리
며 달려갈 열차에 매달려 손을 흔드는 동군과 멜론이 대견하기도 했지만, 다
른 한편으로 긴장감과 애틋한 마음이 들었다. 코치에서 뭄바이까지 거리가
1342km나 되고, 코치~벵갈루루와 벵갈루루~함피는 각각 500km가 넘는다.

다시 함피~뭄바이 거리가 700km가 넘는 머나먼 길이다. 그 낯설고 먼 곳을 어떻게 여행할지, 마음이 짠했다.

하지만 인생이란 무엇인가. 도전과 모험의 연속 아닌가. 아름다운 도전이 인생을 더 아름답게 만드는 것 아닌가. 도전을 위해선 용기가 필요하다. 청소년기에 경험한 용기와 도전, 모험은 인생이 주는 가장 값진 선물이다. 그 도전을 성취하기 위해선 준비가 필요하다. 그 준비 과정 역시 도전의 과정이다. 그 누구도 자신의 인생을 대신 살아주거나 개척해줄 수 없다. 스스로 결정하고, 스스로 도전하고, 성공과 실패에 대한 책임도 스스로 져야 하는 것이다. 청소년기는 그것을 경험하는 시간이고, 여행이야말로 도전을 배우는 훌륭한 방법이다.

아이들은 이번의 독자적인 여행을 아주 잘할 수도 있고, 이곳저곳 돌아다니는 것이 불안해 그냥 숙소에서 뭉그적거릴 수도 있을 것이다. 그것도 자신이 없으면, 아예 역 대합실에 쭈그리고 앉아 시간을 보내다 뭄바이로 올 수도 있다. 하지만 지금이 아니면 언제 그런 경험을 해보랴. 지금의 다양한 경험이 자신의 삶을 살아가는 데 더 없이 소중한 자양분이 될 것이다. 아이들이 지금 그 모험에 나섰다. 모험에 나선 아이들, 그 모험을 기꺼이 선택할 수 있는 용기를 지닌 아이들이 자랑스러웠고, 기대가 컸다.

아이들을 떠나보낸 다음 올리브와 함께 에르나쿨람 시내를 돌아보고 숙소로 돌아와서는 그동안 밀린 여행기를 정리하느라 오후 시간을 보냈다. 여행기를 정리하다가 '지금쯤 창군이 탄 기차가 케랄라 북부의 아름다운 해변 마을 크누루를 통과했겠다,' '지금은 고아를 지나고 있겠다,' '동군과 멜론이 탄 기차가 케랄라 중부 산간지역을 통과하고 있겠다,' '지금쯤 비리야니로 저녁식사를 하고 있겠다' 등등을 상상하면서 이야기를 나누었다. 아무리 도전과 모험이 인생의 본질이라 해도 아이들을 떠나보낸 부모의 마음은 어디서나 마찬가지다.

코치~뭄바이

부모의 마음과 자식의 마음

소식이 끊긴 아이들, 속 타는 기다림

아이들이 떠난 후에는 단조로운 시간의 연속이었다. 나와 올리브는 코치 항 근처를 산책하고 숙소에서 여행기를 쓰거나 책을 읽고 체라이 해변에도 다녀오는 여유 넘치는 일정을 즐겼다.

우리 부부는 이번 여행을 계획하면서 이런 시간을 무척 원했다. 여행을 하다 좋은 곳을 만나면 사나흘이든 일주일이든 그대로 머물며 휴식을 취하고, 사색하고, 책을 읽고, 여행 감상을 글로 옮기는 시간을 갖고 싶었다. 그동안 잠깐 잠깐 이런 시간을 갖기는 했지만 충분하지 못했는데, 드디어 코치에서 원하던 우리만의 시간을 갖게 되어 기쁘기 그지없었다.

나는 쓰고 싶은 여행 이야기가 넘쳤다. 각 여행지에서 벌어졌던 일과 사색의 결과를 작은 노트에 깨알같이 적어놓았는데, 이를 노트북에 옮겼다. 우리가 묵은 로열 게스트하우스의 숙소엔 작은 베란다가 있어, 나는 아예 책상과 의자를 이 베란다에 내다 놓고 매일 글쓰기에 매달렸다.

그러면서도 독립적인 여행에 나선 아이들 생각이 불쑥불쑥 떠올라 올리브와 아이들 이야기로 꽃을 피웠다. 여행자들의 거리로 나갈 때는 꼭 인터넷 카페에 들러 페이스북도 확인했다. 하지만 아이들은 이따금씩만 소식을 올렸고 창군은 아예 '잠수'를 해 버려 애를 태웠다.

물론 아이들이 여행을 떠난 다음 날 오전까지는 연락을 기대하기 어려웠다. 창군은 이날 저녁 9시가 되어야 뭄바이에 도착하고, 동군과 멜론은 아침에 함피에 도착하지만, 숙소를 잡고 여장을 푸는 데까지 시간이 걸릴 수밖에 없기 때문이다. 인도에선 인터넷 접속이 안 되는 숙소도 많아 페이스북에 소식을 올리는 것도 쉬운 일은 아니다.

저녁에 페이스북을 확인하니 드디어 기다리던 첫 회신이 왔다.

"함피에 숙소 잡고 멍 때리는 중."

동군과 멜론이 보낸 짤막한 메시지였다. 그렇게 반가울 수가 없었다. 아이들이 떠나고 30시간도 훨씬 지난 후의 첫 메시지였다. 올리브가 페이스북에 접속하는 순간 동군도 아이폰으로 페이스북에 접속해 있어서 바로 페이스북 채팅이 이루어졌다. 동군과 멜론은 함피에 도착하여 숙소를 잡고 자전거를 빌려 신나게 돌아다니며 잘 놀았다고 전해왔다. 그제야 올리브와 나는 한숨을 돌릴 수 있었지만, 창군 소식은 여전히 감감했다.

3일째 날, 점심 때 다시 인터넷 카페로 가 페이스북을 확인하니 그렇게나 고대하던 창군 메시지가 올라와 있었다. 그런데 메시지 내용이 아리송했다.

"뭄바이에서 뭘 하고 지내야, 싸고 재미있게 지낼지 모르겠다."

메시지를 올린 시간을 보니 14시간 전, 그러니까 어젯밤 11시에 올린 것이었다. 그렇다면 에르나쿨람을 출발한 지 36시간 만에 뭄바이에 정상적으로 도착했다는 얘기다. 하지만 지금 어디에 있고, 여행은 어떻게 하고 있으며, 숙소는 어떻게 되었는지, 아무 정보도 없었다. 좀 더 자세한 내용을 올려달라는 메시지를 창군에게 남겼다.

저녁에도 메시지가 없어 할 수 없이 올리브와 내가 예약한 뭄바이 행 열차에 대한 정보와 일정을 올렸다. 3일 후인 2월 2일 오후 1시 10분 에르나쿨람을 출발해 다음 날 오후 1시 45분 뭄바이로 가는 환승역인 칼리안 역(Kalyan Junction Station)에 도착하는 기차를 예약했으며, 뭄바이에는 3일 오후 3~4시경

도착할 예정이라고 올렸다.

4일째 날도 저녁이 되도록 아이들이 추가 소식을 올리지 않아 마음 한편이 답답했다. 결국 저녁 나절 동군과 멜론이 가지고 간 아이폰으로 연락을 취했다. 이들은 함피에 머물고 있으며, 동군이 배탈이 나서 좀 고생을 했지만 숙소에서 쉬고 난 후 버스를 이용하여 뭄바이로 갈 계획이라고 했다. 하지만 창군에게서는 여전히 소식이 없었다. 기우겠지만 괜히 가슴이 답답해왔다.

5일째 날 오후, 해수욕도 즐기고 노을진 백사장도 거닐며 엽서나 캘린더에나 나올 법한 멋진 풍경 속에서 케랄라의 자연을 마음껏 즐겼다. 그 와중에도 아이들 생각이 계속 머리에서 떠나지 않았다. 부모의 마음이란 어쩔 수 없다. 페이스북을 확인했으나 여전히 아무 연락이 없어서 다시 동군과 멜론에게 전화를 해보니, 내일 오후 5시 버스로 함피를 출발해 다음 날인 3일 오전 8시에 뭄바이에 도착할 예정이라고 했다. 우리는 내일까지 창군에게서 연락이 없으면 숙소를 잡아 페이스북에 올려놓을 테니 그 숙소로 찾아오라고 한 다음 전화를 끊었다. 연락은 없지만 창군이 엘로라와 아잔타를 안전하게 잘 여행하고 있을 거라고 믿으면서도 은근히 걱정이 되는 것은 어쩔 수 없었다.

비상 조치를 취하고 뭄바이로

아이들이 '홀로 여행'에 나선 후 6일째 날. 뭄바이로 떠나기에 앞서 오전에 다시 한 번 페이스북을 확인했다. 동군은 예정대로 오늘 오후 5시에 함피를 출발해 내일 아침 6시에 뭄바이에 도착한다고 메시지를 올려놓았는데, 창군 한테서는 여전히 아무런 연락이 없었다.

결국 올리브와 나는 비상 조치에 들어갔다. 원래는 창군이 뭄바이 숙소를 정해 페이스북에 올려놓기로 했는데 연락이 없으므로, 우리가 숙소를 예약해 서 그 내용을 아이들에게 알려주어야 했다. 시간이 별로 없었다. 오전 11시에 는 숙소에서 체크아웃을 해야 오후 1시 10분에 에르나쿨람 역에서 출발하는 뭄바이 행 열차에 오를 수 있다. 그러니 1시간 만에 일을 끝내야 했다. 우리가 애용하는 호스텔 월드(www.hostelworld.com)에 접속하여 다섯 명이 숙박 가능하 면서 찾기 쉬운 곳을 골라 예약을 했다. 숙박비 비교니 숙소 시설 같은 조건 들을 세세히 따질 겨를이 없었다. 숙소 예약을 마치고 페이스북에 예약 내용 을 막 올리려 하는데 동군의 메시지가 떴다.

마침 동군이 페이스북을 열어 놓고 있었던 것이다. 잽싸게 숙소 예약 내용 을 알려주고, 뭄바이에 도착하면 그 숙소로 가되 숙소를 찾기 어려우면 숙 소 근처의 메트로 역에서 오후 3시 30분에 만나자고 메시지를 보냈다.

그리고 나서 동군과 멜론이 놓고 간 물건까지 다 챙겨 배낭에 넣으니 배낭 이 터질 듯하고 돌덩이처럼 무거웠다. 우리가 10일 동안 머문 로열 게스트하 우스의 주인 할아버지는 아무 불평 없이 조용히 열흘을 지낸 우리에게 매우 고마워하며 즐거운 여행이 되길 빌어주었다.

역에 도착하니 기차가 이미 도착해 있었다. 북부지역과 달리 남부지역 기 차는 제시간에 온다고 하더니, 정말이었다. 우리가 탄 슬리퍼 칸에는 네덜란 드 부부가 함께 탔다. 이 부부는 뭄바이로 입국해 남부 해안에서 1000km 정도 떨어진 작은 섬에서 1개월 가까이 지낸 다음, 코치를 거쳐 고아로 가는 중이었다. 인도 여행이 매우 만족스러웠다고 하며 그들은 우리 가족의 세계 여행 이야기에도 흥미진진해 하며 이것저것 물어보았다.

코치에서 케랄라 북부로 이어지는 철로 주변 풍경은 다시 보아도 환상적이었다. 야자수와 바나나 나무 등 열대 식물들이 무성하게 자라 있는 가운데, 언뜻언뜻 보이는 바다는 그림 같았다. 마을도 평화로워 보였다.

아이들의 무용담에 담긴 자신감

인도의 오래된 기차는 인도 서부해안을 따라 북으로, 북으로 달렸다. 밤새 고아와 카르나타카(Karnataka) 주를 통과해 아침에 뭄바이가 속해 있는 마하라슈트라(Maharashtra) 주로 진입했다. 이제 6~7시간만 지나면 뭄바이 도착이다. 기차가 마하라슈트라 주로 진입하자 창밖 풍경이 달라지기 시작했다. 들판의 식생은 비슷해 보이지만, 지형이나 생활 환경이 확연히 달라졌다. 열대우림과 바다는 사라지고, 야트막한 구릉이 펼쳐졌다. 남부에선 어디서나 물이 풍성했지만, 중부로 올라오면서 건조하고 황량한 느낌이 들었다. 케랄라에선 집들이 숲 속에 들어가 있었는데, 이젠 철길 주변에 남루한 판잣집들이 죽 펼쳐져 있었다. 남부와 달리 중북부 지역엔 가난한 사람들이 많은 것을 창밖 풍경을 통해서도 확인할 수 있었다.

마하라슈트라 주로 들어오니 기차에 잡상인들과 구걸하는 사람들도 나타나기 시작했다. 케랄라에서는 보기 힘들었던 사람들이다. 똑같은 나라도 지역의 정치인과 주민들이 어떤 생각을 갖고 어떻게 움직이느냐에 따라 사회가 이처럼 극적으로 달라질 수 있다. 올리브는 "이렇게 달라질 수 있는데…" 하고 말하며, 인도 북부지역을 여행하면서 가졌던 인도인들에 대한 동정심이나 측은지심(惻隱之心)을 버리게 되었다고 토로했다. 북부를 여행하면서 내가 인도에 대한 불만을 쏟아낼 때마다 올리브는 그래도 긍정적인 면을 보라고 주문했었는데, 생각이 바뀐 모양이었다.

우리와 같은 칸에 탄 인도인들은 델리까지 간다고 했는데, 델리는 우리가 내릴 뭄바이에서 다시 24시간을 더 달려야 한다. 남부에서부터 델리까지 간다면 꼬박 이틀이 더 걸려, 코치보다 더 아래쪽에 있는 곳에서 출발한 이 기차는, 그러니까 50시간 이상을 달리는 셈이다. 역시 인도는 넓다.

기차는 예정보다 45분 정도 연착한 2시 30분께 뭄바이 외곽 환승역인 칼리안에 도착했다. 칼리안 역은 생각보다 복잡했고, 뭄바이로 가려면 일종의 교외선 역할을 하는 다른 기차를 타고 한참 가야 했다. 다행히 친절한 인도인을 만나 아주 상세히 안내받을 수 있었다. 인도인들이 친절한 것은 그동안 여행을 하면서 익히 알고 있었지만, 또 확인하는 순간이었다.

칼리안 역은 출구가 이쪽저쪽으로 복잡하게 연결되어 있는데다 안내판도 힌두어로만 표기되어 있어 어디가 어딘지 분간하기 어려웠다. 주변을 두리번거리다 멋지고 깔끔한 외모의 인도 신사에게 다가가 뭄바이 행 기차를 타는 방법을 물었다.

그 인도 신사는 한참을 설명하다가 안 되겠다 싶었는지 직접 알려주겠다며 우리를 데리고 나섰다. 먼저 티켓 판매처로 데려갔는데, 터치 스크린 방식으로 티켓을 판매하는 곳이었다. 역 직원이 그 앞에 서서 기차 요금을 받고 터치 스크린으로 티켓을 뽑아 건네주는 방식이었다. 수동과 자동이 묘하게 결합된 '인도식' 시스템이었다. 티켓을 뽑은 다음, 시간이 남아 공중전화를 찾았다. 우리는 다시 그 인도 신사에게 부탁했다.

"공중전화 부스를 찾아가려면 아주 복잡해요." 인도 신사가 잠시 고민하더니 자신을 따라오라고 했다. 정말로 도로는 무지무지 복잡했다. 아마 우리끼리 공중전화를 찾으려 했다면 한참 헤매다 중도에 포기했을지도 모른다. 하지만 친절한 그 인도인 덕분에 무사히 공중전화를 찾아 전화를 걸 수 있었다.

부스로 들어가 동군과 멜론에게 건네준 내 스마트폰으로 전화를 걸었다. 동군인지 멜론인지 확인할 수 없는 목소리가 들리더니 두 차례나 계속 전화가 끊기고 세 번째에야 제대로 연결이 되었다.

"나, 창군!"

창군 목소리였다. 동군과 멜론에게 건네준 전화를 창군이 받았다. 그것은 아이들이 '무사히' 만났다는 얘기였다. 올리브에게 고개를 힘차게 끄덕거려 아이들이 무사하다는 것을 알렸다. 올리브가 함빡 웃었다. 창군은 아침에 숙소에 도착해 동생들을 만나 지금 레스토랑에서 점심을 먹고 있다고 했다. 그리고 그동안 잘 지냈다며 아무 일도 없었다는 듯 태연하게 말했다. 소식이 없어 엄마랑 걱정을 했다고 한소리 하면서도 안도의 숨을 길게 내쉬었다.

창군에게 1시간 정도 후면 숙소에 도착할 수 있다고 하니, 창군은 쉽게 오는 방법을 알려주겠다며 한참 설명을 했다. 내 머리에는 창군이 말하는, 복잡하기 그지없는 지명이 하나도 들어오지 않았다. 그런데 그걸 술~술~ 얘기하면서 '찾기 쉽다'고 강조하는 말을 듣고 있자니, 창군이 뭄바이를 한참 쏘다녀 지리를 훤히 꿰뚫고 있는 것 같았다. 역시 우리의 걱정은 기우였다. 100 루피 가까운 전화 비용이 하나도 아깝지 않았다.

그때까지도 그 친절한 인도 신사는 우리를 안내하기 위해 기다리고 있었다. 그는 칼리안 역이 복잡하다며, 뭄바이 행 기차 안까지 들어와 설명해 준 다음, 주변 승객들에게 우리의 목적지가 가트코파르(Ghatkopar) 역이라고 말하면서 기차가 역에 도착하면 우리에게 알려주라는 당부까지 하고 기차에서 내렸다. 자신은 불교도이며, 다음 생(生)에 보다 나은 사람으로 다시 태어나기 위해 수행하면서 '공덕(功德)'을 쌓는 중이라는 그 인도인이 너무나 고마웠다.

그 인도 신사가 열차에 대해 왜 그렇게 자세히 설명하고 기차에 탄 인도인

뭄바이 외곽인 칼리안 역에서 시내를 연결하는 기차 문이 열린 채 운행하며 행선지를 알려주는 방송도 없고 안내판도 찾기 어렵다.

들에게 우리의 목적지까지 알려주었는지, 기차를 타고서야 그 이유를 제대로 알 수 있었다. 다른 인도의 기차와 마찬가지로, 그 기차에선 행선지를 알리는 방송이 없었고, 기차 안에도 기차가 어디로 운행하는지 알려주는 안내판이 없었다. 기차에 문은 있지만 항상 활짝 열어놓은 채로 달렸고, 기차가 역에 들어서 속도를 늦추면 뛰어 내리고 뛰어 올라타야 할 정도로 정차 시간이 짧았다. 조금만 방심하거나 우물쭈물하다가는 그냥 지나치기 십상이었다.

다행히 우리가 내릴 역이 다가오자 주변의 승객들이 다음 정류장에서 내리라고 알려주었다. 우리는 미리 배낭과 짐을 챙겨 문 앞에 기다리고 있다가 기차가 정차하자 '무사히' 내릴 수 있었다. 가트코파르 역에 내려서도 또 다른 젊은 인도인의 친절한 안내를 받았다. 그 역도 복잡하기는 마찬가지였다. 젊은 인도 청년에게 숙소를 얘기하며 가는 방법을 물어보자 그 청년은 우리를 오토릭샤 타는 곳까지 안내하고는 가격까지 흥정을 해주었다.

빨리 숙소에 도착해 아이들을 만나고 싶었다. 일주일 만에 만나는 것이지만, 어떻게 변해 있을지도 궁금했다.

숙소에 도착해 방으로 들어서니 아이들 모두 태평하게 쉬고 있었다. 멜론은 TV를 보고 있고, 창군은 컴퓨터를 하고 있고, 동군은 짐을 정리하고 있었

함피 전경 14~17세기 남인도를 통치한 힌두 왕조 비자야나가르 왕국의 폐허 유적지로, 동군과 멜론이 입이 닳도록 칭찬하였다.

다. 하나같이 장기여행자 '티'를 내면서 숙소에 퍼질러져 있었다. 하이파이브를 하고, 손을 잡고, 포옹을 하고, 제때 소식을 올리지 않은 창군을 다시 한 번 책망하고, 등도 두드리며 재회의 기쁨을 나누었다. 아이들은 대수롭지 않다는 듯이 그저 싱글거리기만 할 뿐이었다.

여장을 풀자 무용담이 쏟아졌다. 동군과 멜론은 함피가 얼마나 좋았는지, 거기서 머물며 하루는 스쿠터를, 하루는 자전거를 빌려 타고 신나게 여행했단다. 중간에 동군이 배탈이 나는 불상사도 있었지만, 다 회복되어서 그런지 별일 아니었다는 듯이 이야기했다. 함피에 도착해 숙소를 찾고, 방이 있는지를 확인하고, 가격을 물어보고, 뭄바이로 오는 버스를 예약하고, 길을 찾아가고 하는 과정에서 동군은 동군대로, 멜론은 멜론대로 자기가 영어로 물어 일을 처리했다며 서로 티격태격했다.

창군은 우리 예상대로 뭄바이에 도착한 다음 아우랑가바드(Aurangabad)로 가서 아잔타와 엘로라 유적을 이틀 동안 신나게 돌아다니다 어제 저녁 기차를 타고 뭄바이로 돌아왔다고 했다. 코치에서 뭄바이까지 36시간에 걸친 장거리 기차 여행을 하고, 다시 관심 있던 유적지를 2박 3일 동안 혼자서 무사히 여행한 것이었다. 그동안 애를 태웠던 것을 생각하며 등을 탁 때렸지만, 씩

아잔타에서의 창군 혼자 여
행하며 가마에 탄 그의 표정
이 무척 즐거워 보인다.

씩하게 혼자 여행을 마치고 돌아온 아이들이 너무나 사랑스러웠다.

아이들의 무용담을 한참 듣고, 모처럼 TV가 갖추어진 숙소에서 영화도 보
는 여유를 부린 다음 저녁식사를 하러 식당으로 갔다. 아이들이 독자적인 여
행을 성공적으로 마무리한 것을 축하하고, 바로 이틀 전 한국을 떠난 지 200
일이 지난 것을 뒤늦게나마 축하하기 위해 인근에서 가장 유명하다는 식당
을 찾았다. 그 식당은 외관이 화려했을 뿐만 아니라, 내부도 깔끔해 아주 고
급스러워 보였다. 종업원들도 아주 세련된 서비스를 제공했다.

마헤시(Mahesh)라는 이름의 식당이었는데, 우리가 머물고 있는 안델리 동부
의 타임스퀘어 옆에 있었다. 우리는 한 마리에 2200루피(약 5만 600원)나 하는, 그
식당에서 가장 큰 생선 한 마리와 통닭구이 한 마리, 생선 볶음밥, 야채샐러
드를 주문하고, 맥주도 두 병 주문했다. 네팔~인도를 여행한 지 3개월 만에
처음 맛보는 맥주였다. 평소에 먹던 것과는 차원이 다른 초호화판 식사였다.

음료가 나온 후 건배를 했다. 가장 어린 멜론에게 건배사를 요청했다.

"좀 괜찮은 옷을 입고 올 걸 그랬는데…. 신발도 슬리퍼 차림이고…."

멜론이 식당 분위기를 의식해서인지 좀 쑥스러워 했다.

"괜찮아. 우리는 여행자인데, 주변은 신경 쓰지 않아도 돼. 지금의 우리를

엘로라 석굴 석굴 34개가 2km에 걸쳐 만들어져 있는 곳으로, 5~10세기 사이 불교와 힌두교, 자이나교 사원으로 지어졌다.

즐기자고…."

쭈뼛쭈뼛하는 멜론에게 용기를 북돋아주었다. 그러자 씩 웃으면서 건배사를 했다.

"건배!"

여행을 시작할 때에만 해도 영어도 서툴고 어려움이 한두 가지가 아니었으나, 이제는 스스로 여행을 할 정도로 부쩍 큰 아이들이었다. 마음이 커져 있었고, 세계와 소통하는 방법, 꿈을 키워가는 방법에 대해서도 조금씩 눈을 떠가고 있었다. 식사가 진행되면서 다시금 아이들의 무용담이 펼쳐졌다. 식사비용은 평소의 열 배 가까이 되는 4247루피(약 9만 8000원)에 달했다. 뭄바이 숙소 비용도 평소의 다섯 배가 넘는 하루 4000루피(약 9만 2000원)로, 뭄바이는 그야말로 초호화판 여행이 되어 있었다. 그래도 하나도 아깝지 않았다. 이렇게 성공한 아이들은 초호화판 선물을 받을 자격이 충분했다. 나도 몇 개월 만에 마시는 맥주에 취기가 올랐다. 이래저래 기분 좋은 하루가 지나가고, 우리의 인도 여행도 이제 막바지를 향해 달려가고 있었다.

인도 뭄바이~사우디 리야드
47일 1만 km 여정의 종착지

인도 마지막 기착지 뭄바이의 맨얼굴

뭄바이에서 아이들과 감격적인 재회를 한 다음 날 아침 9시에 숙소를 나섰다. 인도 여행의 마지막 종착지 뭄바이에선 구시가지와 박물관, 항구 등을 유람하듯이 쉬엄쉬엄 돌아볼 계획이었다.

그렇게 나선 마지막 유람 길이었지만, 인도의 고단한 현실이 눈을 파고들었다. 우리의 숙소는 길게 형성된 뭄바이의 중앙 안델리 지역에 있었다. 뭄바이는 원래 섬이었던 지역으로, 서부 해안을 따라 형성되어 있고 지역이 매우 넓다. 주요 관광지인 구시가지는 해안을 따라 형성된 뭄바이의 남쪽 끝에 있어 숙소에서 구시가지로 가려면 버스를 타고 역으로 간 다음, 거기에서 기차로 갈아타고 뭄바이 중앙역인 CST로 가야 했다. 안델리에서 CST를 연결하는 기차는 일종의 교외선 같은 열차다.

기차를 타고 뭄바이 시내로 향하자 철로변으로 판자촌이 끝없이 이어졌다. 나무와 벽돌을 재료로, 보기에도 엉성하게 집을 짓고 사람들이 살아가고 있었다. 곳곳은 쓰레기가 지천이고, 제대로 된 수도나 위생 시설은 기대할 수도 없다. 주거나 생활환경이 눈을 뜨고 보기 힘들 정도다. 뭄바이에 빈민가(슬럼) 투어가 있을 정도로 여건이 열악하다고 하지만, 직접 눈으로 확인하니 처참하기 이를 데 없었다.

기차에는 가여운 어린이들을 비롯해 갓난아기를 안은 여인, 장애인들이 연신 올라와 손을 벌렸다. "미안하다. 노~" 하고 말을 해도 막무가내였다. 의자에 앉아 있으면 팔이나 어깨를 손가락으로 쿡쿡 찌르면서 손을 벌리며 가여운 눈길을 보냈다. 참으로 딱했다. 어떤 아이는 아예 기차 바닥에 엎드려 우리 발에 얼굴을 부비면서 매달렸다. 발을 빼도 막무가내로 붙잡고 매달리는 바람에 멜론은 벌떡 일어나 다른 자리로 옮기기도 했다. 이럴 때마다 돈을 줄 수도 없고, 그렇다고 외면하기도 어려워, 난감하기 그지없었다.

콜카타에서 봉사활동을 할 때 오리엔테이션을 맡았던 봉사 요원은 길거리에서 걸인들이나 아이들에게 돈을 주는 게 바람직하지 않은 결과를 가져올 수 있다며 단호하게 '주지 말'고 했다. 특히 아이들에게는 주지 말라고 했다. 이들에게 필요한 것은 교육과 자기계발이며, 각종 봉사단체에서 관련 시설을 운영하고 있어 얼마든지 들어와 생활할 수 있다. 그런데도 많은 사람들이 거리에서 구걸하며 살아가고 있다는 거였다. 또 그 아이들의 배후에는 그것을 착취하는 '악한' 사람들이 있다며, 구걸과 착취의 악순환이 이어진다고 했다. 돈을 주면 이들은 계속 교육의 기회를 잃고 길거리를 배회하게 된다. 하지만 막상 눈으로 직접 보면 마음 아프고 안타까워, 몇 번 주머니에서 돈을 꺼내 건네기도 했지만, 거절하는 게 편치가 않았다.

1시간 가까이 달려 CST 역에 도착했다. 이곳은 빅토리아 터미누스(Victoria Terminus)라고도 불리는데 정식 명칭은 찬트라파티 쉬바지 터미누스(Chhantrapati Shivaji Terminus, CST)다. 뭄바이에는 역과 박물관 이름에 '찬트라파티 쉬바지'라는 말이 들어간 경우가 많은데, 1930년대 왕의 이름을 딴 것이다. CST 건물은 인도에 기차가 도입된 후 34년 만인 1887년에 완공되었다. '타지마할이 무굴 제국의 대표 건축물이라면, CST는 영국의 타지마할'이라는 말이 있을 정도로 화려하고 장엄하게 지어졌다. 영국의 전통적인 건축 양식을 살리면서도 고딕 양식과 인도-사라센 양식이 절충된 건축이라, 어디서 바라보아도 웅

뭄바이 시가지 영국 식민지 시기에 건설한 건축물들이 거리를 장식하고 있고, 이제 이들 건물에는 유럽과 미국의 금융회사 등 다국적 기업들이 들어가 있다.

장하다. 125년 전 영국인들이 워낙 견고하게 지어서 그런지 지금도 건재해 역겸 사무실로 사용되고 있다.

빅토리아 터미누스를 간단하게 둘러본 다음 중심부를 거쳐 뭄바이 박물관과 인디아 게이트웨이(Gateway of India)가 있는 남부 항구로 걸어갔다. 중심부는 비교적 깨끗하고 거리엔 인도인과 관광객이 넘쳐 활기가 느껴졌다. 뭄바이가 인구 1600만 명의, 인도에서 가장 복잡하고 혼란스런 지역이라는 사실을 실감할 수 있다. 기차를 타고 오면서 보았던 시 외곽 기찻길 주변의 헐벗고 남루했던 풍경과는 정반대 모습이다. '태양이 지지 않는 나라'를 건설했던 영국이 최고의 전성기에 화려하게 지은 빅토리아 양식의 건물들은 아직도 멋진 풍경을 선사하고 있다. 당시 영국인들이 튼튼하게 지은 건물들을 이젠 인도 중앙은행인 인도 은행(Bank of India)을 비롯해 씨티 은행, HSBC, 스탠더드 차터드 등 세계적인 금융회사들이 차지하고 있다.

이곳은 과거 영국의 식민지 시절 인도 지배의 첨병이었던 동인도회사(East India Company)가 있었던 곳이다. 초기에 인도 북서부 항구인 수라트(Surat)에 자리를 잡았던 동인도회사가 1687년 면화 수출의 중심지였던 이곳(당시 이름은 봄베이)으로 이전하면서 도시가 급격히 확대되었다. 동인도회사가 본부를 이전하면서 영국 기업들도 앞다투어 뭄바이에 들어왔다. 과거 영국 식민지 지배 세력이 장악했던 자리를 이젠 다국적 금융기관과 기업들이 차지한 모습이다.

뭄바이 박물관도 웨일즈 왕 조지 5세가 왕세자 시절인 1905년 봄베이를 방문한 것을 기념해 1923년 완공된 건물로, 식민지 유산이 그대로 남아 있다. 박물관에는 고대 인더스 문명의 중심 하라파 문명에서부터 고대 조각품과 신화를 주제로 한 그림 및 예술 작품, 다양한 화폐들, 이 지역을 다스렸던 라자(왕)들의 의상과 터번, 티베트와 네팔의 종교 등이 다양하게 전시되어 있었다. 특히 초미니 경전과 그림들은 흥미로웠다. 예로부터 야자수 잎사귀에 작은 글씨로 경전을 쓰던 전통이 이런 예술품을 만드는 데 영향을 미쳤다.

그럼에도 특색 있는 박물관이란 생각은 들지 않았다. 그동안 워낙 많은 박물관과 유적들을 돌아보면서 눈이 높아져 그런지 모르지만, 인도가 광활한 국토에 유서 깊은 역사와 엄청난 다양성의 나라인데다, 특히 뭄바이는 16세기 이후 400여 년의 식민지 시기를 거치며 큰 변화를 거쳐 왔는데, 박물관은 그러한 역동적인 역사를 담아내지 못하고 있었다.

더욱이 뭄바이가 포르투갈~영국의 식민지를 거치면서 면화 수출의 중심지로 번영을 누리고, 다른 한편에서는 독립운동이 활발하게 펼쳐졌고, 그 이후에도 인도의 경제 중심지로 자리를 잡고 있는데도, 그런 것들은 제대로 설명되지 않아 아쉬움이 많았다. 영국이 지어놓은 박물관 건물이 주요 포인트로 부각되고 있는 것을 보면서, "그렇다면 도대체 진짜배기 인도의 것, 인도인들의 것은 어디에 있는 것인가" 하는 의문과 아쉬움이 여행을 끝낼 때까지도 강하게 남았다.

식민지의 입구를 가득 메운 인파

　박물관 관람을 마치고 올리브와 창군, 동군은 박물관 옆의 현대미술관으로 가고, 멜론은 인도에서 마지막으로 신발을 사고 싶어했다. 나는 인근의 카페에 자리를 잡고 론리 플래닛을 들고 뭄바이에 대한 설명을 읽어 보았다. 뭄바이는 식민지 시기에 봄베이(Bombay)라고 불렸으나, 독립 후인 1996년 원래 이름인 뭄바이를 되찾아 사용하고 있다. 콜카타가 식민지 시절 캘커타로 이름을 바꾸었다가 독립 이후에 콜카타라는 원래 이름으로 돌아간 것과 같다. 뭄바이라는 명칭은 2세기부터 인근의 어부들에 의해 숭배되어 온 여신인 뭄바(Mumba)에서 유래되었다. 술탄이 지배하던 뭄바이를 1534년 포르투갈이 점령하고 이를 봄베이라고 명명하면서 400년이 넘는 기나긴 유럽 제국의 통치에 들어갔다. 포르투갈에 이어 1665년 영국이 장악했고, 영국 정부는 동인도회사에 연간 10파운드의 임대료를 받고 이곳을 빌려주었다. 이후 동인도회사가 수라트에서 본부를 이전했고, 1720년에 새로운 항구를 완공했다.

　뭄바이는 1800년대 들어 영국의 핵심적인 면화 공급기지로 자리를 잡으면서 급성장했다. 상업이 번성하고 인구도 급증했다. 하지만 인도인들의 생활은 오히려 악화되어 도시 외곽엔, 그 유산이 지금도 고스란히 남아 있는, 빈민가가 형성되기 시작했다. 영국을 비롯한 유럽 국가와 지배층은 대규모 플랜테이션과 무역, 상업, 금융 등으로 막대한 부를 축적하고 향유한 반면, 많은 인도인들은 가난한 하층민으로 전락하거나 2등 국민으로 차별을 받았다.

　이런 상업적 번영과 서구적 자유주의 흐름 속에서 뭄바이는 인도 독립운동의 거점 역할을 했다. 1885년에는 독립운동의 중추적인 역할을 한 인도 국민회의가 이곳에서 처음 발족했다. 이를 이끌던 마하트마 간디도 자주 방문해 독립운동의 방향을 제시하기도 했다. 말하자면 뭄바이는, 중국의 상하이나 광저우처럼, 상업적으로 번성하면서 형성된 자유로운 분위기 속에서 독립운동과 다양한 문화 활동이 활발하게 펼쳐졌던 곳이다.

하지만 독립 후에는 만성적인 빈곤과 정치적 불안, 종교 갈등 등 인도 사회의 문제가 집약적으로 나타나면서 지금까지도 불안정한 상태에서 벗어나지 못하고 있다. 1992년에는 폭동이 발생해 800명이 사망했고, 1993년에는 10여 건의 폭탄테러가 발생해 300명이 사망하고 증권거래소, 인디아 항공 건물이 파괴되기도 했다. 2006년에는 열차 폭탄테러로 200여 명이 사망했고, 2008년에는 10개 지점에서 동시 폭탄테러가 발생해 173명이 사망하는 등 불안이 끊이지 않고 있다. 아직도 뭄바이 곳곳에는 중무장한 경찰과 군인들이 요소요소를 지키고 있으며, 경제가 악화하고 시민들의 불만이 고조되면 언제 터질지 모르는 화약고 같은 존재로 남아 있다.

뭄바이에 대한 글을 한참 읽고 있는데 올리브와 아이들이 돌아왔다. 현대미술관은 별로 볼 게 없었다고 했다. 조금 지나자 멜론도 빈손으로 돌아왔다. 마음에 드는 신발은 있는데, 가격이 맞지 않단다. 가게에서 처음에 2100루피를 부르고 1900루피까지 할인 가능하다고 했는데, 멜론이 '과감하게' 1000루피를 부르자 안 된다고 하여 돌아왔다며 아쉬워했다. 사실 2000루피라면 한화로 4만 6000원이니, 인도의 일반적 물가에 비추어 보면 경악할 만한 수준이었다. 그래서 멜론이 과감하게 흥정을 시도한 것인데 통하지 않았던 것이다. 아무래도 도와줘야 할 것 같아 멜론과 함께 가게로 갔다.

신발 가게는 작은 상점들이 몰려 있는 쇼핑센터에 있었다. 멜론이 고른 신발은 평범한 운동화가 아니라 검정색 천으로 만든 구두 느낌 나는 신발이었다. 중학교 3학년인 멜론이 이런 멋진 신발을 고르다니, 디자이너를 꿈꾸는 아이답게 남다른 미적 감각을 확인할 수 있었다. 신발을 확인하고 내가 나서 흥정을 시도했지만 멜론에게 제시한 가격에서 100루피를 더 할인한 1800루피(약 4만 1400원) 이하로는 안 된다며 완강하게 나왔다. 할 수 없이 1800루피의 '거금'을 들여 신발을 샀다. 지금까지 쉽지 않은 여행을 잘 따라와준 멜론

인디아 게이트웨이 뭄바이 앞바다를 향해 우뚝 서 있다. 영국 식민지 시기인 1924년 인도에 대한 영국의 지배를 상징하는 건축물로 완공되었으며 지금은 수많은 관광객과 주민들로 붐비는 관광지가 되어 있다.

에 대한 감사의 표시였다. 멜론의 얼굴에 만족감이 넘쳤다.

신발 쇼핑을 마치고 아라비아 해를 바라보고 세워진 인디아 게이트웨이로 향했다. 인디아 게이트웨이 주변은 인도인은 물론 동서양의 외국인 관광객들로 인산인해였다. 론리 플래닛에서 말한 '사람 구경하는 최적의 장소'라는 얘기가 과장이 아니었다.

인디아 게이트웨이는 대영제국의 번영과 인도에 대한 영국의 지배를 상징하는 대표적인 기념물 중 하나다. 1905년 웨일즈 왕세자의 방문을 기념해 착공되었으며, 1924년 완공되었다. 뭄바이 앞바다를 향해 떡 버티고 있는 것이, 그야말로 인도로 향하는 식민지배의 입구처럼 보였다.

인도인들은 지금 그것을 주요한 관광지로 만들어 놓고, 자신들도 즐기고 있었다. 그래서인지 무언가 쓸쓸했다. 아무래도 한국인으로서 나의 핏속에 일본의 식민지배에 대한 저항감이 남아 있어서 그런 건지, 곳곳에 영국 식민

타지마할 팰리스 호텔 인도의 재벌 타타 그룹이 세운 호텔로 인디아 게이트웨이 옆에 건설되었으며, 내부 장식이 화려하다.

지배의 유산이 남아 있고, 그것이 주요 관광지가 되고, 인도인들이 그걸 자랑스럽게 바라보면서 그 아래에서 열심히 사진을 찍는 것을 보니 기분이 묘했다. 한국에서는 식민잔재의 청산이 해방 이후 주요 과제 가운데 하나였는데, 인도에서는 청산이 아니라 오히려 보존이 더 중요한 과제가 아닌가 하는 생각마저 들었다.

그 옆에는 인도의 최대 재벌기업인 타타(Tata) 그룹이 세운 타지마할 팰리스 호텔이 자리 잡고 있다. 영국의 인도 지배 당시 인도인에 대한 차별에 기분이 상한 타타 그룹 회장이 1930년대 인디아 게이트웨이보다 더 크고 멋지게 지었다는 이야기가 전해지는 이 호텔 역시 웅장하고 화려했다. 그 당시 타타 그룹 회장조차 차별을 느꼈다면 다른 인도인들, 특히 노동자나 농민들이 받았을 차별과 서러움은 이루 말할 수 없었을 것이다.

인디아 게이트웨이를 돌아본 다음 보트를 타고 아라비아 해로 나갔다. 1

석양에 물든 뭄바이 뭄바이 시가지 너머로 붉은 노을을 남기며 해가 넘어가고 있다.

인당 60루피를 내고 30분간 뭄바이 앞바다를 돌아오는 간단한 보트투어로, 해가 막 서녘으로 기울고 있을 때여서 경치가 압권이었다. 바다로 나가니 영국인들이 기대한 것처럼 인디아 게이트웨이가 멀리서도 웅장하게 보일 정도로 멋지게 자리를 잡고 있었다. 식민지로 들어가는 입구다. 그 옆의 타지마할 펠리스 호텔은 더욱 컸다. 인디아 게이트웨이가 인도인이 세운 타지마할 펠리스에 압도되어 있는 듯했다. 그럼에도 불구하고 인디아 게이트웨이나, 타지마할 펠리스 호텔이나, 뭄바이의 시민들 입장에서는 비슷하게 느껴지지 않았을까 하는 생각이 들었다.

바다로 좀 더 나가자 웅비하는 뭄바이의 스카이라인이 한눈에 들어왔다. 항구는 크고 작은 선박들의 하역 작업으로 분주하고, 그 뒤로 경제 중심지 뭄바이의 번영을 상징하듯 현대식 빌딩들이 삐죽삐죽 하늘로 올라왔다. 그 뒤로 해가 기울고 있었다. 뭄바이의 경제적 번영이 인도인들에게 고루 퍼지게 할 방법은 없을까. 내일 다시 떠오를 햇살은 고층 빌딩 건너 슬럼가의 가난하고 헐벗은 사람들, 인간적인 대우도 받지 못한 채 길바닥에 버려진 어린이들에게 비추길 바라는 마음 간절했다.

처참함 속에서 희망을 발견한 47일

뭄바이를 마지막으로 인도 여행이 모두 끝났다. 이제 아시아와 유럽을 잇는 관문인 터키의 이스탄불로 떠난다. 작년 10월 12일 중국 상하이에서 올리브와 아이들을 만난 지 117일째 되는 날이다. 중국에서 44일, 네팔에서 26일, 인도에서는 오늘까지 포함해 47일 동안 여행했다. 나보다 11일 먼저 여행을 시작한 올리브와 아이들은 여행 128일째다. 필리핀에서부터 시작하면 205일째 외국에서 공부와 여행을 병행하고 있다. 힘든 여정이지만 모두 건강하고, 여행에 대한 의욕을 잃지 않고, 새로운 사회와, 사람과, 문화를 만날 때마다 호기심이 넘친다.

네팔에서 인도로 넘어와서는 '영혼의 땅' 바라나시에서 동쪽 끝 콜카타로, 다시 중북부의 델리로, 다시 아그라, 조드푸르, 자이푸르, 데라둔, 아마다바드, 코치에 이어 뭄바이까지 그야말로 아대륙 인도를 종횡무진 달렸다. 아이들은 아잔타와 엘로라, 함피 등을 별도로 여행했다. 기차로 달린 거리만 1만 km 가까이 되며, 야간 열차의 침대에서 7박을 했다. 다섯 명의 가족이 한 방에서 복작대고 살을 부대끼며 치를 떨기도 했고, 따로 여행하면서 자유를 만끽하기도 했다. 바라나시의 차가운 안개에 벌벌 떠는가 하면, 콜카타의 마더 하우스와 데라둔의 나브단야 농장에서 봉사활동에 참여했고, 아침부터 저녁까지 여행하고 야간 열차로 이동하는 강행군을 하는가 하면, 코치에서는 열대의 태양을 받으며 해수욕을 즐기기도 했다.

인도의 국부 마하트마 간디와 성녀 테레사 수녀를 비롯해 최초의 환경론자 비슈노이를 만나 어떻게 사는 것이 가치 있는 삶인지, 무엇이 세상을 바꾸는지 새로운 영감도 얻었다. 경쟁과 효율성을 앞세운 서구의 대자본에 의지하지 않으면서도 사람답게 살 수 있는 사회를 만들 수 있음을 보여준 '케랄라의 역설'을 만났고, 다국적 기업들의 공세에 대응해 새로운 농업의 모델을 찾아가는 나브단야의 실험도 확인했다. 처참하게 일그러진 인도였지만, 그 속에서도 희망의 싹이 트고 있었고, 그 싹은 거창한 구호가 아니라 작은 실천에 있음을 확인했다.

여행을 시작할 때만 해도 혼자 어디 걸어가는 것조차 주저하던 아이들이 먼 거리를 홀로 여행할 정도로 성장했다. 인도 여행 막판에는 스스로 기차와 버스를 예약하고, 숙소를 찾고, 자전거를 빌려 여행했다. 미지의 세계에 대한 두려움이나 불안보다 거기에 다가가려는 용기, 자신의 꿈을 펼쳐나갈 용기를 키울 수 있었다. 어려움도 있고, 힘겨움도 있었지만, 모두 성장하고 보람 있는 여행을 지속하고 있다. 오늘의 작은 도전과 모험이 앞으로 자신의 인생을 살아가는 데 큰 힘을 줄 것이다.

인도는 한마디로 무어라 표현하기 힘든 다양성의 천국이었다. 우리 가족은 그 다양성 가운데 극히 일부분을 보고 체험했다. 47일이란 여행 기간은 인도를 대략적으로 파악하는 데에도 턱없이 부족한 기간이다. 우리가 콜카타와 데라둔에서 봉사활동을 하지 않고, 케랄라에서 오래 머물지 않고 핵심적인 곳만 돌아보고 떠났다면 더 많은 곳을 여행할 수 있었을 것이다. 하지만 그렇다고 인도를 더 잘 이해하고, 더 풍요롭게 여행할 수 있었을까? 또 우리의 여행이 더 즐겁고, 유익하고, 그래서 우리가 더 행복해졌을까? 그러지는 않았을 것이다. 그렇게 했더라도 인도의 다양성에 비추어 보면 우리는 여전히 인도의 일부만을 맛보았을 게 분명하다. 어차피 선택과 집중이 필요했고, 그것을 지난한 가족회의를 통해 결정하고 그 결정에 충실하게 따랐다. 이제 그 파란만장했던 여정이 일단락되는 순간을 맞이하고 있다.

느지막하게 일어나 짐을 챙겨 체크아웃을 한 다음 숙소 차량을 이용해 뭄바이 공항으로 직행했다. 공항에 도착하니 오후 1시였다. 항공기 출발 예정 시간이 오후 6시 30분이니 5시간 30분이나 남았다. 항공기 출발 시간이 한참 남아 공항 대합실에 들어갈 수 없다고 하여, 1인당 60루피의 사용료를 내고 별도로 마련된 대기실에서 기다려야 했다. 공항 대기실에 들어가는 데 요금까지 받는 뭄바이 공항이 희한했지만 할 수 없었다. 들어가서 보니 유료 대기실이라 그런지 한산했다. 자리를 잡고 책도 보고, 컴퓨터도 하고, 여행기를 정리하면서 인도에서의 마지막 한가로움을 즐겼다.

3시가 넘어 대기실을 나와 공항 대합실로 이동했다. 바로 짐을 부치고 탑승 대기실로 향했다. 공항 검색이 철저했다. 탑승 대기실까지 오는데 몇 차례나 검색을 받아야 했다. 손에 들고 가는 작은 가방 하나하나에도 별도의 꼬리표를 붙여 이를 수차례 확인했다. 심지어 비행기에 탑승할 때에도 손으로 몸을 더듬어 검색했다. 지나칠 정도로 심한 검색이었지만, 한편으로는 그래야 하는 인도의 현실이 안타깝고, 다른 한편으로는 그럼으로써 더 안전해진다면 기꺼이 검색에 응하겠다는 생각이 들었다.

우리가 탄 사우디 항공 여객기는 해가 막 넘어가는 6시 30분 뭄바이 공항을 이륙했다. 비행기는 빈자리 없이 만석이었다. 주변을 돌아보니 평범한 인도인들이 대부분을 차지했다. 사우디로 일자리를 찾아가는 사람들이었다. 인도에서 일자리를 잡기가 힘들어 사우디와 아랍에미리트(UAE) 등으로 일자리를 찾아 떠나는 인도인들이 많은데, 바로 그런 사람들이 많이 타는 항공기였다. 가난한 인도인들이 글로벌 경제 시스템의 가장 아랫부분인 저임금 노동자 역할을 하러 가는 현장이다. 한국의 건설 노동자들이 사우디로, 사우디로 몰려가던 1970년대 풍경을 보는 것 같았다. 코치에서 만난 한 인도 젊은이는, 코치 지역의 가정 거의 대부분에서 한 사람 정도는 외국, 특히 중동에 나가 돈을 벌고 있다고 했는데, 지금 그 노동력의 대이동이 진행되고 있었던 것이다. 이들의 송금액은 코치 경제의 중요한 한 축을 형성하고 있다고 했다.

비행기에 올라 항공사에서 준 신문 《사우디 가제트(Saudi Gazett)》를 훑어보니 온통 중동지역의 소요와 관련한 기사로 가득 차 있다. 시리아에서는 소요 사태로 최소한 200명이 숨지고, 이집트에서는 며칠 전 축구장 난동 사건으로

70여 명이 숨진 데 항의하는 소요가 3일째 지속되고 있다. 특히 시리아의 경우 바샤르 아사드 대통령이 사임을 요구하는 국내외 압력과 유엔에서의 결의안 추진에도 사임을 거부하고 민주화 시위대를 무력으로 진압하면서 유혈 사태가 확산되고 있다. 서방은 물론 아랍권에서조차 그를 전제적 독재자로 비난하면서 사임을 촉구하고 있으나, 여전히 무력으로 버티고 있다. 동시에 유럽은 금융위기의 수렁에서 아직 벗어나지 못하고 있다. 특히 그리스와 스페인, 포르투갈 등 남유럽의 경제난이 심각하다. 세계는 여전히 시끄럽게 돌아가고 있지만, 어떤 진보를 이루었는지는 확인하기 어렵다.

뭄바이를 출발한 비행기는 4시간 만에, 사우디 시간으로 저녁 8시 20분 리야드의 킹칼리드 국제공항에 도착했다. 뭄바이와는 2시간 30분의 시차가 나기 때문에 인도 시간으로는 저녁 10시 50분이다. 이스탄불로 가는 항공기가 다음 날 오전 10시 25분에 출발하니, 14시간을 공항에서 대기해야 한다. 환승 시간이 길어서 혹시라도 항공사에서 호텔을 제공하지 않을까 기대했지만 아니었다. 항공사 직원이 우리를 포함한 외국인 환승 여행자 대여섯 명을 탑승 대기실로 안내하더니 여기서 기다리라고 했다. 사실상의 노숙이었다.

리야드 공항은 아주 세련되게 잘 지어져 있었고, 시설도 어느 국제공항 못지않았다. 석유를 팔아 벌어들인 중동 '오일머니'의 위력을 확인할 수 있었다. 우리는 비교적 사람들이 적은 한산한 곳에 진을 치고 짐을 한데 모은 다음 쪽잠에 들 채비를 했다. 기내식이 부족했던지 멜론이 무언가 먹고 싶다고 하여 밥과 생선, 야채 세트를 주문하고 계산하니 14달러나 했다. 물도 한 병에 2달러나 했다. 식사 한 끼에 16달러(1만 8000원)가 넘는 금액이니 인도의 열 배다. 그동안 중국과 네팔, 인도의 낮은 물가에 익숙해져 있던 우리는 경악했다.

사우디는 석유 말고 생산하는 게 별로 없어서 대부분을 수입에 의존한다. 심지어 노동자까지 인도를 비롯한 서남아시아와 아프리카 등으로부터 수입하고 있다. 석유가 고갈된다면 어떻게 될까. 석유가 신의 축복에서 재앙으로

변할 수도 있다는 묘한 생각이 들었다.

　사우디 현지시간으로 11시, 인도 시간으로 새벽 1시 30분이 넘자 졸음이 쏟아졌다. 나는 서울에서부터 가져온 휴대용 베개에 바람을 잔뜩 집어넣은 다음 이것을 목에 두르고 의자에 옆으로 구부린 채 잠을 청했다. 편하지 않은 잠자리였음에도 금방 잠에 빠졌다. 리야드 공항에는 24시간 비행기가 뜨고 내렸고, 사람들도 비행기를 타고 내렸다. 비행기가 뜨고 내리는 것처럼 세상은 쉬지 않고 돌아가고 있다.

　그 속에 '하루 한 걸음' 가족도 있었다. 하지만 우리 가족은 지금 이 자리에 머무는 것이 아니라, 그리고 원래 자리로 다시 돌아가는 것이 아니라 조금씩 앞으로 나아가고 있다. 눈에 보이지 않지만, 우리는 변하고 있다. 내일 해가 뜨면 우리는 다시 일어나 새로운 목적지를 향해 나아갈 것이다. 그리고 새로운 모험에 기꺼이 나설 것이다. 그것이 우리가 잠을 청하는 이유다.

| 3권에서 계속 |